Kate Sedley, geboren 1926 in Bristol, arbeitete zunächst im öffentlichen Dienst, bis ihre Begeisterung für das Mittelalter sie bewog, ihren Beruf aufzugeben und historische Romane zu schreiben. In der Reihe der rororo-Taschenbücher erschienen bereits ihre historischen Krimis «Die letzte Rast» (Nr. 13437), «Gefährliche Botschaft» (Nr. 13537; auch als Großdruck Nr. 33116), «Der zerrissene Faden» (Nr. 13545), «Gefährliche Botschaft / Der zerrissene Faden» (Nr. 13864) und «Fromme Unschuld» (Nr. 22157).

Kate Sedley

Das alte Lied

Roman

Deutsch von Irmela Erckenbrecht

Mit einem historischen Kommentar
von Dietrich Schwanitz

rororo

Rowohlt

Die Originalausgabe erschien 1995
unter dem Titel «The Eve of St. Hyacinth» bei
Headline Book Publishing PLC in London
Umschlaggestaltung Walter Hellmann
(Pieter Brueghel d. Ä.: «Bauerntanz» um 1568,
Wien, Kunsthistorisches Museum/
Archiv für Kunst und Geschichte, Berlin)

Veröffentlicht im Rowohlt Taschenbuch Verlag GmbH,
Reinbek bei Hamburg, Juli 1998

Gesamtherstellung Clausen & Bosse, Leck
Printed in Germany
ISBN 3 499 22366 x

Erstes Kapitel

Es war am achten Juni, einen Tag vor St. Columban, und der längste Tag des Jahres war nicht mehr fern. Morgens glitzerte die Sonne auf den taunassen Wiesen, abends blieb es endlos lange hell – um diese Jahreszeit war es ein Vergnügen, auf den Landstraßen unterwegs zu sein.

Wir schrieben das Jahr des Herrn 1475. Anfang Mai hatte ich mich von Totnes aus auf den Weg gemacht und meine Waren in allen Dörfern und Weilern entlang der Südküste Englands feilgeboten, die ich zu Fuß erreichen konnte, ohne einen ortskundigen Führer anheuern zu müssen. Diese Männer neigten schon damals dazu, sich ihre Dienste viel zu hoch bezahlen zu lassen, und soweit ich weiß, hat sich daran bis heute nichts geändert. Jetzt bin ich alt, in meinem siebzigsten Jahr, und komme kaum noch vor die Mauern meiner Geburtsstadt Wells. Vor fast einem halben Jahrhundert jedoch war ich jung und stark, einen Meter achtzig groß und kräftig gebaut, und ich hatte mich für das freie Leben eines fahrenden Händlers entschieden, anstatt in den Orden der Benediktiner einzutreten, wie es dem Herzenswunsch meiner verstorbenen Mutter entsprach.

Für die Mißachtung ihres Wunsches hatte ich einen hohen Preis bezahlt. In den zurückliegenden Jahren hatte der Herr sich schon viermal mein Talent zur Enthüllung von Geheimnissen zunutze gemacht, um Missetäter zur Rechenschaft zu ziehen, die sonst den Folgen ihrer bösen Taten entkommen wären. Nach den letzten unerfreulichen Ereignissen in Totnes hatte ich versucht, ihm verständlich zu machen, daß es nun ein für allemal genug sei: Ich hatte meine Schuld ausgiebig gesühnt. Doch mehr als einmal habe ich die Erfahrung gemacht, daß der Allmächtige ein taubes Ohr hat, das er mit Bedacht all denen zuwendet, die er nicht hören will. Jeder Versuch, seinen Plänen zu trotzen, ist zum Scheitern verurteilt, wie mir auch jetzt wieder klarwerden sollte.

Mein Trotz hatte diesmal darin bestanden, von Devon aus

in Richtung London zu ziehen und dabei kein anderes Ziel zu verfolgen, als mich den Vergnügungen der Hauptstadt hinzugeben. Mein Gewissen sagte mir, es sei meine Pflicht, nach Bristol zurückzukehren und mich um meine verwitwete Schwiegermutter und mein mutterloses Töchterchen, die sechs Monate alte Elizabeth, zu kümmern. Statt dessen hatte ich mich jedoch in Exeter an einen redlichen Mönch gewandt, von dem ich wußte, daß er in Richtung Norden wanderte, hatte ihm eine hübsche Geldsumme anvertraut und ihm den Weg zu Margaret Walkers Hütte im Weberviertel von Bristol beschrieben.

«Gebt ihr das Geld und empfehlt mich sehr herzlich bei ihr. Sagt ihr, daß ich verspreche, vor Einbruch des Winters bei ihr zu sein, und bittet sie, meinem Kind einen Kuß von seinem liebenden Vater zu geben.» Zum Schluß hatte ich dem Mönch noch ein großzügiges Trinkgeld für seine Dienste zugesteckt.

Er hatte nur genickt und war offenbar ganz selbstverständlich davon ausgegangen, daß meine Reise nach London notwendig sei, um zur Versorgung meiner Familie weiteres Geld einzunehmen. Schließlich war es ein mageres, von Hunger geprägtes Jahr, in dem die Steuern kräftig erhöht worden waren, um die bevorstehende Invasion König Eduards in Frankreich bezahlen zu können, für die sich seine Truppen bereits in Kent zu sammeln begannen. In den letzten Monaten hatte ich zahlreiche wehrhafte Männer getroffen, die nach Canterbury und Umgebung unterwegs gewesen waren.

Das Auskommen meiner Familie zu sichern, war jedoch nicht das eigentliche Anliegen meiner Reise nach London, und ich verspürte Gewissensbisse, weil ich nicht nur den Mönch, sondern auch meine Schwiegermutter hinters Licht geführt hatte, denn ich nahm an, daß der heilige Mann seine Schlußfolgerung an Margaret Walker weitergeben würde. In Wirklichkeit hatte man mir, ehe ich Totnes verließ, in Dankbarkeit für alles, was ich getan hatte, eine ansehnliche Summe aufgedrängt, und zum ersten Mal in meinem Leben war mein Geldbeutel prall gefüllt. Mein Entschluß, nach London zu ziehen, war einer bloßen Laune entsprungen. Ich wollte die vollen Fleischtöpfe der Hauptstadt genießen, und da in meinem Geldbeutel die Münzen fröhlich klimperten, erschien mir diese Aussicht um so verlockender.

Dennoch hatte ich ein paar zusätzliche Einnahmen während meiner Reise nicht verschmäht und war nur in mäßigem Tempo vorangekommen, so daß ich erst am achten Juni Southampton erreichte. Nach einem sehr einträglichen Vormittag im Hafenviertel ließ ich die Kais mit ihrem Menschengewirr endlich hinter mir und schritt auf der High Street stadteinwärts, als ich den köstlichen Duft nach Schweinsfüßen mit Bratensoße schnupperte und mein Magen heftig zu knurren begann. Ich hatte damals immer einen gesegneten Appetit, ganz gleich, wann oder wieviel ich zuletzt gegessen hatte, und war einer leckeren Mahlzeit niemals abgeneigt. Mein kräftiger Körper verlangte ständig nach Nahrung.

Die Läden der Fleischer und Geflügelhändler säumten den Abschnitt der High Street nördlich der St. Lorenzkirche, aber auch in den Durchgängen und Höfen zwischen den Häusern hatten einige ihre Verkaufsstände aufgeschlagen. Southampton war damals schon so geschäftig wie heute, und überall wimmelte es von fremden und einheimischen Seeleuten. Die Straßen, die in einem sehr schlechten Zustand waren – viele Pflastersteine waren zerbrochen, und wer unachtsam war, kam rasch durch eines der zahlreichen Schlaglöcher zu Fall –, hallten wider von einem babylonischen Sprachgewirr, die Menschen drängelten und schubsten, und die Händler buhlten mit allen Mitteln um die zahlungskräftige Kundschaft. Ich habe mit eigenen Augen gesehen, wie widerwillige Kunden von einem übereifrigen, zu allem entschlossenen Ladenbesitzer hochgehoben und mit Gewalt auf die andere Straßenseite getragen wurden. Nicht daß mir je eine solche Behandlung widerfahren wäre. Selbst der tollkühnste Geschäftsmann hätte nicht gewagt, mich zu belästigen. Ein Blick auf meine Körpergröße genügte, und er zuckte mit den Schultern, drehte sich um und ließ mich in Frieden meiner Wege gehen.

Die meisten Häuser waren mit dem Giebel zur High Street hin ausgerichtet und hatten kleine Höfe an der Seite oder dahinter, so daß es immer wieder kleine, enge Durchgänge gab. In ein solches Gäßchen in der Nähe der öffentlichen Latrine lenkte ich meine Schritte. Meine Nase führte mich nicht in die Irre. Keine zwanzig Schritte entfernt befand sich ein Fleischerladen, und nach den vielen Menschen zu urteilen, die davor saßen und es sich schmecken ließen, konnte man dort auch gekochte Speisen erstehen. Der Duft nach Schweinsfüßen war überwältigend, auch wenn er sich mit dem gleichermaßen köstlichen Duft nach gebackenen Pasteten und frischgekochten Kaldaunen mischte. Auf einem großen, aufgebockten Tisch waren mehrere Fleischstücke ausgelegt. Zwei tüchtige Hausfrauen untersuchten sie sorgfältig, ehe sie sich zum Kauf entschlossen. Der Fleischer sah ihnen zu und steuerte gelegentlich die eine oder andere fachmännische Bemerkung bei.

Der Fleischer war ein großer, fröhlicher Mann, wie es bei Vertretern seiner Zunft so oft der Fall ist, auch wenn ich nie verstanden habe, warum. An großen Haken an der Decke des überdachten Verkaufsstandes hinter ihm hingen bereits ausgenommene Schweins- und Schafshälften. Die noch vor Blut triefenden Tiere schienen vor nicht allzu langer Zeit geschlachtet worden zu sein. Um so frischer und schmackhafter würden die Schweinsfüße sein. Ich ging zum Tisch, wo die Frauen noch immer um die besten Fleischstücke feilschten, und stellte meinen Packen auf den Boden. Auf dem runden, wettergegerbten Gesicht des Fleischers erschien ein breites Grinsen, und seine haselnußbraunen Augen funkelten vergnügt, während er mich ausgiebig musterte.

«Was kann ich für einen großen, kräftigen Burschen wie Euch wohl tun?» fragte er gutmütig. «Um euren Bauch zu füllen, ist bestimmt eine tüchtige Portion notwendig.»

«Ich rieche Schweinsfüße und Bratensoße», erwiderte ich. «Ein Teller davon käme mir sehr gelegen.»

Er kicherte. «Das glaube ich Euch gerne. Geht zur Rückseite des Ladens und klopft an meine Hütte. Meine Frau wird öffnen und Euch verköstigen.» Er wandte sich wieder den beiden Frauen zu, und ein Anflug von Ungeduld stahl sich in seine Stimme. «Gute Frauen, wenn ihr das Fleisch noch länger hin und her wendet, wird es weder für Mensch noch Tier etwas taugen. Könnt ihr euch nicht entscheiden? Welches Stück soll es denn sein?»

Die anderen Essensgäste lachten und rissen grobe Possen, als die beiden Frauen sich nicht drängen lassen wollten und dem Fleischer scharfe Widerworte gaben, aber mein Hunger war zu groß, um zu warten und weiter zuzuhören. Ich schulterte mein Bündel und tat, wie der Fleischer mich geheißen hatte. An der Rückseite des Ladens stieß ich auf eine Fachwerkhütte, deren Tür weit offen stand. Aus dem Loch im strohgedeckten Dach drangen vielversprechende Schwaden. Hier lag die Quelle der verführerischen Düfte, die meine Nase in der letzten Viertelstunde so verheißungsvoll gekitzelt hatten – hier hatte die Frau des Fleischers ihr Reich.

Auf mein Rufen hin erschien sie in der offenen Haustür und wischte sich die Hände an einer groben, sackleinenen Schürze ab.

«Was kann ich für Euch tun, Junge?» fragte sie.

Im Gegensatz zu ihrem Ehemann war sie zierlich und klein. Sie hatte feine Gesichtszüge, die an einen Vogel erinnerten, und sanfte braune Augen, die mich ernst anblickten, bis sie meinen Packen erspähten, den ich zu meinen Füßen abgestellt hatte.

«Ich hätte gern einen Teller Schweinsfüße mit Soße», antwortete ich, doch fürs erste überhörte sie meine Bestellung.

«Ihr seid Hausierer», stellte sie fest. «Was für ein glücklicher Zufall! Mir ist gerade meine letzte gute Nadel zerbrochen, und auch das Nähgarn ist mir ausgegangen. Ob Ihr mir mit beidem aushelfen könnt?»

«Aber gern. Ich habe beides in meinem Packen. Wollen wir einen Tauschhandel schließen?»

Sie lächelte. «Warum nicht? Aber zuerst hole ich Euch etwas zu essen, Ihr seht ja schon halb verhungert aus. Anschließend könnt Ihr mir Eure Ware zeigen. Kommt doch herein und eßt hier bei mir in der Küche. Sobald Ihr fertig seid, können wir dann unseren Handel zum Abschluß bringen.»

Ich gehorchte nur widerwillig, denn es war ein schöner, sonniger Tag, und ich wäre lieber im Freien geblieben und hätte mich zu den anderen Essensgästen gesellt. Aber mir war klar, daß die Frau des Fleischers mich nicht aus den Augen lassen würde, bis ich meinen Teil des Tauschhandels erfüllt hatte. Also folgte ich ihr in die Küche und setzte mich an den Tisch in der Nähe des in die Wand eingebauten Ofens. Zwei große Kessel brodelten über dem Feuer in der Mitte des Raumes, von denen einer die gekochten Schweinsfüße enthielt. Meine Gastgeberin schöpfte etwas davon auf einen Holzteller und stellte ihn vor mich hin. Dann ließ sie sich auf die Bank neben mir sinken und wischte sich mit dem Handrücken über die Stirn.

«Kommt Ihr von weit her?» fragte sie.

«Heute morgen bloß vom anderen Ufer des Flusses Test», antwortete ich mit vollem Mund, schluckte die ersten Bissen hinunter und fuhr dann mit etwas klarerer Stimme fort: «Aber davor bin ich von Devon hergewandert.»

«Aber Ihr stammt nicht aus Devon», murmelte sie und neigte den Kopf zur Seite wie ein Spatz. «Und auch nicht aus unserer Gegend. Eure Wiege stand etwas weiter nördlich, würde ich sagen. In Somerset vielleicht.»

«Ich wurde in Wells geboren, aber jetzt bin ich in Bristol zu Haus.»

Sie nickte zufrieden. «Meist kann ich es ziemlich genau sagen. Allerdings hatten wir vor einigen Wochen einen fahrenden Sänger aus Yorkshire hier, dessen Akzent hatte ich vorher noch nie gehört.» Nach einer kurzen Pause fragte sie: «Seid Ihr verheiratet? Habt Ihr Kinder?»

«Ich war verheiratet», sagte ich, «aber meine Frau ist im Kindbett gestorben. Ich habe eine Tochter. Sie heißt Elizabeth und ist fast sechs Monate alt. Meine Schwiegermutter kümmert sich um sie.»

Die Frau des Fleischers sah mich mitleidig an und legte eine tröstende Hand auf meinen Arm. Ich lächelte, so dankbar ich konnte, ohne die Wahrheit verraten zu müssen: daß Lillis und ich nur acht kurze Monate verheiratet gewesen waren und daß dies für mich nicht ausgereicht hatte, um Mitleid und Gewissensbisse in Liebe zu verwandeln. Wäre meine Gastgeberin so entsetzt gewesen, wie ich es gelegentlich war, wenn sie erfahren hätte, daß ich mich manchmal kaum noch an die Gesichtszüge meiner toten Frau erinnern konnte?

Möglicherweise nicht, denn sie sagte in aufmunterndem Ton: «Ihr müßt so schnell wie möglich wieder heiraten. Einem hübschen Burschen wie Euch dürfte das nicht schwerfallen. Es gibt bestimmt genug Mädchen, die sich darum reißen würden, mit Euch das Bett zu teilen.» Sie hielt inne und lachte. «Was habe ich denn gesagt, daß ein großes, gestandenes Mannsbild wie Ihr ganz rot wird?» Sie erhob sich, um mir eine zweite Portion zu holen, und sagte: «Schade, daß meine Tochter nicht da ist. Sie hat eine Vorliebe für hochgewachsene Männer.» Sie kicherte und schöpfte das dampfende Essen auf den Teller. «Und das hat sie von mir, wie ich Euch wohl nicht erst erklären muß. Denn meine Amice ist so zierlich wie ich, und doch habe ich unter all meinen Verehrern ausgerechnet John Gentle gewählt, den Ihr sicherlich schon gesehen habt. Ich nehme an, er hat Euch zu mir geschickt.» Mistress Gentle nahm ihren Platz auf der Bank wieder ein und lächelte zufrieden, während ich nach meinem

Messer griff, um die zweite Portion zu vertilgen. «Und wir haben beide eine Vorliebe für Männer mit einem gesunden Appetit. Aber... worüber haben wir gerade gesprochen?»

«Über... äh... Eure Tochter. Aber», fügte ich hoffnungsvoll hinzu, «Mistress Amice scheint wohl augenblicklich nicht zu Hause zu sein?»

Meine Gastgeberin seufzte schwer. «Ja, da habt Ihr recht, und sie fehlt mir sehr. Aber», fuhr sie fort, und ihr Gesicht strahlte voller Stolz, «ich habe keinen Grund, ihre Abwesenheit zu betrauern. Meine Amice hat es weit gebracht und hat das Glück, in einem äußerst wichtigen Haushalt zu leben.» Mistress Gentle dämpfte ihre Stimme und sagte in ehrerbietigem Ton: «Sie ist Näherin bei... Nun, vielleicht wollt Ihr raten, bei wem?» Ich murmelte, ich sei im Raten nicht sehr begabt, und bat sie, mich aufzuklären, wozu sie nur allzu gern bereit war. «Bei keiner Geringeren als der Herzogin von York! Der Mutter des Königs höchstpersönlich! Was sagt Ihr jetzt?»

Ich bin sicher, welche Worte ich auch immer gefunden hätte, sie hätten nicht ausgereicht, um ihrem mütterlichen Stolz Genugtuung zu verschaffen, doch zu meinem Glück schien mein Gesichtsausdruck Bände zu sprechen. Ich war tatsächlich beeindruckt.

«Wie ist Mistress Amice in eine solche Position gekommen?» fragte ich und hörte sogar zu essen auf, um die Fleischersfrau anzuschauen und auf ihre Antwort zu warten.

Sie lächelte freundlich. «Meine Amice ist schon immer ein hübsches, tüchtiges Mädchen gewesen, und so geschickt mit der Nähnadel! Das ist allerdings etwas, das sie *nicht* von mir hat, denn ich bin immer nur eine mittelmäßige Näherin gewesen. Natürlich kann ich, wenn es nötig ist, die Hemden meines Mannes flicken und mir selbst ein neues Kleid oder eine Schürze nähen, aber für alles, was darüber hinausgeht, fehlt mir das Talent. Doch die Mutter meines Mannes, Amices Großmutter, verwandelte sich, sobald sie eine Nadel in die Hand nahm, in eine echte Zauberin. Sie hat so manches prächtige Meßgewand für die Geistlichen unserer Gegend bestickt, ehe unser Schöpfer sie aus diesem Leben abberufen hat. Sie hat meiner Amice alles beigebracht, was sie konnte, und Amice war eine willige Schülerin. Ich glaube, am Ende ist sie sogar eine bessere Stickerin geworden, als ihre Großmutter es jemals war. Jedenfalls war Lady Wardroper dieser Meinung. Sie hat mein Mädchen an eine ihrer Freundinnen weiterempfohlen, die wiederum beim Haushofmeister von Herzogin Cicely ein gutes Wort für Amice eingelegt hat, als Ihre Gnaden gerade auf der Suche nach einer neuen Näherin war.»

Ich hatte mich inzwischen wieder meiner Mahlzeit zugewandt, nagte gerade den letzten Knochen sauber und leckte die Soße von meinen Fingern. Mistress Gentles kleine Geschichte hatte mich allerdings durchaus hellhörig gemacht, hatte ich doch erst vor wenigen Jahren die Mutter unserer königlichen Prinzen von Angesicht zu Angesicht gesehen. Allerdings hegte ich keinerlei Absicht, diese Tatsache zu erwähnen, denn ich ahnte, daß es mich in allzu langwierige Erklärungen verwickelt hätte.

Statt dessen fragte ich: «Wer ist Lady Wardroper?»

«Die Frau von Sir Cedric Wardroper auf Chilworth Manor. Das Herrenhaus liegt etwa eine Meile nordöstlich der Stadt, ganz in der Nähe der großen Furt. Amice hat ein Altartuch für die Kapelle von Chilworth gestickt, und Lady Wardroper war davon so beeindruckt, daß sie mein Mädchen am liebsten selbst in ihren Dienst genommen hätte, aber sie hat nicht genug Arbeit für eine Stickerin. Trotzdem hat sie Amices Talent überall gepriesen und sie weiterempfohlen – mit dem glücklichen Ausgang, von dem ich Euch bereits berichtet habe.»

«Lady Wardroper scheint eine gütige Dame zu sein.» Ich schleckte den letzten Tropfen Soße von meinem linken Daumen und rieb zufrieden meine klebrigen Hände gegeneinander.

«Ja, sie ist eine wirkliche Dame», stimmte meine Gastgeberin herzlich zu. «Und durch einen seltsamen Zufall ist ihr Sohn Matthew – übrigens ihr einziges Kind, so wie Amice unser einziges Kind ist – am vergangenen Montag nach London gereist, um eine Stellung im Haushalt des Herzogs von Gloucester anzutreten. Eines der Küchenmädchen aus Chilworth Manor hat es mir gestern morgen auf dem Markt von St. Lorenz erzählt. Amice und Master Wardroper werden also in London unter einem Dach weilen, denn es scheint, als würde Herzog Richard bei seiner Mutter wohnen, in dem großen Haus, das sie am Ufer der Themse besitzt.»

«Baynard's Castle», murmelte ich. «Ich habe unterwegs gehört, daß der Herzog mit seinen Truppen von Norden aus nach London unterwegs sei, aber es hieß, er zöge weiter in Richtung Canterbury, nach Barham Down.»

Mistress Gentle zuckte mit den Schultern. «Davon weiß ich nichts. Aber Audrey war sich ganz sicher, daß Master Matthew nach London gereist ist, und ich glaube, sie hat auch den Namen des Schlosses erwähnt, den Ihr genannt habt. Aufgrund eines anderen Zufalls hatten John und ich gerade zwei Stunden vorher Kunde von Amice bekommen. Durch einen Fuhrmann, der von Herzogin Cicelys Schloß in Berkhamsted in unsere Gegend unterwegs war, hat sie uns ausrichten lassen, daß der gesamte Haushalt der Herzogin innerhalb der nächsten Tage nach London umziehen wird. Der Fuhrmann konnte sich nicht an den Namen des Hauses erinnern, das sie dort beziehen würde, doch sonst hatte er alles brav auswendig gelernt. Er muß in mein Mädchen ganz vernarrt gewesen sein, jedenfalls hat er sich große Mühe gegeben, ihre Botschaft richtig wiederzugeben. Amice ist ein gutes Kind, und obgleich sie weder lesen noch schreiben kann – wer von uns kann das schon, nicht wahr, Master Chapman? –, tut sie ihr Bestes, um ihren Vater und mich über ihren Aufenthalt auf dem laufenden zu halten. Das ist gar nicht so einfach, denn die Adligen ziehen heutzutage kreuz und quer durchs Land. Man könnte meinen, daß sie es nirgendwo länger als ein paar Tage ertragen. Dabei hält Herzogin Cicely nach allem, was man hört, gar nicht so viel vom Reisen. Trotzdem hat sie wohl das Gefühl, in Zeiten des Krieges sollte sie besser in London sein.»

Ich nickte. «Ganz bestimmt wird sie ihre drei Söhne verabschieden wollen, ehe sie nach Frankreich ziehen. Und es ist auch wahrscheinlich, daß Herzog Richard bei ihr in Baynard's Castle wohnen wird. Das tut er immer, wenn er in der Hauptstadt ist.»

«Na, Ihr müßt es ja wissen!» erwiderte meine Gastgeberin mit einem spöttischen Grinsen.

«Jemand, der es wissen muß, hat es mir mal erzählt», entgegnete ich ausweichend. Wieder hatte ich das Gefühl, mich bloß unnötig in langatmige Erklärungen zu verwickeln, wenn ich zugab, daß ich dem Herzog von Gloucester schon zweimal begegnet und ihm bei beiden Gelegenheiten sogar persönlich zu Diensten gewesen war, und da ich es eilig hatte weiterzukommen, wollte ich mich auf kein langes Gespräch einlassen. «Euer Essen war ausgezeichnet, Mistress. Ja, es hat sogar noch besser geschmeckt, als es gerochen hat – etwas, das ich vor einer halben Stunde noch nicht für möglich gehalten hätte. Und nun laßt uns unseren Handel zum Abschluß bringen!» Ich hob meinen Packen vom Boden, schnürte ihn auf und breitete meine Waren auf ihrem Küchentisch aus.

Als Bezahlung für die Mahlzeit wählte Mistress Gentle ein kleines geschnitztes Holzkästchen mit drei Nadeln sowie eine Spule mit feinem weißem Nähgarn aus. Für beides hätte sie vermutlich auf dem Markt etwas mehr bezahlen müssen, als sie mir für ihr Essen in Rechnung gestellt hätte, doch ich hatte den Tauschhandel selbst vorgeschlagen und konnte nun schlecht mein eigenes Wort in Zweifel ziehen. Sie warf einen sehnsuchtsvollen Blick auf meine anderen Waren, vor allem auf ein Paar duftende Lederhandschuhe in tiefem Dunkelviolett. Wie mein warmes, scharlachrot gesäumtes Lederwams hatte ich sie im Tausch für eine Reihe praktischerer Dinge des täglichen Gebrauchs von der Frau eines verarmten Landadeligen in Dorset bekommen. Die Dame hatte sich nur ungern von den letzten Zeugnissen ihres vergangenen Wohlstands getrennt, aber die Familie hatte schwere Zeiten durchzustehen, und in der Not besinnt sich der Mensch auf das Wesentliche. Ich tröstete mich damit, ihr einen großzügigen Preis gewährt zu haben.

Mistress Gentle seufzte voller Bedauern und strich mit den Fingern über das weiche, seidig glänzende Leder. «John würde sie mir gewiß kaufen, wenn ich ihn darum bäte», versicherte sie mir ernst. «Doch wann habe ich schon einmal Gelegenheit, so feine Sachen zu tragen?» Einen traurigen Moment lang betrachtete sie ihre roten, von der vielen Arbeit rauhen Hände, ehe sie sie in ihrer Schürzentasche verbarg. «Nein, sie würden nur zwischen den Lavendelsäckchen in der Truhe liegen und nie und nimmer das Tageslicht sehen. Packt sie nur wieder in Euer Bündel, Master Chapman, ehe die Versuchung doch noch Oberhand gewinnt und ich meinen Ehemann gegen seine und meine Überzeugung dazu bringe, unnötig Geld auszugeben.» Wehmütig sah sie zu, wie ich die edlen Handschuhe in meinem Bündel verstaute, dann sagte sie, einer plötzlichen Eingebung folgend: «Wenn Ihr die Stadt verlaßt, könntet Ihr nach Chilworth gehen. Die große Furt liegt nicht mehr als fünf oder sechs Meilen nordöstlich von Southampton, und ich wette, daß Ihr in Lady Wardroper eine willige Käuferin findet. Sie ist sehr stolz auf ihre zarten weißen Hände. Und Sir Cedric ist sehr viel älter als sie – ein liebevoller Ehemann, der sie vergöttert und ihr jeden Wunsch erfüllt.»

Ich dankte ihr für ihren Rat und verabschiedete mich. Sie schien mich nur widerwillig gehen zu lassen, und ich glaube fast, sie hätte mich noch länger aufgehalten, hätte von der offenen Tür nicht der nächste hungrige Gast nach ihr gerufen. Ich nutzte die Gelegenheit, schulterte mein Bündel und floh. Die beiden Hausfrauen waren inzwischen gegangen, und John Gentle, der Fleischer, stand am Eingang des Gäßchens und spähte nach neuer Kundschaft. Wir wechselten ein paar Worte, ich sagte ihm, wie gut mir sein Fleisch geschmeckt habe, aber er war zu sehr damit beschäftigt, nach neuen Kunden Ausschau zu halten, um sich mit jemandem abzugeben, dessen Hunger bereits gestillt worden war.

«Eure Frau hat mir geraten, nach Chilworth Manor zu gehen», sagte ich schließlich, und er nickte.

«Ihr tut ganz bestimmt gut daran, ihrem Rat zu folgen. Sir Cedric hat die Taschen voller Geld, und die Wardropers gehören zu den bekanntesten Familien in dieser Gegend. Ehrliche Leute, die noch die Sprache unseres Landes sprechen – jedenfalls, was die Männer angeht. Kurz bevor er nach London abgereist ist, habe ich den jungen Matthew getroffen. Er hat mir erzählt, sie hätten einen fahrenden Sänger zu Gast gehabt – es muß der gleiche gewesen sein, der wenig später hier bei uns gegessen hat –, und der hätte nur auf französisch gesungen, so daß keiner von ihnen ein Wort verstanden hat. Bis auf Lady Wardroper, die wohl ein paar Brocken dieser fremden Sprache versteht.»

Ich wünschte ihm einen guten Tag und beschloß, Mistress Gentles Empfehlung zu folgen, zumal ich, wenn ich in Richtung Nordosten wanderte, schließlich nach Winchester und damit auf die Straße nach London gelangen würde. Außerdem würde ich für die Nacht einen Unterschlupf brauchen, und ich spekulierte darauf, daß die großmütige Lady Wardroper mich in der Küche ihres Herrenhauses nächtigen lassen würde. Es war noch immer früh am Tag, und wenn ich rasch ausschritt, könnte ich Chilworth ohne große Schwierigkeiten am späten Nachmittag erreichen.

Ich rückte mein Bündel auf meinem Rücken zurecht und wandte meine Schritte in Richtung Osttor. Sobald ich die Mauern von Southampton hinter mir gelassen hatte, begann ich, in der für mich üblichen, unmelodischen Weise vor mich hinzupfeifen, denn wie ich zugeben muß, habe ich nie ein besonders feines Ohr für Musik besessen, und ich glaube auch nicht, daß sich das je ändern wird.

...

Zweites Kapitel

Der Nachmittag war schon recht weit fortgeschritten, als ich mich Chilworth Manor näherte. Das Herrenhaus lag ein oder zwei Meilen von der Furt entfernt, am Ufer eines Flüßchens, das in den Itchen mündete.

Es war ein herrlicher Tag. Der Wind wehte frisch und würzig über die Wiesen, aus den Schornsteinen der Hütten stieg schillernder Rauch auf, und der Himmel war so dunkelblau wie ein klarer See, auf dem ein paar weiche weiße Wölkchen schwammen. Die Hammerschläge eines Hufschmieds tönten wie ein fröhliches Glockenspiel zu mir herüber, das Flüßchen plätscherte mir in seinem schilfumstandenen Bett entgegen, und durch das glasklare Wasser konnte ich auf seinem Grund jeden Kiesel sehen. Gänseblümchen und goldgelbe Schöllkrautblüten bildeten einen bunten Teppich unter meinen Füßen.

Nach einer Weile führte das Flüßchen immer weniger Wasser, schließlich schien es ganz zu versiegen. Als ich um die nächste, von großen Weiden umstandene Biegung kam, sah ich, weshalb. Ein Schäfer hatte das Wasser gestaut, um seine Herde zu waschen. Ein untersetzter Bursche mit roten Wangen und verdrießlichem Blick ging ihm dabei zur Hand. Die Aufgabe des Jungen war es, jeweils eines der widerspenstigen Tiere ins Wasser zu ziehen, wo der Schäfer die schlechte, lose Wolle rund um das Euter entfernte und das Vlies sauberwusch. Anschließend prüfte er Maul und Ohren des Tieres und ließ es dann auf das gegenüberliegende Ufer klettern, wo es sich, triefnaß und zitternd, zu seinen Kameraden gesellte und den Schäfer mit großen, vorwurfsvollen Augen anstarrte. Die von ihren Muttertieren getrennten Lämmer stießen unterdessen klägliche Hilfeschreie aus.

Fröhlich begrüßte ich den Schäfer und seinen Helfer. «Gott sei mit Euch! Bin ich auf dem richtigen Weg nach Chilworth Manor?»

Der Junge antwortete nicht, aber der ältere Mann hielt in seiner Arbeit inne und nickte. «Ja, Ihr befindet Euch sogar schon auf dem Land, das zu Chilworth gehört. Das Herrenhaus liegt noch etwa eine halbe Meile entfernt. Seid Ihr Hausierer?»

«Ja. Und ich hoffe, Lady Wardroper einige von meinen Waren verkaufen zu können. Eine Fleischersfrau in Southampton hat sie mir als Kundin empfohlen.»

Der Schäfer lachte. «Mistress Gentle, vermute ich. Eine brave Frau, immer bereit, anderen zu helfen. Ihre Tochter Amice hat früher gelegentlich für Lady Wardroper genäht und gestickt, ehe sie zu ihrer jetzigen Herrschaft gezogen ist.» Damit wandte er sich wieder dem Mutterschaf zu, das er gerade gewaschen hatte, und drückte ihm das Maul auseinander. Das über diese Behandlung zu Recht erboste Tier versuchte, sich aufzubäumen und mit beiden Vorderfüßen gegen seine Brust zu drücken, doch der Schäfer wehrte den Angriff geschickt ab. «Auf diese alte Dame hier muß man gut aufpassen», lachte er. «Sie kennt alle Tricks. Als sie noch jünger und kräftiger war, hat sie mir so manches kalte Tauchbad verschafft.» Als das Mutterschaf voll rechtschaffener Empörung aufs gegenüberliegende Ufer kletterte, winkte der Schäfer seinem Helfer zu, er möge einen Augenblick warten, und wandte sich zu mir um. «Meine Hütte ist ganz hier in der Nähe. Könntet Ihr, ehe Ihr ins Herrenhaus geht, noch bei meiner Frau vorbeischauen? Erst gestern abend hat sie sich bei mir darüber beklagt, daß schon seit Wochen kein Hausierer mehr in unserer Gegend war und ihr verschiedene Dinge fehlen. Die Klinge des Küchenmessers ist zerbrochen, und wir brauchen ein Paar gute, kräftige Schnüre, falls Ihr so etwas bei Euch habt.»

«Wenn Ihr mir den Weg etwas genauer beschreibt, werde ich Eurer Frau gern meine Waren zeigen.»

«Der Junge wird Euch den Weg weisen», lautete seine Antwort. «Ich habe nur noch die beiden alten Widder zu waschen, und mit denen werde ich auch gut alleine fertig. Jed, sei ein braver Junge und führe den Hausierer zu meiner Hütte. Aber spute dich und komm gleich darauf wieder hierher zurück», fügte er mit drohendem Unterton hinzu, als der Junge seine Arbeit mit einer Eilfertigkeit im Stich ließ, die seinem Meister nur mißfallen konnte. «Die Tiere müssen sorgfältig bewacht werden, bis ihre Wolle trocken und wieder gut eingefettet ist.»

Ich folgte dem Jungen über einen schmalen Pfad auf eine Anhöhe. Auch wenn ich keine Bekanntschaft mit dem Schäfer geschlossen hätte – das kurzgeschorene Gras hätte mir verraten, daß hier regelmäßig Schafe weideten. Das aus groben Steinen erbaute, einstöckige Haus stand im Schutz einiger großer Bäume, deren frühsommerliches Blätterkleid hellgrün in der Sonne blitzte.

«Das ist Jack Shepherds Haus», sagte der Junge und verlangsamte seinen Schritt. Die Aussicht, nach Erledigung seines Auftrags zu seiner Arbeit zurückkehren zu müssen, schien ihm gar nicht zu gefallen. Plötzlich kam ihm eine Eingebung. «Am besten, ich komme mit hinein und mache Euch mit der Hausfrau bekannt. Schließlich seid Ihr fremd in dieser Gegend.»

Ich legte eine Hand auf seine Schulter. «Mein Bündel wird schon für sich sprechen. Ich glaube, du läufst jetzt besser zu Master Shepherd zurück, ehe er dir Bummelei vorwirft und Sir Cedric Wardroper empfiehlt, einen anderen Helfer einzustellen.»

Der Junge sah mißmutig drein. Mit einem herzzerreißenden Seufzer schlug er sich alle Ausflüchte aus dem Kopf, die ihm seine Anstellung hätten kosten können, besann sich auf seine Pflichten und wandte sich zum Gehen. Ehe er am Fluß des Hügels verschwand, warf er mir noch einen letzten sehnsüchtigen Blick über die Schulter zu. Ich ging zum Haus und klopfte an die Tür.

Eine Frau mit scharfgeschnittenen Gesichtszügen öffnete mir. Zu ihrem grauen Kleid trug sie eine Schürze und eine Haube aus grobem, ungebleichtem Leinen. Mein erster Eindruck war der von einem sauertöpfischen Wesen – ein gutes Beispiel dafür, wie irreführend Äußerlichkeiten sein können. Denn bei näherer Bekanntschaft erwies sich die Frau des Schäfers als eine äußerst angenehme und freundliche Zeitgenossin. Sie war etwa im gleichen Alter wie ihr Mann und hieß mich mit einem breiten Lächeln willkommen.

Als ich ihr von meiner Begegnung mit ihrem Mann berichtet hatte, drängte sie mich sofort, auf einem dreibeinigen Stuhl neben dem Herd Platz zu nehmen und mich bei einer Mahlzeit zu stärken.

«Ich habe gerade frischen Haferkuchen gebacken», sagte sie und begann, die heiße Asche rund um einen umgestürzten Topf beiseite zu kratzen. Dann nahm sie den Topf ab, holte ein sauberes Tuch, hob den Kuchen von den Herdkacheln und stellte ihn vorsichtig auf den Tisch. Schließlich holte sie noch ein Stück Butter, das sie, um es kühl zu halten, in frische Ampferblätter gewickelt hatte, füllte eine hölzerne Tasse mit Ale aus dem Faß in der Küchenecke und forderte mich auf, meinen Stuhl näher heranzuziehen und tüchtig zuzulangen.

«Falls Ihr nichts dagegen habt», sagte sie, «könnte ich, während Ihr eßt, Eure Waren anschauen.»

Ich stimmte mit Vergnügen zu und breitete den Inhalt meines Bündels auf dem anderen Ende des Tisches aus – ganz so, wie ich es am späten Vormittag für Mistress Gentle getan hatte. Auch die Frau des Schäfers strich bewundernd über die violetten Lederhandschuhe, und auf ihrem Gesicht lag die gleiche Mischung aus Sehnsucht und Bedauern.

«Ich habe vor, sie Lady Wardroper zu zeigen», sagte ich, und die Frau des Schäfers nickte.

«Ja, sie wird sie ganz gewiß kaufen und froh sein über die Gelegenheit, denn sie hat eine große Schwäche für feine Kleidungsstücke, und wie Euch mein Mann schon gesagt hat, ist durch unsere Gegend seit vielen Wochen kein Händler mehr gekommen. Wir liegen hier ein wenig ab vom Schuß, und es kommt öfter vor, daß vorüberziehende Reisende gar nicht bis zu uns vordringen. Was aber nicht heißen soll, daß nie jemand nach Chilworth kommt. Erst letzten Monat hatten wir einen fahrenden Sänger hier, der Sir Cedric und Lady Wardroper mit seiner Kunst unterhalten und die Nacht im Herrenhaus verbracht hat. Die Herrschaften waren über seinen Besuch auch deshalb so erfreut, weil Master Matthew damals noch zu Hause herumsaß, Däumchen drehte und darauf wartete, seine neue Stellung beim Herzog von Gloucester antreten zu können.»

«Von dieser Stellung habe ich auch schon gehört», sagte ich, spülte den letzten Bissen Haferkuchen mit etwas Ale herunter und wischte mir den Mund mit dem Handrücken ab. Als ich ihren fragenden Blick sah, fügte ich hinzu: «Mistress Gentle, die Fleischersfrau in Southampton, hat mir davon erzählt.»

Meine Gastgeberin lachte. «Nun, das erklärt alles. Die gute Joan Gentle ist immer zum Klatschen aufgelegt.» Sie zuckte mit den Schultern. «Aber ich bin wohl kaum dazu berufen, ihr daraus einen Strick zu drehen. Ich wäre eine reiche Frau, wenn ich bei dem üblichen Ausspruch meines Mannes jedesmal eine Silbermünze bekommen hätte: ‹Millisent, deine Zunge wird eines Tages noch dick anschwellen und ganz schwarz werden, wenn du nicht langsam damit aufhörst, über die Angelegenheiten anderer Leute zu klatschen.›»

Ich grinste mitfühlend. «So etwas ähnliches hat meine Mutter auch immer zu mir gesagt, als sie noch lebte – Gott sei ihrer Seele gnädig! ‹Deine unbezähmbare Neugier wird dich eines Tages noch ins Verderben führen, mein Sohn›, hat sie mich stets gescholten.» Ich befeuchtete meinen Zeigefinger und fischte damit die letzten Krümel des Haferkuchens vom Brett. «Das war ganz ausgezeichnet, Mistress.» Millisent Shepherd lächelte und füllte meine Tasse ein zweites Mal mit Ale. Dann beugte sie sich wieder über den Inhalt meines Pakkens. Ich machte es mir auf dem Stuhl bequem und freute mich über die Gelegenheit, nicht nur meinen Durst, sondern auch meine Neugier stillen zu können. «Wie ist es eigentlich dazu gekommen, daß der junge Master Wardroper in den Dienst des Herzogs von Gloucester trat?»

Die Frau hielt inne. Ihre Finger waren gerade über ein paar hübsche Seidenbänder geglitten, die sie wahrscheinlich tausendmal lieber gekauft hätte als ein Küchenmesser, aber offenbar fürchtete sie die Mißbilligung ihres Ehemannes.

«Ich kenne die Einzelheiten der Abmachung nicht», gestand sie mit einer gewissen Betretenheit ein, als wäre es ihre Pflicht und Schuldigkeit, über alles, was auf Chilworth Manor vor sich ging, ganz genau Bescheid zu wissen. «Doch ich glaube, Lady Wardroper hat einen entfernten Verwandten, der bereits eine feste Stellung im Haushalt des Herzogs hat. Ich habe vergessen, was für eine Stellung das ist, aber Mary Buck, die Wäscherin, hat mir erzählt, er sei dort ein wichtiger Mann. Und als es darum ging, für Master Matthew eine neue Stellung zu finden, fiel Lady Wardroper dieser Lionel Arrowsmith ein, und sie ließ ihm eine Nachricht zukommen. Er war damals irgendwo im Norden... Wo auch immer der Herzog weilt, wenn er nicht in London ist.»

«In Middleham Castle vermutlich», sagte ich. «Es soll hoch oben in den Mooren von Yorkshire sein. Dort verbringt Herzog Richard den größten Teil seiner Zeit, und dort leben auch sein kleiner Sohn und die Herzogin.»

Millisent Shepherd betrachtete mich mit neu erwachtem Interesse. «Ihr wißt sehr viel», sagte sie nicht ohne Bewunderung. «Aber in Eurem Gewerbe kommt Ihr natürlich auch viel herum und hört, was die Leute reden.»

«Allerdings. Aber wieso mußte Lady Wardroper für Master Matthew eine neue Stellung finden? Gewiß ist seine Zukunft auf Chilworth Manor doch gesichert.»

«Das schon. Doch wie alle Knaben seines Standes wurde er zur Erziehung in einen anderen Haushalt geschickt. Er ist bei einem Freund von Sir Cedric aufgewachsen – Sir Peter Wells hieß er, glaube ich. Er wohnte ziemlich weit von hier, in der Nähe von Leicester, soweit ich weiß. Letzte Weihnachten ist dieser Sir Peter gestorben, ohne ein Kind oder einen Nachfolger zu hinterlassen. Seine Frau hat sich in ein Kloster zurückgezogen, und der Haushalt wurde aufgelöst. Master Matthew kehrte nach Chilworth zurück, und da war er nun, siebzehn Jahre alt und ohne festen Platz auf der Welt.» Die Schäfersfrau verzog das Gesicht und hob die Schultern. «Sir Cedric ist nun einmal nicht der Mann, der einen lebenslustigen Müßiggänger in seinem Hause duldet. Er ist gut zwanzig Jahre älter als seine Frau, und es dauerte nicht lange, bis er und Master Matthew sich in der Wolle hatten. So hat es mir jedenfalls meine Freundin, die Wäscherin, erzählt. Uns hat das alles nicht sonderlich überrascht. Schon als kleines Kind ist Matthew das Ebenbild seiner Mutter gewesen: die gleichen Augen, die gleichen Haare, die gleichen Gesichtszüge. Und es heißt doch immer, daß Menschen, die sich ähnlich sehen, sich auch in anderer Hinsicht ähnlich sind, oder stimmt das nicht?»

Zögernd bestätigte ich die Behauptung. «Obgleich ich auch schon Zwillinge gekannt habe, die sich äußerlich vollkommen ähnlich waren und doch eine ganz andere Wesensart besaßen.»

Mistress Shepherd tat meine Bemerkung mit einer unwirschen Handbewegung ab. «Das mag ja sein, aber in diesem besonderen Fall liegt es auf der Hand. Sir Cedric ist ein eher humorloser Mann, während Mylady immer gern gescherzt und gelacht hat. Natürlich hat sie sich über die Jahre zügeln müssen, um sich dem Temperament ihres Mannes anzupassen. Master Matt dagegen sah keinen Grund, seinem Vater zuliebe auf irgend etwas zu verzichten. Um den Hausfrieden zu bewahren, mußte er daher so bald wie möglich andernorts untergebracht werden. Mylady wandte sich an ihren Verwandten im Dienste des Herzogs von Gloucester, und schon wenige Wochen später kam der Bote mit der Kunde zurück, Master Matt könne sich dem Haushalt des Herzogs anschließen, sobald er nach Süden komme. Nach allem, was ich gehört habe, rüsten wir uns ja wieder einmal für einen Kampf gegen die Franzosen. Ach, ihr Männer! Alles, woran ihr zwischen Wiege und Bahre denken könnt, ist das Raufen und Kämpfen. Frauen sind da viel vernünftiger. Mädchen lernen rasch, daß es viel bessere Möglichkeiten gibt, miteinander auszukommen, als sich die Augen auszukratzen. Wir Frauen verabscheuen jede Gewalt.»

«Ich kenne da allerdings einige Ausnahmen», erwiderte ich grimmig, ließ mich jedoch auch diesmal nicht auf eine genauere Erklärung ein. «Ist etwas dabei, das Euer Gefallen findet?» lenkte ich rasch auf ein anderes Thema über.

Meine Gastgeberin seufzte. «Es müssen dieses Messer und die Hanfschnüre sein. Sie werden dringend benötigt, und wir haben zuwenig Geld, um es für irgendwelche überflüssige Dinge auszugeben. Nennt mir Euren Preis, damit ich Euch bezahlen kann und Ihr zum Herrenhaus weiterziehen könnt. Eure Handschuhe werden dort mit Sicherheit eine zahlungskräftige Abnehmerin finden, denn Sir Cedric mag zwar halsstarrig sein und jeglichen leichtfertigen Zeitvertreib im Leben mißbilligen, aber er ist auch ein nachsichtiger und äußerst freigebiger Ehemann.» Sie stieß einen weiteren Seufzer aus. «Manche Frauen haben eben mehr Glück als andere.»

Ich lachte, und da ich kein Verlangen hatte, mich in einen Ehezwist hineinziehen zu lassen, fügte ich rasch hinzu: «Ich bin sicher, Euer Mann würde, wenn es ihm möglich wäre, für Euch das gleiche tun.» Dann nannte ich eine angemessene Summe für Messer und Schnüre, verstaute das Geld in meiner Börse und schenkte der Schäfersfrau noch eine Spule Garn, die sie dankbar entgegennahm.

«Ihr seid ein guter Junge. Das habe ich sofort gesehen, als Ihr zur Tür hereingekommen seid. Und jetzt fort mit Euch, denn Ihr habt das Abendessen meines Mannes verspeist, und ich muß schnell noch einen neuen Haferkuchen backen, ehe er nach Hause kommt und nach seiner Mahlzeit verlangt.»

Trotz ihrer Eile begleitete sie mich zur Tür und winkte mir nach, bis der Pfad am Fuße des Abhangs eine Biegung machte und ich außer Sichtweite war.

Die Schafherde war inzwischen vollständig gewaschen. Jed hockte auf dem gegenüberliegenden Ufer, gähnte vor Langeweile und kratzte sich seinen von Flöhen zerstochenen Hals, während er darauf wartete, daß die Felle der Tiere trockneten. Jack Shepherd selbst war damit beschäftigt, die Lämmer durch eine kleine, selbst angelegte Furt zu treiben, um sie wieder mit ihren Muttertieren zu vereinen.

«Sie haben Schwierigkeiten, ihre Mütter wiederzufinden», sagte er mir kichernd. «Schafe sind wirklich dumme Geschöpfe, aber das hat auch sein Gutes. Es hilft uns, die Kleinen zu entwöhnen.» Er nahm einen Spaten und begann, den Damm abzutragen, mit dem er das Flüßchen angestaut hatte. Rauschend strömte das Wasser in sein altes Bett. «Hat meine Frau bekommen, was sie wollte?»

«Ja», versicherte ich ihm und hielt es für klüger, nicht zu erwähnen, daß ich bei der Gelegenheit auch gleich sein Abendessen verspeist hatte. «Ich mache mich auf den Weg zum Herrenhaus. Ich habe ein Paar Handschuhe dabei, die Lady Wardroper vielleicht gefallen könnten.»

«Dann wünsche ich Euch viel Glück», sagte der Schäfer.

«Ihr braucht bloß am Ufer entlangzugehen, bis Ihr zu einer Weide kommt, deren Zweige fast bis hinüber zum anderen Ufer reichen. Dort biegt ein Pfad ab, der Euch quer über die Wiesen führt. Sobald Ihr die nächste Anhöhe erreicht habt, werdet Ihr das Herrenhaus vor Euch sehen.»

Ich dankte ihm von Herzen, er wünschte mir Gottes Segen, und selbst der Junge raffte sich auf, mir zum Abschied zuzuwinken. Und so schieden wir in freundlichem Einvernehmen.

Sobald ihr die Kunde meiner Ankunft von einem ihrer Mädchen überbracht worden war, wurde ich in Lady Wardropers Salon geführt. Zwar mißbilligte der Haushofmeister, ein hochgewachsener, hagerer Mann mit grauem Haar und wäßrigen, mißtrauischen Augen, ganz offensichtlich meine Anwesenheit, doch das Mädchen, das sich mir verlegen kichernd mit dem Namen Jennet vorgestellt hatte, sagte, davon lasse sich ihre Herrin nicht abschrecken.

«Master Stewards Meinung ist der Lady völlig gleichgültig. Sie langweilt sich schrecklich, was ja auch nur allzu verständlich ist, wenn man bedenkt, daß sie den ganzen Sommer über hier auf dem Land festsitzt. Sir Cedric hatte versprochen, mit ihr nach London zu reisen, doch jetzt, wo der König in Frankreich ist, will er sein Versprechen nicht halten. Er sagt, für eine anständige Frau schicke es sich nicht, in der Hauptstadt zu sein, wenn sich so viele Männer dort aufhalten. Er meint, in solchen Zeiten würde die Unzucht in allen Gassen lauern.» Wieder kicherte Jennet. «Nicht daß der Lady das irgend etwas ausgemacht hätte. Sie wäre wohl behütet gewesen, aber wenn Sir Cedric nein sagt, meint er auch nein.»

Ich zog den Kopf ein, als wir unter einem Bogen hindurchgingen, und folgte dem Mädchen eine flache Treppe hinauf.

«Wahrscheinlich macht er sich unnötig Sorgen», stimmte ich zu. «Der Großteil der Truppen hat sich sowieso in Kent versammelt, in Barham Down in der Nähe von Canterbury.

So haben es mir jedenfalls mehrere Leute erzählt, die aus dieser Richtung kamen. Aber Sir Cedric kann seine Lage natürlich am besten selbst beurteilen.»

«Wie ich schon sagte: Wenn er sich einmal zu etwas entschlossen hat, kann niemand ihn zum Einlenken bringen.» Vor einer eisenbeschlagenen Tür blieb Jennet stehen. «Und die Tatsache, daß sein eigener Sohn am vergangenen Montag nach London geritten ist, um sich dem Herzog von Gloucester anzuschließen, reicht aus, um ihn davon zu überzeugen, daß er im Recht ist. Schließlich heißt es überall, daß der Herzog in wenigen Wochen ebenfalls nach Frankreich ziehen wird.» Sie klopfte an die Tür.

Eine liebenswürdige Stimme forderte uns auf einzutreten.

Lady Wardroper saß in einem mit reichen Schnitzereien verzierten Lehnstuhl neben dem leeren Kamin und hielt einen Stickrahmen im Schoß. Sie war eine hübsche Frau mit sanften blauen Augen und fein geschwungenen Lippen, die sie zu einem Schmollmund verzogen hatte. Eine Strähne ihres dunklen, fast schwarzen Haares war aus der Haube gerutscht und fiel locker über eine Schulter. Ihre Haut war so blaß, daß Lady Wardroper sie gewiß nicht zusätzlich zu bleichen brauchte, wie es derzeit bei vornehmen Damen Mode war. Ihr Haaransatz war allerdings rasiert, so daß ihre Stirn eine hohe, geschwungene Kuppel bildete – ein Zeichen dafür, daß Lady Wardroper trotz ihrer Abgeschiedenheit nicht jeden Anspruch auf eine modische Erscheinung aufgegeben hatte. Sie trug ein Gewand aus dunkelblauer Seide, an der Taille zusammengehalten von einem Gürtel aus zimtfarbenem Samt mit einer silbernen, reich mit Saphiren besetzten Schnalle. An jedem Finger trug sie Ringe, und ihren schlanken Hals schmückte ein Rosenkranz aus Elfenbein.

Sie sah auf, als Jennet mich ins Zimmer führte, und legte den Stickrahmen beiseite. Auf dem gerade noch so mißmutigen, gelangweilten Gesicht erschien ein strahlendes Lächeln, und auf ihren Wangen bildeten sich, wie ich sogleich bemerkte, die entzückendsten kleinen Grübchen.

«Der Hausierer!» rief sie, klatschte in die Hände und schien, wie so viele Menschen, von meiner Körpergröße und meiner Jugendlichkeit überrascht. «Lieber Himmel», lachte sie, «wie groß Ihr seid! Bitte, setzt Euch doch. Ich möchte mir nicht den Hals verrenken. Und jetzt», fuhr sie ein wenig atemlos fort, «laßt einmal sehen, was Ihr in Eurem Bündel habt.»

Und so kam es, daß ich zum dritten Mal an diesem Tag unter den kritischen Blicken einer Frau meine Waren auslegte. Lady Wardroper musterte sorgfältig jedes einzelne Stück, doch entging mir nicht, daß ihre Augen immer wieder zu den violetten Handschuhen wanderten. Endlich streckte sie eine Hand aus und strich über das weiche Leder.

«Sie sind nicht neu», klärte ich sie rasch auf, ehe sie Gelegenheit hatte, selbst darauf zu kommen. «Wenn Ihr genau hinschaut, werdet Ihr sehen, daß der linke Daumen an der Spitze ein wenig abgerieben ist.»

Sie lächelte mich an. «Ich hatte es schon bemerkt und mich gefragt, ob Ihr wohl so ehrlich sein würdet, es offen einzugestehen, vor allem weil es sich um einen so geringfügigen Makel handelt. Wie seid Ihr an die Handschuhe gekommen?» Sie hörte sich meine Geschichte geduldig an und nickte verständnisvoll. «In diesem Jahr haben viele Menschen den Druck der erhöhten Steuern zu spüren bekommen. Sir Cedric, meinem Ehemann, ist es glücklicherweise gelungen, alle Unbilden zu überstehen, doch andere, die weniger glücklich waren als wir, haben den Kopf nicht über Wasser halten können.» Sie musterte mich nachdenklich. «Ihr scheint ein ehrlicher Bursche zu sein, deshalb nehme ich an, Ihr habt der armen Dame einen gerechten Preis für ihre Handschuhe gegeben?» Ich nannte die Summe, und sie schien zufrieden zu sein. «Wirklich mehr als ausreichend. Also gut! Was werdet Ihr von mir verlangen, falls ich mich entscheide, die Handschuhe zu erwerben?»

Wir feilschten ein wenig, doch am Ende erklärte sie sich mit meinem Preis einverstanden. Sie klingelte mit der Glocke, die neben ihr auf einem Tischchen stand, und als Jennet erschien, wies sie das Mädchen an, mit mir zum Kontor zu gehen und dem Kontoristen zu sagen, er solle mich auszahlen. Während ich mein Bündel wieder zusammenschnürte, zog Lady Wardroper die Handschuhe an, streckte zufrieden die Hände aus und bewunderte ihre Wirkung. Dazu summte sie ein paar Takte aus einem Lied und sang: «Das ist das Ende. Doch ganz gleich, was geredet wird, ich muß dich lieben.» Sie warf mir einen koketten Blick zu und fragte: «Mögt Ihr Musik, Master Chapman?» Und mit bedauerndem Tonfall fügte sie hinzu: «Ich kenne keinen Mann, der Sinn dafür hat.»

«Leider, Mylady, habe auch ich nicht das rechte Ohr für gute Musik. Aber die Worte, die Ihr soeben gesungen habt, klangen sehr... traurig.» Ich tat mein bestes, meiner Wertschätzung höflich Ausdruck zu verleihen.

Sie lachte. «Es ist ein Lied von einem französischen Trouvère und, wie Ihr ganz richtig bemerkt habt, ziemlich traurig. Es heißt *C'est la fin*, und wenn es von einem bretonischen Bombard begleitet wird, klingt es besonders bewegend.»

Als die Tür sich hinter uns geschlossen hatte, prustete Jennet vor Lachen. «Französische Liebeslieder! Man sollte meinen, in ihrem Alter hätte sie diesen Unsinn allmählich hinter sich.»

«Wie alt ist Lady Wardroper eigentlich?» fragte ich, denn meine Neugier war geweckt.

Jennet warf den Kopf zurück. «Nun ja, als Mutter eines siebzehnjährigen Sohnes kann sie nicht mehr ganz so jung sein, oder? Das kann man auch an den Falten an ihrem Hals und auf ihren Handrücken sehen. Allerdings glaube ich nicht, daß sie viel älter als sechzehn war, als Master Matthew zur Welt gekommen ist. So hat man es mir jedenfalls erzählt. Ich bin zu jung, um mich selbst daran erinnern zu können.»

«Und Sir Cedric ist sehr viel älter als sie?»

«Fünfundzwanzig Jahre, glaube ich. Er vergöttert sie, aber mit Master Matthew kommt er seltsamerweise überhaupt nicht aus.» Sie führte mich eine schmale Wendeltreppe hinunter, bis wir auf der Rückseite des Hauses auf einen kleinen dunklen Treppenabsatz kamen. «Und doch», fuhr Jennet fort, «der junge Master ist das Ebenbild seiner Mutter. Rein äußerlich jedenfalls. Und er scheint auch ihr sonniges, unbekümmertes Gemüt geerbt zu haben. Nicht daß ich ihn oft zu Gesicht bekommen hätte. Eigentlich nur in den letzten paar Monaten, nachdem er aus dem Norden zurückgekehrt war. Die Jahre davor hat er irgendwo in der Nähe von Leicester verbracht.»

«Das hat man mir erzählt», erwiderte ich. «Doch was bei der Ehefrau besonders anziehend ist, gilt bei dem eigenen Sohn nicht unbedingt als Empfehlung. Vermutlich hat Sir Cedric gehofft, sein einziges Kind schlüge eher ihm nach als seiner Mutter.»

«Das ist möglich», stimmte Jennet zu und blieb vor dem mit einem Vorhang verdeckten Durchgang stehen. «Sir Wardroper ist ein ernsthafter, nüchterner Mann, der sich bei seinem Sohn gewiß die gleichen Eigenschaften wünscht.» Sie deutete auf den Vorhang aus Leder. «Dahinter ist das Kontor.» Sie legte eine Hand auf meinen Arm. «Es ist schon spät. Braucht Ihr ein Bett für heute nacht? Ich könnte die Köchin überreden, Euch in der Küche ein Eckchen zu überlassen.»

«Dafür wäre ich Euch sehr dankbar», erwiderte ich lächelnd. «Ich hatte darauf gehofft, hier ein Obdach für die Nacht zu finden. Und wenn Ihr Euch für mich verwenden wollt...»

«Betrachtet es als so gut wie abgemacht», erwiderte Jennet mit einem schelmischen Grinsen.

...

Drittes Kapitel

Am nächsten Morgen beim ersten Hahnenschrei setzte ich mich auf dem Strohlager auf, das mir die Köchin freundlich zugewiesen hatte, und betrachtete die schlafende Gestalt, die neben mir lag.

Jennets lange Wimpern formten zwei rotgoldene Halbmonde auf ihren zarten Wangen. Ihr Haar, von der gleichen Farbe wie die Wimpern, ergoß sich in üppigen Locken über mein Bündel, das ihr notdürftig als Kopfkissen diente, und ein zart gerundeter Arm ragte aus der groben grauen Decke, die sie von ihrem Rollbett im Vorzimmer ihrer Herrin mitgebracht und um uns beide geschlungen hatte.

Ich war kaum überrascht gewesen, als Jennet in den frühen Stunden des kühlen Junimorgens in die Küche geschlichen kam und sich an mich schmiegte. Ihre Blicke am vorigen Abend hatten mir einen solchen Besuch verheißen, und sie wußte, daß ich in der Küche allein war. Kein anderer Reisender hatte den Frieden von Chilworth gestört, und sie selbst hatte mich wissen lassen, daß die Köchin, die Küchenmädchen und der Küchenjunge im Hauptgebäude bei der restlichen Dienerschaft schliefen.

Ein paar kostbare, stumme Augenblicke lang betrachtete ich sie noch, dann berührte ich sanft ihre Schulter. Sie war sofort wach, schlug die Decke zurück, setzte sich auf und umschlang die Knie mit beiden Armen. Ihre langen Haare waren wie ein dichter Umhang, doch selbst durch die üppigen Strähnen waren die Rundungen ihres Körpers deutlich zu erkennen.

«Du mußt jetzt gehen», flüsterte ich bedauernd und deutete auf die schmalen Lichtstrahlen, die durch die Ritzen der Fensterläden drangen. «Ein Teil der Dienerschaft ist schon aufgestanden. Ich kann sie im Haus rumoren hören.» Ich beugte mich zu ihr und küßte ihre weichen Lippen. «Und für mich ist es auch an der Zeit, mich wieder auf den Weg zu machen.»

Jennet seufzte, stand auf und wickelte sich in die Decke. So stand sie da und schaute auf mich herunter. Ein leichtes Lächeln spielte um den vollen Mund, und in den graugrünen Augen funkelte es verschmitzt. Schließlich zwinkerte sie mir noch einmal zu, schlang die Decke noch fester um ihren Körper und lief so rasch zur Tür, daß ihre bloßen Füße über die Steinfliesen klatschten.

Ich zog mich rasch an und ging hinaus zur Pumpe im Hof, wo ich mir eisiges Wasser über Gesicht und Hände schüttete. Als ich in die Küche zurückkehrte, hantierten dort schon zwei der Küchenmädchen mit den schweren Töpfen, gähnten und rieben sich den Schlaf aus den Augen. Eine von ihnen ließ sich beschwatzen, mir kochendes Wasser zum Rasieren zu bringen – allerdings erst, nachdem ich ihr versprochen hatte, mich des Blasebalgs anzunehmen und der im Ofen noch vom Vorabend schwelenden Glut neues Leben einzuhauchen. Das zweite Mädchen bot mir, ohne daß ich sie darum bitten mußte, sogar etwas Haferschleim und gebratenen Speck zum Frühstück an, eine Mahlzeit, über die ich mich dankbar hermachte. Ich saß noch immer am Tisch und aß, als die Köchin hereinkam, aber sie nickte mir nur kurz zu und sagte, sie hoffe, ich würde bald verschwinden und ihr nicht länger als unbedingt nötig im Wege herumstehen.

«Ich bin schon so gut wie unterwegs», versicherte ich ihr fröhlich, schob das letzte Stück Speck in den Mund und streifte mein Wams über. «Sieht ganz so aus, als würde es ein schöner Tag, und ich will keine Zeit vergeuden.»

«Wohin geht Ihr?» fragte sie, band ihre Schürze um und griff nach einem gewaltigen Schöpflöffel.

«In Richtung Winchester. Und dann weiter nach London.»

Sie gab ein kehliges Kichern von sich. «Man sagt, in London seien die Straßen mit Gold gepflastert. Aber ich habe da so meine Zweifel. Wahrscheinlich handelt es sich wie überall sonst auch bloß um Pferdescheiße.»

«Allerdings.» Ich lachte. «Und um jede Menge tote Hunde, stinkenden Abfall und mit Horden von Fliegen bedeckten Mist. Natürlich werden trotz des Verbots innerhalb der Stadtgrenzen unzählige Schweine gehalten und auch sonst leichtfertig alle möglichen Gesetze übertreten.»

«Und Menschen ermordet», warf sie ein.

«O ja», stimmte ich zu. «Menschliche Verderbtheit gibt es überall.» Ich hatte mit mehr Bitterkeit gesprochen, als ich beabsichtigt hatte, und sah, wie die Köchin mir einen fragenden Seitenblick zuwarf. Rasch fuhr ich fort: «Gibt es von hier aus noch einen anderen Pfad zur Straße nach Winchester, oder muß ich zur großen Furt zurückkehren und den gleichen Weg nehmen, auf dem ich hergekommen bin?»

«Ja, es gibt einen anderen Pfad», räumte sie zögernd ein. «Den Leuten hier in der Gegend ist er wohlbekannt, und auch Ihr müßtet in der Lage sein, ihn zu finden, wenn Ihr ganz genau meinen Anweisungen folgt.» Sie begleitete mich zur Küchentür, und gemeinsam schauten wir hinaus in den dunstigen Morgen. Gerade drangen die ersten Sonnenstrahlen durch den Nebel.

Irgendwo zu unserer Linken raschelte ein großer Vogel, vielleicht eine Ringeltaube, im Unterholz. Die Köchin deutete mit der Schöpfkelle in die Ferne. «Als erstes geht Ihr zum Flüßchen zurück und wendet Euch ostwärts. Wenn Ihr das Land von Chilworth Manor verlaßt, kommt Ihr zu einer Waldläuferhütte. Sie liegt an der Kreuzung mit einem anderen Pfad, der erst nach Norden verläuft und dann westlich weiterführt. Es ist ein gut ausgetretener Pfad, und wenn Ihr nicht von ihm abweicht, wird er Euch ein bis zwei Meilen südlich der Stadt auf die Straße nach Winchester bringen.»

Ich nickte, stellte mir vor meinem geistigen Auge den Verlauf des Pfades vor und sah keinen Grund, warum ich ihn verfehlen sollte. Die Köchin war sich da allerdings nicht ganz so sicher.

«Die erste Wegstunde ist gar nicht schwierig», sagte sie. «Der Weg ist breit und führt Euch direkt zu einer Einsiedelei mitten im Wald. Eine halbe Meile später müßt Ihr jedoch mächtig aufpassen. Der Hauptweg ist dort von mehreren anderen Pfaden, die sich durchs dichte Waldland schlängeln, nicht mehr ganz so leicht zu unterscheiden, und Ihr könntet Euch durchaus verirren. Fremden ist das schon mehr als einmal passiert. Doch die Einheimischen, die wie ich die Gegend von Kind auf kennen, verirren sich nie, und das müßte eigentlich auch allen anderen gelingen, wenn sie ausreichend vorgewarnt sind und ihren Grips beieinander haben.» Sie legte eine Hand auf meinen Arm. «Ihr scheint ein schlaues Bürschchen zu sein. Achtet auf die Zeichen und haltet Euch immer nordwestlich.»

Ich dankte ihr, hievte meinen Packen auf die Schultern und schritt rasch aus. Obgleich ich mehrmals zurückschaute, war kein Zeichen von Jennet zu sehen. Die Erinnerung an unser Zusammensein ließ mich unwillkürlich lächeln. Wahrscheinlich würden wir uns niemals wiedersehen, doch in der letzten Nacht hatten wir einander für kurze Zeit Nähe und Zuneigung geschenkt.

Plötzlich wußte ich nicht mehr, wo ich war. Offenbar hatte ich irgendwo den falschen Abzweig genommen, und je länger ich darüber nachdachte, desto genauer glaubte ich zu wissen, wo es gewesen war.

Ich war an der Einsiedelei vorbeigekommen, hatte den ordentlich eingezäunten Gemüsegarten bewundert und war munter weitermarschiert. Hatte die Köchin mich nicht ein «schlaues Bürschchen» genannt? Hatte ich ihr nicht im Innersten meines Herzens freudig zugestimmt? Und heißt es nicht im Buch Jesus Sirach, Stolz und Hochmut führten unweigerlich ins Verderben? Es war mir am Anfang so einfach erschienen, den richtigen Weg von all den anderen kleinen Pfaden zu unterscheiden, die den Waldboden in einem schattigen Zickzack durchzogen und sich im düsteren Unterholz verloren. Doch dann war ich an einer Stelle angelangt, an der sich der Weg so unmerklich gabelte, daß es mich hätte stutzig machen müssen. Hätte ich wirklich darüber nachgedacht, welchem Pfad ich folgen sollte, hätte ich, wie mir jetzt klar wurde, den schmaleren Pfad zur Linken gewählt, der nach Westen abbog und viel ausgetretener war als der, den ich genommen hatte. Außerdem erinnerte ich mich jetzt daran, daß die überhängenden Zweige von den Stöcken und Messern früherer Wanderer, die sich ihren Weg durch den Wald gebahnt hatten, erheblich gestutzt worden waren.

Trotz all dieser deutlich sichtbaren Zeichen war ich, ohne anzuhalten oder wirklich nachzudenken – versunken in die glückliche Erinnerung an meine Stunden mit Jennet –, auf den breiteren, aber weniger ausgetretenen Pfad geraten, der nach einer Viertelmeile immer schmaler wurde, bis er sich schließlich als kaum noch erkennbarer Trampelpfad durch ein Dickicht aus Büschen und jungen Bäumen schlängelte. Über mir wölbten sich Zweige mit triefnassen Blättern, zu denen kaum je ein Sonnenstrahl drang. Meine Füße patschten durch trügerischen, schlüpfrigen Morast. Und mit jedem Schritt ging ich weiter in Richtung Osten, entfernte mich immer mehr von der Straße nach Winchester.

Ich verfluchte mich ausgiebig für die Dummheit und Überheblichkeit, die zu meiner gegenwärtigen Zwangslage geführt hatten – obgleich «Zwangslage» vielleicht ein zu starkes Wort war, denn ich hatte keine ernsthaften Zweifel daran, daß ich mich jederzeit durch das Unterholz zu meiner Linken schlagen und wieder auf den rechten Weg gelangen könnte. Dennoch beschloß ich, dem schmalen Trampelpfad noch ein Stück weit zu folgen. Ich hoffte, auf einen Abzweig zu stoßen, der mich zurückführen würde, ohne daß ich mir

Hose und Wams zerreißen müßte. Auch hätte sich mein sperriger Packen in diesem Gelände als hinderlich erwiesen. Hinter den harmlosen blassen Blüten der Büsche verbarg sich zweifellos ein widerspenstiges Dornengestrüpp.

Plötzlich wurde es heller, und ich fand mich auf einer kleinen, von Gras und Blumen überwucherten Lichtung wieder. In der Mitte stand eine winzige Kapelle; die Nische, in der einst ein Heiliger gestanden hatte, war leer. Brüchige graue Steine ragten aus einer dichten Efeudecke wie Knochen aus zerfetzter Haut, und durch die Löcher und Ritzen im bröckeligen Mörtel schob sich ein Gewirr aus Wegwarte, Rainfarn und Pfennigkraut. Ich trat näher, ließ meinen Packen vom Rücken gleiten und untersuchte die kleine Kapelle ein wenig näher. Es gab keinen Hinweis darauf, welchem Heiligen man sie einst geweiht hatte, aber immerhin hatte ich eine Vorstellung davon, warum sie verfallen war. Ein kurzer Blick über den Boden der Lichtung ließ zahlreiche Hügel und Buckel erkennen; hier und da schauten unter dem Gras sogar noch ein paar Steine heraus. All das legte nahe, daß es hier vor längerer Zeit einmal eine Siedlung gegeben hatte, ein kleines Dorf vielleicht, das wie so viele andere menschlichen Ansiedlungen im vorigen Jahrhundert vom Schwarzen Tod ausgelöscht worden war.

Diejenigen unter euch, die meine früheren Aufzeichnungen gelesen haben, werden wissen, daß ich zwar nicht mit hellseherischen Fähigkeiten gesegnet – oder geschlagen – bin, von meiner Mutter jedoch eine Art sechsten Sinn geerbt habe, der sich manchmal in Träumen, manchmal in seltsamen Vorahnungen zeigt. Eine solche Ahnung überkam mich auch jetzt. Ich blieb wie angewurzelt stehen, meine Nackenhaare sträubten sich vor Angst, und ich spürte, wie mir der Schweiß das Rückgrat herunterlief. Ich hatte ein sehr starkes Gespür für das Böse, doch ob die böse Tat in diesem Fall in der Vergangenheit lag oder sich erst noch ereignen sollte, vermochte ich nicht zu sagen. Die Stille war tödlich; kein

Vogel sang, kein Insekt summte, und dabei war der Wald noch vor wenigen Augenblicken von diesen Geräuschen erfüllt gewesen. Die Bäume schienen bedrohlich näher zu kommen und mich zu erdrücken, bis ich das Gefühl hatte, ersticken zu müssen...

Der Augenblick ging vorüber. Ich schüttelte mich wie ein Hund, der nach langer Zeit im Wasser endlich trockenes Land unter den Füßen hat. Die Bäume wichen zurück. Ein Vogel flatterte durch die Zweige zu seinem Nest und zwitscherte beruhigend seinen Jungen zu. Grashüpfer und Grillen nahmen ihren vielstimmigen Chorgesang wieder auf. Erleichtert griff ich nach meinem Bündel. Dabei fiel mein Blick auf einen kleinen Blumenstrauß aus Glockenblumen, Lichtnelken und langen Efeuranken, der zu Füßen der Heiligennische lag. Ein paar Grashalme steckten zwischen den Blüten, die schon verwelkt und verblichen waren, und ich fragte mich, wer sich wohl die Mühe gemacht hatte, an diesen abgelegenen Ort vorzudringen, um einem nicht mehr vorhandenen Heiligen Blumen zu bringen. Welche Absicht mochte hinter dieser Opfergabe stecken?

Doch die Blumen konnten mir keine Antwort auf meine Fragen geben, also hob ich den Blick und suchte nach einem Weg, der mich von der Lichtung zurückführen könnte. In dem Moment entdeckte ich zu meiner Linken einen etwa mannsbreiten Pfad, den bereits jemand durch Büsche und Unterholz geschlagen hatte. Durch den geschickten Einsatz meines eigenen Knüppels konnte ich mich und meinen Pakken ohne größere Schwierigkeiten hindurchzwängen und gelangte bereits zehn Minuten später zu dem Pfad, auf dem ich gewandert war, ehe ich mich aufgrund meiner eigenen Dummheit verlaufen hatte.

Die Sonne stand schon hoch am Himmel, als ich auf die Straße von Southampton nach Winchester trat. Die Mittagsstunde war längst vorüber, doch wegen meines Mißgeschicks hatte ich noch nichts gegessen. In der Hoffnung, irgendwo meinen Hunger stillen zu können, lenkte ich meine Schritte in Richtung Stadt. Vielleicht würde ich auf ein Wirtshaus an der Straße oder auf eine einladende Hütte treffen, deren Herrin bereit war, mir gegen eine hübsche Bezahlung etwas Eßbares vorzusetzen. Ich war noch nicht weit gegangen, da hörte ich hinter mir Räder quietschen und sah, als ich über meine Schulter schaute, ein leeres Fuhrwerk herankommen. Es wurde von einem schweren, kastanienbraunen Ackergaul gezogen und einem grobschlächtigen Landburschen gelenkt. Er trug einen grauen Wollkittel und grobe Wollhosen, seine Füße steckten in festen Stiefeln aus derbem braunem Leder. Als er meine Höhe erreicht hatte, brachte er sein Fuhrwerk zum Stehen.

«Wollt Ihr mitfahren, Master Chapman?» fragte er knapp.

«Sehr gerne», gab ich zurück. «Aber noch lieber wäre es mir, wenn Ihr mir sagen könntet, wo ich hier in der Gegend etwas zu essen und zu trinken bekomme. Ich habe nämlich mein Mittagsmahl verpaßt.»

Der Mann grinste und zupfte an der Krempe seines Huts. «Habt wohl Euren Proviant vergessen?» Er betrachtete mich nachdenklich. «Allerdings seht Ihr nicht aus wie einer, der sein Essen vergißt. Aber es ist schon früher Nachmittag. Die Mittagsstunde liegt zwei Stunden zurück.»

«Ja, ich weiß. Ich habe eine Abkürzung durch den Wald genommen und mich dummerweise verlaufen. So geht's einem, wenn man besonders schlau sein will.»

Der Mann lachte. «Ja, da habt Ihr wohl recht.» Er zeigte auf den leeren Sitz neben sich. «Springt auf. Ich soll auf einer Farm ganz in der Nähe Wolle abholen. Die Farmersfrau wird Euch bestimmt etwas Gutes vorsetzen. Sie hat eine scharfe Zunge, aber ein gutes Herz und wird sich freuen, einen Hausierer zu sehen.»

Also stieg ich zu ihm auf den Bock und stellte meinen

Packen zu meinen Füßen ab. Mein Reisegefährte schnalzte mit der Zunge, und der Gaul setzte sich in Bewegung.

«Kommt Ihr aus dieser Gegend?» fragte ich.

«Ich bin in Southampton geboren und aufgewachsen.»

«Und kennt Ihr Euch in der Umgebung aus? In den Wäldern rund um Chilworth Manor?»

Der Fuhrmann schüttelte den Kopf. «Ich habe mich immer an die Hauptstraßen gehalten. Aber Sir Cedric Wardroper, den kenne ich. Ich habe schon oft seine Wolle zu den Spinnern und Webern gefahren. Warum wollt Ihr das wissen?»

«Nun ja, ich habe mich gefragt, ob Ihr schon einmal etwas von einer verlassenen Kapelle hier im Wald gehört habt. Ich bin vorhin zufällig darauf gestoßen.»

Der Mann kratzte sich am Kopf. «Nein, ich könnte nicht behaupten, davon gehört zu haben. Aber wie ich schon sagte, ich bin in der Stadt aufgewachsen. Vielleicht könnt Ihr auf der Catchside Farm danach fragen. Kann sein, daß einer der Arbeiter von Eurer Kapelle gehört hat. Oder Master Catchside und seine Frau. Wenn es Euch wichtig ist, könnt Ihr es ja zur Sprache bringen.»

Wir verließen die Hauptstraße und holperten mehr als anderthalb Meilen über einen steinigen Weg, ehe wir endlich die Farm erreichten. Ihre Größe schien auszureichen, um eine Familie und mehrere Arbeiter zu ernähren, jedenfalls sah ich einen Pflug und vier Ochsen, Hühner, Kühe und eine Herde Schafe, die man vor kurzem geschoren hatte und deren Vliese der Fuhrmann nun einsammeln sollte. Die Arbeit spielte sich deshalb an jenem Tag vor allem in der Scheune ab, wo die Wolle verpackt wurde. Die Frauen glätteten und zupften mit ihren kleineren Fingern geschickt die Vliese zurecht, rollten sie ordentlich zusammen und verschnürten sie mit feinen Bindfäden. In der Mitte der Scheune war fast auf Bodenhöhe mit mehreren, an den Balken befestigten Seilen ein riesiger Sack gespannt. Zwei Männer standen darin und stampften die gerollten Vliese zusammen, die ihnen von den Frauen zugereicht wurden. Immer höher stapelte sich die Wolle, bis der Sack endlich gefüllt war, von den Männern zur Seite gehievt und zugenäht wurde. Schließlich senkten sie den Sack auf den Boden und versahen ihn an allen vier Ecken mit dicken Knoten, um mit den unförmigen Ungetümen besser hantieren zu können.

Ich beobachtete sie gebannt und vergaß vorübergehend sogar meinen Hunger, bis der Fuhrmann auf die älteste unter den Frauen zuging. Ihre Neigung, die Arbeiten eher anzuleiten als selbst daran teilzunehmen, hatte mich schon vermuten lassen, daß es sich bei ihr um die Hausherrin handelte. Ich hatte mich nicht geirrt.

«Gute Mistress Catchside, hier ist ein Hausierer, den ich auf der Landstraße aufgelesen habe und der Euch um ein Mittagessen bitten möchte.» Der Fuhrmann kicherte. «Er hat die Mittagsstunde verpaßt, weil er sich im Wald verlaufen hat.»

Sofort wandte sich die Farmersfrau mir mütterlich zu.

«Dann kommt Ihr wohl am besten mit in die Küche, Junge», sagte sie. «Und bringt Euer Bündel mit. Es gibt einiges, was ich dringend brauche, und falls ich es bei Euch kaufen kann, könnte mir das in dieser geschäftigen Zeit eine Reise nach Winchester ersparen. Kommt schon! Vergeuden wir keine Zeit!» Sie eilte vor mir her, blieb jedoch an der Scheunentür stehen, um ihren Mann zu ermahnen. «Andrew! Achte darauf, daß die Männer, ehe sie das Fuhrwerk beladen, genug Wolle für unsere eigenen Zwecke beiseite tun! – Ich kenne ihn nämlich», fügte sie grimmig hinzu, als ich ihr zum Farmhaus folgte. «Nur um ein paar Schilling mehr zu verdienen, verkauft er viel zuviel von der Wolle, und was haben wir dann davon? Im Winter zuwenig anzuziehen, so daß wir uns teure Kleider kaufen müssen. Falsche Sparsamkeit, Chapman! Falsche Sparsamkeit.»

Ich bekam Brot, Käse und Ale und dazu einen Teller

Fischsuppe, der mich daran erinnerte, daß heute Freitag war. Mit schlechtem Gewissen dachte ich an die Scheibe Speck, die ich in Chilworth Manor zum Frühstück gegessen hatte. Bei dem Gedanken muß ich wohl das Gesicht verzogen haben, denn Mistress Catchside fragte mit scharfer Stimme: «Was ist denn los? Die Suppe kann doch nicht schlecht sein. Ich habe sie selbst gemacht, und den Fisch haben wir erst heute morgen im Bach gefangen.»

Rasch versicherte ich ihr, daß die Suppe ausgezeichnet schmecke, und erklärte gleich darauf, warum ich das Gesicht verzogen hatte. Mistress Catchside schnaubte verächtlich.

«Ich habe schon immer den Verdacht gehabt, daß die Wardropers es mit der Befolgung religiöser Regeln nicht allzu genau nehmen. Eine flatterhafte Frau, diese Lady Wardroper, viel zu jung für Sir Cedric. Und der junge Matthew ist auch nie ein besonders wohlerzogenes Kind gewesen. Wir hatten gehofft, die Jahre in Leicestershire – oder wo auch immer er die ganze Zeit über gewesen ist – könnten ihn etwas zähmen. Doch nach seiner Rückkehr habe ich mit eigenen Augen gesehen, wie er während der Heiligen Messe hinter dem Mittelschiff herumgelaufen ist und geredet hat. Aber ich habe keine Zeit zum Klatschen. Laßt mich sehen, was Ihr in Eurem Bündel habt, und dann könnt Ihr und der Fuhrmann Euch wieder auf den Weg machen. Unsere Wolle muß noch vor heute abend bei den Weberhütten sein.»

Wieder legte ich meine Waren aus, und während die Farmersfrau sie begutachtete, fragte ich sie nach der Kapelle im Wald. Ihre Antwort war eindeutig.

«Ich habe nie jemanden davon sprechen hören», sagte sie, «und ich habe mein ganzes Leben in dieser Gegend verbracht. Die Farm hat früher meinem Vater und vor ihm dessen Vater gehört. Catchside», fügte sie hinzu, da sie offenbar das Gefühl hatte, daß eine Erklärung fällig sei, «stammt aus der Stadt.» Sie zuckte mit den Schultern. «Ich war ein einfaches Mädchen und mußte den nehmen, der sich anbot. Andrew hatte Geld und war bereit, es in die Farm zu stecken. Meine Eltern sahen in ihm einen guten Ehemann für mich, also habe ich ihn geheiratet.» Sie hielt inne und errötete. Offenbar war sie zornig über sich selbst, weil sie sich mir anvertraut hatte. «Äh… Ich werde Euch diese Löffel abkaufen, denn meine sind schon so dünn, daß man sich mit den Rändern in die Lippen schneidet. Wieviel wollt Ihr dafür haben?»

«Und Ihr seid sicher», drängte ich sie, als wir handelseinig geworden waren und ich noch ein wenig vom Preis nachgelassen hatte, um sie für die Mahlzeit zu entschädigen, «daß Euch die kleine Kapelle im Wald gänzlich unbekannt ist? Ihr habt tatsächlich noch nie jemanden darüber sprechen hören?»

«‹Nie› ist vielleicht ein allzu starkes Wort. Es kann schon sein, daß im Laufe meines Lebens mal jemand diese Kapelle erwähnt hat. Schließlich habe ich schon vierzig Lenze auf dem Buckel.» Sie runzelte die Stirn, als ihr klar wurde, daß ihre vorschnelle Zunge sie erneut zu unnötiger Vertraulichkeit verleitet hatte. «Aber ich kann mich an nichts erinnern. Junger Mann», fügte sie in einem etwas schrofferen Ton hinzu, «ich weiß nicht, was Ihr an Euch habt, aber irgendwie ist es so entwaffnend, daß ich Euch stets mehr sage, als ich eigentlich beabsichtigt hatte, und ich nehme an, daß es anderen Frauen ähnlich geht. Ihr müßt lernen, uns arme, schwache Frauen nicht auszunutzen.»

Ich lachte. «Selbst wenn Ihr recht hättet – so ungalant könnte ich niemals sein. Aber Ihr überschätzt sowohl meine Macht als auch Eure Schwäche.»

Mistress Catchside schaute etwas verlegen drein, erwiderte aber nichts. Offenbar war sie darauf bedacht, unser Gespräch nicht weiter auszudehnen. Wir kehrten zu der Scheune zurück, wo die Männer gerade die letzten drei Säcke aufgeladen hatten. Ich kletterte auf den Bock, nahm neben dem Fuhrmann Platz, dankte meiner Gastgeberin noch einmal verbindlichst für die sättigende Mahlzeit, und dann setzte sich das schwer beladene Fuhrwerk auch schon in Bewegung.

«Habt Ihr herausgefunden, was Ihr wissen wolltet?» fragte mein Reisegefährte, als wir bereits eine Weile gefahren waren.

Ich schüttelte den Kopf. «Mistress Catchside konnte sich nicht daran erinnern, je von der kleinen Kapelle gehört zu haben, räumte aber ein, daß ihr Gedächtnis sie möglicherweise im Stich gelassen hätte. Auf jeden Fall ist in letzter Zeit jemand dort gewesen und hat sich die Mühe gemacht, einen Pfad durchs Unterholz zu schlagen, um einen Blumenstrauß niederzulegen.» Ich seufzte. «Wie auch immer! Vermutlich ist es gar nicht weiter wichtig. Fahrt Ihr jetzt weiter nach Winchester, oder kehrt Ihr nach Southampton zurück?»

«Ich habe noch eine zweite Farm anzusteuern, aber heute abend werde ich in Winchester einkehren, in einer Herberge direkt außerhalb der Stadt, wo man mich kennt. Ich könnte Euch bis an die Stadtgrenze mitnehmen.»

«Habt Ihr keine Angst vor Dieben», fragte ich, «wenn Ihr Euch schlafen legt?»

Der Fuhrmann lachte dröhnend. «Wer könnte schon eines dieser großen, unhandlichen Dinger bewegen?» Mit dem Kopf deutete er nach hinten auf die Wollsäcke. «Und wer einen aufmacht, dem quillt der ganze Inhalt entgegen. Nein, nein! Wolle ist so ungefähr die sicherste Ladung, die es gibt.»

Ich begleitete den Fuhrmann zu der anderen Farm, und als der Karren voll war, half ich ihm, die Ladung mit geteerter Leinwand abzudecken, die wir allerdings nicht zu fest zurren durften, weil Wolle, wie mir mein Freund erklärte, zwar möglichst trocken gehalten werden muß, jedoch nicht zu heiß werden darf. Als wir die Glocken der Stadt zur Vesper läuten hörten, verabschiedeten wir uns voneinander. Ich machte mich auf den Weg zum Hospital of Saint Cross, wo für Reisende stets umsonst Ale ausgeschenkt wurde – für mich ein großer Anreiz, wie Ihr Euch sicherlich vorstellen könnt. Und als ich kurz darauf in der Spätnachmittagssonne saß und mein Ale schlürfte, den Rücken an die warme Mauer eines der Armenhäuser gelehnt, wanderten meine Gedanken zu den Ereignissen der letzten beiden Tage zurück.

Zuerst dachte ich an Jennet, an ihre warme Haut und ihre leidenschaftlichen Küsse, obwohl ich wußte, daß sie für jeden jungen Mann, der ihr gefiel, das gleiche getan hätte. Sie gehörte zu jenen liebevollen, freigebigen Geschöpfen, die sich das Leben von moralischen Ermahnungen nicht schwermachen ließen. Dann dachte ich an den Vormittag und die verlassene kleine Kapelle. Wer hatte wohl einen Grund gehabt, sie in letzter Zeit zu besuchen? Wer hatte den Blumenstrauß gepflückt und dort niedergelegt?

Es war ein Geheimnis, das ich wahrscheinlich nie ergründen würde, und mein Interesse begann bereits zu schwinden. Ich stellte den leeren Becher neben mich auf die Bank und streckte meine Glieder, bis die Knochen knackten. Am nächsten Tag zur gleichen Zeit würde ich bereits auf der Straße nach London sein. Zwar würde ich unterwegs meine Waren feilbieten, doch mit jeder Meile meinem Ziel ein Stück näher kommen. Es würde noch mindestens zwei Wochen dauern, bis ich die Hauptstadt endlich erreicht hatte, und doch konnte ich jetzt schon die Erregung in meinen Adern spüren.

▪ ▪ ▪

Viertes Kapitel

Es war an einem Montagmorgen Ende Juni, als ich den Tyburn überquerte und nach Westminster kam. Ich hielt mit beiden Händen die Tragegurte meines Bündels fest, denn ich wußte, welch zweifelhaften Ruf die Vorstadt als Tummelplatz der Straßenräuber und Taschendiebe genoß. Es hieß, diese ruchlosen Männer und Frauen würden alles an sich reißen, ja, einem selbst noch die Kapuze vom Kopf und den Umhang von den Schultern stehlen und sich mit ihrer Beute durchs Westminster Tor davonmachen. Und obgleich ich ihnen selbst nie zum Opfer gefallen bin, habe ich sie doch so manches Mal bei der Arbeit gesehen, so langfingrig, wendig und flink, daß die Bestohlenen im ersten Augenblick gar nichts bemerkten; wenn sie erst Zeter und Mordio schrien, waren die Diebe längst wie vom Erdboden verschluckt.

Inzwischen habe ich Westminster schon lange nicht mehr gesehen, doch wie mir meine Kinder versichern, wächst es mit jedem Jahr und muß längst doppelt so groß sein wie zu der Zeit, als ich das letzte Mal dort war. Und ich muß sagen, ich verspüre auch keinen Wunsch, es noch einmal zu sehen. Schon vor einem Vierteljahrhundert war Westminster beinahe so laut und überfüllt wie die Hauptstadt selbst. In den Straßen wimmelte es nur so von Menschen, die ihre Waren feilboten, darunter zahlreiche Flamen, deren harter Akzent besonders nachhaltig in den Ohren klang. «Kauft! Kauft! Kauft! Was fehlt euch? Was wollt ihr haben?» dröhnte es allenthalben.

Als ich an jenem Morgen endlich den großen Uhrenturm erreichte, dessen Glocken zu jeder Stunde läuteten, war ich mindestens dreimal angerempelt und unzählige Male angesprochen worden. Man hatte mich dazu überreden wollen, ein Paar Augengläser, einen Hut, eine Hose, Schuhe, Handschuhe, Nadeln, einen Gürtel, ein aus einem Splitter des Heiligen Kreuzes gefertigtes Kruzifix und eine in Bernstein eingeschlossene Fliege zu erstehen. Gerade bei solchen Gelegenheiten kam mir meine Körpergröße äußerst zustatten, denn um die lästigen Wegelagerer abzuschütteln, reichte es meist völlig aus, einfach «Nein» zu sagen und mich zu meinen vollen einsachtzig aufzurichten. Leute mit kleinerer Statur hatten nicht solches Glück. So sah ich an jenem Morgen zwei Flamen, die einen Mann an die Mauer drückten und sich weigerten, ihn loszulassen, ehe er ihnen nicht ein Silberhalsband abgekauft hatte – und dies alles unter den Augen von einem halben Dutzend in prächtige gestreifte Gewänder und seidene Umhänge gekleideten Sergeanten des Königs, die mit wichtigtuerischen Mienen aus den Gerichtshöfen von Westminster Hall geschritten kamen. Der Vorfall erinnerte mich an einen Mann, den ich vor einiger Zeit aus einer ähnlichen Zwangslage befreit hatte: Timothy Plummer.

Westminster barg jedoch einen unwiderstehlichen Anziehungspunkt für mich: eine verlockende Ansammlung von Imbißständen in der Nähe eines Tores. Die riesigen aufgebockten Tische quollen geradezu über vor schmackhaften Speisen – Brotlaiben, Kuchen, Keksen, Fleischpasteten, dampfenden Rinderrippen und mehreren Delikatessen, die mir noch gänzlich unbekannt waren, darunter Tümmlerzungen. Und gleich daneben hielt ein Weinhändler eine Auswahl köstlicher Weine sowie heißes, mit Pfeffer gewürztes Ale bereit. Da der Vormittag bereits zur Neige ging, blieb ich stehen und kaufte zwei der größten Fleischpasteten, die ich finden konnte, dazu eine Flasche Rheinwein, und ließ mich im Schatten einiger Bäume nieder, um mich satt zu essen und meinen Durst zu stillen.

Es war angenehm warm, doch eine kühle Brise sorgte dafür, daß ich für mein scharlachrot gefüttertes Lederwams durchaus dankbar war. Bauschige Wolken segelten majestätisch über den Frühsommerhimmel, und einmal sah ich eine schillernde Libelle auf dem Rückweg zu ihrem Revier am Fluß vorüberhuschen. Ein fahrender Sänger unterhielt mit hoher, süßlicher Stimme eine Gruppe anderer Gäste, die in der Sonne speisten. Bald hatte ich meine Mahlzeit beendet, verspürte jedoch noch wenig Lust, die letzte Etappe meiner Reise anzutreten. Träge lehnte ich mich gegen den Stamm eines Baumes und schloß die Augen, jedoch nicht, ohne mich vorher zu vergewissern, daß die Tragegurte meines Bündels sicher um mein linkes Handgelenk geschlungen waren und die andere Hand auf meinem Knüppel ruhte. Es dauerte nur wenige Augenblicke, dann wurde die Stimme des Sängers allmählich leiser, und ich schlummerte selig ein...

Durch laute Rufe wurde ich wieder geweckt.

«Aus dem Weg! Macht den Weg frei! Aus dem Weg! Aus dem Weg!»

Ich hörte Hufgetrappel und das Klingeln feinen Zaumzeugs. Daher war ich, als ich die Augen aufschlug, auch kaum überrascht, den Troß eines hohen Lords zu sehen, der vom Königspalast auf dem Rückweg nach London war. Erst als ich wieder bei klarem Verstand war und den Nebel des Schlafes vollends abgeschüttelt hatte, erkannte ich die azurblaubraunroten Livreen der Diener und die Zeichen auf den Bannern, die einige von ihnen schwenkten: Auf zweien war der weiße Keiler, auf einem der rote Bulle zu sehen – beides Wappentiere des Herzogs von Gloucester. Und da war er auch schon, der stille, ruhende Mittelpunkt dieses Aufruhrs, der junge Mann, der im gleichen Jahr wie ich das Licht der Welt erblickt hatte und dem ich in der Vergangenheit schon zweimal persönlich zu Diensten gewesen war. Er ritt auf einem mit reichbestickten Decken geschmückten Braunen, das scharfgeschnittene, ausdrucksstarke Gesicht wie so häufig halb von dem langen, dunklen Haar bedeckt, das ihm bis auf die Schultern fiel. Um ihn herum wurde gelacht, gescherzt und geplaudert, doch Richard von Gloucester wandte nur gelegentlich den Kopf und lächelte leicht, sonst trug er nichts zu den Gesprächen bei. Soweit ich es aus der Entfernung sehen konnte, war er in Gedanken versunken, verschlossen und mit seinen Sorgen allein.

Wenige Schritte hinter ihm, doch immerhin so dicht, daß der Kopf seines Rosses mit dem Schwanz des Braunen auf einer Höhe war, ritt ein Mann, ungefähr im gleichen Alter wie der Herzog, rotblond und kräftig gebaut. Suchend ließ er den Blick über die Menge schweifen. Seine Haut, von der ich annahm, daß sie unter anderen Umständen eher rosig war, wirkte sehr blaß, und seine Lippen hielt er so fest zusammengepreßt, als litte er Schmerzen. Tatsächlich! Er lenkte seine feurige graue Stute bloß mit einer, nämlich der linken Hand, während sein rechter Arm in einer Schlinge aus blauer Seide ruhte. Die Knochen seines Unterarms hatten offenbar einen Bruch erlitten, der noch nicht ausgeheilt war. Nach seinem gequälten Gesichtsausdruck zu urteilen, lag der Unfall erst kurze Zeit zurück.

Unterdessen war die Spitze des Trosses zum Tor und damit außer Sichtweite gelangt. Er wurde von lautem Hurra-Geschrei begleitet, denn der Herzog von Gloucester zählte zu den Lieblingen des Volkes. Man hatte ihm nicht vergessen, daß er in allen Wechselfällen der Regentschaft König Eduards treu zu seinem ältesten Bruder gestanden hatte – anders als der andere Bruder, Georg von Clarence, der dafür bekannt war, sein Fähnlein stets nach dem Wind zu hängen.

Als Prinz Richard außer Sichtweite war, zerstreute sich die Menschenmenge, da sie an seinem Gefolge kein weiteres Interesse hatte. Meine unersättliche Neugier, die sich auf alle Menschen ungeachtet ihres Standes richtete, ließ mich jedoch weiter auf meinem Beobachtungsposten unter den Bäumen ausharren. Belohnt wurde ich durch den Anblick einer untersetzten, vertrauten Gestalt, die ich zum letzten Mal vor zwei Jahren in Exeter gesehen hatte und an die ich gerade erst an diesem Vormittag wieder hatte denken müssen. Sie ritt ganz am Ende des Zuges auf einem dunkelbraunen, gedrungenen Pferd.

Timothy Plummers Statur schien irgendwie gewachsen zu sein. Das hatte weniger mit seiner Körpergröße als mit seiner

Haltung zu tun, mit dem Selbstvertrauen, das er ausstrahlte und das vermuten ließ, daß er inzwischen im Haushalt des Herzogs von Gloucester eine bedeutend wichtigere Stellung einnahm als früher. Auch er sah sich, wie der junge Mann, den ich bereits beobachtet hatte, ständig um und spähte nach links und rechts in die Menge. Ob er jemanden suchte oder von jemandem gesehen werden wollte, vermochte ich jedoch nicht zu sagen.

Plötzlich fiel mir ein, daß ich wenig Lust verspürte, meine Bekanntschaft mit Timothy zu erneuern. Bei unserer letzten Begegnung war ich – gegen meinen Willen – in ein Abenteuer verwickelt worden, das mich in allergrößte Lebensgefahr gebracht hatte. Ich wollte gerade den Kopf einziehen, als sich unsere Blicke trafen. Ich schaute zur Seite, doch es war zu spät. In seinen Augen hatte ich ein Zeichen des Wiedererkennens aufflackern sehen.

Ich beschloß, mein gestörtes Mittagsschläfchen fortzusetzen und dem Herzog und seinem Gefolge einen gehörigen Vorsprung zu geben. Doch obgleich ich die Augen schloß, wollte sich der Schlaf nicht wieder einstellen, und so kehrte ich schließlich auf den Markt zurück, um durch verschiedene Einkäufe meine Waren aufzufüllen. Inzwischen war es Mittag, und ich wußte, wenn ich für die nächste Nacht eine anständige Unterkunft finden wollte, mußte ich mich ohne weiteren Aufschub auf die Suche begeben.

Ich wohnte in der Sankt Margaret geweihten Kirche der Messe bei und verließ Westminster am frühen Nachmittag. Inzwischen war es sogar noch wärmer geworden, so daß ich für den Schatten der Häuser und Bäume am Straßenrand äußerst dankbar war. Der Verkehr zwischen London und dem Königlichen Palast ist schon immer sehr lebhaft gewesen, doch jetzt, wo die Invasion Frankreichs unmittelbar bevorstand, war er noch geschäftiger als sonst. Livrierte Boten der verschiedenen Adelshäuser galoppierten in beide Richtungen, wobei die Hufe ihrer Pferde eifrig Dreck verspritzten, was sie in ihrer hochnäsigen Verachtung für uns gewöhnliche Sterbliche jedoch völlig ungerührt ließ. Zwei Fuhrwerke, bis obenhin mit Waffen beladen, zogen vorbei, und vor der Schmiede wartete eine lange Reihe von Pferden darauf, neu beschlagen zu werden.

Als ich zum Chère Reine Cross kam, wo sich Fluß und Straße ostwärts wenden, blieb ich, wie schon mehrmals in der Vergangenheit, stehen, um das hochaufragende Denkmal zu betrachten – ein Denkmal der unsterblichen Liebe, das Eduard I. zum Gedenken an seine erste Frau, Eleanor von Kastilien, errichten ließ. Als sie starb, schrieb er: «Selbst meine Harfe kann nur noch Trauer spielen. Im Leben habe ich sie von Herzen geliebt, und auch im Tod kann ich nicht aufhören, sie zu lieben.» Bei dem Gedanken an diese Worte, die mir wie ein Sinnbild tiefster menschlicher Zuneigung erschienen, verspürte ich einen Anflug von Neid. Mit meinen zweiundzwanzig Jahren hatte ich bisher noch nie so tief für einen anderen Menschen empfunden. (Natürlich kam mir damals nicht in den Sinn, daß ich blutjung war und das Leben noch vor mir lag. Jugend und Überheblichkeit sind unzertrennliche Weggefährten. Wie sollten wir auch sonst jene schwierigen Jahre überstehen?)

Ein halbes Dutzend Krähen ließen mich nach oben schauen, und ich sah ihnen nach, bis sie krächzend über das offene Weideland davongeflogen waren. So kam es, daß ich erst, als ich meinen Blick wieder senkte, Timothy Plummer am Fuße des Chère Reine Cross stehen sah, mit einem zweiten Mann in ein ernstes Gespräch vertieft. Ein Gassenkind hielt die Zügel seines dunkelbraunen, gedrungenen Pferdes und führte das Tier geduldig auf und ab. Der andere Mann war offenbar Mönch, ein Dominikaner, wie mir seine schäbige schwarze Kutte verriet. Die beiden schauten auf den Boden, der Mönch schien mit seinem Stab etwas auf den Boden zu zeichnen, und Timothy Plummer nickte dazu.

Während ich ihnen noch weiter zusah, kam ein dritter Mann auf einer grauen Stute angeritten und stieg sehr umständlich ab, was wohl auf der Tatsache beruhte, daß er dabei nur einen Arm einsetzte. Der andere Arm ruhte in einer blauen Seidenschlinge, und sofort erkannte ich den kräftig gebauten, rotblonden Mann wieder, der noch vor einer halben Stunde dicht hinter dem Herzog von Gloucester geritten war. Er rief ein anderes Gassenkind herbei, damit es sein Pferd halten konnte, dann gesellte er sich zu Timothy Plummer und dem Mönch und neigte aufmerksam den Kopf, um ihrem Gespräch zu folgen. Doch schon wenige Augenblicke später zuckte der Mönch mit den Schultern, hob abwehrend beide Arme und ging weiter in Richtung Westminster. Offenbar hatte er alles gesagt, was er mitzuteilen hatte, und obgleich der junge Mann ihm nachlief, ihn am Ärmel packte und mit Fragen zu bestürmen schien, schüttelte er bloß den Kopf und entfernte sich entschlossenen Schrittes. Timothy Plummer und der rotblonde junge Mann blieben noch eine Weile und sprachen miteinander, ehe sie beide wieder auf ihre Pferde stiegen und die Straße hinuntertrabten, die man «Strand» nannte.

Kurz darauf schritt ich auf dieser Straße an den großen Häusern der Adligen und reichen Kaufleute entlang, deren Gärten und Obsthaine bis hinunter zu den Kais am Flußufer reichten, bis ich zu ihrer Verlängerung namens Fleet Street kam. Doch noch ehe ich die Brücke über den Fleet erreichte, drang von der anderen Seite der Mauer der Lärm der Hauptstadt an meine Ohren, um mich zu begrüßen, und ihr strenger, beißender Geruch stieg mir in die Nase. Jenseits der Brücke war die Straße zu beiden Seiten von Wirtshäusern und Gaststätten gesäumt, von denen einige schon sehr alt, andere erst kürzlich erbaut und wieder andere noch im Bau begriffen waren. Sie alle lebten von der Bewirtung der vielen Pilger, welche die Kathedrale von St. Paul besuchen wollten. Denn diese großartige Kirche beherbergte zu jener Zeit eine wundersame Sammlung wertvoller Reliquien, darunter ein Arm des heiligen Mellitus, ein Fläschchen von der Milch der heiligen Jungfrau, eine Haarlocke der heiligen Maria Magdalena, einen juwelenbesetzten Reliquienschrein mit dem Blut ihres Namenspatrons, eine Hand des Evangelisten Johannes, ein Messer, das einmal Jesus selbst gehört hatte und das er stets benutzt hatte, wenn er Joseph beim Zimmern half, den Kopf des heiligen Ethelbert sowie Teile des Schädels des heiligen Thomas Becket.

Als ich mich dem Lud Gate näherte, steigerte sich der Lärm ins Unermeßliche: Fuhrwerke quietschten und holperten über das Kopfsteinpflaster, ständig läuteten irgendwelche Glocken, um die Bürger zum Gebet oder zu einer städtischen Versammlung zu rufen, und zahllose Verkäufer priesen lautstark ihre Waren an. Ich überquerte die Zugbrücke und schritt unter den hochgezogenen Fallgittern an zwei Wachen vorbei, die dort postiert waren, um alle Aussätzigen zurückzuweisen, die so tollkühn waren, Zutritt zur Hauptstadt zu verlangen. Jenseits des Tores erstreckte sich ein Labyrinth kleiner Straßen und Gäßchen, in denen sich der Unkundige leicht verlaufen konnte. Doch ich war nicht zum ersten Mal in London. Ohne zu zögern, bog ich links in die Old Deane's Lane ein, die mich zur Paternoster Row und weiter zur Cheapside, dem größten Umschlagplatz der Hauptstadt, führte.

Am späten Nachmittag hatte ich beinahe alles verkauft, was ich in meinem Packen hergetragen hatte, und dachte wieder daran, mir eine Unterkunft für die Nacht zu suchen. Eigentlich hatte ich vorgehabt, dies gleich nach meiner Ankunft in der Stadt zu tun, aber die Versuchung, noch ein wenig Geld zu verdienen, solange sich die Gelegenheit dazu bot, hatte sich als zu stark erwiesen. Wegen der bevorstehenden Invasion wimmelte es in London nur so von hohen Lords und ihrer Dienerschaft, die aus sämtlichen Teilen des Landes in die Hauptstadt geströmt waren. Vor allen ehrbaren Gasthäusern hingen Wappenschilder, um anzuzeigen, welch vornehme Gäste dort Quartier bezogen hatten, und die Frau des Wirts vom Saracen's Head in der Nähe des Ald Gate, die mir Nadeln und ein paar Spulen Garn abgekauft hatte, sagte mir, es sei ganz gewiß nirgendwo in der Stadt noch ein freies Zimmer aufzutreiben.

«Ich liege meinem Mann damit ständig in den Ohren: Wir müssen das Beste daraus machen», fügte sie hinzu. «In ein paar Tagen sind sie womöglich alle wieder verschwunden. Den Gerüchten nach wollen der König und seine Brüder nächste Woche nach Frankreich übersetzen.»

«Dann muß ich mich wohl beeilen und mich ebenfalls um ein Nachtlager kümmern», stellte ich besorgt fest. «Die Herbergen der Kirchen und Klöster, die innerhalb der Stadtmauern liegen, sind vermutlich längst überfüllt.»

«Oh, ganz gewiß», stimmte die Frau mir fröhlich zu. «Es geht ja nicht bloß um die Diener der hohen Lords, die eine Schlafstätte brauchen. Es strömen ja auch Tag für Tag immer mehr Leute in die Stadt, die an der ganzen Sache ebenfalls ein paar Pennys verdienen wollen. Selbst unsere Küchen und die Kellerräume sind zur Zeit jeden Abend voll besetzt.» Sie seufzte. «Aber wie ich schon sagte, es kann kaum noch länger als eine Woche dauern.»

«Was würdet Ihr mir empfehlen? Wohin soll ich mich wenden?» fragte ich sie verzagt.

Sie legte die Stirn in Falten und schien kräftig nachzudenken. Nach einer Weile legte sie eine Hand auf meinen Arm. «Folgt mir», wies sie mich an. «Vielleicht läßt sich in unserer Küche noch ein Plätzchen für Euch finden. Einer unserer Gäste ist heute morgen abgereist. Sein Herr wurde mit einer Botschaft für den Herzog von Burgund nach Gravesend geschickt. Am besten kommt Ihr gleich mit und nehmt seinen Schlafplatz in Beschlag, ehe mein Mann ihn an einen anderen Reisenden vergeben kann.»

Ich packte rasch meine restlichen Waren zusammen, die ich auf einer Mauer ausgebreitet hatte, schob sie zusammen mit meiner sauberen Hose, dem Hemd und dem Rasierzeug in mein Bündel und bat meine Wohltäterin, ohne weiteren Aufschub voranzugehen. Sie führte mich durch den Kornmarkt von Cornhill, vorbei an langen Reihen Brotkarren, die von ihren Besitzern täglich von Stratford-atte-Bowe bis in die Stadt gefahren wurden. Ihre Brotlaibe hatten, wie meine Führerin mir erklärte, den gleichen Preis, waren aber zwei Unzen schwerer als die der Londoner Bäcker. Dann ging es zum Tun von Cornhill, dessen süßriechendes Wasser vom Tyburn gespeist wurde. Darüber befand sich der Eisenkäfig, in den die Wachen des Nachts Huren und Unruhestifter wegen Trunkenheit und ungehörigen Benehmens einsperrten; und auf einem hölzernen Sockel ganz in der Nähe befanden sich die Pranger, in denen auch jetzt ein paar armselige Schurken steckten, Zielscheibe des Spottes aller, die hier vorbeikamen.

Von Cornhill aus ging es weiter in die Ald Gate Street, wo St. Andrew Undershaft und der große Maibaum standen, bis zur Priorei der Heiligen Dreifaltigkeit, dem größten und stattlichsten Kloster der Stadt. Etwas südlich davon, gerade noch diesseits des Tores, lag das Wirtshaus Saracen's Head. Es wimmelte dort nur so von Gästen, genau wie die Wirtsfrau es mir erzählt hatte, und als wir den Innenhof überquerten, konnte ich sehen, daß auch die Ställe voll und alle Boxen besetzt waren.

«Wartet hier», sagte die Frau, nachdem sie mich zum Schankraum geführt hatte. «Ich muß meinen Mann suchen und fragen, ob er, während ich unterwegs war, den Platz vielleicht schon an einen anderen vergeben hat.»

Ich gehorchte, blieb an der Tür stehen und betrachtete die Gäste an den Tischen. Die meisten von ihnen trugen Livreen, ganz im Gegensatz zur Stammkundschaft des Gasthauses, die in ihrer grauen Alltagskleidung zusammengedrängt auf zwei Bänken saß und die Eindringlinge mißmutig beäugte.

Es dauerte nicht lange, bis die Wirtsfrau wiederkam und mich aufforderte, sie in die Küche zu begleiten. «Am besten bringt Ihr auch gleich Euer Bündel mit. Ihr braucht ein paar Sachen, um Euren Platz zu sichern. Ich fürchte, für einen großen Burschen wie Euch wird es ein bißchen eng sein, aber Ihr müßt eben das Beste daraus machen. Außerdem besteht mein Mann darauf, daß Ihr im voraus für so viele Nächte bezahlt, wie Ihr bleiben wollt.»

In der Küche war es unerträglich heiß, und ich hatte alle Mühe, den Küchenjungen und Tellerwäschern, Küchenmägden und Köchinnen auszuweichen, die schwitzend an den Tischen und Herden standen, schnitten und träufelten, rührten und kochten, um das Abendessen für die ungewohnt hohe Anzahl von Gästen vorzubereiten. Sie schienen mich jedoch gar nicht weiter zu beachten und fluchten nur, wenn ich ihnen im Wege stand. An allen vier Wänden zeigten zwischen Fässern mit Lebensmitteln und Wasser verteilte Kleidungsstücke und andere persönliche Dinge an, wo nachts die zahlenden Gäste schliefen.

Die Wirtsfrau zeigte auf eine schmale Lücke zwischen einem Faß, das verdächtig nach Salzhering roch, und einem Tisch, auf dem eine der Köchinnen gerade einen Teig ausrollte. «Da könnt Ihr Euch hinlegen», sagte sie. «Und vor dem Schlafengehen könnt Ihr Euch frisches Stroh aus den Ställen holen. Legt etwas auf Euren Platz, und dann fort mit Euch, damit Ihr meinen Leuten nicht länger im Wege steht. Bis kurz vor dem Abendläuten will ich Euch hier nicht wiedersehen.»

Nur äußerst ungern hätte ich etwas Wertvolles wie mein Bündel oder mein Wams zurückgelassen, also nahm ich meinen Umhang und breitete ihn über die Steinplatten aus. Dann gab ich der Wirtsfrau die Miete für zwei Nächte im voraus, denn ich war fest entschlossen, vor Ablauf von achtundvierzig Stunden etwas Besseres gefunden zu haben, und begab mich zurück in den Schankraum.

An der gegenüberliegenden Wand der Küche schnarchte jemand so laut, daß der Steinfußboden zu beben schien. Außerdem mischte sich ein durchdringender Geruch nach schlechtem Atem und Schweißfüßen in den Gestank nach Salzlake und Heringen. Das Stroh, auf dem ich lag, war, wie ich bald feststellen mußte, von einer vielköpfigen Flohfamilie zur Heimstatt erkoren worden, und so sehr ich mich auch drehte und kratzte, ich schaffte es nicht, die kleinen Biester davon abzuhalten, mich als schmackhaftes Nachtmahl zu mißbrauchen. Nach zwei Stunden hatte ich noch kein Auge zugetan und mich unzählige Male auf meinem Strohlager hin und her gewälzt – sehr zum Ärger meines Nachbarn, eines fahrenden Pastetenverkäufers, den die Hoffnung auf das Geschäft seines Lebens von Norfolk in die Hauptstadt gelockt hatte.

«Aber es gibt zu viele Leute mit der gleichen Idee», hatte er gegrummelt, als wir uns zur Nacht niedergelegt hatten. «Wäre ich zu Hause geblieben, hätte ich in der gleichen Zeit doppelt soviel verdient. Gute Nacht, Master Chapman. Und träumt was Schönes.»

Jetzt, wo es schon auf Mitternacht ging und er mehr als einmal durch meine Ruhelosigkeit in seinem Schlaf gestört worden war, klang seine Stimme nicht mehr so versöhnlich. «Um Gottes willen, könnt Ihr nicht aufhören, Euch herumzuwälzen?» zischte er wütend. «Wenn Ihr nicht schlafen könnt, steht auf und geht draußen ein wenig spazieren.»

«Aber wenn ich im Hof hin und her gehe, störe ich die anderen», flüsterte ich zurück.

«Ich meine draußen auf der Straße. Im Schatten der Klostermauer ist es angenehm kühl. Ich weiß es, weil ich gestern nacht genauso rastlos war wie Ihr jetzt. Es dauert eine Weile, bis man sich an das Geschnarche und den Gestank gewöhnt hat.»

«Aber die Hoftür ist doch ganz bestimmt verschlossen», wandte ich ein.

Er hob einen in der Dunkelheit fast geisterhaft wirkenden Arm und deutete auf die Wand. «Dort oben hängt der Schlüssel. An einem Nagel neben dem Backofen.» Er vergrub sich wieder in seinem Stroh. «Und kommt nicht wieder zurück, bis Ihr auch wirklich müde seid.»

Ich stand leise auf, zog, um meine Nachbarn möglichst wenig zu stören, so vorsichtig ich konnte Hose, Stiefel, Hemd und Wams an, nahm den Schlüssel vom Nagel und schlich durch die Küchentür in den menschenleeren Hof. Ein Pferd stampfte und schnaubte irgendwo in den Ställen, und in einem der oberen Zimmer brannte ein gedämpftes Licht, doch sonst war alles dunkel und still. Dünne Wolken zogen über die dichtgedrängten Dächer, und es lag ein wenig Regen in der Luft. Die Feuchtigkeit legte sich auf meine Haut.

Das Tor nach draußen befand sich in der Nordmauer. Die Zapfen des Schlosses glitten leise zurück, als ich den Schlüssel drehte. Ich trat hinaus auf die Straße und blickte auf die Südseite des gegenüberliegenden Klosters. Rund um das Torhaus zu meiner Rechten war kein menschliches Wesen zu sehen. Bestimmt vertrieben sich die Wächter ihre langweilige Nachtwache mit einem unterhaltsamen Würfelspiel. Ich verschloß das Tor von außen und ging über die Straße auf ein mit Gras und Büschen bewachsenes Fleckchen zu, das auf zwei Seiten von den Nebengebäuden des Klosters und an der dritten von der nördlich des Ald Gate verlaufenden Stadtmauer begrenzt wurde. Dort ließ ich mich nieder und gab mir Mühe, das Saracen's Head im Auge zu behalten, denn durch einen zwar eher unwahrscheinlichen, aber immerhin möglichen Zufall hätte es durchaus sein können, daß jemand mitten in der Nacht Zutritt zum Hof des Wirtshauses verlangte.

Nach dem stickigen Mief in der völlig überbelegten Küche wirkte die Nachtluft klar und süß. Vom Klostergarten wehte der berauschende Duft von Geißblattblüten zu mir herüber und kitzelte meine Nasenlöcher. Ich zog mich in den tiefen Schatten eines Rotdornbusches zurück, schlang beide Arme um die Knie und genoß die himmlische Ruhe, die mich umgab. Einmal rief eine Eule ganz in meiner Nähe, so daß ich erschrocken zusammenfuhr, doch dann war wieder alles ganz still.

Als die Eule zum zweiten Mal rief, klang es noch lauter und eindringlicher. Irgend etwas an diesem Ruf ließ mich vor Schreck erstarren, alle meine Muskeln waren erwartungsvoll angespannt. Ich wurde nicht enttäuscht. Nur wenige Sekunden später schlich verstohlen ein Mann, von Leadenhall und dem Herzen der Stadt kommend, auf das Ald Gate zu. Auf der Höhe des Klosters blieb er stehen und sah sich nach allen Seiten um. Offenbar wartete er auf jemanden, den er hier treffen sollte. Auch wenn ich sein Gesicht nicht erkennen konnte, wirkte seine kräftige Gestalt auf mich seltsam vertraut. Dennoch dauerte es einige Augenblicke, bis mir dämmerte, wer es war. Sein rechter Arm lag eng an und war nur vom Ellenbogen an aufwärts zu sehen. So sah der Umriß eines Mannes aus, der einen Arm in einer Schlinge trug.

...

Fünftes Kapitel

Der Ruf der Eule erklang zum dritten Mal, und diesmal blieb er nicht ungehört. Ein zweiter Mann löste sich vorsichtig aus den Schatten rund um das Torhaus und hob grüßend eine Hand. Ich fragte mich, ob er vielleicht gesehen hatte, wie ich wenige Minuten zuvor über die Straße gegangen war; doch da er nicht versuchte, mich in meinem Versteck aufzustöbern, und auch sonst keinerlei Hinweis darauf gab, daß er von meiner

Existenz wußte, ging ich davon aus, daß er irgendwo weiter unten in der Gasse hinter dem Saracen's Head gewartet hatte.

«Ihr habt Euch aber viel Zeit gelassen», zischte der erste Mann vorwurfsvoll. «Habt Ihr mich nicht gehört?»

«Ich habe zweimal eine Eule rufen hören», erwiderte der andere, «aber ich habe Euch schon gesagt, daß in dieser Sache äußerste Vorsicht geboten ist. Erst nach dem dritten Ruf hielt ich es für sicher genug, mich zu zeigen. Ich wußte ja nicht, ob es dem Mönch gelungen ist, meine Botschaft zu überbringen.»

Sie standen auf einer Höhe mit dem Rotdornbusch, hinter dem ich noch immer kauerte, und obgleich sie flüsterten, war jedes Wort deutlich zu verstehen. Dann zogen sie sich gemeinsam in den Schatten der Klostergebäude zurück, wo die Dunkelheit fast undurchdringlich war. Jetzt waren sie nur noch wenige Meter von meinem Versteck entfernt, und eine ganze Weile lang kostete es mich meine gesamte Aufmerksamkeit, mich nicht zu bewegen. Als ich wieder zuhören konnte, hatte ich bereits mehrere Sätze verpaßt.

«Ihr meint, Ihr habt keine Neuigkeiten für uns?» fragte der Mann mit der Schlinge. Ich wußte, daß er es war, weil er viel schneller redete als der andere, dessen Sprechweise eher langsam und schwerfällig war. «Um Gottes willen, Thaddeus, wir brauchen einen Namen, und zwar bald! Die Zeit läuft uns davon!»

Thaddeus schnaubte. «Unmögliches kann auch ich nicht bewerkstelligen, Master Arrowsmith, und mein Gewährsmann hat selbst Schwierigkeiten, an die gewünschten Auskünfte zu gelangen. Seine Quelle fließt erst wieder bei neuen Zahlungen.»

Daraufhin stieß der andere so wütende Verwünschungen aus, daß ich zusammenzuckte und vergaß zu überlegen, wo und von wem ich den Namen Arrowsmith erst kürzlich gehört hatte.

«Zahlungen! Zahlungen!» schimpfte der Mann des Herzogs. «Das Leben eines großen Mannes steht auf dem Spiel, und Euch fällt nichts weiter ein, als über Geld zu reden! Ich hätte nicht übel Lust, Euch festnehmen zu lassen. Eine kurze Bekanntschaft mit den Daumenschrauben und Folterbänken unserer Gefängnisse würde Euch sicherlich rasch dazu bringen, den Namen Eures Gewährsmannes preiszugeben.»

Thaddeus lachte höhnisch. «Das mag schon sein. Aber wenn bekannt wird, daß man mich festgenommen hat, werden die anderen untertauchen, und dann würdet Ihr sie niemals finden. Außerdem hätte es ohnehin keinen Zweck, mich nach anderen Namen zu fragen als nach denen meiner eigenen Männer. Keiner von uns weiß mehr als das, und zwar aus gutem Grund. Nur wer das Ganze aufdeckt und nach und nach jeden einzelnen befragt, kann bis ans Ende der Kette gelangen.»

Es folgte eine kurze Stille, in der Master Arrowsmith seinen Zorn herunterschluckte. Ein Wächter trat vor das Torhaus und sah sich aufmerksam um, ehe er die Arme streckte und wieder im Haus verschwand. Offenbar war ihm nichts Ungewöhnliches aufgefallen. Sowohl ich als auch die beiden Männer waren während seines kurzen Erscheinens vollkommen reglos geblieben.

«Also, wann werdet Ihr uns einen Namen nennen können?» fragte Master Arrowsmith, sobald es sicher genug erschien, das Gespräch wiederaufzunehmen.

«Morgen abend, falls Ihr genug Geld mitgebracht habt.» Ein leises Klimpern von Münzen drang an meine Ohren. Offenbar wurde ein Geldbeutel übergeben. «Ich verspreche, Euch morgen die gewünschten Auskünfte zu geben.»

«Also, gut. Und wo treffen wir uns? Wieder hier?»

«Ich habe Euch doch schon meine Regeln erklärt: Niemals ein zweites Treffen am gleichen Ort! Kennt Ihr den Three Cranes Quay westlich vom Stalhof? Das ist der Kai der Weinhändler, an dem die Schiffe aus Bordeaux anlegen.»

«Timothy Plummer wird ihn kennen. Er ist in London aufgewachsen.»

«Gut. Dort könnt Ihr mich finden, aber nur am frühen Abend. Beim Abendläuten muß ich schon woanders sein.»

«Ihr habt noch andere Geschäfte?» In der Frage schwang unüberhörbares Mißtrauen mit.

«Tja... Ich habe eine Frau in London, der ich dann und wann etwas Aufmerksamkeit schulde. Ich sehe sie ohnehin selten genug, und für morgen abend habe ich ihr meinen Besuch fest versprochen. Ihretwegen gehe ich gern ein kleines Wagnis ein.»

«Wagnis?» fragte Arrowsmith erschrocken.

«Nun, es liegt auf der Hand, daß ein Treffen im Hellen gefährlicher ist als im Dunkeln, aber wir brauchen uns ja nur kurz zu sehen. Ein Name, das ist schließlich alles, was Ihr von mir hören wollt, und wenn er einmal genannt ist, kann jeder von uns seiner Wege gehen. Trotzdem könnte es ratsam sein, einen Zweiarmigen zu schicken, ich meine, nur für den Fall, daß es Schwierigkeiten gibt. Ein Rechtshänder, der nur noch seine Linke einsetzen kann, ist in einer gefährlichen Situation stark im Nachteil.»

«Das ist leichter gesagt als getan!» knurrte der andere ärgerlich. «Wem könnte ich schon vertrauen? Timothy Plummer natürlich, aber er ist viel zu wertvoll für uns, um seine Tarnung aufs Spiel zu setzen.»

Ich hörte Thaddeus ungeduldig mit den Füßen scharren. «Aber Ihr könnt letztlich nicht *jedes* Mitglied im Haushalt des Herzogs verdächtigen! Das macht keinen Sinn!»

«Solange ich noch keinen Namen habe, vertraue ich niemandem, und das gleiche gilt für Master Plummer. Das heißt... Es gibt da vielleicht noch jemanden, dem ich vertrauen könnte, aber er ist zu jung und unerfahren. Nein, nein! Ihr müßt Euch schon mit mir zufriedengeben. Ich werde Euch morgen abend wiedersehen. Um wieviel Uhr?»

«Gleich nach dem Komplet. Es gibt ein leeres Lagerhaus –

rechts vom Kai, wenn Ihr zum Fluß hinuntergeht, links, wenn Ihr den Fluß im Rücken habt und in Richtung Vintry schaut. Ich werde die Seitentür aufbrechen und unverriegelt lassen. Aber jetzt muß ich gehen. Es macht mich ganz unruhig, allzulang unter freiem Himmel herumzustehen.»

«Und Ihr seid sicher, daß Ihr mir morgen den Namen nennen könnt?»

«Das dürfte die letzten Hindernisse beseitigen.» Wieder hörte ich das Klimpern von Münzen. «Gott mit Euch, Master Arrowsmith.»

«Und mit Euch, Thaddeus Morgan.»

Das Flüstern verstummte. Ein Schatten löste sich aus der tiefen Schwärze neben der Klostermauer, huschte mit leichten, katzenhaften Schritten über das Gras und verschmolz mit einer der dunklen Gassen auf der anderen Seite der Straße. Wenig später glitt ein zweiter Schatten in Richtung Leadenhall, um von dort aus vermutlich auf verschlungenen Pfaden zum Baynard's Castle zurückzukehren. Doch obgleich ich allmählich Krämpfe in Beinen und Füßen bekam, weil ich so lange in unbequemer Stellung reglos hinter dem Rotdornbusch gekauert hatte, biß ich die Zähne zusammen und zwang mich, noch einige Minuten zu warten, ehe ich mich zu erheben versuchte. Erst wollte ich die beiden Verschwörer in sicherer Entfernung wissen.

Ich war gerade dabei, mein linkes Bein auszustrecken, das die ganze Zeit über die Hauptlast meines Gewichts getragen hatte, als ein dritter Schatten mich erschrocken innehalten ließ. Er trat aus dem Schutz eines Stützpfeilers an der Mauer zum Klostergarten, lief auf die Grasfläche zu und spähte vorsichtig nach allen Seiten, ehe er ebenfalls in Richtung Leadenhall verschwand. Wer war dieser Mann? Und was machte er hier? War er, ebenso wie ich selbst, rein zufällig Zeuge einer geheimnisvollen Begegnung geworden? Hatte auch er nicht schlafen können und sich deshalb an die frische Nachtluft begeben? Oder war er Master Arrowsmith vom Baynard's Castle aus gefolgt, mit der festen Absicht, ihm nachzuspionieren und sein Gespräch mit Thaddeus Morgan zu belauschen?

Wenn er Master Arrowsmith gefolgt war, warum hatte ich seine Ankunft dann nicht bemerkt? Nach kurzer Überlegung erschien mir die Antwort auf diese Frage einfach. Schließlich hatte sich meine gesamte Aufmerksamkeit auf die beiden Hauptfiguren der kleinen Szene gerichtet. Falls sich der dritte Mann dicht an die Klostermauer gehalten hatte, war es nicht weiter erstaunlich, daß ich ihn nicht gesehen hatte. Wenn er jedoch kein Spion, sondern rein zufällig hier war, hätte er wiederum mich vom Saracen's Head kommen sehen und die ganze Zeit über von meiner Existenz wissen müssen. Doch auch nachdem Lionel Arrowsmith und Thaddeus Morgan längst verschwunden waren, hatte er in keiner Weise zu erkennen gegeben, daß er von mir wußte, ja, hatte nicht einmal den Kopf in meine Richtung gewandt. Daher neigte ich eher zu der zweiten Erklärung: daß der Unbekannte dem Mann des Herzogs gefolgt war, um herauszufinden, wo er hinwollte und mit wem er sich traf.

Aber schließlich ging mich das alles überhaupt nichts an, versuchte ich mir einzureden, kämpfte mich auf meine Füße, streckte die Glieder, hob den Hofschlüssel auf, den ich neben mich ins Gras gelegt hatte, und kehrte ins Gasthaus zurück. Dort fand ich alles mehr oder weniger genauso vor, wie ich es eine halbe Stunde zuvor verlassen hatte. Das gleiche Pferd bewegte sich unruhig in seinem Stall, und der Mann an der gegenüberliegenden Küchenwand schnarchte ebenso laut wie vorher. Der einzige Unterschied bestand darin, daß der Pastetenverkäufer inzwischen in den Chor der Schnarcher eingestimmt hatte.

Ich zog mich aus und ließ mich wieder auf meinem Strohlager nieder, schlief jedoch nicht. Ohne die Geräusche um mich herum wahrzunehmen, drehte ich mich auf den Rükken und starrte an die rauchgeschwärzten Deckenbalken.

Etwas hatte mich verwirrt, und ich mußte darüber nachdenken. Woher hatte ich auf einmal gewußt, daß Master Arrowsmith mit Taufnamen Lionel hieß? Von irgend jemandem hatte ich in den letzten Wochen diesen Namen gehört. Ich richtete den Blick starr auf ein Astloch in einem der Dachsparren und strengte mein Gedächtnis an. Nach einer Weile hatte ich es. Millisent Shepherd! Sie hatte mir von ... von ... Lady Wardropers Verwandten erzählt! Ja, das war es! Lady Wardroper hatte sich hilfesuchend an Lionel Arrowsmith gewandt, als es darum ging, ihren Sohn Matthew im Haushalt des Herzogs von Gloucester unterzubringen.

Gleichzeitig dämmerte mir, was hier vor sich ging. Während ich geglaubt hatte, nach meinem eigenen Willen frei durch die Lande zu schweifen, waren alle meine Wanderungen Teil eines größeren Plans gewesen – Gottes Plans! Er hatte mich von Mistress Gentle zu Millisent Shepherd, weiter zu Lady Wardroper und schließlich zum Saracen's Head geführt. Gott benutzte mich wieder einmal für seine Zwecke, und mein Groll wuchs ins Unermeßliche. «Nein, Herr!» sagte ich, so fest ich konnte. «Diesmal nicht. Ich habe gerade erst in Devon zwei Schurken für dich überführt, und ich weigere mich, innerhalb von drei Monaten in zwei gefährliche Abenteuer verstrickt zu werden. Ich bin zu meinem, nicht zu deinem Vergnügen nach London gekommen. Laß mich in Frieden! Laß mich in Ruhe!»

Ich hätte wissen müssen, daß meine vermessenen Forderungen unbeachtet bleiben würden. Schließlich hätte ich, wäre es nach den Wünschen meiner verstorben Mutter gegangen, mein Leben dem Ruhme Gottes weihen und in der Kutte eines Benediktinermönchs in Glastonbury als Werkzeug Seines Willens dienen sollen. Statt dessen hatte ich mich dafür entschieden, über die Landstraßen zu ziehen, vom Verkauf meiner Waren zu leben und mein Tun und Lassen ganz nach meinen eigenen Vorstellungen auszurichten. Dennoch gab ich mich der trügerischen Hoffnung hin, meinen kläglichen Willen gegen Seinen setzen zu können. Letztlich würde Er meine gerechtfertigten Einwände anerkennen müssen, sagte ich mir, und dann würde Er auch aufhören, mir weiter zuzusetzen. Mit einem Seufzer der Erleichterung drehte ich mich zur Seite, schmiegte mich in mein Stroh, ohne die Flöhe weiter zu beachten, und war innerhalb von wenigen Minuten eingeschlafen.

Ursprünglich hatte ich vorgehabt, zwei Nächte im Saracen's Head zu verbringen; doch als mir der Pastetenverkäufer am nächsten Morgen für meinen Schlafplatz doppelt soviel anbot, wie ich der Wirtsfrau bezahlt hatte, ging ich bereitwillig auf diesen Handel ein. Ich hatte eine blinde Abneigung gegen das Wirtshaus gefaßt und wollte es ein für allemal hinter mir lassen. Ja, ich hatte mich entschieden, London ganz den Rücken zu kehren und war daher nur allzu bereit, meinen Anteil am Küchenboden weiterzuverkaufen, so daß der Neffe des Pastetenverkäufers, der am Abend aus Norfolk kommen sollte, einen Platz hatte, auf den er sein müdes Haupt betten konnte, bis die königlichen Prinzen, die hohen Lords und ihr ganzes Gefolge nach Frankreich gezogen waren und die Hauptstadt von ihrer alles bestimmenden Gegenwart befreit hatten.

«Aber wo wollt Ihr heute nacht schlafen?» fragte mich der Pastetenverkäufer besorgt.

«Irgendwo auf dem freien Land», erwiderte ich fröhlich, und als ich seinen fragenden Blick sah, fuhr ich fort: «Ich habe beschlossen, nach Bristol zurückzukehren und später, wenn die Stadt weniger bevölkert ist, noch einmal nach London zu kommen.» Im stillen fügte ich hinzu: «Und wenn es für Gott zu spät ist, mich für Seine Zwecke einzuspannen.»

«Eine kluge Entscheidung», räumte der Pastetenverkäufer ein. «Ich selbst würde wohl auch heute nach Hause reisen, wenn der junge Thomas sich nicht hier mit mir verabredet hätte.»

Ich verabschiedete mich von ihm und wünschte ihm viel Glück, suchte nach der Wirtsfrau, um sie über die neue Vereinbarung in Kenntnis zu setzen, gönnte mir ein ausgiebiges Frühstück im Schankraum des Saracen's Head und machte mich dann auf den Weg zum New Gate, um von dort aus auf der Straße nach Holborn zu gelangen.

Es war noch früh am Morgen, und doch waren bereits ganze Heerscharen von Straßenkehrern damit beschäftigt, den Unrat des Vortags zusammenzutragen, ihn zu eigens dafür ausgehobenen Gruben außerhalb der Stadtmauern zu schaffen oder zu den Kais zu befördern, wo mehrere Boote darauf warteten, ihn auf See zu bringen und über Bord zu kippen. Doch es war ein aussichtsloser Kampf. Die Stadtbewohner waren bereits dabei, die nächtlichen Exkremente aus den Fenstern ihrer Schlafzimmer zu schütten, die alten Binsen aus ihren Türen zu fegen und das stinkende Stroh aus den vielen Ställen auf die Straßen zu tragen. Fleischer kippten eimerweise frische Eingeweide und Tierköpfe in die Abflußrinnen, wo sie bald von Bauschutt, Geflügelfedern und verdorbenem Fisch Gesellschaft bekamen. Auch waren die Straßen bereits vom Verkehr verstopft. Karren, hochbepackt mit Broten aus Stratford-atte-Bowe, Backsteinen aus den abgelegenen Dörfern rund um White Chapel und Lime House oder Fässern mit frischem Wasser aus den Quellen in Paddington holperten unaufhörlich durch die Tore in die Stadt. Straßenhändler und Ladenbesitzer bauten ihre Stände auf, um sich mit frischem Schwung in den täglichen Handel zu stürzen; eine Gruppe Knaben zog, unter Gelächter und Scherzen die letzten Augenblicke der Freiheit genießend, zur Klosterschule von St. Peter-upon-Cornhill; und schwerbepackte Lastgäule ließen ihre Pferdeäpfel auf die Straßen fallen. Ein paar Spitzbuben wurden bereits in die Pranger geschlossen, während die Trunkenbolde, Bordellmütter und Ruhestörer der vergangenen Nacht an den Stäben ihres Eisenkäfigs rüttelten und lautstark danach verlangten, freigelassen zu werden.

Kaum eine Stunde nach der Prime war London so hellwach und geschäftig wie immer.

Es war ein weiterer angenehmer Frühsommertag. Das Sonnenlicht fiel schräg in Höfe und Gassen, und eine leichte Brise brachte die grau-goldenen Schattenmuster unter den Bäumen zum Tanzen. Vielleicht sollte ich, wo so viele kauflustige Menschen die Straßen bevölkerten, doch noch bis zum Nachmittag warten, ehe ich den langen Heimweg nach Bristol antrat? Eine solche Gelegenheit, ohne große Anstrengungen ein hübsches Sümmchen zu verdienen, durfte nicht leichtfertig in den Wind geschlagen werden. Sollte ich Gott tatsächlich erlauben, meine Pläne so einfach zu durchkreuzen? Warum sollte ich nicht zumindest einen weiteren Vormittag in London bleiben?

Von dieser neuen Mischung aus Wagemut und Trotz erfaßt, lenkte ich meine Schritte zurück zur Leadenhall, wo fahrende Händler in den ersten Tagen der Woche Marktstände mieten konnten, um ihre Waren feilzubieten. Kaum hatte ich meine Sachen auf dem Tisch ausgebreitet, den der Aufseher mir zugewiesen hatte, war ich auch schon von kauflustigen Kunden umzingelt. Als die Glocken von St. Michael und St. Peter-upon-Cornhill zur Terz schlugen, hatte ich das meiste verkauft und dachte bereits an mein Mittagessen. Gerade als ich mich auf die Suche nach etwas Eßbarem machen wollte, blieb mein Blick an einem Mann haften, der die Waren am Nachbarstand in Augenschein nahm. Es war ein kleiner Mann mit pockennarbiger Haut, dessen Gesicht mir irgendwie vertraut vorkam. Einen Augenblick blieb ich stehen und zermarterte mein Gehirn, bis mir endlich klar wurde, woher ich ihn kannte: Ich hatte ihn vier Jahre zuvor bei meinem ersten Besuch in London kennengelernt.

«Philip Lamprey!» rief ich.

Wegen des lauten Stimmengewirrs in der Markthalle hatte ich kaum damit gerechnet, daß er mich hörte, doch beim Klang seines Namens drehte er sich um und ließ den Blick über die Menge schweifen, bis er mich schließlich erkannte. Fast im gleichen Augenblick breitete sich auf seinem Gesicht ein gutmütiges Grinsen aus, und mit leicht zackigem Gang, wohl ein Überbleibsel seiner vielen Soldatenjahre, kam er auf mich zu.

«Roger Chapman!» rief er erfreut. «Das ist aber eine Überraschung! Schön, dich wiederzusehen.»

«Ich bin erstaunt, daß du mich gleich wiedererkannt hast», sagte ich, denn unsere erste Begegnung war zwar recht freundlich, doch nur von kurzer Dauer gewesen.

«Aber natürlich. Einen großen Burschen wie dich würde doch jeder wiedererkennen. Und du hast mich ja auch erkannt.»

«Nicht sofort», gab ich zu.

«Na ja», erwiderte er, noch immer grinsend, «seit unserer letzten Begegnung habe ich mich wohl auch ein bißchen verändert.»

Er hatte recht. Seine vormals auffällig hagere Gestalt war fülliger geworden, und anstelle der Bettlerlumpen trug er ordentliche Kleider. Im Gegensatz zu früher strahlte er einen bescheidenen Wohlstand aus.

«Ja», entgegnete ich langsam. «Ja, das stimmt.»

«Ich bin jetzt ein angesehener Ladenbesitzer», vertraute er mir an. «Ich habe durch die Bettelei soviel ansparen können, daß ich schließlich einen der Gebrauchtwarenläden westlich des Tun mieten konnte. Deshalb bin ich auch hier. Ich schaue regelmäßig nach, ob es bei den fahrenden Händlern Waren gibt, die preiswert genug sind, daß ich sie für meinen Laden kaufen kann.» In seinen Augenwinkeln bildeten sich fröhliche Falten. «Und wieder geheiratet habe ich auch. Ich habe dir doch bestimmt erzählt, daß meine erste Frau mit einem Fleischer durchgebrannt ist. Die Ehe habe ich von der Heiligen Kirche annullieren lassen. Und dann habe ich eine gute Frau gefunden und mich seßhaft gemacht. Tja, die schlechten Zeiten sind endlich vorüber! Da fällt mir ein: Ich schulde dir noch ein Essen. Das habe ich dir vor vier Jahren versprochen, als du so großzügig warst, mich ins Bull in der Fish Street einzuladen.»

«Du hast ein besseres Gedächtnis als ich», sagte ich, worauf er sich stolz zu voller Größe aufrichtete.

«Schulden vergesse ich nie! Komm mit. Sieht ganz so aus, als hättest du ohnehin das meiste schon verkauft. Wir gehen ins Boar's Head an der East Cheap, und anschließend kommst du mit zu mir, damit du meine Jeanne kennenlernen kannst.»

Einen Augenblick lang zögerte ich. In meinem Kopf meldete sich eine warnende Stimme. «Wenn du jetzt noch länger in London bleibst», sagte sie, «kommst du vielleicht nicht mehr rechtzeitig fort.» Doch eine andere Stimme flüsterte: «Gott läßt sich ohnehin nicht täuschen», und ich seufzte tief, wußte ich doch, daß dies die Wahrheit war.

«Nun?» fragte Philip. «Kommst du mit? Jemanden, der seine Schulden begleichen will, darf man nicht abweisen, alter Freund. Es geschieht nicht allzuoft auf dieser schlechten Welt.»

Lachend verstaute ich die wenigen übriggebliebenen Waren in meinem Bündel und warf es lässig über die Schulter. Dann griff ich nach meinem Knüppel und nickte. «Geh nur voran», forderte ich ihn auf. «Ich hatte ohnehin gerade ans Mittagessen gedacht, als mein erstaunter Blick auf dich fiel.»

Bei einer leckeren Mahlzeit aus Aalpasteten und Brandykuchen, die wir mit einem so köstlichen Ale herunterspülten, wie ich es in meinem Leben selten gekostet habe, erzählte ich Philip Lamprey von meiner kurzen Ehe, meiner kleinen Tochter und meinem Wunsch, in diesem Jahr noch einmal nach London zu ziehen, der zu meinen gegenwärtigen Umständen geführt hatte.

«Tja», sagte er mitfühlend, «du hast dir für deinen Besuch eine schlechte Zeit ausgesucht. Aber das hättest du dir auch denken können, wo wir doch wieder einmal mit den Missjöhs im Krieg stehen. Und der Allmächtige allein weiß, warum! Ich kann mich jedenfalls nicht daran erinnern, daß sie uns irgend etwas getan hätten. Du etwa? Aber es ist nicht an uns, solche Fragen zu stellen... Komm heute abend mit mir nach Hause, und meine Jeanne wird dir ein herzliches Willkommen bereiten. Morgen kannst du dann immer noch nach Bristol aufbrechen.»

Philip Lampreys Gebrauchtwarenladen lag im westlichen Teil Cornhills, und seine Wohnung befand sich in einer kleinen Hütte aus Flechtwerk und Lehm, die gleich dahinter stand. Es gab kaum genug Platz für die beiden, was sie jedoch gar nicht weiter zu stören schien. Wie Philip es vorausgesagt hatte, hieß seine Frau mich ebenso herzlich willkommen wie er selbst und drängte mich, den Rest des Tages und die kommende Nacht bei ihnen zu bleiben. Mistress Lamprey war eine kleine, rundliche, lebhafte Person mit blitzenden braunen Augen und widerspenstigen schwarzen Locken, die sie mit einem Tuch mehr schlecht als recht zusammenhielt. Sie hatte für alle ihre Kunden ein Lächeln und ein fröhliches Wort, doch was mich besonders erstaunte, war ihr jugendliches Alter. Sie kann damals kaum älter als achtzehn Jahre gewesen sein, während Philip längst seinen vierzigsten Geburtstag hinter sich hatte. In jeder anderen Hinsicht jedoch schienen sie gut zueinander zu passen und sich besser zu verstehen als so manches gleichaltrige Paar.

Ich verbrachte den Rest des Tages damit, ihnen im Laden zu helfen, wobei mir meine eigenen Erfahrungen mit dem Verkaufen gut zustatten kamen. Anschließend aßen wir gemeinsam zu Abend.

«So», sagte Philip, als wir fertig waren, «und was machen wir jetzt? Es wird erst in ein paar Stunden dunkel.» Ohne auf meine Antwort zu warten, fuhr er fort: «Ich kenne ein Wirtshaus, in dem der beste Rybole-Wein ausgeschenkt wird, den du je getrunken hast. – Du kommst doch allein zurecht, mein

Liebling, oder?» fügte er hinzu und küßte Jeanne schmeichlerisch auf die Wange. «Wir werden auch ganz bestimmt vor dem Abendläuten wieder zu Hause sein.»

«Natürlich komme ich allein zurecht», antwortete sie lachend und versetzte ihm einen vergnügten Rippenstoß. «Raus mit euch! Aber daß ihr mir nicht betrunken nach Hause kommt.»

«Ich passe schon auf ihn auf», versprach ich ihr grinsend. «Da hast du aber einen echten Goldschatz gefunden», sagte ich zu Philip, als wir gemeinsam das Haus verlassen hatten.

«Wie recht du hast!» erwiderte er aus tiefstem Herzen. «Ich habe dir ja gesagt: In letzter Zeit habe ich eine Menge Glück gehabt.»

Wir schlängelten uns durch ein Labyrinth enger Gassen, durch das ich wohl allein niemals wieder zurückgefunden hätte, bis wir schließlich auf die Candlewick Street kamen, wo die Tuch- und Seidenhändler ihre Läden und Wohnungen hatten. Die aus Holz und Stein erbauten, verputzten und bemalten Häuser zeugten von Wohlstand und Rang ihrer Besitzer, doch Philip betrachtete sie ohne Neid. Er besaß alles, was er sich im Leben erträumte.

«Wohin gehen wir?» fragte ich, als wir an mehreren Wirtshäusern vorbei den Dowgate Hill hinunterschritten.

Philip antwortete nicht gleich. Auf halbem Weg bogen wir in die Elbow Lane ab, und als wir dem Knick gefolgt waren, der dieser Gasse ihren Namen gab, betraten wie die Thames Street, in der es auch um diese Zeit noch von Menschen wimmelte. Zu meiner Linken konnte ich in der Ferne die Türme des Stalhofs aufragen sehen. Auf der anderen Seite lag das Netz kleiner Gäßchen und Straßen, die zu den Kais hinunterführten und den Teil Londons bildeten, der unter dem Namen Vintry bekannt ist.

«Wohin gehen wir?» wiederholte ich in etwas schärferem Ton.

«In ein Wirtshaus namen Three Tuns», antwortete Philip.

«Ganz in der Nähe vom Three Cranes Quay. Ich habe dir ja gesagt, dort gibt es den besten Rybole, den du je getrunken hast. Komm schon, Mann! Bleib nicht stehen. Um diese Zeit ist es dort immer rappelvoll. Wir können von Glück reden, wenn wir überhaupt noch ein Plätzchen finden.»

Meine widerstrebenden Schritte kamen zum Stehen. Über die Schultern sah mich Philip erstaunt an.

«Komm schon!» wiederholte er ungeduldig. «Roger, was ist denn los mit dir? Ich sage dir, das Zeug schmeckt unvergleichlich.»

Einen Augenblick zögerte ich noch, dann zuckte ich mit den Schultern und ging weiter. Gott hatte Sein Netz über mir ausgeworfen und mich mit unbeirrbarer Beharrlichkeit darin eingefangen. Es war nicht Sein Wille, mich so einfach entkommen zu lassen; und ich tröstete mich mit dem Gedanken, daß ich, wenn ich Philip Lamprey nicht getroffen hätte, mit Sicherheit aus irgendeinem anderen Grund in London geblieben oder dorthin zurückgekehrt wäre. Noch hatte ich keine Ahnung, was mich erwartete, doch als ich über die Schwelle des Three Tuns schritt, wußte ich, daß ich mich damit, wenn auch widerstrebend, meinem Schicksal ergab.

. . .

Sechstes Kapitel

Ich sah Timothy Plummer sofort, obwohl im Schankraum, genau wie Philip es vorausgesagt hatte, an diesem schönen Sommerabend ein dichtes Gedränge herrschte. Es überraschte mich kaum, daß mein Blick gleich auf ihn fiel, obwohl er und sein Gefährte sich in eine Ecke zurückgezogen hatten und von den hin und her laufenden Schankgehilfen, den lärmenden Gästen und dem Wirt, der zwischen den Tischen herumschlenderte und sich nach dem Wohlergehen seiner Gäste erkundigte, teilweise verdeckt waren. Und es erschien mir fast schon unvermeidlich, daß Philip mich beim Arm nahm und mich auf zwei freie Plätze zuschob, die er wenige Meter von Timothy Plummers Tisch entfernt erspäht hatte.

«Warte hier und halte meinen Platz frei», raunte mir Philip zu. «Einer der Schankgehilfen ist Jeannes Vetter. Ich versuche ihn aufzutreiben, sonst sitzen wir hier noch beim Abendläuten und haben immer noch nichts zu trinken.»

Ich nickte und legte ein Bein über den Stuhl, der neben meinem stand. Doch kaum war Philip in dem Gedränge verschwunden, wurde meine gesamte Aufmerksamkeit auch schon von der Eckbank in Anspruch genommen. Ich hatte bereits damit gerechnet, daß es sich bei dem Mann, der in Timothys Gesellschaft war, um keinen anderen als Lionel Arrowsmith handelte. Jetzt mußte ich jedoch mit Erstaunen feststellen, daß er nicht nur immer noch seinen Arm in der blauen Seidenschlinge trug, sondern auch den linken Knöchel verbunden und eine Holzkrücke an seinen Stuhl gelehnt hatte. Irgendwie hatte er sich in der Zeit zwischen gestern nacht und heute abend eine zweite Verletzung zugezogen – was wohl auch die besorgten Mienen erklären mochte, die er und Timothy zur Schau trugen, während sie fortwährend zur Tür sahen und jedem, der in den Schankraum trat, erwartungsvoll entgegenblickten. Wegen seiner Verletzungen hatte Lionel sich offenbar nicht zugetraut, zu dem Treffen mit Thaddeus Morgan zu gehen, und hatte statt dessen jemand anderen geschickt, höchstwahrscheinlich den Vertrauten, den er als «zu jung und unerfahren» beschrieben hatte. Kein Wunder, daß die beiden so ängstliche Gesichter machten.

Philip kehrte mit zwei Bechern Rybole-Wein zurück. Er frohlockte, weil er vor den anderen Gästen an unserem Tisch bedient worden war, die angesichts einer so ungerechten Behandlung natürlich sofort in laute Empörungsschreie ausbrachen. Aber Philip blieb ungerührt. «Es kommt eben alles darauf an, wen man kennt», sagte er augenzwinkernd und wandte sich dann an mich. «Na, was hältst du von dem Wein?»

Er hatte nicht zuviel versprochen. Noch nie zuvor hatte ich ein so vollmundiges Bouquet gekostet, und anschließend bedauerte ich, daß ich so sehr mit anderen Dingen beschäftigt gewesen war, daß ich es kaum richtig genießen konnte. Denn obgleich ich mir ein paar Worte des Lobes abrang, um Philip zufriedenzustellen, waren meine Gedanken bei den beiden Männern in der Ecke, die plötzlich erregt die Hälse reckten. Ich folgte ihren Blicken und sah, daß gerade ein junger Mann hereingekommen war.

Ich schätzte ihn auf höchstens siebzehn oder achtzehn Jahre. Er war schlank und feingliedrig, mit auffallend hübschen Gesichtszügen und dunklem, fast schwarzem Haar, das in einem reizvollen Gegensatz zu seiner blassen Hautfarbe stand. Ich hatte das Gefühl, ihn erst vor kurzem irgendwo gesehen zu haben – und wenn nicht ihn, dann mit Sicherheit jemanden, der ihm sehr ähnlich sah. Als er den Kopf wandte und suchend in die Menge schaute, konnte ich sein Gesicht besser sehen. Beim Anblick seiner sanft geschwungenen Lippen wußte ich sofort, wer er war. Hatte die Schäfersfrau mir nicht gesagt, daß Matthew Wardroper das Ebenbild seiner Mutter sei? Das war sicherlich übertrieben, doch erinnerte dieser junge Mann unübersehbar an Lady Wardroper. Und außerdem: Wem sonst außer seinem eigenen Verwandten hätte Lionel Arrowsmith eine offenbar so geheime Mission anvertrauen können?

Und so, dachte ich, während ich einen weiteren Schluck von dem Rybole nahm und Philip munter in mein rechtes Ohr plapperte, war ich wieder bei Matthew Wardroper angekommen. Der Kreis hatte sich geschlossen; und wenn ich noch irgendwelche Zweifel gehegt hätte, daß Gott Seine Finger mit in diesem Spiel hatte, hätten sie sich in diesem

Augenblick in Luft aufgelöst. Ich versuchte, die Niederlage so großmütig wie möglich hinzunehmen, und sofort hatte ich das Gefühl, daß eine große Last von meinen Schultern genommen war. Ich sah, wie Matthew Wardroper sich einen Weg zur Eckbank bahnte und wie die anderen beiden Männer ihm mit gequälter Anspannung und fragenden Blicken entgegenfieberten. Auch sein verzweifeltes Kopfschütteln, als er sich neben Timothy Plummer, der zur Seite rückte, um ihm Platz zu machen, auf die Bank sinken ließ, entging mir nicht. Lionel Arrowsmith starrte den Jungen bestürzt an, doch leider beanspruchte Philip gerade in diesem Augenblick meine Aufmerksamkeit.

«Aber du hörst mir ja überhaupt nicht zu», sagte er vorwurfsvoll. «Statt dessen beobachtest du ständig die drei Männer da drüben in der Ecke. Du brauchst es gar nicht erst abzustreiten, ich habe es genau gesehen. Was soll an diesen Leuten denn so fesselnd sein?»

Da weder Timothy Plummer noch Lionel Arrowsmith oder der junge Matthew Wardroper an diesem Abend die Livree des Herzogs trugen, wußte ich nicht, wie ich sie glaubhaft zum Mittelpunkt meines Interesses hätte erklären sollen, und antwortete ausweichend: «Nichts. Ich beobachte bloß gern andere Leute.»

Zum Glück gab Philip sich damit zufrieden.

«Nun, es gibt ja wohl auch nirgendwo interessantere Leute als in London, und du kommst selten her. Es sei dir verziehen. Wie wär's mit einem zweiten Becher Wein?»

Mir war klar, daß ich diese Runde bezahlen mußte, und ich steckte ihm einige Münzen zu, woraufhin Philip erneut verschwand, um Jeannes Vetter zu suchen. Sobald er gegangen war, drehte ich mich zu der Gruppe in der Ecke um. Auch wenn im Wirtshaus nicht so ein ohrenbetäubender Lärm geherrscht hätte, wäre mir der Inhalt ihres Gesprächs verschlossen geblieben: Sie waren zu weit weg. Aber der Ausdruck auf ihren Gesichtern verriet mir, daß es nicht zum besten stand;

und als Matthew Wardroper wenige Minuten später aufstand und das Wirtshaus verließ, schloß ich daraus, daß Thaddeus Morgan sich nicht an die Verabredung gehalten hatte.

Ich trank meinen zweiten Becher sehr viel langsamer aus als den ersten, teilweise, um den unvergleichlichen Geschmack des Weines zu würdigen, teilweise, um das Jeanne gegebene Versprechen, daß Philip nicht betrunken nach Hause käme, zu halten, in erster Linie jedoch, weil ich unbedingt Matthew Wardropers Rückkehr abwarten wollte. Während Philips Abwesenheit war ich so herumgerückt, daß ich sowohl ihn anschauen als auch Timothy Plummers Tisch im Auge behalten konnte. Nun konnte ich gleichzeitig mit Philip reden und die anderen beobachten, doch da es mindestens eine weitere halbe Stunde dauerte, bis Matthew Wardroper zurückkam, hatte ich alle Mühe, meinen Wein so lange zu strecken. Philip hatte seinen zweiten Becher schon lange ausgetrunken und war drauf und dran, sich einen dritten zu holen, eine Absicht, die zu vereiteln es meines ganzen Einfallsreichtums bedurfte. Ich wollte ihn gerade mit sanfter Gewalt zurückhalten und legte eine Hand auf seinen Arm, als der junge Wardroper zusammen mit einigen Spätankömmlingen in den Schankraum schlüpfte. An seinem grimmigen Gesichtsausdruck und den herunterhängenden Schultern erkannte ich sofort, daß er kein Glück gehabt hatte. Thaddeus Morgan war nicht zu der Verabredung erschienen. Zweifellos waren Timothy Plummer und Lionel Arrowsmith zu dem gleichen Schluß gekommen, denn sie sahen sich bestürzt an, und als Matthew zu ihnen auf die Bank gerutscht war, steckten sie aufgeregt die Köpfe zusammen, um sich zu beraten.

«Dieses Zeug ist zu stark für mich», sagte ich zu Philip. «Ich fürchte, ich muß einen kleinen Spaziergang machen, ehe wir nach Cornhill zurückkehren.» Ich überhörte seinen Einwand, daß er noch gar nicht nach Hause wolle, zog ihn mit Gewalt auf die Beine und schob ihn zur Tür.

«Du biss 'n richtiger Schpielverderber», beschwerte er sich, sobald wir draußen waren. «Ich dachte, 'n schtarker Bursche wie du könnte ein bißchen mehr vertragen.»

«Du fängst schon an, undeutlich zu sprechen», ermahnte ich ihn, «und Jeanne hat es ganz bestimmt nicht verdient, sich mit zwei betrunkenen Männern abgeben zu müssen.» Ich griff nach seinem Arm. «Komm schon. Wir wollen uns noch ein wenig die Beine vertreten, ehe wir heimgehen.»

Zum Glück war Philip schon so benebelt, daß er nicht auf die Idee kam, mich zu fragen, warum der Marsch nach Cornhill mir dafür nicht ausreichte. Jedenfalls trottete er folgsam neben mir her, murmelte nur noch gelegentlich ein paar trotzige Widerworte, war aber sonst bester Laune, während ich unsere Schritte zum Three Cranes Quay lenkte.

Der Kai war menschenleer, und die drei großen Kräne, die ihm seinen Namen gegeben hatten, ragten müßig in den Abendhimmel. Von den wenigen Schiffen, die an der Mauer festgemacht hatten, lag eins so tief im Wasser, daß man auf den ersten Blick erkennen konnte, daß seine Ladung noch nicht gelöscht worden war. Auf keinem der Schiffe waren Wachposten zu sehen. Wahrscheinlich waren die Mannschaften vollauf mit dem Genuß des berühmten Weins im Three Tuns beschäftigt. Entschlossen ging ich zum anderen Ende des Kais und hielt nach dem leeren Lagerhaus Ausschau.

Thaddeus hatte es richtig beschrieben. Wenn man zur Vintry blickte, lag es rechts des Kais. Die Fensterläden hingen schief, und auch in jeder anderen Hinsicht sah es im Vergleich zu den Nachbargebäuden recht heruntergekommen aus. Die Nebentür war leicht zu finden. Sie gab sofort nach und schwang quietschend in ihren Angeln.

«Was machst du da?» jammerte Philip mit ängstlicher Stimme. «Was haben wir hier zu suchen?»

«Das weiß ich auch noch nicht», flüsterte ich zurück. «Du mußt dich ein wenig gedulden. Wenn du willst, kannst du auch draußen auf mich warten.»

Philip schnaubte entrüstet und schielte über meine Schulter hinweg in das Innere des verlassenen Lagerhauses. Gleich hinter der Tür, wo das schwindende Tageslicht ein helles Dreieck auf den Boden warf, war der Staub erst vor kurzem aufgewirbelt worden. Jemand hatte eine ganze Weile hier gestanden, und für mich war nicht schwer zu erraten, daß es der junge Matthew Wardroper gewesen war, der dort vergeblich auf Thaddeus Morgan gewartet hatte.

Ich versuchte, mich in die Lage des Jungen zu versetzen. Er war von dieser höchst geheimen Mission, die ihm nach der zweiten Verletzung seines Verwandten anvertraut worden war, wahrscheinlich mehr als nur ein wenig verängstigt gewesen. Man hatte ihm gesagt, daß nur ein kurzer Einsatz nötig sei, daß es um einen einzigen Namen gehe, den ihm jemand ins Ohr raunen werde, und schon könne er in die Sicherheit des Wirtshauses zurückkehren. Dann hatte er alleine hier gestanden und sich mit jeder Sekunde unbehaglicher gefühlt. Jedes Geräusch hatte ihn zusammenzucken lassen, und in einem so alten Gebäude gab es immer irgendwelche knarrenden Balken. Er hatte sich so schreckhaft gefühlt wie eine Katze und hatte es daher auch nicht gewagt, das Lagerhaus näher zu untersuchen. Doch jenseits der Tür erstreckte sich eine riesige schwarze Fläche, die vielleicht einen Hinweis auf das Schicksal von Thaddeus Morgan enthielt.

Warum ich dies vermutete, kann ich nicht sagen. Ich führe es auf meinen Instinkt zurück, jenen sechsten Sinn, von dem ich immer geglaubt habe, daß Gott uns durch ihn die Richtung weist, in die Er uns zu gehen wünscht.

«Ich sehe mich mal ein bißchen um», sagte ich zu Philip. «Ich werde nicht lange bleiben. Warte hier auf mich.»

«Verdammt noch eins», gab Philip zurück. «Wenn du reingehst, komme ich mit. Obwohl ich nicht die geringste Ahnung habe, warum in Gottes Namen du ausgerechnet in diesem stinkigen alten Lagerhaus herumschnüffeln mußt, in dem sowieso nur noch Ratten und Mäuse hausen.»

Ich antwortete ihm nicht, und er war gerade noch betrunken genug, um sich nicht darum zu scheren. Er folgte mir hinein, stolperte dabei schwerfällig über die eigenen Füße und kicherte wie ein Idiot. Als er sich wieder gefangen hatte, legte ich ihm eine Hand auf die Schulter.

«Laß uns warten, bis unsere Augen sich an die Dunkelheit gewöhnt haben.»

Er fügte sich und blieb lammfromm an meiner Seite stehen, bis die Düsternis Formen anzunehmen begann, wir die Balken über uns und etwas, das wie eine ins obere Stockwerk führende Leiter aussah, in einer Ecke entdecken konnten. In der Mitte standen ein paar Fässer auf dem Boden, und an der gegenüberliegenden Wand lag eine Art Bündel.

«Niemand da», flüsterte Philip. Die Stille in dem leeren Lagergebäude hatte seine Stimme gedämpft.

Auch ich hatte das Gefühl, daß es eine Entweihung bedeutet hätte, hier die Stimme zu erheben, und flüsterte zurück: «Trotzdem werde ich mich kurz umsehen, um ganz sicher zu gehen.»

Ich schritt langsam vorwärts. Der modrige Geruch des feuchten, seit langer Zeit unbenutzten Hauses nahm mir fast den Atem. Hier und da hörte ich eine Ratte oder eine Maus über den Boden trippeln. In der Mitte des großen Raums blieb ich stehen. Philip hatte recht, es war nichts Ungewöhnliches zu sehen, und ich überlegte gerade, ob es ratsam sei, sich ohne Lampe auf die Leiter zu wagen, als ein leises Stöhnen dafür sorgte, daß sich meine Nackenhaare sträubten. In dem Moment sah ich, daß sich das Bündel an der Wand bewegte. Ich überhörte Philips erschrockenen Angstschrei, sprang in zwei Sätzen zur gegenüberliegenden Wand und ging in die Knie. Was ich für zurückgelassenen Unrat gehalten hatte, war in Wirklichkeit der Körper eines Mannes – eines Mannes, der noch lebte.

Doch nicht mehr lange. Als ich ihn mit zitternden Händen in meine Arme hob, gab er ein letztes Keuchen von sich, und sein Kopf fiel nach hinten. Thaddeus Morgan – denn ich hatte nicht den geringsten Zweifel an dem Namen dieses Mannes – war tot.

Ich wandte den Kopf und sah Philip neben mir stehen, die Hand über den Mund gelegt, das Weiße seiner Augen in der Dunkelheit deutlich zu erkennen. Gleichzeitig spürte ich, daß über meine rechte Hand, die noch auf Thaddeus Morgans Brust lag, eine warme, klebrige Masse floß, bei der es sich nur um Blut handeln konnte. Offenbar war er erstochen worden, und ich fragte mich, ob die Waffe des Mörders noch irgendwo in der Nähe lag, obgleich es sehr viel wahrscheinlicher war, daß er sie mitgenommen hatte.

«Um Gottes willen, laß uns hier verschwinden!» drängte mich Philip. «Überlassen wir es der Wache, den armen Teufel zu finden. Uns geht das nichts an.»

«Ich glaube, ich weiß, wer der Tote ist», sagte ich. «Und ich möchte dich um einen Gefallen bitten. Geh zurück ins Three Tuns zu den drei Männern, die in der Ecke saßen. Wenn sie durch einen unglücklichen Zufall bereits gegangen sind, such die umliegenden Straßen in Richtung Baynard's Castle nach ihnen ab. Sag ihnen, Roger Chapman habe dich geschickt, und sie müßten dringend kommen. Aber sprich leise mit ihnen und versuch auf jeden Fall, Aufsehen zu vermeiden. Falls sie zögern, flüstere ihnen, so daß es niemand anders hören kann, den Namen Thaddeus Morgan zu.»

Philip schniefte. «Ich hätte mich daran erinnern müssen, daß du schon bei unserer letzten Begegnung in irgendeine faule Geschichte verwickelt warst», versetzte er bitter. «Aber wie sollte ich ahnen, daß das bei dir so eine Art Angewohnheit ist? Schon gut! Schon gut! Ich werde hingehen. Aber woran soll ich diese Schurken erkennen? Ich habe sie mir nicht so genau angesehen, obwohl ich gemerkt habe, daß du sie kaum aus den Augen gelassen hast.»

«Es sind keine Schurken», erwiderte ich. «Der eine ist in deinem Alter, der zweite ist höchstens siebzehn, achtzehn Jahre alt, und den dritten kannst du auf keinen Fall übersehen. Er trägt den rechten Arm in einer Schlinge, und sein linker Fuß ist verbunden. Er stützt sich auf eine Krücke.»

Obgleich er vor Angst zitterte, lachte Philip leise. «Scheint ja ein ziemlicher Tolpatsch zu sein. Wahrscheinlich ist er auch noch blind, was?»

Wenig später war er verschwunden. Ich legte den toten Thaddeus Morgan auf den Boden, ging hinter Philip her und schob die Tür fast zu, so daß nur noch ein ganz schmaler Lichtstreif in das Dunkel fiel. Niemand sollte auf das verlassene Lagerhaus aufmerksam werden. Außerdem hatten sich meine Augen inzwischen so an die Dunkelheit gewöhnt, daß ich mich mehr oder weniger frei bewegen konnte. Ich kehrte zu Thaddeus Morgan zurück und tastete nach der Wunde, die ihn getötet hatte. Das Messer war direkt unter dem Herzen eingedrungen, und die Tatsache, daß er nicht sofort daran gestorben war, ließ darauf schließen, daß der Stich mit weniger Kraft ausgeführt worden war, als es der Mörder beabsichtigt hatte, so daß Thaddeus hingefallen und langsam verblutet war.

Vorsichtig durchstreifte ich den Raum, konnte jedoch keinen Hinweis auf eine Waffe finden. In dieser Hinsicht hatte ich mir wohl falsche Hoffnungen gemacht, doch fand ich oben auf dem Sims eines der mit Läden verschlossenen Fenster einen Kerzenhalter mit einem Talgstummel und eine Zunderbüchse. Die Sachen hatten offenbar schon recht lange dort gelegen, denn der Feuerstein war kalt und der Zunder feucht, doch nach einer ganzen Weile gelang es mir schließlich, die Kerze anzuzünden, und ihr blasser Schein ermöglichte mir, meine Umgebung etwas genauer zu betrachten.

Als erstes fiel mir auf, daß der Staub auf dem Boden sehr viel stärker aufgewirbelt war, als sich dies durch meine und

Philips Gegenwart erklären ließ. Die Spuren in der Mitte des Raumes deuteten darauf hin, daß es einen heftigen Kampf gegeben hatte. Der tödlich verwundete, aber noch längst nicht tote Thaddeus Morgan muß, solange er noch die Kraft dazu hatte, verzweifelt mit seinem Angreifer gerungen haben. Als ich die Leiche daraufhin noch einmal betrachtete, fühlte ich mich in meiner Vermutung bestätigt. Eine Verletzung am Kinn sprach dafür, daß Thaddeus Morgan bewußtlos geschlagen worden war. Anschließend hatte ihn der Mörder offenbar zur Wand geschleift, denn im flackernden Licht der Kerze konnte ich die beiden Spuren sehen, welche die Hacken seiner Stiefel im Staub hinterlassen hatten, an manchen Stellen von meinen und Philips Fußspuren durchkreuzt.

Außerdem entdeckte ich Blut an der vorderen rechten Ecke des Wamses, das Thaddeus trug. Der Stoff war leicht zerknittert, so als hätte jemand die Klinge eines Messers oder eines Dolches an den Falten abgewischt. Hätte ich dies schon vorher entdeckt, hätte es mir eine ergebnislose Suche erspart. Alles sprach dafür, daß der Mörder die Mordwaffe mitgenommen hatte.

Hinter mir sprang quietschend die Tür auf. Ich löschte die Kerze und griff nach meinem Knüppel, den ich, als ich die grausige Entdeckung machte, auf den Boden gelegt hatte. Doch gleich darauf erkannte ich die Umrisse der beiden Männer, die sich in der offenen Tür gegen das schwindende Tageslicht abhoben.

«Komm herein, Philip», sagte ich ruhig, «und bring Timothy Plummer mit. – Timothy, ich dachte, es könnte für dich von Interesse sein, daß Thaddeus Morgan eines gewaltsamen Todes gestorben ist.» Der Mann des Herzogs kam über die staubigen Bodendielen auf mich zugeschritten. «Wie ich sehe, bist du allein gekommen. Wo sind deine Gefährten?»

«Ich habe Matthew Wardroper und Lionel Arrowsmith

zurück nach Baynard's Castle geschickt. Lionel sind in seinem Zustand heute abend wohl kaum noch weitere Schicksalsschläge zuzumuten. Wie du bemerkst», fügte er leicht spöttisch hinzu, «nenne ich Namen, von denen ich annehme, daß sie dir längst bekannt sind. Wie du zu deinem Wissen gelangt bist, ist mir ein Rätsel, aber ich habe die feste Absicht, es herauszufinden.» Er kniete nieder und betrachtete das Gesicht des toten Mannes. «Ja, das ist tatsächlich Thaddeus Morgan.» Er richtete sich wieder auf und wandte sich zu mir um. «Du wirst mich nach Baynard's Castle begleiten. Und zwar auf der Stelle!»

«Und wenn ich mich weigere?»

«Dann wirst du innerhalb weniger Stunden verhaftet und unter Bewachung ins Schloß gebracht. Aber das würde ich lieber vermeiden, und ich bin sicher, daß es dir ähnlich geht.» Timothy Plummer deutete mit dem Kopf in Philips Richtung. «Wer ist dieser Mann? Und was weiß er?»

«Ich weiß gar nichts!» rief Philip entsetzt.

«Er sagt die Wahrheit», bestätigte ich. «Er hat keinerlei Kenntnisse, die über den Namen dieses Mannes hinausgehen, und den Namen mußte ich ihm enthüllen, da ich befürchtete, er könnte dich sonst nicht zum Mitkommen bewegen. Wenn du ihn gehen läßt, wird er keiner Menschenseele irgend etwas über diesen Vorfall sagen, nicht wahr, Philip?»

«Möge ich tot umfallen, wenn auch nur ein Wort über meine Lippen kommt!» beteuerte Philip inbrünstig.

Timothy Plummer zögerte, dann nickte er. «Also gut. Ich vertraue dir, Roger Chapman. Wenn ich es nicht täte, müßte ich euch beide in Ketten legen lassen. Doch ich wiederhole, du mußt mich nach Baynard's Castle begleiten.»

«Aber ich muß noch mein Bündel holen», wandte ich ein. «Es befindet sich in Master Lampreys Wohnung, wo ich heute nacht schlafen wollte.»

«Ich schicke morgen früh jemanden, um es abzuholen. Wir haben jetzt keine Zeit zu verlieren. Ich möchte noch heute abend hören, was du weißt und wie in Gottes Namen du zu diesem Wissen gekommen bist.» Er drehte sich um. «Fort mit Euch, Master Lamprey oder wie auch immer Ihr heißen mögt! Und vergeßt alles, was heute abend hier geschehen ist.»

«Ihr könnt mir voll und ganz vertrauen, Euer Ehren!»

«Philip», fügte ich hinzu, «am besten erzählst du Jeanne, ich hätte einen alten Freund getroffen und seine Gastfreundschaft der euren vorgezogen. Sie wird deswegen schlecht von mir denken, aber das läßt sich nicht ändern. Es ist besser für Jeanne, wenn sie nichts weiß. Und wenn morgen früh der Bote kommt, um mein Bündel zu holen, wird Master Plummer dafür sorgen, daß er nicht die Livree des Herzogs trägt. Du kannst dir irgendeine Geschichte ausdenken, um seinen Besuch zu erklären.»

Philip schnappte nach Luft. «Gut… Also…» Er begann sich rückwärts zur Tür des Lagerhauses zurückzuziehen. «Dann gehe ich jetzt.» Und als Timothy Plummer keine Anstalten machte, ihn zurückzuhalten, murmelte er rasch: «Gott sei mit Euch», und war verschwunden.

«Bist du sicher, daß er vertrauenswürdig ist?» fragte Timothy zweifelnd.

«Dieser Mann hat schwere Zeiten hinter sich und erst vor kurzem zu einem glücklichen Leben in bescheidenem Wohlstand und einer guten Frau gefunden. Er wird nichts davon für ein unvorsichtiges Wort über eine Sache aufs Spiel setzen, von der er so gut wie nichts weiß. Und was den Mord angeht, hat er in seinem Leben schon so viele Gewalttaten gesehen, daß er auch diese noch verkraften wird. Er hat früher unter den Bettlern und Leichenfledderern gelebt, die im Fluß nach Toten fischen. Dabei fällt mir ein… Was wollen wir mit ihm machen?» Ich zeigte auf Thaddeus Morgan.

Timothy Plummer zuckte mit den Schultern. «Wir lassen ihn, wo er ist. Irgend jemand wird ihn schon finden. Niemand wird ihn mit dir oder mir in Verbindung bringen.

Wahrscheinlich wird nie entdeckt werden, wer er wirklich ist, denn ich glaube nicht, daß Thaddeus Morgan sein wirklicher Name ist. Und jetzt sollten wir gehen. Es ist schon kurz vorm Abendläuten.»

Ich legte Kerze und Zunderbüchse auf den Sims zurück, trat hinter Timothy Plummer aus dem alten Lagerhaus und ließ die Tür weit offenstehen. Ich hoffte, dies könnte irgendeinen Vagabunden dazu verlocken, einzutreten und dabei auf Thaddeus Morgans Leiche zu stoßen. Obgleich man ihn, falls Master Plummer recht hatte, in einem Massengrab verscharren würde, war das immer noch besser, als hier zu verfaulen oder von den Ratten gefressen zu werden, und ich hatte das Gefühl, er habe mehr verdient, was auch immer seine Berufung gewesen sein mag.

Es wurde schon dunkel, und die Abendglocken läuteten, als Timothy Plummer und ich in die Thames Street einbogen und uns westwärts wandten. Der Himmel schimmerte noch grau, doch lag schon der unverwechselbare Talgduft von all den Kerzen in der Luft, die nun angezündet wurden. Die Läden wurden geschlossen, und die Händler holten ihre Waren herein, um sie sicher hinter Schloß und Riegel zu verwahren. Abschiedsworte wurden gerufen, überall waren Scherze und gutmütiges Gelächter zu hören. Und unten am Ufer des Flusses, hoch über den Dächern der kleinen Häuser, ragten die schwarzen, massigen Türme von Baynard's Castle auf.

• • •

Siebentes Kapitel

Im äußeren Hof herrschte rege Betriebsamkeit, denn das Schloß beherbergte zur Zeit zwei unterschiedliche Haushalte, den der Herzoginwitwe von York und den ihres jüngsten Sohnes, Prinz Richard. Da die Invasion Frankreichs unmittelbar bevorstand und der König und seine beiden Brüder in weniger als einer Woche den Kanal überqueren wollten, war es nur natürlich, daß zu den üblichen Alltagsaufgaben geschäftige militärische Vorbereitungen kamen. Auch auf die Sicherheit wurde jetzt noch mehr geachtet als sonst, an allen Toren standen doppelt so viele Wachen, als ich es von meinem vorigen Besuch in Erinnerung hatte. Timothy Plummers Gesicht schien jedoch alle Türen wie durch Zauberkraft zu öffnen, und ehe ich's mich versah, wurde ich durch ein Labyrinth von Gängen und engen Wendeltreppen geführt, bis wir ein Zimmer hoch oben in einem der Türme erreichten, wo man uns schon ungeduldig erwartete.

Lionel Arrowsmith saß in einem mit reichen Schnitzereien verzierten Lehnstuhl und hatte seinen verletzten Fuß auf einen Hocker gelegt, während der junge Matthew Wardroper mit blassem, angespanntem Gesicht im Zimmer auf und ab schritt. Als ich mit Master Plummer eintrat, richteten sich zwei Augenpaare erwartungsvoll auf uns.

«Und?» fragte der ältere Mann brüsk. «War es Thaddeus Morgan?»

Timothy nickte und bat mich, Platz zu nehmen. Ich zog mir aus einer Ecke des Zimmers einen Hocker heran, während er die Kerzen anzündete, die in mehreren Haltern auf dem Tisch standen. «Es hat keinen Zweck, im Dunkeln herumzuhocken», bemerkte er.

«Das ist doch jetzt völlig unwichtig!» sagte Lionel ärgerlich. Mit Hilfe seiner gesunden Hand richtete er sich in seinem Lehnstuhl auf. «Wieso weiß dieser Hausierer soviel? Woher kennt er Thaddeus' Namen? Und wo ist der Wicht, den er geschickt hat, um uns zu holen?»

«Nach Hause gegangen. Ich habe Roger Chapmans Wort, daß er den Mund halten wird», antwortete Timothy ruhig.

«Das Wort eines Hausierers!» schnaubte Lionel verächtlich. «Hast du den Verstand verloren?»

«Nein. Und der Herzog wird, wenn ich es ihm sage, der gleichen Meinung sein. Master Chapman ist Seiner Gnaden nämlich wohlbekannt und hat ihm in der Vergangenheit schon zweimal große Dienste geleistet. Der Herzog würde ihm zweifellos sein Leben anvertrauen. Und genau das, Roger, steht jetzt auf dem Spiel.»

Ich sah ihn entgeistert an. «Du meinst... Jemand versucht, Herzog Richard umzubringen?»

Timothy seufzte tief. «Kurz gesagt: Genau das ist es, was wir befürchten.»

«Wer sollte das sein?»

Lionel Arrowsmith lachte bitter. «Wir hatten gehofft, es heute abend herauszubekommen, doch irgend jemand hat Thaddeus Morgan vorher abgefangen, und nun tappen wir genauso im dunkeln wie vorher.»

«Warum sollte jemand den Herzog von Gloucester töten wollen?»

«Wenn wir das wüßten», antwortete Timothy schroff, «wüßten wir auch, wo die Gefahr lauert. Und umgekehrt: Wenn wir den Namen des Verräters wüßten, hätten wir vielleicht auch eine Vorstellung von seinem Motiv.»

«Doch wenn ihr weder einen Namen noch das Motiv kennt», fragte ich erstaunt, «woher wollt ihr dann mit Gewißheit wissen, daß tatsächlich jemand einen Anschlag auf das Leben Seiner Gnaden plant?»

Timothy Plummer nahm in der breiten Fensterlaibung Platz, streckte beide Beine aus und lehnte den Rücken gegen die Steine. «Darüber sprechen wir später. Zuerst bist du uns aber so manche Antwort schuldig, Roger Chapman.» Lionel Arrowsmith nickte eifrig. «Wie kommt es, daß Ihr ebensoviel wißt wie wir? Wieso habt Ihr Thaddeus Morgan mit mir in Zusammenhang gebracht? Und woher wißt Ihr seinen Namen?»

«Das ist alles leicht zu erklären», antwortete ich, «und ich bin gerne bereit, Euch einzuweihen.»

Als ich mit den groben Umrissen meiner Geschichte fertig war und nur die Begebenheiten ausgelassen hatte, von denen ich meinte, daß sie mit der fraglichen Angelegenheit in keinem direkten Zusammenhang standen, herrschte betretenes Schweigen.

Dann regte sich Timothy Plummer. «Eine bemerkenswerte Kette von Ereignissen. Wirklich bemerkenswert. Oder vielleicht hatte, wie du selbst sagst, wirklich Gott Seine Hand im Spiel.»

Die beiden übrigen Zuhörer waren jedoch mit anderen Gedanken beschäftigt.

«Ihr ... Ihr wart in Chilworth Manor und ... habt meine Mutter gesehen?» stammelte Matthew Wardroper sichtlich erregt. «Wie geht es ihr?»

«Sie war offenbar bei bester Gesundheit», antwortete ich, hatte aber keine Gelegenheit, dies noch weiter auszuführen, da Lionel Arrowsmith mich unterbrach. Seine Stimme überschlug sich fast vor Aufregung.

«*Ihr habt jedes Wort gehört, das Thaddeus Morgan und ich gestern nacht gewechselt haben?* Ihr wart hinter einem Busch verborgen, und wir wußten nicht, daß Ihr da wart? Um Gottes willen! Warum haben wir den Platz nicht vorher abgesucht? Warum hat Thaddeus nicht daran gedacht? Er mit seiner Erfahrung muß doch gewußt haben, welches Wagnis wir eingegangen sind! Und wenn Ihr uns gehört habt, wer hat uns dann vielleicht noch alles belauscht? Timothy, es tut mir so leid! Ich bin ein Narr! Ein Idiot! Melde es sofort dem Herzog! Laß mich wegen meiner Nachlässigkeit auspeitschen! Vertrau mir niemals wieder eine wichtige Aufgabe an!»

«Halt ein, Lionel», versuchte Timothy ihn zu beruhigen.

«Für solche Selbstvorwürfe ist es jetzt ohnehin zu spät. Und ich bezweifle sehr, daß gestern nacht mehr als ein neugieriger Schlafwandler um die Klostermauern geschlichen ist. Nichts für ungut, Roger Chapman, aber du hast wirklich eine auffällige Neigung, die Angelegenheiten anderer Menschen zu deinen eigenen zu machen.»

«Da magst du recht haben», erwiderte ich und beschloß, die andere Schattengestalt, die ich in der fraglichen Nacht gesehen hatte, fürs erste nicht zu erwähnen. Master Arrowsmith war offenbar nicht in der Lage, weitere Enthüllungen dieser Art zu verkraften, und ein zweifach verwundeter Mann hatte, wie ich meinte, Rücksichtnahme verdient. Es drängte mich danach, ihn zu fragen, wie er zu seinen Verletzungen gekommen war, doch ich zügelte meine Zunge, da ich hoffte, er werde es mir zum gegebenen Zeitpunkt von sich aus erzählen.

«Meine Mutter, Master Chapman...», versuchte Matthew Wardroper wieder, meine Aufmerksamkeit auf sich zu ziehen. «Ihr sagt, es ginge ihr gut?»

«O ja», antwortete ich lächelnd. «Und es stimmt, was man mir erzählt hat. Ihr seht ihr wirklich ausgesprochen ähnlich.»

Das schien ihm zu gefallen, denn er wandte sich an Lionel Arrowsmith. «Ich habe es dir ja gesagt, Alle sagen das.»

Lionel Arrowsmith zuckte mit den Schultern. «Ich kann mich nicht erinnern. Schließlich habe ich Tante Maud seit einer Ewigkeit nicht mehr gesehen.» Er ließ sich durch nichts aufheitern, war noch immer in einem Sumpf von Selbstvorwürfen versunken. Ich nahm an, daß er dem Herzog sehr verbunden war. Doch das traf auf die meisten von Richards Gefolgsleuten zu. Bei allen, die das Vorrecht hatten, ihn ein wenig näher kennenzulernen, vermochte der Herzog Liebe und Zuneigung zu wecken, auch wenn jene, die ihn nicht kannten, ihn eher als kühl und verschlossen empfinden mochten.

Timothy Plummer erhob sich. «Matt», sagte er, an den

jungen Mann gewandt, «es wird langsam Zeit, daß du zu deinen Pflichten zurückkehrst. Es gibt für dich hier nichts mehr zu tun. Du hast heute abend einen sehr löblichen Einsatz gezeigt, und ich bezweifle nicht, daß Seine Gnaden dir morgen höchstpersönlich dafür danken wird. Doch jetzt ist es besser, wenn du gehst. Ich habe mit Lionel Arrowsmith und dem Hausierer noch einiges zu besprechen.»

Matthew Wardroper machte ein jämmerliches Gesicht. «Aber... Aber ich dachte, ich sollte euch helfen und Lionels Platz einnehmen, jetzt, wo Lionel sich auch noch den Knöchel gebrochen hat... Ihr wart beide der Meinung, daß ihr mir vertrauen könnt... Daß ich das einzige Mitglied im Haushalt des Herzogs bin, das erst dazugekommen ist, nachdem ihr von der Drohung gegen Seine Gnaden erfahren habt.»

Timothy klopfte ihm tröstend auf die Schulter. «Junge, das war, ehe sich durch eine glückliche Fügung Roger Chapman in unsere Angelegenheiten eingemischt hat. Schau ihn dir an. Er ist doppelt so groß und kräftig wie du. Warum solltest du Kopf und Kragen riskieren, solange er das für dich übernehmen kann?»

Ich sagte nichts dazu, hatte ich doch eher auf den Geist seiner Worte als auf ihren tatsächlichen Inhalt gehört.

«Aber... Aber ich *will* euch doch helfen», jammerte Matthew und brach fast in Tränen aus.

«Dazu wirst du auch reichlich Gelegenheit haben, mein Junge», versicherte ihm Timothy. «Zum Beispiel, indem du dein Wissen über die wahre Herkunft des Hausierers für dich behältst, wenn er morgen in die Reihen der Dienerschaft des Herzogs aufgenommen wird.»

«Einen Augenblick, Timothy!» widersprach ich ihm und stand ebenfalls auf. «Das geht mir zu schnell. Ich kenne deine Pläne nicht, und ich habe bisher auch keinerlei Einverständnis gegeben. Ich werde mich erst dazu äußern, wenn ich mehr darüber erfahren habe, welches Unheil droht und welchen Gefahren ich mich aussetzen muß.»

«Da hört ihr's», triumphierte Matthew. «Ihr tätet besser daran, mir zu vertrauen.»

«Ach, geh zu Bett, Junge!» sagte Lionel matt, lehnte sich in einem Stuhl zurück und schloß die Augen. «Tim hat recht, der Hausierer ist doppelt so stark wie du, und wenn er vertrauenswürdig ist – und in dieser Hinsicht scheint, da er Seiner Gnaden persönlich bekannt ist, ja nicht der geringste Zweifel zu bestehen –, wäre es mir allemal lieber, wenn er sich in Gefahr begibt und nicht du. Tante Maud und Onkel Cedric würden es mir nie verzeihen, wenn ihrem einzigen Kind etwas zustieße. Sie würden mich allein dafür verantwortlich machen.»

Timothy nickte. «Auf jeden Fall ist es höchste Zeit, daß du in deinen Schlafsaal zurückkehrst. Die anderen Knappen werden sich schon fragen, wo du so lange bleibst. Vielleicht möchte der Herzog ja auch, daß du heute abend noch etwas für ihn singst. Du hast eine hübsche Stimme. Erst gestern hat sich Seine Gnaden sehr lobend über dich geäußert.»

«Die Stimme von Ralph Boyse ist viel schöner. Solange er da ist, braucht mich der Herzog nicht.» Matthew zog einen Schmollmund und rieb die Knöchel der einen Hand gegen das Handgelenk der anderen, wie ein kleines, trostbedürftiges Kind, das sich weh getan hat. Mir fiel auf, daß er in mancher Hinsicht viel weniger beherzt war, als ich mir dies nach Millisent Shepherds Beschreibung vorgestellt hatte. Aber vielleicht war es ja gerade dieser Mangel an Reife, den Sir Cedric an seinem Sohn so schwer zu ertragen fand. Außerdem ließen Matthews eifrige Fragen nach Lady Wardropers Befinden darauf schließen, daß er seiner Mutter außergewöhnlich nahe stand.

Lionel stieß ein kurzes, hartes Lachen aus, aus dem ich eine gewisse Verärgerung herauszuhören glaubte. «Ralph hat heute abend keinen Dienst. Er wird anderweitig beschäftigt sein.»

Matthew dachte einen Augenblick lang nach, ehe ihm

schließlich etwas zu dämmern schien. «Du meinst, mit Berys Hogan?» Er kicherte und fügte dann etwas ernster hinzu: «Mir ist bis heute nicht ganz klar, wen von euch beiden sie eigentlich lieber hat.»

«Berys ist mit Ralph verlobt», sagte Timothy streng und sah Lionel stirnrunzelnd an. «Du tätest gut daran, in dieser Sache größte Vorsicht walten zu lassen. Berys und du, ihr treibt ein gefährliches Spiel.»

Lionel zuckte mit den Schultern und versuchte, gleichgültig zu erscheinen, doch kehrte ein wenig Farbe in seine blassen Wangen zurück. «Du bist ein Angsthase, Timothy», widersprach er heftig. «Ralph und Berys haben eine Art Pakt geschlossen. Solange sie noch unverheiratet sind, wollen sie einander größte Freiheit lassen.»

Sichtlich wütend und gekränkt, entgegnete Timothy: «Das hat dir wohl Berys erzählt! Und du hast ihr geglaubt? Ach, was bist du doch für ein Narr, Lionel! Hast du dich nicht gerade erst gestern nacht als töricht und viel zu vertrauensselig erwiesen?»

«Freunde! Freunde!» rief ich aus und legte jedem von ihnen eine Hand auf die Schulter. «In diesen schwierigen Zeiten solltet ihr um Himmels willen nicht auch noch aufeinanderlos gehen. Wenn Herzog Richard tatsächlich in Gefahr ist, muß er darauf vertrauen können, daß ihr an einem Strang zieht.»

Die beiden sahen beschämt zu Boden.

«Das stimmt allerdings», räumte Timothy Plummer ein. «Ein Streit unter uns ist wirklich das letzte, was wir jetzt gebrauchen können. Vergib mir, Lionel. Es war nur die Sorge um dich, die mich so sprechen ließ. Ralph Boyse kann gelegentlich sehr unangenehm werden. Ich habe es selbst schon erlebt.»

Lionel war nur allzu bereit, seine Entschuldigung anzunehmen. «Auch ich bitte dich um Verzeihung für das, was ich gesagt habe. Ich habe es nicht so gemeint.»

«Dann wäre das also erledigt.» Timothy schnalzte erleichtert mit den Fingern. «Und jetzt haben wir noch einiges zu besprechen. – Matt, zum letzten Mal, geh in dein Quartier zurück! Und auf dem Weg dorthin kannst du gleich einen dieser nichtsnutzigen Pagen dazu bringen, in die Vorratskammer zu laufen und uns etwas Wein heraufzubringen. Aber einen guten Malvasier, bitte. Nichts von diesem minderwertigen Zeug aus Kreta, das der niederen Dienerschaft vorbehalten ist.» Matthew folgte seinem Befehl nur höchst widerwillig, doch endlich schloß sich die Zimmertür hinter ihm. Timothy bat mich, wieder Platz zu nehmen, und zog sich selbst auch einen Hocker heran. «Also gut!» sagte er. «Mach es dir bequem und laß mich dir alles erklären.»

Es stellte sich heraus, daß Timothy Plummer in den fast zwei Jahren seit unserer letzten Begegnung im Haushalt des Herzogs von Gloucester zum obersten Spion aufgestiegen war. Offenbar handelte es sich dabei um eine Stellung, die in den herzöglichen Schriftstücken zwar nicht erwähnt wurde, aber dennoch von allergrößter Bedeutung war, da offenbar überall kräftig herumspioniert wurde.

«Zum Beispiel», sagte Timothy, zog seinen Hocker näher heran und senkte die Stimme, «weiß ich ganz sicher, daß Stephen Hudelin, der zu den Kammerdienern des Herzogs gehört, ein Spion von Lord Rivers, dem ältesten Bruder des Königs, ist und wahrscheinlich den gesamten Woodville-Clan über uns auf dem laufenden hält. Und ich bin mir fast ebenso sicher, daß Humphrey Nanfan, ein anderer Kammerdiener, für den Herzog von Clarence arbeitet, während Geoffrey Whitelock, einer der Knappen, für den König spioniert.»

«Einen Augenblick!» warf ich voller Empörung ein. «Ich soll dir allen Ernstes glauben, daß sowohl König Eduard als auch der Herzog von Clarence Spione auf ihren eigenen Bruder angesetzt haben?»

Timothy wechselte einen kurzen Blick mit Lionel Arrowsmith, dann zuckte er mit den Schultern und sagte: «Roger, du wirst doch wohl nicht glauben, daß irgend jemand am Hofe den anderen Mitgliedern der Familie über den Weg traut? In dem Fall bist du wahrlich ein beispielloser Einfaltspinsel.»

«Ich könnte mir vorstellen, daß der König dem Herzog von Clarence mißtraut», erwiderte ich. «Schließlich hat er sich schon mehrfach als Verräter erwiesen. Aber der König würde doch sicherlich niemals den Herzog von Gloucester verdächtigen, irgend etwas gegen ihn im Schilde zu führen!»

«Da magst du recht haben», gab Timothy zurück, stützte die Ellenbogen auf die Knie und beugte sich noch weiter zu mir vor. «Doch wie kann er jemals über jeden Zweifel erhaben sein, daß die offensichtliche Abneigung des Herzogs gegen die Königin und ihre umfangreiche Familie sich nicht eines Tages in glühenden Haß verwandeln könnte? Und außerdem zahlen wir es ihnen mit gleicher Münze heim. Wir haben selbst auch Spione in die Haushalte von König Eduard und Herzog Georg eingeschleust.» Er sah mein entsetztes Gesicht und lachte. «Du bist ein richtiges Unschuldslamm, Roger. Aber wo war ich stehengeblieben?»

Er zählte zwei weitere Männer im Gefolge des Herzogs auf, die verdächtigt wurden, Spione zu sein: Jocelin d'Hiver, der möglicherweise für Karl von Burgund spionierte, und einen Mann, von dem im Laufe des Abends bereits die Rede gewesen war: Ralph Boyse, dessen Mutter Französin gewesen war und der im Verdacht stand, ein Doppelspion zu sein.

«Eines verstehe ich nicht», wandte ich ein. «Wenn du schon weißt oder auch nur vermutest, daß diese Männer nichts Gutes im Schilde führen, warum in Gottes Namen rätst du dann dem Herzog nicht, sie kurzerhand aus seinem Dienst zu entlassen?»

In diesem Augenblick kam ein Page mit einem Tablett herein, auf dem eine Flasche Malvasierwein und drei Becher standen. Er stellte es auf den Tisch und zog sich rasch wieder zurück. Timothy Plummer schenkte sich etwas von dem Wein ein, kostete ihn umständlich und goß dann alle drei Becher randvoll, ehe er meine Frage beantwortete.

«Das wäre so ungefähr das Dümmste, was wir machen könnten», sagte er. «Denk einmal selbst darüber nach. Gegenwärtig wissen wir wenigstens, wer diese Männer sind, und können sie deshalb ohne weiteres im Auge behalten. Wenn es uns paßt, können wir ihnen sogar gezielt falsche Auskünfte geben, die sie dann an ihre Auftraggeber weiterleiten. Würden wir sie hinauswerfen, würden sie nur durch andere Spione ersetzt, die sich möglicherweise geschickter verstellen als sie.»

Schon einmal hatte ich einen kurzen Blick auf das Netz von Intrigen werfen können, das Könige und Prinzen umgab, und damals hatte es mir genausowenig gefallen wie jetzt. Auch wenn ich im Grunde nur sehr wenig Einblick hatte, bekam ich doch eine recht genaue Vorstellung von den dunklen Machenschaften, Eifersüchteleien und Verschwörungen, die das Leben bei Hofe immer wieder störten, und hatte nicht den Wunsch, mich zu einem Teil jener Welt zu machen. Doch wenn Richard von Gloucesters Leben tatsächlich in Gefahr war, hatte ich trotz meiner tiefen Abneigung gegen jede Art des Ränkespiels keine andere Wahl, als alles zu tun, was in meiner Kraft stand, um ihm zu helfen. Denn von unserem allerersten Zusammentreffen an hatte er Macht über mein Herz gewonnen.

«Also gut», sagte ich zu Timothy Plummer. «Ich sehe ein, daß ein Feind, den man kennt, allemal besser ist als einer, der im verborgenen seine Fäden zieht. Aber du hast mir immer noch nicht erklärt, warum du glaubst, daß das Leben des Herzogs in Gefahr sei.»

«Thaddeus Morgan hat mir Anfang Mai davon erzählt. Wir lagen damals südlich von Middleham. Er war unterwegs nach Yorkshire, als er hörte, daß der Herzog und sein Gefolge Northampton erreicht und dort für einige Tage ihr Lager aufgeschlagen hatten. Er sagte, er sei gekommen, um mich zu warnen. In der Bruderschaft halte sich hartnäckig das Gerücht von einem Befehl, Herzog Richard zu ermorden.»

«Warte!» sagte ich und hob eine Hand. «Wer oder was ist die Bruderschaft?»

Es war Lionel Arrowsmith, der mir Auskunft gab. «Die Bruderschaft, manchmal auch Fraternität genannt, ist ein weitverzweigtes Netz aus Vagabunden, Gaunern und anderen zwielichtigen Gestalten, das sich aus den Gossen ganz Europas und womöglich auch noch anderer Länder speist. Die Männer der Bruderschaft verkaufen Auskünfte gegen Geld und sind als Spione von unschätzbarem Wert – vorausgesetzt, daß man sie gut bezahlt.»

Timothy Plummer nickte. «Keiner weiß, wer der Kopf der Bruderschaft ist, wenn es denn überhaupt einen gibt, und wo das Ganze anfängt oder aufhört, vermag auch niemand zu sagen. Keiner der Männer tritt unter seinem wirklichen Namen auf, und jeder hat zwei andere Brüder – einen zur Rechten und einen zur Linken sozusagen –, mit dem er das austauscht, was er aus Gott weiß welchen Quellen bezieht: ein Sammelsurium aus Gerüchten und wahren Vorkommnissen, aus dem sich jeder das herauspickt, von dem er meint, daß es sich am besten verkaufen läßt. Und das ist auch schon alles, was wir über die Bruderschaft wissen, und wahrscheinlich auch alles, was überhaupt jemand über sie weiß. Thaddeus Morgan oder wie auch immer sein rechtmäßiger Name gelautet haben mag, war schon meinem Vorgänger bekannt und hat uns über viele Jahre mit Auskünften versorgt. Er ist uns sehr nützlich und stets jeden Penny wert gewesen», schloß er mit bitterer Stimme. «Wir werden ihn schmerzlich vermissen.»

«Ganz gewiß wird ein anderer seinen Platz einnehmen», warf Lionel ein. «Wenn sein Tod erst einmal bekanntgeworden ist, brauchst du nur geduldig zu warten, bis irgendein anderer Bruder auf dich zukommen wird. Genauso wie auf die Beauftragten bei König Eduard, Lord River oder dem Herzog von Clarence...»

«Das verstehe ich nicht», unterbrach ich ihn. «Ihr meint, alle diese Leute wissen, daß Herzog Richards Leben in Gefahr ist? Warum unternimmt der König dann nichts dagegen?»

«Nein, nein!» Timothy Plummer trank seinen Wein aus und schenkte sich großzügig nach. «Jeder Bruder geht immer nur auf einen Haushalt zu, und zwar auf den, von dem er annimmt, daß er an ihm das größte Interesse hat und ihn daher auch am besten bezahlt. Es ist eine Frage der Ehre für diese Männer, die gleiche Auskunft nicht zweimal zu verkaufen.»

«Und ihr vertraut darauf, daß sie ihr Wort halten?»

«O ja.» Lionel streckte mir seinen leeren Becher hin, damit ich ihn auffüllen konnte. «Diese Männer halten sehr viel auf ihre Ehre und sind davon überzeugt, daß ein Treuebruch Unglück bringt.»

Nachdenklich drehte ich meinen noch halb gefüllten Becher zwischen den Händen hin und her. Ich hatte nur sehr langsam getrunken, denn ich wollte unbedingt einen klaren Kopf behalten. «Und was», fragte ich Timothy, «konnte Thaddeus Morgan dir über die Gefahr, in der sich Herzog Richard befindet, noch berichten?»

«Nur daß der Anschlag dem Gerücht nach aus seinem eigenen Haushalt kommen wird und bis zum Tag vor St. Hyazinth ausgeführt werden muß... Doch aus welcher Richtung er droht, war schon schwieriger herauszubekommen, und es dauerte mehrere Wochen, bis er uns weitere Auskünfte in Aussicht stellte. Als er uns dann schließlich einen Namen und damit möglicherweise auch einen Hinweis auf das Motiv versprechen konnte, gab es ein ziemliches Hin und Her wegen der Geldsumme, die er und seine Quelle dafür verlangten. Die Summe wurde, wie du weißt, gestern abend übergeben, und eigentlich sollten wir inzwischen auch den Namen des Verräters kennen.»

«Statt dessen», schloß ich für ihn, «ist Thaddeus Morgan tot, und ihr seid kein bißchen schlauer.» Einen Moment lang dachte ich über das nach, was er mir erzählt hatte. Eine Tatsache verwirrte mich dabei besonders. «Du hast ein Datum erwähnt, den Tag vor St. Hyazinth», sagte ich langsam. «Das wäre der sechzehnte August, von heute an gerechnet also in etwa sieben Wochen.»

«Du siehst, Chapman», erwiderte Lionel Arrowsmith, «daß die Zeit drängt, vor allem, da wir jetzt von jeder Nachrichtenquelle abgeschnitten sind.»

«Aber warum ausgerechnet der Vortag von St. Hyazinth?» fragte ich. «Bis dahin ist Seine Gnaden doch ganz bestimmt schon in Frankreich. Und warum sollte der Plan, den Herzog umzubringen, überhaupt zeitlich begrenzt sein? Was könnte am Vortag oder gar am Feiertag des heiligen Hyazinth geschehen, das die Ermordung des Herzogs nach diesem Datum überflüssig macht?»

Timothy hob die Augen von seinem abermals geleerten Becher und sah mich überrascht an. «So würdest du das Ganze verstehen, Roger? Daß das Leben Seiner Gnaden, wenn wir ihn bis dahin vor Schaden bewahren, nicht mehr in Gefahr ist?» In seiner Stimme schwang eine verzweifelte Hoffnung mit.

«Es kann natürlich sein, daß ich mit meiner Vermutung falsch liege», räumte ich ein, «doch im Augenblick kann ich mir die zeitliche Einschränkung nicht anders erklären. Das heißt ... falls du Thaddeus Morgan richtig verstanden hast.»

Timothy verzog das Gesicht. «Ich habe seit seiner ersten Warnung nicht mehr selbst mit ihm gesprochen, aber so lautete die Nachricht, die Lionel übermittelt hat.»

«Und die Nachricht, die ich von Thaddeus bekommen

habe», brauste Lionel Arrowsmith auf. «Hältst du mich für so töricht, daß ich seine Worte falsch verstanden habe?»

Timothy hob eine Hand. «Beruhige dich, Lionel! Niemand hat dir einen Vorwurf gemacht. Aber es hat Rogers Hinweis bedurft, um uns auf die Bedeutung dieser Aussage aufmerksam zu machen. In den letzten Wochen hat keiner von uns besonders klar denken können.»

«Was ja auch nur allzu verständlich ist», tröstete ich ihn. «Ihr seid beide über Thaddeus Morgans Warnung sehr besorgt gewesen. Manchmal muß jemand von außen hinzukommen, um auf Dinge aufmerksam zu machen, die bis dahin übersehen worden sind.» Meine Worte schienen die beiden wieder etwas versöhnlicher zu stimmen. «Laßt uns auf dieses Problem später noch einmal zurückkommen und zunächst die Ereignisse der letzten Stunden überdenken», fuhr ich fort. «Master Arrowsmith, Ihr solltet Thaddeus heute abend im leeren Lagerhaus treffen. Warum Ihr dazu nicht in der Lage wart, ist nur allzu offensichtlich. Wie seid Ihr eigentlich zu diesem gebrochenen Knöchel gekommen?»

Ehe Lionel noch antworten konnte, lachte Timothy: «Auf genau die gleiche Weise, wie er zu seinem gebrochenen Arm gekommen ist. Er ist die Treppe hinuntergefallen. Und zwar zweimal an der gleichen Stelle. Die oberste Stufe ist stark ausgetreten, und Lionel geht nun mal gern mit der Mode. Wenn er im Schloß Dienst tut und damit zu rechnen ist, daß er Seine Gnaden zu bedienen hat, besteht er darauf, Schuhe mit unendlich langen Spitzen zu tragen. Eine törichte und sehr gefährliche Eitelkeit, wie sich inzwischen herausgestellt hat.»

«Schon gut! Schon gut!» Das Thema war Lionel sichtlich unangenehm. «Aber wer hätte schon damit rechnen können, daß der Blitz mehr als einmal an der gleichen Stelle einschlägt? Ich verspreche dir, meine spitzen Schuhe aufzugeben, Tim. Bist du jetzt zufrieden?»

Nun war es an mir, mich dafür zu entschädigen, daß sie mich vorher einen Einfaltspinsel und ein Unschuldslamm genannt hatten. «Ist denn bisher noch keiner von euch auf die Idee gekommen», fragte ich, «daß diese Verletzungen nicht durch Zufall entstanden sind? Daß jemand Master Arrowsmith absichtlich ins Stolpern gebracht hat, um zu verhindern, daß er sich mit Thaddeus Morgan trifft?»

...

Achtes Kapitel

In dem Schweigen, das auf meine Frage folgte, hätte ich bequem bis zwanzig zählen können. Schließlich lachte Lionel gereizt, und Timothy fuhr mich mit scharfer Stimme an: «Aber das ist doch Unsinn! Außer uns beiden hat niemand von den Verabredungen gewußt.»

«Und was ist mit dem jungen Matthew?»

«Der wußte nur von dem letzten Treffen. Als Lionel zum zweiten Mal fiel und sich den Knöchel brach, mußten wir unbedingt einen Ersatzmann finden. Angesichts der drohenden Gefahr konnte ich unmöglich selbst dieses Wagnis eingehen.» Seine Brust schwoll, als er auf die wichtige Stellung anspielte, die er inzwischen im Haushalt des Herzogs einnahm. «Wir haben uns für den jungen Wardroper entschieden, weil er erst kürzlich zu uns gekommen und daher über jeden Verdacht erhaben ist. Außerdem ist er mit Master Arrowsmith verwandt.»

Ich kratzte mich am Kinn. «Willst du damit sagen, daß der Herzog selbst nichts von der Drohung weiß?»

«Nein, nein! Natürlich mußten wir es ihm sagen, damit er besonders vorsichtig ist. Das ist doch klar.»

«Ebenso klar ist aber auch, daß Seine Gnaden dieses Wissen, auch ohne es zu wollen, möglicherweise an andere Personen weitergegeben hat.»

Timothy schüttelte den Kopf. «In der Hinsicht irrst du dich, Roger. Er war wütend auf mich, weil ich ihn überhaupt mit der Sache belästigt habe, und weigert sich bis heute, irgendwelche Vorsichtsmaßnahmen zu treffen. Er verpflichtete mich zu strengster Verschwiegenheit und verbot mir, mit irgend jemandem darüber zu sprechen außer mit Lionel, seinem vertrauenswürdigsten Knappen, der ihn auf dem laufenden halten und mich außerdem nach Kräften unterstützen soll. Daß wir Matthew Wardroper in unsere Pläne einbezogen haben, hat die Geduld Seiner Gnaden bereits auf eine harte Probe gestellt, und was er sagen wird, wenn er herausbekommt, daß ich jetzt auch noch dich in die Sache eingeweiht habe, möchte ich deiner Vorstellungskraft überlassen. Obwohl ich nicht umhin kommen werde» – Timothy straffte beherzt seine Schultern –, «ihn morgen früh persönlich davon zu unterrichten.»

Ich kratzte mich an der Nase. «Du hältst es also für eher unwahrscheinlich, daß der Herzog jemanden in sein Vertrauen gezogen hat. Aber was ist mir dir? Du hast doch sicherlich Leute, die für dich arbeiten?»

«Ja, aber sie tun, was ich ihnen sage, und stellen keine Fragen. Du mußt also einsehen …» Timothy breitete vielsagend die Arme aus.

«Ich sehe gar nichts ein», entgegnete ich knapp. «In diesem Haushalt leben … wie viele? zweihundert? oder dreihundert? … Personen? Und zur Zeit lebt ihr mit einem anderen Haushalt von ähnlicher Größe unter einem Dach. Ich glaube nicht, daß es möglich ist, unter solchen Umständen irgend etwas geheimzuhalten. Hintertreppengeflüster und Gerüchte gibt es in einer solchen Gemeinschaft immer. Ein einziger Blick oder ein unvorsichtiges Wort reichen aus, um einen Menschen mit einem belasteten Gewissen darauf aufmerksam zu machen, daß sein Plan entdeckt worden ist. Von diesem Augenblick an wird er versuchen, seine Identität um jeden Preis zu verbergen, bis er schließlich sein Ziel erreicht hat. Deshalb halte ich es für sehr wahrscheinlich, daß diese sogenannten Unfälle, die Master Arrowsmith in letzter Zeit widerfahren sind, in Wirklichkeit absichtlich herbeigeführt wurden. Später werde ich ihn bitten, mir die Treppenstufe zu zeigen, auf der er gestolpert ist, aber zuerst sollten wir zu den Ereignissen des heutigen Abends zurückkehren.»

Ich muß beschämt eingestehen, daß ich ihre zerknirschten Mienen und das Gefühl der eigenen Überlegenheit gründlich genoß. Angesichts der Vorgeschichte hoffe ich jedoch, mein kleiner Triumph möge mir verziehen werden. Sie hatten mich wie einen in allen weltläufigen Dingen unbewanderten Bauerntölpel behandelt. Wer hätte es mir verübeln wollen, daß ich Spaß daran fand, sie eines Besseren zu belehren?

«Was willst du wissen?» erkundigte sich Timothy Plummer in fast demütigem Ton. «Ich werde alle deine Fragen beantworten.»

«Zuerst solltest du mir ganz genau erzählen, was heute abend geschehen ist. Als Philip Lamprey und ich ins Wirtshaus kamen, warst du mit Master Arrowsmith alleine dort. Matthew Wardroper kam etwas später. Ich nehme an, er wurde ausgeschickt, um die Verabredung mit Thaddeus Morgan einzuhalten. Was hat er euch bei seiner Rückkehr erzählt?»

«Daß Thaddeus Morgan nicht erschienen ist.» Es war Lionel, der mir geantwortet hatte. Seine Wangen waren gerötet, und seine braunen Augen glänzten, doch ob dies auf die Wirkung des Weins, Erschöpfung, Schmerz oder eine andere Ursache zurückzuführen war, vermochte ich nicht zu sagen. Es kam mir so vor, als sei er in den letzten zehn Minuten ungewöhnlich still gewesen, doch hätte er alle möglichen Gründe dafür haben können, Timothy beim Sprechen den Vortritt zu lassen.

Timothy nickte. «Das stimmt. Er sagte, er habe die offene Nebentür gefunden und gleich dahinter gewartet, doch es sei niemand gekommen.»

«Und wie lange hat er gewartet?»

Die beiden Männer sahen einander fragend an.

«Vielleicht eine Viertelstunde», sagte Timothy endlich, und Lionel stimmte ihm zu.

«Hat er gesagt, ob er in dieser Zeit irgend etwas gehört hat? Ein Stöhnen vielleicht? Oder hat er etwas gesehen, das sich bewegte?»

«Wenn dies der Fall gewesen wäre, hätte er es uns ganz bestimmt erzählt, und wir wären der Sache nachgegangen», entgegnete Timothy Plummer.

«Also habt ihr ihn mit der Anweisung zurückgeschickt, diesmal länger dort zu warten. Mindestens eine halbe Stunde, wenn ich richtig geschätzt habe. Und hat sich der Junge in dieser Zeit nicht umgeschaut? Hat er das Lagerhaus nicht ein wenig näher untersucht?»

Lionel seufzte. «Ich glaube, dazu hatte er zuviel Angst. Natürlich war er sehr darauf bedacht, uns zu helfen, und war überaus stolz, weil wir ihn ins Vertrauen gezogen haben, aber im Grunde ist Matthew doch noch ein recht grüner Junge, der mit gefährlichen Aufgaben wenig Erfahrung hat. Außerdem haben wir vielleicht die Notwendigkeit zur Vorsicht ein wenig zu sehr betont.»

«Mit gutem Grund, wie sich herausstellte», warf Timothy mit grimmiger Miene ein. «Hätte der Junge den Mörder überrascht, wäre auch er inzwischen vielleicht einer Stichwunde erlegen.»

«Was uns zu der Frage bringt, wann der Mord tatsächlich stattgefunden hat», brachte ich sie von wilden Mutmaßungen darüber, was hätte sein können, auf den Boden der Tatsachen zurück. «Vor Matthews Ankunft im Lagerhaus? Während seiner Rückkehr ins Three Tuns? Oder erst, nachdem Matthew das Lagerhaus zum zweiten Mal verlassen hat? Die Antwort hängt natürlich davon ab, wann Thaddeus schließlich zum verabredeten Ort gekommen ist, und das können wir unmöglich mit Gewißheit sagen. Jedenfalls hat der Mörder ihn schwerverletzt zurückgelassen. Entweder merkte er nicht, daß er noch atmete, oder er war sich sicher, daß er verbluten würde.»

Doch noch während ich sprach, störte mich irgend etwas an dieser Schlußfolgerung, auch wenn ich nicht näher bestimmen konnte, was es war. Ich gähnte und reckte meine Glieder. Ich hatte eine unruhige Nacht und einen langen, ereignisreichen Tag hinter mir. Mein Kopf fühlte sich ebenso bleiern an wie mein restlicher Körper, und auf einmal wollte ich nur noch schlafen.

Timothy erhob sich von seinem Stuhl und legte eine Hand auf meinen Arm. «Komm, Roger, du kannst heute nacht in meinem Bett schlafen. Morgen früh, wenn ich dem Herzog gebeichtet habe, was geschehen ist, und wenn er, so Gott will, sein Einverständnis gegeben hat, können wir unser Gespräch fortführen. Lionel, auch für dich wird es Zeit, dich zurückzuziehen.»

Lionel grunzte träge. «Ich werde morgen früh mit dir zum Herzog gehen», sagte er, «und ihm von meiner Nachlässigkeit bei dem letzten Treffen mit Thaddeus berichten. Er wird wütend sein, aber nicht wütender, als ich selbst es über meine eigene Dummheit bin. Sein Zorn wird völlig berechtigt sein. Hilf mir aus diesem Stuhl, Tim, und ruf nach einem der Pagen, der mich zum Schlafsaal begleiten kann.»

Als er schließlich gegangen war, teilte Timothy Plummer den Rest des Weins auf unsere beiden Becher auf. «Ein letzter Schluck, Roger. Um so besser wirst du schlafen, und morgen wirst du einen ausgeruhten Verstand gebrauchen können.»

Timothy Plummer deutete mit dem Kopf auf die Tür und sagte: «Du kannst jetzt eintreten, Roger Chapman. Seine Gnaden wird dich gleich empfangen.»

Beim Sprechen zog er die Mundwinkel nach unten und zeigte damit an, daß sein Gespräch mit Herzog Richard vor etwa einer halben Stunde nicht gerade einfach gewesen war. Lionel Arrowsmith schien sich dazu entschlossen zu haben, seine Beichte sogar noch früher am Morgen abzulegen, und war ins Bett geschickt worden, um seinen Knöchel auszukurieren, so daß ich nicht wußte, wie es ihm ergangen war.

Ich mußte mich bücken, um in das kleine Vorzimmer eintreten zu können. Durch die halbgeöffnete Tür sah ich den Herzog an einem Tisch sitzen und seinem Schreiber einen Brief diktieren. Auch John Kendall, sein Sekretär, war anwesend. Ich setzte mich auf eine Bank, die über die ganze Breite einer Wand verlief, und beschäftigte meine Augen mit der Betrachtung der Wandbehänge, auf denen die Geschichte von Dido und Aeneas dargestellt war, während ich eifrig die Ohren spitzte, für den Fall, daß Herzog Richard im Laufe seines Diktats vielleicht eine aufschlußreiche Bemerkung fallenließ. Jeder noch so kleine Hinweis wäre mir zu diesem Zeitpunkt willkommen gewesen.

Zu meinem Erstaunen war Seine Gnaden trotz aller Vorbereitungen für die Invasion Frankreichs und der zusätzlichen Belastung, welche die Morddrohung zweifellos mit sich brachte, mit den Angelegenheiten seiner Pächter in Yorkshire beschäftigt. Er verfaßte gerade einen Brief an den Bischof von Durham, in dem er mit starken Worten zu gesetzeswidrig angestauten Fischteichen an den Flüssen Ouse und Humber Stellung nahm, die, wie der Herzog behauptete, nicht nur den Schiffsverkehr behinderten, sondern auch die Anzahl der Fische, die sich noch mit der Rute angeln ließen, stark verminderten.

«Der Bischof weiß sehr wohl», sagte der Herzog in einer bissigen Nebenbemerkung an John Kendall, «daß das Parlament die Stellung des Friedensrichters in diesen Fragen gestärkt hat, und dennoch mißachten seine Verwalter fortwährend das Gesetz, weil sie sich darauf verlassen können, daß die Leute zu ängstlich sind, um sich dem Bischof entgegenzustellen.» Er reckte entschlossen das königliche Kinn.

«Nun, Seine bischöfliche Gnaden wird sich darauf einstellen müssen, daß er es mit mir zu tun bekommt.»

Ich empfand kurzzeitig ein gewisses Mitgefühl für den fehlgeleiteten Geistlichen, der sich den Zorn des Herzogs zugezogen hatte, und hoffte inständig, daß es mir besser ergehen würde als ihm. Als der Schreiber und John Kendall gegangen waren und er mich zu sich rief, muß ich mit reichlich zerknirschtem Gesicht auf den Tisch zugeschritten sein, an dem er noch immer saß. Zu meiner großen Erleichterung empfing mich der Herzog jedoch mit einem freundlichen Lächeln.

«Es gibt keinen Grund, ein so ängstliches Gesicht zu machen, Roger», sagte er. «Ich habe nicht vor, deine Verhaftung anzuordnen.» Sein Lächeln wurde breiter. «Setz dich.» Er zeigte auf den Stuhl, auf dem gerade noch sein Schreiber gesessen hatte. «Also», fuhr er fort, faltete die Hände und stützte das Kinn darauf, «da bist du wieder und, wie ich höre, wieder einmal mit meinen Angelegenheiten befaßt.»

«Natürlich nur mit der gütigen Erlaubnis Eurer Lordschaft.»

«Oh, dieser Erlaubnis kannst du dir sicher sein, Roger Chapman. Schließlich gehörst du zu den wenigen Menschen, denen ich wirklich vertrauen kann. Bereits zweimal hast du dich in der Vergangenheit als ehrlicher und treuer Freund erwiesen, und das ohne den Gedanken an Gewinn oder persönliches Fortkommen. Nun schau nicht so verlegen drein. Ich sage nur die Wahrheit. Ich wünschte bei Gott, daß es in diesem Land mehr von deiner Sorte gäbe.»

Seine Stimme klang verbittert, und zum ersten Mal, seitdem ich das Zimmer betreten hatte, wagte ich es, ihn etwas genauer anzusehen. Er war genauso alt wie ich, also nur wenige Monate von seinem dreiundzwanzigsten Geburtstag entfernt. Doch in den beiden Jahren seit unserem letzten Treffen war er schneller gealtert als ich. Ich entdeckte feine Fältchen um die Augen und um den Mund, die ich beim letzten Mal nicht gesehen hatte, und seine Lippen wirkten strenger und schmaler, was sein kräftiges Kinn noch stärker betonte. Ich bemerkte auch, wie unruhig er an den Ringen drehte, die seine Finger schmückten, und an der juwelenbesetzten Kette zog, die er über die Schultern geschlungen trug. Die langen, schlanken Finger mit den schönen, mandelförmigen Nägeln waren nie ganz still. Wahrscheinlich spiegelten sie eine innere Unruhe wider.

Ich fühlte mit ihm, denn ich nahm an, daß trotz des großen Glücks, das er mit seiner Frau und seinen Kindern erlebte, der fortwährende Zwist zwischen seinen Brüdern für ihn eine Quelle ständigen Kummers war. Den allgemeinen Gerüchten zufolge standen ihm der König und Herzog Georg von Clarence beide gleich nahe, doch da letzterer immer darauf aus war, Unfrieden zu stiften, konnte es keine einfache Aufgabe sein, die Freundschaft zu beiden zu erhalten.

«Und wie ist es dir seit unserem letzten Treffen ergangen?» fragte er mich.

So kurz wie möglich, um ihn bei seinen schwerwiegenden Sorgen nicht auch noch mit meinen unbedeutenden Kümmernissen zu belasten, berichtete ich ihm von meinen Erlebnissen. Er hörte aufmerksam zu und hakte mehrmals nach, wenn meine Erzählung allzu nachlässig war. Seine braunen Augen leuchteten vor zärtlicher Freude, als ich meine kleine Tochter erwähnte, und mir war klar, daß er an sein eigenes Kind der Liebe, Lady Katherine Plantagenet, dachte.

«Mädchen sind eine große Freude», sagte er sanft. «Sie verstehen es, sich einzuschmeicheln und einem so manches abzuschwatzen, aber sie hegen eine tiefe und unvergängliche Treue für alle, denen ihr Herz gehört. Gib gut acht auf deine kleine Elizabeth, Roger. Sorge für sie wie für deinen wertvollsten Besitz.» Er schwieg eine Weile und starrte mit leerem Blick vor sich hin, dann seufzte er und wandte sich den anstehenden Problemen zu. «Timothy Plummer sagte mir, daß du durch Zufall über unser Geheimnis gestolpert bist.

Im Hinblick auf deine vergangenen Erfolge bei der Aufdekkung rätselhafter Geschehnisse hat er mich außerdem um die Erlaubnis gebeten, dich für unsere Zwecke einsetzen zu dürfen. Ehe ich ihm meine Einwilligung gebe, möchte ich jedoch fragen, was *deine* Wünsche sind? Du hast bereits zweimal für mich dein Leben aufs Spiel gesetzt. Ich möchte es nicht ein drittes Mal in Gefahr bringen, ohne dazu dein ausdrückliches Einverständnis zu haben.»

«Euer Gnaden», antwortete ich, «wenn Euer Leben bedroht ist, kann es für mich keinen größeren Herzenswunsch geben, als die Quelle dieser Bedrohung aufzudecken. Seine Majestät, König Eduard, kann es sich nicht leisten, den wichtigsten Pfeiler seines Thrones zu verlieren.»

Der Herzog zog die Mundwinkel herunter. «Ich bezweifle, daß die Familie der Königin dieser Beschreibung zustimmen würde. Aber sicherlich hast du damit recht. Wenn du also bereit bist, mir noch einmal zu dienen, soll es so sein, und ich danke dir von Herzen. Allerdings muß ich dich der allerstrengsten Geheimhaltungspflicht unterwerfen. Was wir wissen oder zu wissen glauben, muß zwischen uns vieren bleiben: dir, mir, Timothy Plummer und Lionel Arrowsmith.»

«Und dem jungen Matthew Wardroper», ergänzte ich.

Wieder runzelte er die Stirn. «Ah, ja! Den hatte ich ganz vergessen. Ein dummer Fehler, diesen Jungen einzuweihen. Er ist noch viel zu jung, um in solche Verschwörungen hineingezogen zu werden. Warum ist Tim nicht für Lionel zu dem Treffen gegangen? Er hält sich für zu wichtig, dieser Master Plummer. Aber nun ist es zu spät und der Schaden schon angerichtet. Halte ein Auge auf den jungen Wardroper, Roger. Ich möchte nicht, daß ihm meinetwegen ein Unheil widerfährt.» Er streckte mir die Hand zum Kuß entgegen und zeigte mir damit an, daß meine Audienz zu Ende war. «Timothy Plummer wird mich über alles Wichtige auf dem laufenden halten und mich auch unterrichten, wenn es irgendwelche Fortschritte gibt. Und nochmals: Sei dir meiner tiefsten Dankbarkeit gewiß.»

Damit war ich offenbar entlassen, obwohl mir immer noch so viele ungelöste Fragen auf der Seele lagen. Als ich zögerte, lächelte der Herzog und sagte: «Timothy Plummer wird dir alles berichten, was du zu wissen wünschst. Geh nur zu ihm. Er wartet sicherlich ganz in der Nähe.»

Er hatte recht.

Als ich über die Schwelle des Vorzimmers trat, sprang Timothy mit einem großen Satz auf mich zu und bestürmte mich mit Fragen. «Und? Hat Seine Gnaden zugestimmt? Und bist du auch einverstanden?» Als ich nickte, nahm er mich am Arm und führte mich mit triumphierender Miene in das gleiche Turmzimmer, in dem wir schon am Vorabend gesessen und uns beraten hatten. «Setz dich! Setz dich», drängte er mich, «und ich werde dir erzählen, was ich mit Zustimmung des Herzogs für dich vorgesehen habe.»

Ich nahm in der Fensterlaibung Platz. «Du hast gestern gesagt, ich soll in den Haushalt des Herzogs eintreten. Aber wie willst du den anderen meine Anwesenheit erklären?»

«Seitdem ich heute morgen aufgewacht bin, habe ich kaum etwas anderes getan, als über diese Frage nachzudenken, denn mir ist plötzlich klargeworden, daß wir deine wahre Identität unmöglich geheimhalten können. Wie du weißt, wollte ich dich ursprünglich unter falschem Namen einschleusen, aber im Gefolge Seiner Gnaden gibt es mindestens ein halbes Dutzend Leute, die sich wegen deiner früheren Verbindung mit uns noch gut an dich erinnern können. Mein Vorschlag ist daher folgender: Schon zweimal hat Herzog Richard dir angeboten, dich für deine Dienste, falls du dies wünschen solltest, mit einer Stellung in seinem Haushalt zu belohnen. Damals hattest du nicht den Wunsch, dein freies Leben auf der Landstraße aufzugeben, aber inzwischen hast du deine Meinung geändert und bist gestern abend ins Schloß gekommen, um Seiner Gnaden von dieser Tatsache

Kenntnis zu geben. Heute morgen gewährte er dir eine Audienz, mit dem Ergebnis, daß du ab sofort in die Reihen seiner Kammerdiener aufgenommen wirst. Herzog Richard schreibt in diesem Augenblick gerade die entsprechenden Anweisungen.»

«Und was muß ich als... Kammerdiener machen?»

Timothy Plummers Lächeln war nicht ohne Bosheit. «Du mußt helfen, die Tafel für die Mahlzeiten zu decken, darauf achten, daß auch immer alle Kerzen und Fackeln brennen und hin und her laufen und eilige Botschaften überbringen. Nicht gerade eine besonders verantwortungsvolle Stellung, wie du unschwer erkennen wirst. Aber da es insgesamt etwa zwanzig Kammerdiener gibt, wirst du nicht allzu beschäftigt sein, und das läßt dir genug Zeit, Augen und Ohren offenzuhalten.»

Irgendwie schien er zu befürchten oder auch insgeheim zu hoffen, daß mich die Zuweisung so niederer Aufgaben beleidigen könnte, und war daher von meiner Antwort ein wenig enttäuscht. «Eine sehr vernünftige Entscheidung, Timothy, denn es hätte doch wirklich seltsam ausgesehen, wenn mir der Herzog eine höhere Stellung angeboten hätte. Und es wird ja auch nicht für lange sein. Bis zum Feiertag des heiligen Hyazinth ist es nicht mehr lang.»

Sorgenfalten zerfurchten wieder sein Gesicht. «Möge der Allmächtige verhüten», sagte er und bekreuzigte sich, «daß Seiner Gnaden ein Leid widerfährt. Roger, ich verlasse mich ganz auf dich, zumal ich jetzt meine einzige Verbindung zur Bruderschaft verloren habe.»

«Ich werde tun, was ich kann», erwiderte ich. «Außerdem muß ich dir noch etwas sagen. Ich glaube, daß jemand aus dem Schloß Master Arrowsmith zu seinem nächtlichen Treffen mit Thaddeus Morgan am Kloster gefolgt ist.» Ich erzählte ihm von der dritten Schattengestalt.

Er fluchte und wollte wissen, warum ich diese Tatsache nicht schon früher erwähnt hatte.

Ich zuckte mit den Schultern. «Es hätte Master Arrowsmith nur noch weiteren Verdruß bereitet, und da ich das Gesicht des Mannes nicht erkennen konnte, hätte es auch keinen großen Unterschied gemacht. Ich hätte ihn ohnehin nicht benennen können. Außerdem war es wahrscheinlich sowieso reiner Zufall, daß in dieser Nacht ein zweiter schlafloser Geist unterwegs gewesen ist.»

Timothy schnaubte verächtlich. «Ebenso wahrscheinlich, wie Schweine fliegen können! Nein, mich hältst du nicht zum Narren, Chapman, laß dir das ein für allemal gesagt sein!»

Ich seufzte. «Nun gut, ich gebe zu, daß vieles gegen einen Zufall spricht. Aber es wäre immerhin möglich, vor allem wenn Master Arrowsmith' Verletzungen tatsächlich nur auf seine eigene Unachtsamkeit zurückzuführen sind. Du hast gestern abend versprochen, mir die Treppe zu zeigen, die er hinuntergefallen ist.»

Timothy geleitete mich aus dem Zimmer und durch verschiedene Gänge und Korridore, bis wir am oberen Ende jener Treppe standen, die zum Schreibzimmer des Herzogs von Gloucester führte. Ich selbst war sie am Morgen hinuntergegangen, um mit dem Herzog zu sprechen. «Beide Male», erzählte mir Timothy, «war Lionel von Seiner Gnaden gerufen worden und hatte es deshalb besonders eilig. Letzten Freitag ist er das erste Mal auf der obersten Stufe ausgerutscht und auf den Treppenabsatz dort unten gefallen. Dabei hat er sich den rechten Arm gebrochen. Der Arzt meinte, er hatte großes Glück, daß er so glimpflich davongekommen ist.»

«Und ihr habt nie daran gezweifelt, daß es ein Unfall war?»

Timothy zuckte mit den Schultern. «Warum hätten wir daran zweifeln sollen? Wie du siehst, ist die oberste Stufe stark ausgetreten, und außerdem wissen wir alle, daß Lionel eine törichte Vorliebe für modisches Schuhwerk hegt. Die

Spitzen dieser Schuhe sind manchmal so lang, daß sie am Knie festgebunden werden müssen – eine Gefahr für Leib und Leben! Ich und auch der Herzog haben ihn mehrfach gewarnt, daß sie ihn eines Tages noch zu Fall bringen könnten.»

«Und diese Schuhe hat er auch getragen, als er gestern erneut ausrutschte und sich den Knöchel brach?»

Timothy sah mich stirnrunzelnd an, doch dann dämmerte es ihm. «Natürlich! Du hast ihn ja am Montag abend gesehen, als er sich mit Thaddeus Morgan getroffen hat.»

Ich nickte. «Und da war nur sein Arm verletzt. Doch als Philip Lamprey und ich gestern abend ins Three Tuns kamen, hatte Master Arrowsmith auch den Knöchel verbunden und eine Krücke dabei.»

Timothy grunzte. «Gestern morgen ist genau das gleiche noch einmal passiert. Er wurde wieder zum Herzog gerufen, stolperte an derselben Stelle und fiel hin, nur daß er sich diesmal den linken Knöchel brach.»

Ich ging in die Knie und untersuchte sorgfältig die oberste Stufe der Treppe. Ihr Rand war tatsächlich von der jahrelangen Benutzung stark ausgetreten und glänzte so matt wie ein Kieselstein. Außerdem war sie nur schwach beleuchtet; das einzige Licht fiel von einem Spitzbogenfenster auf dem Absatz unter uns ins düstere Treppenhaus. Anschließend unterzog ich die auf beiden Seiten bis zur Decke ansteigenden Wände einer sorgfältigen Prüfung. Als ich den Kopf hob, sah ich, wie Timothy Plummer mich erwartungsvoll anschaute. Irgendwie schien er zu hoffen, daß ich nichts gefunden hatte. Ich mußte ihn enttäuschen.

«Schau her», sagte ich und forderte ihn auf, sich neben mich zu kauern. Dann zeigte ich auf zwei Stellen zu beiden Seiten der obersten Stufe, wo der Mörtel zwischen den Steinen in gleicher Höhe angekratzt war und ein paar lose Krümel auf dem Boden lagen. «Ich nehme an, daß jemand hier zwei Nägel eingeschlagen hat, einen auf jeder Seite, und dazwischen ein Stück dünnen Draht oder Schnur gespannt hat. Damit konnte er jeden, der eilig und ohne genau auf den Boden zu schauen die Treppe hinunterlief, ins Stolpern bringen. Offenbar hat er die Nägel nur so leicht eingeschlagen, daß sie durch die Wucht des Sturzes mitsamt dem Draht oder der Schnur herausgezogen wurden, so daß alle, die später kamen, ohne Schwierigkeiten hinuntergehen konnten. Master Arrowsmith hat zweifellos einen Schreckensschrei ausgestoßen...»

«Allerdings, und zwar so laut, daß es mich nicht wundern würde, wenn man ihn selbst in der Hölle noch gehört hätte», murmelte Timothy.

«...und der Fallensteller hatte, falls er in der Nähe gewartet hat, ausreichend Gelegenheit, das verräterische Beweisstück einzustecken, ehe jemand es bemerken und daraus Schlußfolgerungen ziehen konnte. Wer hat Master Arrowsmith damals eigentlich zum Herzog gerufen? Und wer war als erstes bei ihm auf der Treppe?»

Timothy schüttelte den Kopf, das Gesicht zu grimmigen Falten verzogen. Als wir uns beide wieder aufgerichtet hatten, sagte er: «Das mußt du ihn schon selbst fragen, Roger, denn ich kenne die Antwort nicht. Da ich keinen Verdacht hegte, habe ich ihn natürlich auch nicht danach gefragt.»

«Und Seine Gnaden hatte Master Arrowsmith tatsächlich zu sich gerufen?» drängte ich weiter.

Timothy hob die Hände. «Auch darauf weiß ich keine Antwort. Niemand hat den Herzog dazu befragt, noch hat er selbst von sich aus Stellung genommen. Wie gesagt, haben wir die beiden Vorkommnisse einzig und allein auf Lionels Nachlässigkeit zurückgeführt.»

«Aber jetzt bist du eines Besseren belehrt?»

Timothy schüttelte sich. «Ja. Jemand hat versucht, Lionel ernsthafte Verletzungen beizubringen, und als es ihm beim ersten Mal nicht gelungen ist, hat er noch einen zweiten, erfolgreicheren Versuch unternommen.» Er schauderte und rang nach Atem. «Das alles zeigt eines ganz deutlich: Thaddeus Morgan hatte recht. Der Mörder sitzt bereits fest in unseren Reihen und lauert nur noch auf den rechten Augenblick, um zum vernichtenden Schlag gegen den Herzog ausholen zu können.»

...

Neuntes Kapitel

«Das mag sein», entgegnete ich, «aber ich bezweifle, daß der Mörder zuschlagen wird, ehe er sich tatsächlich sicher fühlt. Er muß damit rechnen können, daß er die Tat verüben und davonkommen kann, ohne daß der Verdacht auf ihn fällt. Nach meiner Erfahrung trennen sich Menschen, die es mit dem Leben anderer nicht so genau nehmen, nämlich nur höchst ungern von ihrem eigenen.» Ich dachte einen Augenblick nach, dann fragte ich: «Gibt es nicht irgendeine Möglichkeit, Seine Gnaden davon zu überzeugen, daß er alle verdächtigen Personen aus seinem Haushalt entläßt? Alle die, deren Namen du mir gestern genannt hast und von denen du annimmst, daß sie für andere arbeiten?»

«Nicht die geringste!» In diesem Punkt war Timothy Plummer unerbittlich. «Du hast ja selbst mit dem Herzog gesprochen, und dabei ist dir sicherlich klargeworden, wie eifrig er darauf bedacht ist, das Geheimnis zu hüten. Plötzlich fünf oder sechs Leute aus seinem Gefolge zu entlassen würde bloß jeden darauf aufmerksam machen, daß etwas nicht in Ordnung ist.»

«Aber das wäre doch immer noch besser», beharrte ich, «als den Dolch eines Mörders zwischen den Rippen zu spüren oder aus einem vergifteten Kelch zu trinken!»

Timothy fuhr sich mit der Hand durch das schüttere Haar.

«Versuch mal, das dem Herzog klarzumachen. Dir mag diese Überlegung vernünftig erscheinen, und auch ich würde ganz gewiß so handeln, wenn ich es zu bestimmen hätte, aber diese Plantagenets sind eine halsstarrige Sippe. Eher würde er seiner eigenen Mutter ein Messer an die Kehle halten, als sich von der Drohung eines Feindes einschüchtern zu lassen.» Timothy schaute sich um. Ihm schien plötzlich aufzugehen, daß wir womöglich viel zu laut und ungezwungen redeten. «Scht! Sprich leiser. Zum Glück gibt es hier oben fast nur Schlafsäle.»

«Wo geht es dort hin?» fragte ich und zeigte auf eine Tür in der Wand hinter uns.

Anstatt zu antworten, öffnete Timothy die Tür und führte mich in ein winziges Zimmer, in dem zwei schmale Pritschen standen. Auf einer der Pritschen lag der verletzte Lionel Arrowsmith. Als wir eintraten, stützte er sich auf einen Ellenbogen und sah uns erwartungsvoll an.

«Was ...?» wollte er fragen, doch Timothy bedeutete ihm, leise zu sein, und schloß die Tür sorgfältig hinter sich.

«Besser, wir unterhalten uns hier, wo uns niemand belauschen kann. Lionel, ich habe dir einiges zu erzählen, doch du mußt dich noch einen Augenblick gedulden. – Wie du siehst, Roger, dient diese Kammer den beiden Leibknappen, die nicht im Dienst sind, als Unterkunft. Die beiden anderen Leibknappen schlafen auf Rollbetten im Vorzimmer Seiner Gnaden. Wenn zwei Haushalte sich ein Schloß teilen, sind die Räumlichkeiten natürlich immer etwas beengt.»

«Und den anderen drei Leibknappen», fragte ich, «können wir denen vertrauen?»

Lionel Arrowsmith sah mich ärgerlich an. «Sie stehen ebenso lange im Dienste des Herzogs wie ich, zwei von ihnen sogar noch länger. Leibknappen werden von allen Bediensteten eines hohen Lords am sorgfältigsten ausgewählt, und in königlichen Haushalten stammen sie ausschließlich aus Familien, die ihre Treue über mehrere Generationen hinweg unter Beweis gestellt haben. – Was wolltest du mir erzählen, Timothy?»

Lionels Miene verdüsterte sich zusehends, während Timothy Plummer ihm von unserer Entdeckung berichtete: daß ihm jemand auf der Treppe, die er hinabeilen mußte, um zum Herzog zu gelangen, eine Falle gestellt hatte, um ihn absichtlich zu verletzen und dadurch sein Treffen mit Thaddeus Morgan zu vereiteln. Als Timothy fertig war, setzte sich Lionel auf und griff nach seiner Krücke.

«Der Herzog darf nicht einen Augenblick lang allein gelassen werden. Einer der Leibknappen muß Tag und Nacht bei ihm sein. Ich muß sofort zu ihm gehen und ihn davon überzeugen, daß er die anderen drei ins Vertrauen ziehen sollte.» Lionel kaute auf seiner Unterlippe. «Zumindest wissen wir jetzt, daß die Gerüchte, die in der Bruderschaft umgingen und uns von Thaddeus überbracht wurden, der Wahrheit entsprechen.»

Timothy schnaubte. «Seit Thaddeus ermordet wurde, habe ich keine Sekunde mehr daran gezweifelt.»

«Doch woher», fragte Lionel, «bezieht der Verräter sein Wissen? Wie hat er herausgefunden, wo Thaddeus und ich uns gestern abend treffen wollten?»

Timothy sah mich an. «Sag es ihm, Roger!»

Ich erzählte ihm, was ich in der Nacht zuvor von meinem Platz an der Klostermauer aus gesehen hatte. «Inzwischen», schloß ich, «glaube ich nicht mehr daran, daß die geheimnisvolle Gestalt ebenso zufällig dort war wie ich. Vielmehr vermute ich, daß sie Euch vom Baynard's Castle aus gefolgt ist.»

Lionel Arrowsmith nahm die Nachricht so schlecht auf, wie ich es befürchtet hatte, bedeckte sein Gesicht mit der freien Hand und versank in düsteres Schweigen.

«Aber das erklärt noch nicht», bemerkte Timothy und ließ sich auf der zweiten Pritsche nieder, «wie der Verräter von der Verabredung am Kloster erfahren hat. Lionel und ich haben außer dem Herzog keiner Menschenseele davon erzählt. Auch der junge Matthew wußte von jenem Treffen nichts.»

Lionel nickte zustimmend, doch war mir dabei ein fast unmerkliches Zögern nicht entgangen. Befürchtete er insgeheim, doch irgendeine unvorsichtige Bemerkung gemacht zu haben, die auf weiteren Umwegen an den Mörder gelangt sein und ihn auf den Plan gerufen haben könnte? Ich beschloß, Master Arrowsmith von nun an genauer zu beobachten, denn es lag auf der Hand, daß er nicht die Absicht hatte, seinen Fehler einzugestehen, und Timothy gegen seinen Freund keinerlei Mißtrauen hegte.

Mit einem stummen Seufzer fragte ich mich, wie jemand, der für diese Aufgabe so ungeeignet war, zum obersten Spion im herzoglichen Haushalt werden konnte. Doch dann fiel mir ein, daß der Herzog von Gloucester eine tiefe Abneigung gegen die Ränkespiele und zwielichtigen Machenschaften des politischen Lebens hegte. Der Herzog war ein so gewissenhafter Mann, daß er selbst vor der kleinsten Notlüge zurückschreckte; streng, unnachgiebig und in allen Angelegenheiten so ehrlich, wie ihm dies an einem Hof, an dem jeder gegen jeden kämpfte und der von der ränkeschmiedenden Familie der Königin beherrscht wurde, nur möglich war; ein Mann von unerbittlichen Prinzipien und daher auch jemand, der sich erbitterte Feinde machte; ein Mann, der den Keim zu seiner Zerstörung in sich trug. Denn ich hatte das Gefühl, daß der Herzog, sollte er selbst seine Prinzipien jemals verletzen, sich davon niemals wieder erholen würde. Er hätte es sich weder verzeihen noch damit leben können.

Nichts von alledem konnte ich jedoch laut sagen, also fragte ich: «Und ihr seid euch beide völlig sicher, daß der junge Matthew Wardroper vertrauenswürdig ist?»

Lionel warf empört den Kopf zurück. «Er ist mein Verwandter! Wollt Ihr es wagen, den guten Namen meiner Familie in Zweifel zu ziehen?»

Timothy winkte ab. «Das hat damit doch gar nichts zu tun, Lionel, und das weißt du auch. Außerdem kann ich dir genug Familien nennen, die sich in den letzten Jahren untereinander völlig zerstritten haben. Verwandtschaft allein kann heutzutage keine Gewähr mehr bieten. Nein, Roger, ausschlaggebend ist in diesem Fall einzig und allein, daß Thaddeus Morgan mir Anfang Mai zum ersten Mal von der ganzen Sache berichtete und der junge Wardroper erst Anfang Juni zu uns stieß.»

Das war eine Tatsache, für die ich mich verbürgen konnte. Hatte Mistress Gentle, die Fleischersfrau aus Southampton, mir nicht am achten Juni erzählt, Matthew Wardroper sei am Montag zuvor nach London gereist, um eine Stellung im Haushalt des Herzogs von Gloucester anzutreten?

«Und Thaddeus Morgan hat von Anfang an gesagt, die Bedrohung gehe von einem Mitglied im Haushalt des Herzogs aus», bekräftigte Lionel mit frostiger Stimme die Aussage seines Freundes.

«Dann ist Master Wardroper tatsächlich über jeden Verdacht erhaben», stimmte ich zu. «Gibt es sonst noch jemanden im Gefolge des Herzogs, von dem ihr das gleiche sagen könnt? Abgesehen von euch beiden Unschuldslämmern», fügte ich spöttisch hinzu, doch sie schienen es gar nicht zu bemerken.

«Ich glaube, wir können zumindest die anderen drei Leibknappen vom Kreis der Verdächtigen ausschließen», sagte Timothy nach einer nachdenklichen Pause. «Und für den Haushofmeister gilt das gleiche. Abgesehen von diesen wenigen Personen könnte es jedoch äußerst unklug sein, irgend jemandem zu vertrauen, obwohl ich noch vor wenigen Wochen für fast jeden Gefolgsmann des Herzogs die Hand ins Feuer gelegt hätte.»

«Aber es wäre ohnehin unmöglich», gab Lionel zu bedenken, «jedes einzelne Mitglied des Haushalts zu überwachen. Nein, am besten konzentriert Ihr Euch auf die fünf, die wir gestern erwähnt haben.» Er musterte mich mit strenger Miene. «Könnt Ihr Euch noch an die Namen erinnern?»

«Ich glaube, Ihr müßt meinem Gedächtnis etwas auf die Sprünge helfen», bat ich, da ich nicht zugeben wollte, daß ich keinen einzigen Namen hätte aufzählen können.

«Nun gut.» Timothy Plummer begann, die fünf Personen an den Fingern abzuzählen. «Stephen Hudelin ist der Kammerdiener, von dem wir sicher wissen, daß er für Lord Rivers und alle Woodvilles arbeitet. Geoffrey Whitelock gehört zu den Knappen und steht wahrscheinlich im Dienst des Königs. Nicht daß ich Seine Majestät verdächtigen würde, den Tod des einzigen Bruders zu planen, der treu zu ihm hält. Dieser Gedanke wäre völlig abwegig. Doch wenn Whitelock schon im Dienst zweier Herren steht, warum soll er sich dann nicht auch noch einem dritten verschrieben haben? Jocelin d'Hiver stammt aus Burgund, gehört dem Haushalt ebenfalls als Knappe an und hat uns mehrfach Anlaß zu der Vermutung gegeben, daß er für Herzog Karl den Kühnen spioniert. Humphrey Nanfan zählt ebenso wie Hudelin zu den Kammerdienern und stand im Dienst des Herzogs von Clarence, ehe er nach einem kleinlichen Streit mit einem Mitbediensteten zu uns kam. Ich habe schon seit längerer Zeit das Gefühl, daß er einer gründlichen Überwachung bedarf. Es ist in der Vergangenheit bereits mehrfach vorgekommen, daß Herzog Georg im vorhinein von den Plänen Seiner Gnaden wußte. Der fünfte im Bunde ist schließlich der Knappe Ralph Boyse, dessen Mutter, eine Französin, einen Pächter Seiner Gnaden in Middleham geehelicht hat. Als König Eduard und Herzog Richard vor fünf Jahren an den Hof von Burgund fliehen mußten, hat Ralph den Herzog begleitet. König Ludwigs Spione sind überall, besonders aber in Flandern. Gut möglich, daß sie Ralph, der aus seiner Bewunderung für das Heimatland seiner Mutter nie einen Hehl machte, davon überzeugt haben, sich auf die Gegenseite zu schlagen und unseren Herrn für die Franzosen auszuspionieren.»

«Habt ihr irgendwelche Gründe für diese Vermutung?» fragte ich.

«Gründe schon, aber keine Beweise. Seine Gefühle scheinen sich, seitdem wir im Frühling 1471 nach England zurückgekehrt sind, gründlich geändert zu haben.»

«In welcher Hinsicht?»

Timothy überlegte einen Augenblick, dann zuckte er mit den Schultern. «Er ist irgendwie stiller, verschlossener und weniger bereit, jederzeit zur Verteidigung Frankreichs in die Bresche zu springen. Ja, manchmal ging er sogar soweit, auf die Franzosen zu schimpfen. Doch vielleicht», räumte Timothy ein, «wäre mir nie aufgefallen, daß er versuchte, uns Sand in die Augen zu streuen, hätte mein Vorgänger im Amt mir nicht die Idee in den Kopf gesetzt. ‹Paß gut auf Ralph Boyse auf›, hat er gesagt, als er die Aufgabe an mich übergab, und mir seine Gründe genannt. Er war ein kluger Mann, und auf sein Urteil habe ich stets gebaut.»

Lionel versuchte mühsam, sich von seiner Pritsche zu erheben. Ich stand auf und bot ihm meinen Arm als Stütze an. «Ich muß den Herzog um eine Audienz bitten, ehe er nach Westminster aufbricht», keuchte er, als er, meine Hilfe verschmähend, endlich aufrecht stand und sich schwer auf seine Krücke stützte.

«Du wirst ihn nicht dazu bewegen können, seine Meinung zu ändern und die anderen Leibknappen ins Vertrauen zu ziehen», warnte ihn Timothy. «Anfangs hat er sogar gezögert, dich einzuweihen. Ich mußte ihn erst mühsam davon überzeugen, daß einer von euch vieren Bescheid wissen müsse. Und jetzt, wo sich der Kreis der Mitwisser um zwei Personen erweitert hat, wird er noch zurückhaltender sein. Wenn du jedoch wild entschlossen bist, es zu probieren, wünsche ich dir viel Glück, denn das wirst du brauchen. Warte, ich rufe nach einem Pagen, der dir die Treppe hinunterhilft. Und gib gut acht. Wir wollen schließlich nicht, daß du noch ein drittes Mal stürzt.»

«Dabei fällt mir ein, Master Arrowsmith...» sagte ich. «Ehe Ihr geht, möchte ich Euch noch eine letzte Frage stellen. Als Ihr damals gestürzt seid, wer hat Euch da eigentlich die Nachricht überbracht, daß Ihr zum Herzog kommen sollt?»

Lionel sah mich erstaunt an. «Einer der Pagen natürlich! Wen sonst würde man damit beauftragen, mich rufen zu lassen?»

«Und ist es beide Male der gleiche Page gewesen?»

Er hob die Augenbrauen. «Daran kann ich mich nicht erinnern. Wahrscheinlich nicht. Nein.»

«Und könnt Ihr Euch an die Namen erinnern?» Lionel sah mich beleidigt an. Offenbar empfand er es als Zumutung, daß er sich an die Namen der unzähligen Pagen erinnern sollte, die im Schloß herumwuselten wie Kaninchen in einem weitverzweigten Bau. Ich zügelte meine Ungeduld und fragte weiter. «Aber Ihr würdet sie wiedererkennen?»

«Möglicherweise», räumte er zögernd ein.

«Falls Ihr einen der beiden wiedererkennt, solltet Ihr ihn unbedingt fragen, wer ihm aufgetragen hat, Euch zu rufen.»

Lionel sah mich erstaunt an. «Doch nicht etwa Seine Gnaden höchstpersönlich?» fragte er spöttisch.

«Das ist gut möglich», erwiderte ich, mühsam meine Wut im Zaum haltend. «Doch falls jemand anders diesen Befehl gab, wäre es höchst interessant zu wissen, wer die Pagen beauftragt hat. Und noch interessanter wäre es für uns, wenn es sich in beiden Fällen um dieselbe Person gehandelt hätte.»

«Ah!» Er sah betreten zu Boden, und sein Hochmut schien etwas gedämpft. «Jetzt verstehe ich, worauf Ihr hinauswollt.» Es hat lange genug gedauert, dachte ich, versuchte jedoch, es mir nicht anmerken zu lassen. «Also gut», lenkte er ein, «wenn ich einen der Burschen erkenne oder sonst etwas Bemerkenswertes feststelle, werde ich es Master Plummer mitteilen, und er wird es wiederum an Euch weitergeben. Denn von jetzt an, Chapman, seid Ihr nichts weiter als ein gewöhnlicher Kammerdiener, und es schickt sich nicht, daß man uns zusammen sieht. – Tim, könntest du nach jemandem suchen, der mir zum Herzog hilft? Und Ihr, Chapman, laßt Euch nicht mehr blicken, bis wir gegangen sind. Stellt Euch hinter die Tür, wo Euch niemand sehen kann.»

Ich tat, was er sagte, und wartete, bis einer der Pagen kam, um Lionel zum Herzog zu begleiten. Mit vom Stimmbruch kratziger Stimme teilte er uns mit, Seine Gnaden sei gerade dabei, sich für den täglichen Besuch bei seinem ältesten Bruder umzukleiden. Ich wartete hoffnungsvoll auf ein Zeichen des Wiedererkennens, doch Lionel war nichts anzumerken. Offenbar handelte es sich bei dem Jungen nicht um einen der Pagen, die ihn an den fraglichen Tagen zum Herzog gerufen hatten.

Als Lionel und der Page gegangen waren, wandte ich mich an Timothy. «Angesichts dessen, was Master Arrowsmith gerade zu bedenken gegeben hat, wäre es sicherlich besser, wenn man uns beide auch nicht allzu häufig zusammen sieht. Werden die üblichen Regeln des Haushalts nicht eingehalten, kann das nur Mißtrauen wecken.»

Timothy nickte heftig. «Darauf wollte ich dich gerade auch hinweisen. Doch wir brauchen eine Möglichkeit, uns auszutauschen. Deshalb schlage ich vor, daß wir den jungen Matthew Wardroper einschalten. Er ist bereits in alles eingeweiht und eifrig darauf bedacht, uns zu helfen. Außerdem erregt es keinen Verdacht, wenn du als Kammerdiener dich an einen Knappen wendest. Und wenn Matt mit Lionel gesehen wird, kann das auch niemanden wundern, weil die beiden Verwandte sind. Wenn du uns also etwas mitzuteilen oder eine dringende Nachricht zu überbringen hast, kannst du es dem jungen Wardroper sagen, der es an Lionel weitergibt, und Lionel kann dann mich in Kenntnis setzen. Und ich werde auf umgekehrte Weise mit dir in Verbindung treten. Einverstanden?»

«Vollkommen», versicherte ich ihm. «Allerdings mache

ich mir ernsthaft Sorgen, ob ich mein neues Amt auch ausfüllen kann.»

Timothy tat meine Bedenken mit einer lässigen Handbewegung ab. «Unsinn! Du wirst rasch alles Notwendige lernen. Beobachte einfach die anderen Kammerdiener und mach ihnen alles nach. Niemand wird von einem Anfänger erwarten, daß er gleich alles kann. Und jetzt werde ich dich zum Haushofmeister führen. Aber denk daran: Er weiß nur, was der Herzog ihm gesagt hat, nämlich daß du für deine früheren Verdienste durch eine Stellung im Haushalt belohnt werden sollst.»

Ich seufzte. «Dann kann ich nur noch beten, daß sich das Rätsel möglichst rasch aufklären läßt, und dabei denke ich nicht nur an Herzog Richard, sondern, wie ich offen eingestehe, vor allem auch an mich. Je früher ich wieder auf der offenen Landstraße marschieren kann und keinem Menschen mehr Rechenschaft schuldig bin, um so glücklicher werde ich sein.»

Timothy lachte. «Es erstaunt mich nicht, daß du es im Kloster nicht ausgehalten hast. Ein Mann, der sich nur selbstgewählten Regeln unterwerfen will, hätte es nie zu einem guten Mönch gebracht.» Er legte eine Hand auf die Türklinke. «Übrigens, dein Bündel ist bei Philip Lamprey abgeholt worden, und ich habe es vorübergehend in einer Kammer neben meinem Zimmer verstaut. Ehe wir nächsten Dienstag nach Frankreich aufbrechen, werde ich dafür sorgen, daß es einen dauerhaften Platz bekommt, wo du es dir dann später wieder abholen kannst.»

Ich starrte ihn entgeistert an. «Ehe wir nach Frankreich aufbrechen?» wiederholte ich.

«Falls du das Rätsel bis dahin nicht gelöst hast, mußt du wohl oder übel mit uns kommen – es sei denn, daß du mit der ganzen Sache nichts mehr zu tun haben willst. Es ist natürlich dein gutes Recht, uns jederzeit wieder zu verlassen.»

«Nein... nein.» Ich schüttelte langsam den Kopf. Solange

ich dazu beitragen konnte, den Schaden abzuwenden, der ihm zu widerfahren drohte, konnte ich Herzog Richard unmöglich im Stich lassen. Aber mit einer Reise nach Frankreich hatte ich nicht gerechnet. Das war zweifellos mehr als töricht von mir, denn es war allgemein bekannt, daß die königlichen Brüder am vierten Juli den Kanal überqueren wollten, und heute war Mittwoch, der achtundzwanzigste Juni... Daß ich in wenigen Tagen das Rätsel lösen könnte, kam mir sehr unwahrscheinlich vor. Und doch war meine Zeit begrenzt. Bis St. Hyazinth waren es nur noch sieben Wochen.

«Also gut!» sagte Timothy erleichtert. «Am besten stellst du dich schon jetzt darauf ein, mit dem restlichen Haushalt nach Frankreich überzusetzen. Und nun folge mir, damit ich dich zum Haushofmeister führen kann.»

Es war das erste Mal, daß ich den Haushalt eines hohen Lords aus nächster Nähe kennenlernte und eine Vorstellung davon bekam, wie viele Menschen nötig sind, um für einen reibungslosen Ablauf zu sorgen. Natürlich verstand ich nicht alles auf einmal, und ich habe nie alle Feinheiten durchschaut, doch am Ende der ersten drei Tage hatte ich schon eine grobe Vorstellung davon, wer alles dazugehörte und welche Aufgaben er versah.

Der Haushofmeister, der zum Zeichen seines besonderen Ranges einen weißen Amtsstab trug, der Schatzmeister und der Revisor waren die drei wichtigsten Personen. Nach ihnen kamen die Ritter und Leibknappen, Gefährten, Freunde und Vertrauten des Lords. Die Knappen, zu denen auch Matthew Wardroper zählte, ritten mit dem Herzog aus und begleiteten ihn zur Jagd, bedienten ihn bei Tisch und unterhielten ihn, wenn er es wünschte, durch Gespräche, das Spielen verschiedener Instrumente oder ihren Gesang. Als nächstes kamen die Zeremonienmeister, die auf die Einhaltung aller höfischen Regeln zu achten hatten, und dann die Kammerdiener, zu denen nun auch ich gehörte und deren Aufgaben mir Timothy Plummer bereits erklärt hatte. Auf der untersten Sprosse der Leiter standen die Pagen und Dienstboten. Sie schürten das Feuer in den Kaminen, machten die Betten, hielten die Räume sauber und sorgten unter anderem auch dafür, daß auf den Fußböden kein Hundedreck liegen blieb. Ich konnte mich glücklich schätzen, daß mir der Herzog und Timothy eine etwas gehobenere Stellung zugedacht hatten.

Außerdem schmückte sich der Haushalt des Prinzen mit allerlei anderen Personen: einem Medicus, einem Chirurgen, einem Barbier mit seinen Untergebenen; mehreren Spielmännern und Musikanten, Schreibern, Kaplanen und Chorknaben; den für die Versorgung mit Naschwerk, Wasser und frischer Wäsche zuständigen Meistern; Köchen, Bäckern, Fleischern, Gewürzkundigen und Kellermeistern, von denen vor allem erwartet wurde, daß sie sich mit den verschiedensten Weinen auskannten. An die Namen und Aufgaben aller anderen kann ich mich nicht mehr erinnern, doch trugen sie alle ihr Teil dazu bei, den hochherrschaftlichen Haushalt des Herzogs von Gloucester in Betrieb zu halten.

Man sagte mir, weniger als die Hälfte der Dienerschaft sei dem Herzog von Middleham nach Süden gefolgt, und doch erschien mir sein Haushalt noch immer unübersichtlich groß – vor allem, wenn ich daran dachte, daß sich im Grunde hinter jedem Mitglied der gesuchte Mörder verbergen könnte.

Vieles von dem, was ich in den ersten Tagen dazulernte, verdankte ich Humphrey Nanfan, mit dem ich, sobald ich mit den anderen Kammerdienern allein blieb, rasch ins Gespräch gekommen war. Er war wohl einige Jahre älter als ich, hatte graue Augen und dichtes, kunstlos geschnittenes braunes Haar. Humphrey strahlte jene Gutmütigkeit aus, die man gemeinhin mit Menschen seiner Statur verbindet. Er war zwar nicht eigentlich dick, aber so klein und rundlich, daß der Eindruck größerer Leibesfülle entstand. Ich bemerkte rasch, daß er für die anderen Kammerdiener, die ihn wegen der Menge an Lebensmitteln, die er vertilgte, gnadenlos verhöhnten, eine Zielscheibe des Spottes war. Doch auch dies hatte er eigentlich nicht verdient, denn als ich ihn bei den Mahlzeiten genauer beobachtete, stellte ich fest, daß er seinen Teller zwar tatsächlich vollhäufte, den größten Teil jedoch in die Almosenschüsseln für die Bettler weitergab. Außerdem gelang es Humphrey, sich wesentlich dümmer zu stellen, als er es in Wirklichkeit war. Zwischen seinen gutmütigen Scherzen saß er so still und stumm da, daß seine Gefährten ihn vorübergehend vergaßen, und doch war er stets wachsam und beobachtete, was um ihn herum geschah. Er war der Mann, den Timothy Plummer verdächtigte, den Herzog für seinen Bruder, Georg von Clarence, auszuspionieren. Ich konnte mir gut vorstellen, daß Timothy mit seiner Vermutung richtig lag, wollte aber noch immer nicht so recht daran glauben, daß Georg von Clarence die Ermordung seines eigenen Bruders plante. Welchen Grund hätte er dafür haben können?

Es stimmte zwar, daß er und der Herzog von Gloucester Schwestern geehelicht und daher eine gemeinsame Schwiegermutter hatten. Doch umsichtige Erkundigungen ergaben, daß die Ländereien der Gräfin von Warwick bereits zu ihren Lebzeiten zwischen den Ehemännern ihrer Töchter aufgeteilt worden waren. Die Vereinbarung war gerade erst vor vier Monaten vom Parlament bestätigt worden, und dabei war der größere Teil ihres Vermögens an den Herzog von Clarence gegangen. Georg hatte also keinen Grund, irgendeinen Groll gegen seinen Bruder zu hegen. Warum hätte er außerdem darauf bestehen sollen, daß der Mord bis zum Vortag von St. Hyazinth ausgeführt wurde? Auch dafür gab es keine vernünftige Erklärung, und ich war geneigt, Humphrey Nanfan schon jetzt von der Liste der Verdächtigen zu streichen. Doch die Erfahrung hatte mich gelehrt, daß im Leben nicht unbedingt alles dem ersten Anschein entspricht. Vielleicht hatte der Herzog von Clarence ganz andere, verborgene Gründe, seinem Bruder nach dem Leben zu trachten. Es schien ratsam, weiterhin ein Auge auf Master Nanfan zu halten, so sehr ich daran zweifelte, daß er der Mörder war.

Der andere Kammerdiener, den Timothy erwähnt hatte, war Stephen Hudelin. Von allen fünf Verdächtigen war er der einzige, den Timothy zweifelsfrei als Spion entlarvt hatte. Sein Auftraggeber sollte Anthony Woodville sein, auch Earl Rivers genannt, der älteste Bruder der Königin. Dies allein hätte ausgereicht, um mich gegen Stephen Hudelin einzunehmen, doch faßte ich auch so schon bei unserer allerersten Begegnung eine tiefe Abneigung gegen ihn.

...

Zehntes Kapitel

Stephen Hudelin war schätzungsweise Mitte Dreißig und kräftig gebaut. Mit dem Scheitel reichte er gerade über meine Schultern. Sein leuchtendrotes Haar sorgte dafür, daß man ihn draußen wie drinnen gleich überall erkennen konnte, seine Augen waren grünlichgrau. Mir war bald klar, daß er auch das jähzornige Wesen hatte, das man gemeinhin mit roten Haaren verbindet. Da er es jedoch ständig zu unterdrücken gezwungen war, wirkte er immer trotzig und schlecht gelaunt. Ebenso deutlich war auch, daß die anderen Kammerdiener – oder zumindest diejenigen, die den Herzog nach London begleitet hatten – ihn nicht besonders mochten. Sie ertrugen seine Launen jedoch mit Gleichmut und behandelten ihn mit einer kühlen Höflichkeit, die ihn aus ihrem kameradschaftlichen Kreis viel deutlicher ausschloß, als Zank und Streit dies je vermocht hätten.

Von Humphrey erfuhr ich, daß die Hudelins im Dienst

von Sir John Grey, Lord Ferrers of Groby, gestanden hatten, also dem ersten Ehemann der Königin und dem Vater ihrer beiden ältesten Söhne. Die Greys, und mit ihnen auch die Hudelins, hatten im Rosenkrieg das Haus Lancaster unterstützt, und sowohl Lord Ferrers als auch Walter Hudelin, Stephens Vater, waren bei der zweiten Schlacht von Saint Albans im Kampf für König Heinrich gefallen. Als dessen Thronfolger, König Eduard, Gefallen an Ferrers' Witwe fand, hatten die Hudelins – ebenso wie die Woodvilles, die Familie der neuen Königin – jedoch ohne Umschweife die Seiten gewechselt und waren zu zuverlässigen Gefolgsleuten des Hauses York geworden. Ihre Treue galt also weniger einer Sache als den Herren, denen sie seit Generationen gedient hatten. Verkörpert wurden diese jetzt von dem jungen Marquis von Dorset und dessen Bruder, Lord Richard Grey, sowie von Anthony Woodville, ihrem Onkel mütterlicherseits.

«Und warum ist Stephen dann in den Dienst des Herzogs von Gloucester getreten?» fragte ich Humphrey, als er mir gerade beibrachte, wie man den Tisch fürs Mittagessen vorbereitete.

Mein Mentor zuckte mit den Schultern. «Warum nicht? Schließlich steht nirgendwo geschrieben, daß ein Mann nicht nach Belieben seinen Dienstherrn wechseln darf. Vielleicht hat sich Stephen einfach nach einer Veränderung gesehnt, und Lord Rivers hat ihn Seiner Gnaden empfohlen, denn er kann gut zupacken und ist kräftig gebaut. Ich selbst war früher beim Herzog von Clarence, aber ich habe mich mit einem Mitbediensteten zerstritten und wollte deshalb dringend woandershin. Seine Gnaden hat seinen Einfluß bei seinem Bruder geltend gemacht, und seitdem bin ich hier und mit meiner neuen Stellung sehr zufrieden.»

Ich erwiderte nichts darauf, sondern behielt meine Gedanken für mich und richtete mein Augenmerk wieder auf Humphreys Anweisungen für den Mittagstisch. An dem langgestreckten Tisch auf dem erhöhten Podest an der Stirnseite des Saales, direkt gegenüber der Galerie der Musiker, würden der Herzog und seine Mutter, die Herzogin von York, zusammen mit ihren adeligen Gästen unter einem prächtigen Baldachin der Tafel vorsitzen.

«Der Tisch zur Rechten des Hausherrn», erklärte Humphrey weiter, «hat ebenfalls herausragende Bedeutung, weil diejenigen, die dort am Kopfende sitzen, aus denselben Schüsseln bedient werden wie der Lord und seine Gäste. Der Tisch gegenüber, der zur Linken des Hausherrn steht, ist der nächste in der Rangfolge. Wer dort sitzt, bekommt das gleiche Essen wie die höheren Diener. Und für beide Tische gilt: Je weiter die Leute vom Podest entfernt sitzen, desto niedriger ist ihr Rang. Wer ganz unten sitzt, bekommt auch nichts anderes zu essen als wir. Für sie decken wir Holzteller und -löffel auf, weiter oben gibt es Zinn. Die großen Bretter sind fürs Brot, auf die kleinen werden Salzhäufchen gestreut. Hier auf Baynard's Castle halten wir uns an die Essenszeiten von Herzogin Cicely: Frühstück um sieben, Mittag um elf und Abendessen um fünf, obwohl der Herzog zu Hause, in Middleham oder Sheriff Huttan, etwas früher zu speisen pflegt.» Er muß wohl meine Gedanken erraten haben, denn nach einer kurzen Pause fügte er unaufgefordert die Auskunft hinzu, die mich am meisten interessierte: «Die anderen Mitglieder des Haushalts nehmen ihre Mahlzeiten vorher ein.»

Ich atmete erleichtert auf. Die Aussicht, dem Herzog und seinem Gefolge beim Essen zusehen zu müssen, während ich selbst rasenden Hunger litt, hätte ich nicht ertragen können. Zumindest wußte ich jetzt, daß ich zur Tischzeit angenehm gesättigt sein würde und mich daher ganz auf jene Gesprächsfetzen konzentrieren könnte, die sich überall dort aufschnappen lassen, wo viele Leute zusammenkommen und sich unbeobachtet wähnen. Ich versuchte, nicht allzusehr über die Unlösbarkeit meiner Aufgabe nachzugrübeln und auch den Gedanken daran beiseite zu schieben, wie verletzlich jeder Mann, der in der Öffentlichkeit steht, für den Giftkelch oder Dolch eines Attentäters ist. Mir blieb nichts anderes übrig, als mein Bestes zu tun und auf Gottes leitende Hand zu vertrauen.

Es gab drei weitere Verdächtige, die ich noch nicht kannte. Da sie alle drei zu den Knappen zählten, mußte ich mich, um sie in der Menge zu erkennen, auf Matthew Wardroper verlassen. Aus diesem Grund spähte ich stets nach ihm aus, wenn ich einen Hof überquerte, durch Gänge oder über Treppen eilte. Als wir uns endlich zum ersten Mal begegneten, hatte man mir gerade eine Livree verpaßt, die bei ihm einen Anfall von Heiterkeit auszulösen schien.

«Sie ist Euch viel zu klein!» prustete er. «Ihr platzt ja förmlich aus allen Nähten.»

«Natürlich ist sie zu klein», gab ich gekränkt zurück. «Was meint Ihr, wie viele Männer von meiner Statur der Herzog in seinen Diensten hat? Aber man hat mir hoch und heilig versprochen, eine Schneiderin aus dem Haushalt von Herzogin Cicely zu schicken, die das Wams länger machen und die Säume herauslassen wird. Und jetzt hört endlich mit dem albernen Gekicher auf und sagt mir, welche Neuigkeiten Ihr für mich habt.»

Wir standen im inneren Hof, halb hinter einer der Säulen verborgen, die den oberen Teil des Gebäudes stützten. Um unser Gespräch fortzusetzen, zogen wir uns noch ein wenig tiefer in die Schatten des Säulengangs zurück.

«Im Augenblick noch gar keine», seufzte Matthew. «Durch einen glücklichen Zufall haben Ralph Boyse, Jocelin d'Hiver, Geoffrey Whitelock und ich allerdings heute beim Abendessen alle gemeinsam Dienst. Wenn Ihr es bewerkstelligen könntet, ebenfalls dort zu sein, könnte ich Euch zeigen, wer sich hinter diesen Namen verbirgt. Was ist mit den beiden Kammerdienern?»

«Bisher habe ich noch nicht viel in Erfahrung bringen

können. Ich weiß nur, wer die beiden sind, und bin bereit, von Stephen Hudelin das Schlimmste anzunehmen. Andererseits wäre ich froh, wenn sich Timothys Verdacht, daß Humphrey Nanfan für den Herzog von Clarence spioniert, als unbegründet erweisen würde, weil ich ihn eigentlich als recht angenehmen Zeitgenossen empfinde. Aber», fügte ich mit düsterer Miene hinzu, «mein erstes Urteil muß nicht immer richtig sein. In der Vergangenheit habe ich gerade jene, die sich später als Gauner und Schurken erwiesen, manchmal besonders gern gehabt – und mehr als das, wie ich beschämt gestehen muß. Habt Ihr eine Botschaft von Timothy Plummer oder von Master Arrowsmith für mich?»

Matthew sah sich ängstlich um, ob auch niemand in Hörweite war.

«Nur daß Master Plummer ausnahmsweise einmal unrecht hatte und sich der Herzog tatsächlich dazu überreden ließ, die anderen drei Leibknappen einzuweihen. Sie sind offenbar über jeden Verdacht erhaben, und Seine Gnaden wird jetzt noch gewissenhafter bewacht als je zuvor. Unter diesen Umständen hält Master Plummer es für durchaus möglich, daß wir St. Hyazinth erreichen können, ohne daß Herzog Richard ein Leid geschieht, auch wenn es Euch nicht gelingen sollte, den Attentäter vorher zu entlarven.»

«Was durchaus denkbar ist», erwiderte ich ernst. «Vor allem, weil ich auf die wichtigste Frage keine Antwort weiß: Warum ausgerechnet der Vortag von St. Hyazinth? Bis dahin wird der Herzog doch längst in Frankreich auf dem Schlachtfeld sein.»

«Bisher hat nur Thaddeus Morgan von diesem Datum gesprochen», erwiderte Matthew. «Vielleicht handelt es sich in Wahrheit ja bloß um ein Gerücht, das jeder Grundlage entbehrt. Schließlich wissen wir nicht einmal mit letzter Sicherheit, ob es überhaupt einen Mordplan gibt.»

«Und warum mußte dann Thaddeus Morgan sterben?» Ich schüttelte den Kopf. «Nein, nein! Ich glaube, wir müssen davon ausgehen, daß seine Geschichte der Wahrheit entspricht. Wenn wir bloß wüßten, wer ein Motiv für einen Mord an Seiner Gnaden hätte! Mir will nicht einleuchten, daß einer seiner königlichen Brüder ihm den Tod wünscht. Die Burgunder sind unsere Verbündeten. Und den Franzosen wäre mit Sicherheit eher am Tod König Eduards gelegen als an dem des Herzogs von Gloucester. Diese Invasion scheint ja einzig und allein die Idee des Königs zu sein.»

Matthew Wardroper lauschte meinen Worten mit mitfühlendem Schweigen, wußte jedoch auch keine Antwort auf meine Fragen. Seiner Meinung nach war es eher unwahrscheinlich, daß die Franzosen die Ermordung eines englischen Monarchen erwägen würden. «Jeder Herrscher unseres Landes würde davon träumen, Anjou und die Normandie zurückzuerobern und dies zweifellos auch immer wieder versuchen. König Eduards Tod würde die Franzosen zwar von dem unmittelbaren Druck der bevorstehenden Invasion befreien, das Problem aber niemals ganz aus der Welt schaffen, und die Franzosen sind ganz gewiß klug genug, um das zu wissen. Außerdem», schloß er mit einem Achselzucken, «ist ja auch nicht das Leben Seiner Majestät bedroht.»

Ich nickte ratlos, und wir trennten uns, um unseren jeweiligen Pflichten nachzugehen. «Ich werde heute abend im großen Saal nach Euch Ausschau halten», rief ich ihm noch über die Schulter zu.

Und so kam es, daß ich in meiner Unachtsamkeit mit einer jungen Frau zusammenstieß, die zu meiner Rechten eine steile Treppe heruntergeeilt und aus einem Torbogen getreten war. Als ich höflich um Verzeihung bitten wollte, blickte ich in ein keckes, rundliches Gesicht mit zarter Pfirsichhaut, weit auseinanderstehenden, haselnußbraunen Augen und einem hübschen, fröhlich lächelnden Mund. Sie war klein und feingliedrig, hatte auffallend zierliche Hände und Füße, und ihre Gesichtszüge erinnerten mich an jemanden, den ich vor nicht allzu langer Zeit gesehen hatte.

«Verzeiht mir», murmelte ich betreten, «ich habe nicht aufgepaßt.»

Zu meinem Erstaunen legte sie eine Hand auf meinen Arm. «Es war meine Schuld», erwiderte sie freundlich. «Aber bitte, lauft nicht fort, denn ich glaube, Ihr seid der Mann, nach dem ich suche. Bei Eurer Körpergröße und diesen engsitzenden Kleidern könnt Ihr nur Roger Chapman sein, der neue Kammerdiener des Herzogs von Gloucester.»

Ich nickte vorsichtig, da ich befürchtete, sie wolle sich, wie Matthew vor ihr, über mich lustig machen. «Und wer seid Ihr? Und wer hat Euch zu mir geschickt?» wollte ich wissen.

«Mein Name ist Amice Gentle. Ich bin Schneiderin im Haushalt der Herzogin von York, und man hat mir gesagt, Eure Livree müsse geändert werden.» Sie kicherte leise. «Und allem Anschein nach ist das auch tatsächlich der Fall. Um sie ändern zu können, muß ich Eure Maße nehmen. Kommt mit in den Nähsaal, damit ich sehen kann, was sich machen läßt.» Mit diesen Worten drehte sie sich um und eilte wieder die Stufen hinauf.

Gentle. Amice Gentle. Während ich ihr folgte, wiederholte ich ihren Namen so lange im stillen, bis es mir endlich dämmerte: Sie war die Tochter des Fleischers aus Southampton.

Der große Raum, in den sie mich führte, war von zahlreichen Kerzen erleuchtet, denn das Tageslicht fiel selbst jetzt, mitten im Sommer, nur spärlich durch die drei kleinen Fenster in der einzigen Außenwand. Fünf oder sechs andere junge Frauen waren teils sitzend, teils stehend an zwei Tischen, die sich über die gesamte Länge des Raumes erstreckten, mit Nadel und Faden beschäftigt. Zwei von ihnen arbeiteten an einer prächtigen Stickerei, in der ich nach einem flüchtigen Blick ein Altartuch erkannte. Die anderen stichelten an verschiedenen Kleidungsstücken, flickten Risse, stopften Löcher oder faßten Säume neu – kurz, versahen all die guten, einfachen Näharbeiten, die selbst in den bescheidensten Hütten anfallen, ganz besonders aber natürlich in einem so großen, herrschaftlichen Haushalt wie dem von Herzogin Cicely.

Als wir eintraten, schauten die Näherinnen von ihren Arbeiten auf, und auch bei ihnen löste meine Körpergröße in Verbindung mit der viel zu kurzen und engen Livree Heiterkeit aus. Ich versuchte, mich so unauffällig wie möglich zu geben, hatte dabei jedoch nur mäßigen Erfolg.

Amice erklärte ihnen die Lage. «Das ist der neue Kammerdiener Seiner Gnaden, des Herzogs von Gloucester. Der Livreemeister hatte nichts Passendes für ihn da, und weil der Herzog selbst keine Näherinnen mitgebracht hat, wurden wir um Hilfe gebeten. Zieht das Wams aus, Master Chapman, und setzt Euch, wenn Ihr einen Moment Zeit habt, während ich die Säume auftrenne.»

Ich tat, wie mir geheißen, und ließ mich auf einer der Holzbänke nieder. Ich wußte, ich hätte eigentlich im großen Saal sein und dabei helfen sollen, den Mittagstisch zu dekken; doch hatte ich keine Angst, wegen meiner Nachlässigkeit bestraft zu werden, mochten sich die anderen Kammerdiener auch noch so lautstark über mich beschweren. Ganz bestimmt würde sich für mein Verhalten eine Ausrede finden.

Einige der Mädchen warfen mir kokette Blicke zu, aber die Ankunft der Nähmeisterin machte diesem Unfug ein jähes Ende, wofür ich äußerst dankbar war.

«War das Matt Wardroper, mit dem Ihr da gerade gesprochen habt?» fragte Amice Gentle und schnitt mit der Spitze ihrer Schere geschickt die Nähte auf.

«Ja», sagte ich. «Natürlich kennt Ihr ihn, das habe ich vergessen.» Und als sie mich fragend anschaute, erzählte ich ihr, daß ich erst vor wenigen Wochen im Haus ihrer Eltern gegessen hatte. «Das war zu der Zeit, als ich noch Hausierer war», fügte ich rasch hinzu. «Bevor ich zu dem Schluß kam, daß ich vom Leben auf der Landstraße genug habe, und bevor ich den Herzog bat, sein Versprechen einzulösen und mir eine Stellung in seinem Haushalt zu geben. Eure Mutter hat mir voller Stolz von Euch erzählt. Und den jungen Matthew Wardroper hat sie auch erwähnt.»

«Nein, so etwas!» rief sie erstaunt. «Wie klein ist doch die Welt! Aber daß ich Matthew Wardroper gut kennen würde, stimmt nicht so ganz. Natürlich habe ich als Kind viel von ihm gehört. Die meisten Diener von Chilworth Manor kamen regelmäßig nach Southampton, und viele haben bei meinem Vater eingekauft oder sich die Bäuche vollgeschlagen. Und bei der Gelegenheit haben sie uns natürlich auch von Master Matthew, Sir Cedric und Lady Wardroper erzählt.» Sie riß ein letztes Stück Faden durch und hielt den Stoff gegen das Licht der nächsten Kerze. «Sobald ich Eure Maße genommen habe, kann ich das Ganze wieder zusammennähen. Aber ich fürchte, ich muß Euch bitten, dafür aufzustehen.» Ich folgte ihrer Aufforderung, und Amice schlang einen schmalen Stoffstreifen zuerst um meine Brust und dann um meine Taille und markierte dabei die notwendige Länge. Dabei plauderte sie munter weiter. «Sir Cedric und Lady Wardroper habe ich auch öfter gesehen, wenn sie nach Southampton kamen, aber Matthew habe ich als Kind nie zu Gesicht bekommen. Er war gerade erst sieben, als er fortgeschickt wurde.»

«Nach Leicestershire, wenn ich richtig gehört habe.» Gehorsam hob ich auf ihre Anweisung hin einen Arm.

Amice zuckte mit den Schultern. «Ich glaube, ja. Obwohl ich mich, ehrlich gesagt, nicht genau erinnern kann. Jedenfalls hatte ich ihn schon ganz vergessen, bis wir mit der Herzogin von Berkhamsted hierherkamen und ich durch Zufall hörte, wie jemand aus dem Haushalt des Herzogs neulich seinen Namen erwähnte.» Sie begann, den auseinandergetrennten Stoff zusammenzuheften, und ich nahm wieder auf der Holzbank Platz. «Später habe ich ihn mir dann von jemandem zeigen lassen.»

«Hättet Ihr ihn nicht auch so erkannt?»

«Doch, er hat schon etwas Vertrautes, die gleichen feinen Gesichtszüge und dunklen Haare wie seine Mutter. Nur die Augen hat er von seinem Vater. Sir Cedric ist viel untersetzter als er.»

Ich nickte. «Ja, da muß ich Euch recht geben. Zumindest was Matthews Ähnlichkeit mit Lady Wardroper betrifft. Sir Cedric selbst habe ich nämlich nicht kennengelernt.» Wieder sah mich Amice fragend an, und so erzählte ich ihr von meinem Besuch auf Chilworth Manor. Plötzlich kam mir eine Idee. «Kennt Ihr Euch dort in der Gegend aus?» fragte ich sie.

Zuerst dachte ich, sie hätte meine Frage gar nicht gehört, denn sie antwortete mir nicht, sondern forderte mich auf, mich noch einmal zu erheben, damit sie das lose zusammengeheftete Wams ein letztes Mal anpassen konnte. Endlich war sie zufrieden, nahm das Kleidungsstück vorsichtig von meinen Schultern und legte es auf den Tisch. Dann schnitt sie ein Stück Faden ab und fädelte ihn geschickt durchs Nadelöhr.

«Könnt Ihr solange bleiben, bis es fertig ist?» wollte sie wissen. «Oder werdet Ihr im Schloß gebraucht?»

«Ich kann warten», erwiderte ich kühn, obwohl mir unter den strengen Blicken der Nähmeisterin, der mein langer Aufenthalt zu mißfallen schien, etwas unbehaglich zumute war.

Unter Amices geschickten Händen schien die Nadel nur so durch den Stoff zu tanzen und dabei eine ordentliche Reihe winziger Stiche zu hinterlassen. Nach einer Weile wiederholte ich meine Frage. Amices braune Augen öffneten sich weit, und sie schob nachdenklich die Lippen vor.

«Rund um Chilworth Manor?» Amice schüttelte den Kopf. «Ich war nur wenige Male dort, um beim Nähen auszuhelfen, weil eine der Frauen krank geworden war. Zwar bin ich mehrfach von Chilworth nach Southampton gewandert, könnte Euch den Weg aber nicht mehr beschreiben.

Wenn Ihr etwas über die Stadt wissen wolltet, wäre das etwas anderes. Dort kenne ich mich gut aus.»

«Mir geht es um das Gebiet nördlich des Herrenhauses. Habt Ihr mal jemanden von einer verlassenen Kapelle in den Wäldern sprechen hören? Denkt bitte nach.»

Sie legte die Stirn in Falten und ließ sogar eine Weile die Nähnadel ruhen, doch dann schüttelte sie wieder den Kopf.

«Nein», antwortete sie. «Aber so eine verlassene Kapelle wäre auch nichts Besonderes. Ich habe meine Großmutter sagen hören, daß der Schwarze Tod die Bevölkerung ganzer Dörfer ausgelöscht hat, die heute verfallen sind. Manche Kirchen und Kapellen wurden wieder aufgebaut, andere wurden einfach ihrem Schicksal überlassen. Warum wollt Ihr ausgerechnet über diese Kapelle etwas wissen? Ist es wichtig?»

«Nein», sagte ich, von ihrer Frage daran erinnert, wie unbedeutend angesichts der drohenden Gefahren mein kleines persönliches Erlebnis war. Ja, im nachhinein konnte ich mir selbst kaum noch vorstellen, welch böse Vorahnung mich auf der Waldlichtung gepackt hatte. Es war seitdem so viel geschehen, daß das Gefühl in der Erinnerung fast verblaßte.

«Ihr könntet Matthew Wardroper fragen», schlug Amice vor und zerbiß den Faden mit ihren starken weißen Zähnen.

«Stimmt», nickte ich. «Falls ich es nicht vergesse, werde ich Euren Rat befolgen.»

Unser Gespräch versiegte, und Amice saß wieder über ihre Arbeit gebeugt – was der Nähmeisterin zu gefallen schien, denn sie wandte den Blick von uns ab und machte sich statt dessen daran, die Altartuchstickerei zu beaufsichtigen. Ich überlegte, ob ich ohne Livree zu meinen Pflichten zurückkehren sollte, entschied mich jedoch rasch dagegen. Gewiß wäre ich halb bekleidet im Dienst nicht willkommen gewesen, und außerdem arbeitete Amice so flink, daß ich das Gefühl hatte, sie würde bald fertig sein.

«Weshalb wolltet Ihr kein Hausierer mehr sein?» fragte sie

plötzlich, als sie die zweite Naht fertig hatte und sich dem Saum zuwandte.

«Ich... äh... ich war es einfach leid... immer unterwegs zu sein», log ich und wechselte schnell das Thema. «Wird die Herzogin noch lange in London bleiben?»

«Nur bis nächsten Mittwoch. Einen Tag nachdem der König und seine Brüder nach Frankreich abgereist sind, werden wir wieder aufbrechen.»

Frankreich! Ich hatte das gefürchtete Wort und die Aussicht, den Herzog über den Kanal begleiten zu müssen, vorübergehend vergessen. Als ich mich auf die Sache einließ, hatte ich mit dieser Möglichkeit nicht gerechnet. Doch daß ich den Schurken, falls er nicht schon vorher zuschlug, innerhalb der nächsten Tage entlarven könnte, hielt ich für eher unwahrscheinlich, und wieder packte mich das entmutigende Gefühl, nach einer Nadel im Heuhaufen zu suchen. Strenggenommen gab es noch nicht einmal einen triftigen Grund, den Mörder in einem der fünf von Timothy Plummer genannten Männer zu vermuten. Ja, unsere vertrauensselige Annahme kam mir plötzlich hoffnungslos töricht vor. Doch worauf hätten wir uns sonst stützen sollen?

«Ihr seid ja auf einmal so ernst geworden», sagte Amice und schaute mit einem freundlichen Lächeln von ihrer Arbeit auf. «Sind Euch die mit Eurer Stellung verbundenen Pflichten eine so große Last?»

Ich erwiderte ihr Lächeln und erkannte erst jetzt, was für ein hübsches Mädchen sie war.

«Eure Mutter», sagte ich, «ist nicht ohne Grund sehr stolz auf Euch.»

Es dauerte eine Weile, bis sie die Bedeutung meiner Worte begriffen hatte, doch dann lachte sie und errötete erfreut.

«Ihr solltet nicht auf meine Mutter hören!» wehrte sie ab. «Sie ist voreingenommen.»

«Warum auch nicht? Ihr seid ihr sehr ähnlich», entgegnete ich.

«Ihr seid nicht der erste, von dem ich das höre.» Wir redeten jetzt bloß noch, um die Verlegenheit zu überspielen, die uns beide erfaßt hatte, seitdem wir uns plötzlich einer unerwartet starken gegenseitigen Anziehungskraft bewußt geworden waren. «Ich selbst empfinde das gar nicht so», beeilte sich Amice hinzuzufügen. «Zwar bin ich ebenso klein wie sie, doch habe ich immer geglaubt, auch etwas von meinem Vater geerbt zu haben.» In ihrer plötzlichen Erregung stach sie sich mit der Nadel in den Finger, schrie leise auf und führte den Finger mit dem winzigen Blutstropfen an die Lippen.

Ich hatte schon halb nach ihrer Hand gegriffen, um mich zu vergewissern, daß sie sich nicht ernsthaft verletzt hatte, als mir auffiel, wie töricht ich mich benahm, und meine Hand wieder zurückzog. Amice vernähte rasch den letzten Faden, steckte ihre Nähnadel neben mehreren anderen Nadeln am Mieder ihres Kleides fest, stand auf und schüttelte mein Wams aus.

«Hier», sagte sie, reichte es mir und wich dabei meinen Blicken aus. «Nun könnt Ihr ausprobieren, ob es besser sitzt.»

Die Livree sah vielleicht noch immer nicht ganz wie maßgeschneidert aus, war jedoch auf jeden Fall sehr viel bequemer als zuvor und würde mich in den Augen meiner Mitbediensteten weniger lächerlich aussehen lassen.

«Danke», sagte ich schlicht.

In ihre Wangen kehrte wieder etwas Farbe zurück. «Wenn Ihr vor Dienstag noch ein wenig Zeit erübrigen könnt, kommt noch einmal zurück, damit ich Euch die Ärmel länger machen kann.» Wieder wurde ich an meine bevorstehende Reise über den Kanal erinnert, und dies um so schmerzlicher, als Amice in gedämpftem Ton hinzufügte: «Der Krieg ist grausam. Ich hoffe und bete, daß Gott Euch beschützen möge.»

Bis zu dieser Sekunde war mir gar nicht in den Sinn gekommen, daß auch ich möglicherweise im Krieg gegen Frankreich würde kämpfen müssen, aber es dauerte nur ein paar weitere Augenblicke, bis ich mir klarmachte, daß dies äußerst unwahrscheinlich war. Die Ritter und Leibknappen mochten vielleicht mit in den Kampf ziehen, aber die Dienstboten des königlichen Haushalts würden sicherlich dafür eingesetzt, hinter den Kampflinien für die Bequemlichkeit ihrer Herren zu sorgen.

Ich hielt es jedoch nicht für unbedingt notwendig, Amice diese Erkenntnis zu enthüllen. Lieber sonnte ich mich weiter in ihrer rührenden Besorgnis. Da keine der anderen Näherinnen in diesem Augenblick in unsere Richtung schaute, nahm ich ihre Hand, führte sie an die Lippen und küßte sie sanft. Tief errötend schaute sie auf, um gleich darauf sehr blaß zu werden und ihre Finger zurückzuziehen. Jegliche Koketterie war nun aus ihrem Gesicht verschwunden. Sie schrak zusammen, als die Nähmeisterin ihre Stimme erhob.

«Amice! Wenn du mit der Livree des Kammerdieners fertig bist, wirst du hier bei dem Altartuch gebraucht. Niemand kommt mit diesen schwierigen Stichen so gut zurecht wie du.»

«Ich komme schon, Mistress Vernon.» Amice warf mir einen letzten Blick zu, dann eilte sie zu den Frauen am anderen Ende des Tisches.

Sie wandte sich nicht mehr zu mir um, so daß mir nichts anderes übrigblieb, als zu meinen Pflichten und ungelösten Problemen zurückzukehren.

...

Elftes Kapitel

Niemand beschwerte sich über meine lange Abwesenheit – jedenfalls erfuhr ich nichts davon. Zwar glaubte ich, ein ärgerliches Gemurmel wahrzunehmen, als ich mich schließlich beim obersten Kammerdiener zurückmeldete, doch kam nichts offen zur Sprache – was mich allerdings eher beunruhigte. Spürten meine Mitbediensteten, daß ich irgendwie anders war, nicht wirklich zu ihnen gehörte, sondern unter falscher Flagge segelte? Ahnte daher auch der Mörder, daß ich nicht der war, für den ich mich ausgab? Und würde er daraus auf meine wirklichen Absichten schließen? Ich versuchte, nicht darüber nachzudenken, und beschloß, mich voller Inbrunst in meine Pflichten zu stürzen und damit jegliches Mißtrauen im Keim zu ersticken.

Es war nicht schwierig, mir das Vorrecht zu sichern, daß ich beim Abendessen den Herzog bedienen durfte, denn die anderen Kammerdiener waren nur allzu bereit, den langweiligen Dienst gegen ein paar Mußestunden einzutauschen. Besonders erfreut war ich, als ich erfuhr, daß auch Humphrey Nanfan und Stephen Hudelin für das Abendessen eingeteilt waren. Wenn Matthew recht behalten sollte und Ralph Boyse, Jocelin d'Hiver und Geoffrey Whitelock ebenfalls anwesend waren, würde ich sie alle gleichzeitig im Blick haben, was mir, soweit es unsere fünf Verdächtigen betraf, eine Stunde Seelenfrieden bescheren würde.

Wie Humphrey es mir versprochen hatte, aßen die Dienstboten eine Stunde früher als der Herzog und seine Gäste. Entsprechend unserer jeweiligen Stellung nahmen wir in der großen Halle Platz. Die beiden an den nach Norden und Süden gelegenen Wänden verlaufenden Tische waren durch zusätzlich aufgebockte Platten in der Mitte der Halle ergänzt worden, um die Dienstboten beider Haushalte aufzunehmen. Verstohlen suchte ich die Reihen der Frauen, die im Dienst der Herzogin standen, nach Amice Gentle ab, bis ich sie endlich an einem Tisch hinter meinem entdeckte und grüßend die Hand hob. Sie neigte den Kopf, um meinen Gruß zu bestätigen, doch selbst aus der Entfernung konnte ich mich des Eindrucks nicht erwehren, daß es ihr lieber gewesen wäre, wenn ich sie nicht gegrüßt hätte. Rasch wandte sie sich um und vertiefte sich in ein Gespräch mit dem Mädchen neben ihr.

Gekränkt über diese Zurückweisung wanderte mein Blick weiter zu den Frauen, die mit dem Gefolge des Herzogs nach Süden gekommen waren. Ein Mädchen von gebieterischer Haltung und herausragender Schönheit fiel mir besonders auf. Es war nicht möglich, ihre Haarfarbe auszumachen, doch war das von einer schneeweißen Haube eingerahmte Gesicht fein und ebenmäßig geschnitten, und ihre Lippen wirkten sinnlich und voll.

Humphrey Nanfan, der sich zu meinem persönlichen Schutzengel erklärt zu haben schien, ließ sich neben mir auf der Bank nieder und stieß mir seinen Ellenbogen in die Rippen. «Das ist Berys Hogan», zischte er, «das Kindermädchen von Lady Katherine, der unehelichen Tochter Seiner Gnaden. Das Kind ist mitgekommen, um seine Großmutter zu besuchen, und wird mit der Herzogin nach Berkhamsted reisen, sobald wir nach Frankreich abgezogen sind.»

Ich runzelte die Stirn. «Berys Hogan», wiederholte ich. «Warum kommt mir dieser Name so bekannt vor?»

In der Zwischenzeit kam unser Essen. Da es ein Freitag war, wurde Fisch aufgetragen.

Humphrey griff kichernd nach Messer und Löffel. «Nun, es würde mich nicht überraschen, wenn die Gerüchte in der kurzen Zeit auch schon an dein Ohr gedrungen wären. Die schöne Berys ist mit Ralph Boyse verlobt, dem Burschen, der dort drüben bei den Knappen sitzt, aber sie betrügt ihn mit Lionel Arrowsmith. Lionel ist einer der vier Leibknappen des Herzogs und leicht zu erkennen: der Verwundete, der so aussieht, als wäre er schon im Krieg gewesen.»

Ich schaute nur flüchtig in Lionels Richtung und konzentrierte dann meine Aufmerksamkeit auf Ralph Boyse und Berys Hogan. Ralph war, soweit ich das von meinem Platz aus sehen konnte, ein schlanker junger Mann, etwa im gleichen Alter wie ich und der Herzog, mit pechschwarzem Haar und fahler Haut. Auch wenn ich nicht gewußt hätte, daß seine Mutter Französin war, hätte ich fremdländisches Blut in seinen Adern vermutet; er war einfach zu dunkel, um rein englischer Abstammung zu sein. Das hübsche Gesicht wirkte mürrisch und verschlossen, der Blick war streng und ernst. Doch dann machte sein Nachbar offenbar eine lustige Bemerkung, er lachte und war plötzlich wie verwandelt – ein Vorgang, der mich stark an den Herzog von Gloucester erinnerte, dessen ernster, düsterer Gesichtsausdruck manchmal ebenso von einem plötzlichen Sonnenstrahl des Humors in geradezu unglaublichem Maße aufgehellt wurde.

Immerhin wußte ich nun, wer Ralph Boyse war, und Matthew Wardroper würde mir später am Abend nur noch die beiden anderen verdächtigen Knappen zeigen müssen. Sicherlich hätte ich Humphrey Nanfan gleich an Ort und Stelle bitten können, mir auch Jocelin d'Hiver und Geoffrey Whitelock zu zeigen, doch ich hütete mich, durch ein unerklärliches Interesse an den beiden seine Neugier zu wecken. Außerdem war ich vollauf damit beschäftigt, Ralph Boyse zu beobachten, der wiederum möglichst unauffällig den Blickwechsel zwischen Berys Hogan und Lionel Arrowsmith verfolgte. Mehrmals erhob Lionel seinen Becher in Berys' Richtung, woraufhin sie sittsam die Augen niederschlug. Sicherlich hätte man ihre Geste als mädchenhafte Verwirrung mißdeuten können, hätten ihre Schultern nicht vor kaum verhohlener Genugtuung gezittert. Außerdem warf sie ihm immer wieder Blicke zu, die sich nur als Ermutigungen deuten ließen, und dabei spielte stets ein verschlagenes Lächeln um ihre sinnlichen Lippen. Ich erinnerte mich an Timothys Mahnung, Lionel habe sich auf ein gefährliches Spiel eingelassen. Jetzt, wo ich wußte, daß Berys zu den

Kindermädchen der Herzogstochter gehörte, wurde mir erst das volle Ausmaß von Lionels Tollkühnheit klar. Wenn es Ärger gab, würde er nicht nur Ralph Boyse, sondern auch den Herzog gegen sich aufbringen.

Das Mahl ging seinem Ende zu, und die Küchenjungen warteten schon ungeduldig darauf, die zusätzlichen Tische abbauen zu können, um die Tafel für den Herzog und seine Gäste zu decken. Während wir hastig die letzten Brocken mit dem restlichen Wein hinunterspülten, erhob sich der Haushofmeister und klopfte bedeutungsvoll mit seinem Amtsstab auf den Boden. Als endlich Ruhe eingekehrt war, verkündete er:

«Morgen abend werden Seine Gnaden, der Herzog von Gloucester, und Ihre Gnaden, die Herzogin von York, zu Ehren Ihrer Königlichen Hoheiten, König Eduard und Königin Elizabeth, Seiner Gnaden, dem Herzog von Clarence sowie anderer hochwohlgeborener Gäste ein Bankett mit anschließendem Maskenspiel geben. Alle Knappen und Kammerdiener werden daher morgen vollen Einsatz zeigen müssen, und von allen wird erwartet, daß sie ihr Bestes geben. Ihnen wird befohlen, sich morgen früh vor dem Frühstück hier in der großen Halle zu versammeln, um ihre Anweisungen entgegenzunehmen.» Damit nickte der Haushofmeister hoheitsvoll und verließ gemessenen Schrittes die Halle.

Kaum war er außer Sichtweite, erklang ein allgemeines Stöhnen.

«Das übliche Abschiedsfest vor der Einschiffung», seufzte Humphrey Nanfan. «Wir hätten es uns denken können. Aber wir haben wohl alle gehofft, der Herzog von Clarence oder gar der König selbst würden den Gastgeber spielen.»

«Und was hat das für uns zu bedeuten?» fragte ich ahnungslos.

Stephen Hudelin, der uns direkt gegenübersaß, erhob sich von seinem Platz und spuckte verächtlich auf die Binsen. «Für uns bedeutet das verdammt harte Arbeit», sagte er.

Ich schaute Humphrey an, der diese Aussage mit einem ernsten Nicken bestätigte. «Wir werden uns die Hacken ablaufen», sagte er. «Aber jetzt sollten wir wohl besser aufstehen und dafür sorgen, daß beim Abendessen Seiner Gnaden alles seine Ordnung hat. Warum sollten wir uns heute schon über morgen Gedanken machen?»

Zum Schlafen waren die Kammerdiener des Herzogs in einem engen, stickigen Raum in einem der Türme untergebracht. Zehn Männer, die mit Seiner Gnaden von Middleham gekommen waren, und ich ruhten dort auf Strohsäcken eng nebeneinander, unsere weltlichen Güter – Rasiermesser, Seife, saubere Hemden und so weiter – in Leinenbeuteln unter unseren Kopfkissen verstaut. Was wir an Mußestunden hatten, mußten wir also in geradezu beängstigender Enge verbringen, so daß im Grunde nur zu hoffen war, daß unsere Pflichten uns beschäftigt hielten. Humphrey Nanfan versicherte mir, daß die Unterkünfte auf Middleham, Sheriff Hutton und allen anderen Besitztümern des Herzogs sehr viel angenehmer waren als unser Nachtlager hier auf Baynard's Castle, doch all diese Beteuerungen konnten in mir nicht den Wunsch erwecken, mein freies Leben auf Dauer aufzugeben, bloß um mich voller Stolz zu den persönlichen Dienern eines hohen Lords rechnen zu können.

Da es zwischen unserem Abendessen und dem des Herzogs noch ein paar freie Minuten gab und ich spürte, daß ich zuviel Wein getrunken hatte, ging ich zum Abtritt, um einem natürlichen Drang zu folgen. Und weil unser Schlafraum ganz in der Nähe lag, beschloß ich, gleich anschließend mein Hemd zu wechseln, denn es war ein heißer Tag gewesen, und ich hatte bei der Arbeit stark geschwitzt. Als ich eintrat, erwartete ich, all die Diener anzutreffen, die nicht zum Dienst beim Abendessen eingeteilt waren, aber das freundliche Sommerwetter hatte sie offenbar ins Freie gelockt – alle außer einem, der, über meine Strohmatte gebeugt, auf dem

Boden kauerte und gierig den Inhalt meines Beutels durchwühlte. Er war mit seiner Suche so beschäftigt, daß er mich nicht eintreten hörte, also schlich ich mich von hinten an und legte eine Hand auf seine Schulter. Stephen Hudelin erschrak und stand hastig auf.

«Ich dachte, du wärst noch in der großen Halle und würdest Humphrey Nanfan helfen. Statt dessen bist du hier und durchwühlst meine Sachen. Was suchst du denn?»

«N-nichts», stotterte er. «Das heißt... Ich dachte, du wolltest zum Abtritt gehen. Das hast du jedenfalls gesagt.»

«Und da hast du beschlossen, die Gelegenheit zu nutzen und meinen Beutel durchzukramen. Ich frage dich nochmals: Aus welchem Grund?»

«Ich... Ich muß mich dringend rasieren und habe mein Rasiermesser verlegt. Ich hatte... nicht genug Zeit, jemanden zu fragen und... ich dachte, es würde dir nichts ausmachen, wenn ich dein Rasiermesser ausborge.» Offenbar hielt er dies für eine hinreichend einleuchtende Erklärung, denn sein Selbstvertrauen kehrte zurück, und er fügte kampflustig hinzu: «Es macht dir doch nichts aus, Hausierer?»

«Ich bin kein Hausierer mehr», erwiderte ich ruhig, nicht gewillt, in seine Falle zu tappen. «Und es macht mir wirklich nichts aus. Hier!» Ich bückte mich und nahm das Rasiermesser aus dem Haufen, den er auf dem Boden ausgestreut hatte. Auf keinen Fall durfte ich Stephens Mißtrauen nähren, indem ich auch nur andeutete, daß ich ihm nicht glaubte. «Nimm es, ich borge es dir gerne. Du hast gerade noch Zeit, dich zu rasieren, ehe wir unten erwartet werden. Hast du auch Seife? Ich habe noch etwas von dem billigen schwarzen Zeug aus Bristol übrig, wenn du willst.»

Er schüttelte den Kopf, und einen kurzen Moment lang schienen seine Augen unter dem roten Haarschopf in der gleichen Farbe zu brennen. Ich begann, in aller Ruhe mein Wams abzustreifen und das Hemd zu wechseln, während er unschlüssig von einem Fuß auf den anderen trat und mein

Rasiermesser mit den Fingern hin und her drehte. Wahrscheinlich versuchte er verzweifelt zu ergründen, was in meinem Kopf vorging, verblüfft von meiner offenkundigen Bereitschaft, seine Geschichte zu glauben und gutmütig darauf einzugehen. Schließlich ließ er fluchend das Rasiermesser fallen, murmelte, für eine Rasur sei es nun wohl doch zu spät, stapfte aus dem Zimmer und rief mir über die Schulter zu: «Du solltest dich beeilen! Es ist schon fast fünf!»

Ich fädelte die Hemdbänder durch die entsprechenden Ösen in meiner Hose und fragte mich, was Stephen Hudelin wohl in meinem Beutel gesucht haben könnte. Einen Beweis dafür, daß ich in Wirklichkeit kein Hausierer, sondern ein Spion des Herzogs war? (Eine Vermutung, mit der er zugleich recht und unrecht hatte.) Was hatte er gehofft, den Woodvilles berichten zu können? Daß jemand von ihrem Plan, Herzog Richard zu töten, Wind bekommen hatte?

Doch würde die Familie der Königin jemals so tollkühn sein, dem Herzog nach dem Leben zu trachten? Würde sie es wagen, die Freigebigkeit und das Wohlwollen des Königs aufs Spiel zu setzen, von dem doch letztendlich ihr gesamter Wohlstand abhing? Welches Motiv konnte so schwerwiegend sein, sie dieses Wagnis eingehen zu lassen?

Die Frage nach dem Warum verfolgte mich, lag in der Antwort darauf doch der Schlüssel zur Person des gesuchten Mörders. Warum sollte der Herzog sterben? Und warum ausgerechnet bis zum Vortag von St. Hyazinth? Noch immer grübelnd, streifte ich mein Wams über und schnürte es langsam zu, doch wollte mir keine plötzliche Erleuchtung kommen.

Schließlich folgte ich Stephen Hudelin und lief die Wendeltreppe hinunter, die zur Musikantengalerie über der großen Halle führte. Auf einem Treppenabsatz auf halbem Wege mußte ich mich flach gegen die Wand drücken, um drei Soldaten vorbeizulassen. Sie stiegen gemächlich treppauf und würdigten mich keines Blickes, obwohl sie doch merken mußten, daß ich ihretwegen Zeit versäumte. Hinter mir war eine Tür, die vom Treppenabsatz aus in eine kleine Kammer führte, doch erst als der vordere Soldat, ein riesiger, breitschultriger Bursche, an mir vorbeikam und ich gezwungen war, noch ein Stück zurückzuweichen, bemerkte ich, daß sie nur angelehnt war. Quietschend wich sie zurück, so daß ich ins Straucheln kam und mich am Riegel festhalten mußte, um mein Gleichgewicht zu halten. Der Soldat kicherte, und die anderen beiden grinsten, doch ich beachtete sie kaum. Viel mehr fesselte mich die plötzliche Stille, die durch das jähe Ende eines dringlichen, zischenden Flüsterns in der Kammer entstanden war – eines Flüsterns, das ich wahrgenommen haben muß, ohne es bewußt zu merken. Mit dem Quietschen der Tür war es abrupt verstummt und einer unheimlichen, atemlosen Stille gewichen. Dummerweise wartete ich, bis die Soldaten um die nächste Windung der Treppe verschwunden waren, ehe ich die Tür aufschob und in die Kammer trat.

Der Raum war leer. So klein er war, hatte er doch eine zweite Tür an der gegenüberliegenden Wand. Mit ein paar Schritten war ich dort und riß sie auf, doch es war niemand zu sehen. Eine weitere Treppe, nicht breiter als die Schultern eines schlanken Mannes und nicht einmal vom schwächsten Schimmer einer Fackel erleuchtet, führte ins Innere des Schlosses hinab. Mit den Händen über die rauhen Wände tastend, ließ ich mich vorsichtig ein paar Stufen nach unten, bis mir klar wurde, daß dies ein hoffnungsloses Unterfangen war. Wo auch immer die schmalen, rutschigen Stufen hinführen mochten, ich würde niemanden mehr finden. Die geheimnisvollen Flüsterer hatten sich gewiß längst unter all die Menschen gemischt, die Baynard's Castle zu jener Zeit wie einen geschäftigen Ameisenhaufen erscheinen ließen.

Also ging ich wieder zurück und schaute mich in der Kammer um. Doch außer einem einzelnen Stuhl war dort nichts zu sehen. Der Boden war nackt und staubig, ein deutliches

Zeichen dafür, daß die Kammer kaum in Benutzung war. Ich dachte an die quietschenden Türangeln und zermarterte mir das Gehirn auf der Suche nach einem Wort oder einem Satz, der in mein Bewußtsein eingedrungen sein könnte, doch vergebens. Alles, woran ich mich noch erinnern konnte, war ein dringliches Zischeln und die plötzliche Stille, die eintrat, als den Flüsterern plötzlich Entdeckung drohte.

Waren es zwei Männer gewesen? Eine Frau und ein Mann? Oder gar zwei Frauen? Nein, zwei Frauen waren es nicht, dachte ich mit einer Gewißheit, die ich nicht hätte erklären können. Natürlich hätte es auch ein völlig harmloses Treffen von zwei Mitgliedern beider herzoglichen Haushalte gewesen sein können. Doch warum waren sie dann so überstürzt geflohen? Ich seufzte. Der Lösung des Rätsels kein Stückchen näher gekommen und doch davon überzeugt, daß ich, wenn ich nur gleich in die Kammer eingedrungen wäre, etwas Wichtiges hätte entdecken können, stieg ich in die große Halle hinab, um meinen Pflichten als Kammerdiener beim Abendessen des Herzogs nachzugehen.

Während des Mahles war ich so geistesabwesend, daß ich meine Aufgaben nur äußerst mangelhaft versah und dadurch mehrmals den Zorn des obersten Kammerdieners auf mich zog. Zweimal bedachte mich Herzog Richard mit einem fragenden Blick und hob dabei leicht die dünnen schwarzen Augenbrauen, doch machte er keinerlei Bemerkung – selbst dann nicht, als ich ihm mit gebeugten Knien einen Teller mit Garnelen in Senfsauce darbot, sie jedoch so rasch wieder zurückzog, daß er keine Zeit hatte, sich davon zu nehmen. Erst als Humphrey Nanfan erschrocken nach Atem rang und Lady Katherine Plantagenet glucksend zu lachen begann, kam ich zur Besinnung. Vor Verlegenheit tief errötend, berichtigte ich meinen Fehler und zog mich dann in den hinteren Bereich des Podestes zurück, um die Ankunft des nächsten Ganges aus der Küche zu erwarten. Ich nahm mir vor, unbedingt mit Timothy Plummer zu reden. Nur er konnte den Herzog dazu ermahnen, mich ebenso streng zu behandeln wie alle übrigen Diener; ihr bereits knospendes Mißtrauen könnte sonst zu voller Gewißheit erblühen.

Trotz aller Vorsätze, mein Augenmerk allein auf die herzogliche Tafel zu richten, konnte ich nicht umhin, mir das Gehirn zu zermartern. Es mußte sich doch von der geflüsterten Unterhaltung ein Satz, eine Redewendung oder wenigstens ein einzelnes Wort in meinen Geist eingeprägt haben. Doch alles, woran ich mich noch erinnern konnte, war das Gefühl der Dringlichkeit, der Geheimnistuerei und der Verschwörung, und dieses Gefühl sagte mir, daß es sich um keinen gewöhnlichen Klatsch unter Freunden gehandelt hatte. Je länger ich darüber nachdachte, desto tiefer war ich davon überzeugt, daß ich die Entlarvung des Mörders nur um wenige Sekunden verpaßt hatte, und ich verfluchte meine eigene Zögerlichkeit.

Hinter der Wand, welche die Küche von der großen Halle trennte, erschien eine Reihe von Servierjungen. Als sie mit erhobenen Silbertabletts durch die Halle auf das Podest zuschritten und mir die köstlichen Düfte des nächsten Ganges in die Nase wehten, um meinen erst vor kurzem befriedigten Appetit erneut anzustacheln, merkte ich, daß Matthew Wardroper neben mir stand.

«Dort drüben», murmelte er, kaum die Lippen bewegend, «unter der Fackel links neben dem Torbogen, das ist Jocelin d'Hiver, von dem Master Plummer glaubt, er stehe im Dienst der Burgunder. Und der Knappe, der jetzt auf den Stuhl des Herzogs zugeht, ist Geoffrey Whitelock, der Spion des Königs.»

Matthew ging weiter, und ich hatte Gelegenheit, die beiden jungen Männer ganz in Ruhe zu betrachten. Jocelin d'Hiver war klein und dünn, hatte scharfe, vogelähnliche Gesichtszüge und glänzende schwarze Augen, die eifrig hin und her schossen, die alles sahen und denen nichts entging.

Geoffrey Whitelock dagegen war strahlend blond, groß, schlank und wohlgestaltet, hatte eine angenehme Ausstrahlung, gute Manieren und ebenmäßige, fast patrizische Gesichtszüge. Von allen Knappen, die an jenem Abend Dienst taten, schien er mit seinem Herrn am ungezwungensten zu verkehren, beugte den Kopf anmutig über die Lehne des Herzogthrons und neigte in Erwartung dessen, was Seine Gnaden ihm zu sagen hatte, das Ohr an seine Lippen.

Humphrey Nanfan versetzte mir einen Rippenstoß, als die Servierjungen auf das Podest stiegen und es an der Zeit war, dem Herzog und seinen Gästen von dem nächsten Gang anzubieten. Es war Hecht in Aspik mit einer Beilage aus Zwiebeln, Knoblauch und Borretsch, und ich konnte nicht umhin, mir vorzustellen, daß der durch dieses Gericht verursachte stinkende Atem in den kommenden nächtlichen Stunden so manches amouröse Abenteuer vereiteln könnte. Doch diesmal gelang es mir wenigstens, mit meinen Gedanken bei meiner Aufgabe zu bleiben, und ich erledigte sie zur allgemeinen Zufriedenheit.

Endlich war das Mahl vorüber, und ein Teil der Tische wurde weggeräumt, so daß der Herzog und seine Mutter die Unterhaltungen des Abends besser genießen konnten. Das heutige Programm war hausgemacht, die zum Haushalt gehörenden Musikanten spielten zum Tanz auf, und die Akrobatentruppe des Hofes sorgte dafür, daß die siebenjährige Lady Katherine sich vor Lachen krümmte, bis sie gegen ihren heftigen Widerstand von drei Kindermädchen ins Bett gebracht wurde. Berys Hogan war nicht darunter; sie blieb mit uns in der großen Halle.

Herzogin Cicely, die sich auch mit sechzig Jahren noch Reste jener Schönheit bewahrt hatte, die ihr in jungen Jahren den Spitznamen Rose von Raby eingebracht hatte, raunte ihrem Sohn etwas zu. Der Herzog nickte, küßte ihre Hand und ließ den Blick über die Reihen seiner Knappen schweifen. Endlich fand er das Gesicht, das er gesucht hatte.

«Ralph!» rief er. «Wir möchten, daß du für uns singst. Ihre Gnaden wünscht vor allem das Lied zu hören, das du neulich abends vorgetragen hast. Das Lied des französischen Trouvère. Hast du dein Instrument bei dir, oder mußt du es erst holen?»

«Ich habe es bei mir, Euer Gnaden.» Ralph Boyse winkte einem der Pagen, und der Junge trat vor und reichte Ralph Boyse etwas, das wie eine große Flöte aussah.

Mein Interesse schwand, denn wie ich bereits mehrfach sagte, besitze ich kein Ohr für Musik. Mich erinnert jeder Gesang an einen Kater, der seinem Feinsliebchen auf dem Dachfirst ein Ständchen bringt – ein großer Makel, ohne Zweifel, denn es heißt, Musik sei der Seele Nahrung, und wenn das wahr ist, hat meine Seele ein Leben lang nur Hunger gekannt. Aber es heißt auch, was man nie gekannt habe, könne einem nicht fehlen, und den Wahrheitsgehalt dieser Redensart kann ich jederzeit bezeugen. Ich lehnte mich mit dem Rücken an die Wand, schloß die Augen und kehrte in Gedanken noch einmal zu dem geflüsterten Gespräch in der Kammer neben der Treppe zurück.

Wie eine Blase, die an die Oberfläche eines Teiches drängt, stieg ein einzelnes Wort in mir auf und zerplatzte zwischen all meinen anderen wirren Gedanken. «Dämon.» Eine Weile lang lauschte ich dem Wort nach und ließ es auf mich wirken und war dennoch nicht davon überzeugt, daß es dieses Wort war, das ich gehört hatte. Wer würde schon heimlich über böse Geister tuscheln? Oder war es das Wort «Domäne» gewesen? Hatten die Flüsterer über das Eigentum von Grund und Boden gesprochen? Oder spielte mir mein Geist nur einen Streich und speiste mich mit falschen Auskünften ab, damit ich endlich Ruhe gab und nicht ständig weiterbohrte?

Mein Instinkt sagte mir, daß Ralph Boyse mit seinem Lied zum Ende kam, und ich machte mich bereit, in den allgemeinen Applaus einzustimmen. Selbst meine unempfänglichen Ohren sagten mir, daß er eine schöne, kräftige Stimme hatte und sein Instrument außergewöhnlich gut beherrschte. Er spielte einen letzten Triller und schloß dann mit klarer, voller Stimme.

«Das ist das Ende. Doch ganz gleich, was geredet wird, ich muß dich lieben.»

Es folgte ein Moment der andächtigen Stille, ehe der Herzog von Gloucester und seine Mutter zu klatschen begannen und kurz darauf im ganzen Saal donnernder Applaus einsetzte. Auch ich klatschte, war jedoch in Gedanken schon mit dem nächsten Rätsel beschäftigt. Wieso war mir der Schluß des Liedes so vertraut vorgekommen? Wo hatte ich diese Worte schon einmal gehört?

. . .

Zwölftes Kapitel

Natürlich! Lady Wardroper hatte die gleiche Melodie gesummt und die gleichen Worte gesungen, als ich drei Wochen zuvor bei ihr auf Chilworth Manor gewesen war. Es sei das Lied eines Trouvère, hatte sie mir erzählt, und heiße *C'est la fin*. War es Zufall, daß ich es an diesem Abend wieder gehört hatte? Vielleicht. Vielleicht aber auch nicht, doch selbst für diesen Fall gab es ganz bestimmt eine einleuchtende Erklärung. Vielleicht hatte Matthew Wardroper dem sangesfreudigen Ralph Boyse das Lied nach seiner Ankunft in London beigebracht. Oder Ralph hatte es von seiner französischen Mutter gelernt.

Die Abendunterhaltung neigte sich ihrem Ende zu. Der Herzog und seine Mutter besprachen, ob sie die Akrobaten zurückrufen oder die Musikanten bitten sollten, ein letztes Lied zu spielen und damit den Abend abzurunden. Schließlich entschieden sie sich für die Musik, und Herzog Richard, wie immer um das Wohl seiner Dienerschaft besorgt – eine Eigenschaft, die ihm bisher stets ihre unerschütterliche Treue gesichert hatte –, gemahnte daran, daß uns ein anstrengender Tag bevorstehe und eine gute Nachtruhe ratsam sei. Mit diesen Worten stand er auf, geleitete Herzogin Cicely aus der Halle und überließ uns den letzten abendlichen Pflichten und einer frühen Schlafenszeit.

Nachdem auch der Haushofmeister und die anderen höhergestellten Diener gegangen waren, stellte sich jedoch bald heraus, daß den jüngeren Mitgliedern des Haushalts noch die nötige Bettschwere fehlte. Und so wurde gelacht und erzählt, gesungen und gerauft, um nach dem harten Tagewerk noch ein wenig Zerstreuung zu finden. Humphrey Nanfan und einer der Knappen der Herzogin begannen mit einem Ringkampf, und rasch bildete sich ein Kreis von Zuschauern, die eifrig Wetten abschlossen. Ich hielt es für meine Pflicht, auf Humphrey zu wetten und ihn lautstark anzufeuern, während die beiden sich grunzend und keuchend auf den Binsen wälzten und versuchten, in dem spannenden Wettkampf Oberhand zu gewinnen.

«Mehr Muskeln als Verstand, die beiden», sagte eine Stimme neben mir. Ich wandte mich um und sah, daß Ralph Boyse neben mir stand. Plötzlich rollten die beiden Ringer auf uns zu. Ich wich rasch nach hinten aus, konnte aus dem Augenwinkel aber noch beobachten, wie sein Instrument, das er zur Sicherheit auf einen Stuhl gelegt hatte, zu Boden ging. «Ihr Tölpel!» rief er wütend. «Könnt ihr nicht aufpassen? Fast hättet ihr mein Bombard zerbrochen!»

Ein Bombard! Hatte Lady Wardroper nicht auch von einem solchen Instrument erzählt? Und zwar im gleichen Atemzug mit dem Lied, das Ralph Boyse gerade vorgetragen hatte? Ein weiterer Zufall? Was sonst! Und doch beschleicht mich bei Zufällen immer ein ungutes Gefühl, auch wenn es sie zugegebenermaßen recht häufig gibt.

Dennoch konnte ich nicht widerstehen, mich mit einer

Frage an Ralph Boyse zu wenden. «Ich gehe wohl nicht fehl in der Annahme, daß es sich bei Eurem herrlichen Instrument um ein bretonisches Bombard handelt? Es ist kleiner als unsere englischen Schalmeien.»

Er nickte, gab sich jedoch keine Mühe, mein Lächeln zu erwidern. «Für mich hat es einen sehr viel lieblicheren Klang», erwiderte er. Meine Frage schien bei ihm ein flüchtiges Interesse geweckt zu haben. «Kennt Ihr Euch aus mit dieser Art von Musik?»

«Nein, überhaupt nicht! Ich habe leider gar kein Ohr dafür. Trotzdem glaubte ich, das Instrument erkannt zu haben. Man hat mir in Verbindung mit dem Lied, das Ihr heute abend für uns gesungen habt, davon erzählt.»

Er zuckte mit den Schultern und sah mich an. Plötzlich verengten sich seine Augen zu schmalen Schlitzen. «Seid Ihr nicht der neue Kammerdiener? Der Hausierer, den der Herzog für frühere Dienste mit einer Stellung in seinem Haushalt belohnt hat?»

Ich verneigte mich leicht. «Ja, ich darf mich dieses Glückes rühmen. Doch wußte ich nicht, daß sich die Kunde davon schon so weit verbreitet hat.»

Ralph Boyse grinste nur, unterzog mich einer kurzen Musterung und wandte sich dann einem anderen Knappen zu. Der Ringkampf zwischen Humphrey und seinem Gegner war inzwischen zu Ende gegangen, ohne einen eindeutigen Sieger hervorgebracht zu haben. Es fanden sich noch einige weitere Paare zu ähnlichen Kraftproben zusammen, dann begann sich die Menge langsam aufzulösen. Angesichts der harten Arbeit, die am nächsten Tag auf sie zukommen sollte, suchten die meisten ihre Betten auf, andere beschlossen, an diesem lauen Sommerabend noch ein wenig spazierenzugehen. Ich war sehr müde, hatte aber das Gefühl, frische Luft könnte meinem von wirren Fragen und Rätseln geplagten Kopf etwas Klarheit bringen. Daher stieg ich, als ich die Treppe zum Schlafraum der Kammerdiener erklommen hatte, noch ein Stückchen weiter, bis ich an eine Tür in der Außenmauer kam, die zu einem schmalen Laufgang zwischen zwei Türmen führte.

Unter mir sah ich den Fluß, auf dem auch zu dieser späten Stunde noch rege Betriebsamkeit herrschte. Zahlreiche Schiffe glitten über das Wasser, dessen Oberfläche in den letzten Strahlen der untergehenden Sonne rosarot glitzerte. Eine lange Kette smaragdgrüner Hügel begrenzte den Horizont, durchzogen von tiefblauen Schatten. Ein paar Schönwetterwolken segelten über den Abendhimmel, ihre Unterbäuche schimmerten rötlich im schwindenden Licht. Ich lehnte mich gegen die kalte graue Mauer des Turmes, schloß die Augen und dachte voller Vorfreude an die vor mir liegende Nacht und den Frieden des Schlafes, den Gott uns am Ende jeden Abends schenkt, so daß wir den Proben und Kümmernissen des nächsten Tages mit neuem Mut entgegensehen können.

Ich war so müde, daß ich fast im Stehen einschlief. Als mein Kinn nach vorn auf meine Brust fiel, zuckte ich erschrocken zusammen. Ich zwang mich, den Platz an der Mauer zu verlassen und an die Brüstung zu treten, von wo aus ich in einen kleinen Innenhof schauen konnte. Dort war offenbar die Schloßbäckerei untergebracht, denn aus den Löchern im Dach drang dichter Rauch, und alle Fenster waren hell erleuchtet. Während die meisten anderen Schloßbewohner sich von den Mühen des Tages ausruhten, waren die Bäcker damit beschäftigt, das Brot für den nächsten Tag zuzubereiten, und heute nacht kamen noch die Kuchen, Pasteten und Näschereien für das Bankett am nächsten Abend hinzu.

Inzwischen war es fast dunkel, und der laue Sommertag ging unweigerlich seinem Ende entgegen. Plötzlich erregte eine Bewegung in einer Ecke des Hofes meine Aufmerksamkeit. Einige Augenblicke später sah ich Lionel Arrowsmith und Berys Hogan aus dem Schatten treten. Berys hatte einen

Arm um Lionels Körpermitte geschlungen, um ihn zu führen, achtete aber sorgsam darauf, seinen gebrochenen Arm nicht zu berühren, während er sich mit dem anderen Arm auf seine Krücke stützte. Jeder Schritt war beschwerlich, so daß sie nur sehr langsam vorankamen. Außerdem blieben sie immer wieder stehen, um sich zu küssen und, soweit dies bei Lionels Verletzungen möglich war, innig zu umarmen. Ich konnte nicht umhin, die unerschütterliche Entschlossenheit des Leibknappen zu bewundern, die ihn alle Widrigkeiten überwinden ließ, um sich heimlich mit Berys Hogan zu treffen.

Da ich befürchtete, sie könnten aufschauen und mich entdecken, zog ich mich ein wenig hinter die Brüstung zurück. Doch ich hätte mir in dieser Hinsicht keine Sorgen zu machen brauchen; die Liebenden waren viel zu sehr mit sich selbst beschäftigt, um sich darum zu kümmern, was um sie herum vor sich ging. Schließlich erreichten sie die Tür auf der anderen Seite des Innenhofes und nahmen liebevoll Abschied. Nach einem besonders langen Kuß schmiegte Berys, die beide Arme um Lionels Nacken geschlungen hatte, die Wange an seine, so daß sie über seine Schulter nach hinten schauen konnte. Plötzlich versteifte sie sich und warf erschrocken den Kopf zurück, als hätte sie jemanden im Schatten stehen sehen. Lionels erneute Liebkosungen abwehrend, öffnete sie die Tür, schob ihn hindurch und schloß sie fest hinter sich. Natürlich wollte ich wissen, was sie dort im Dunkeln gesehen hatte, doch ich wagte nicht, meine Deckung zu verlassen, um besser nach unten spähen zu können. Ich konnte nur hoffen, daß sich der geheimnisvolle Beobachter, wenn es ihn denn überhaupt gab, früher oder später zeigen würde.

Lange Zeit schien der Innenhof von jeder Menschenseele verlassen. Nur die Bäckergehilfen erschienen dann und wann an einem der Fenster, um sich abzukühlen und etwas frische Luft zu schnappen. Ich glaubte schon, Berys' Benehmen fehlgedeutet zu haben, und war drauf und dran, meinen Posten zu verlassen und in den Schlafraum zurückzukehren, als plötzlich ein Mann quer über den Innenhof schlich und ebenfalls durch die Tür in der Mauer verschwand.

Es fiel mir nicht schwer, den Mann zu erkennen. Es war Ralph Boyse.

Wie bereits vier Nächte zuvor im Saracen's Head, wälzte ich mich rastlos auf meinem Strohsack hin und her, während alles um mich herum schnarchte und keuchte.

Vergebens versuchte ich zu deuten, was ich von der Brüstung aus im Innenhof beobachtet hatte. Ralph mußte Zeuge des zärtlichen Stelldicheins zwischen seiner Verlobten und Lionel Arrowsmith gewesen sein, und doch hatte er sich nicht in eifersüchtigem Zorn verzehrt, war nicht Hals über Kopf hinter den beiden hergestürzt, sondern hatte sich damit begnügt, die beiden zu beobachten und im Schatten abzuwarten. Aber warum? War er zufällig auf die beiden gestoßen, oder hatte er geahnt, daß Berys ihn betrügen würde, und war ihr heimlich gefolgt? Und was tat Berys jetzt, wo sie wußte, daß ihr Verlobter sie beobachtet hatte? Ihn um Verzeihung bitten? Irgendeine Geschichte erfinden und ihm beteuern, der verletzte Lionel habe ihr bloß leid getan? (Kein Mann wäre töricht genug, eine so offenkundige Lüge zu glauben! Nein, nein! Sie würde sich etwas Besseres ausdenken. Meiner Erfahrung nach sind Frauen in dieser Hinsicht sehr viel einfallsreicher als Männer.) Aber vielleicht hatte Berys ihren Ralph gar nicht gesehen, sondern nur geahnt, daß sie und ihr Liebhaber beobachtet wurden. In dem Fall würde sie sich wahrscheinlich hoffnungsvoll einreden, das Ganze sei nur ein Gespinst ihrer Phantasie gewesen. Ralph jedenfalls empfand es offenbar als befriedigender, einen ausgefeilten Rachefeldzug auszuhecken, als der ersten Regung nachzugeben und sofort zu handeln. Ich nahm mir fest vor, Lionel zu warnen und ihn eindringlich zu bitten, sich in Zukunft mehr in acht zu nehmen. Vielleicht konnte ich auch Timothy davon überzeugen, seinem Freund, was dessen Liebschaft mit Berys Hogan betraf, etwas Vernunft einzubleuen. Der morgige Tag, überlegte ich, könnte sich als äußerst interessant erweisen. Wenn es mir bloß gelingen würde, vorher noch ein wenig Schlaf zu finden!

Entschlossen preßte ich die Augenlider aufeinander und nahm mir fest vor, endlich einzuschlafen – mit Erfolg, denn das nächste, was ich hörte, war die Stimme des obersten Kammerdieners, der laut gegen die Holztür schlug und rief: «Aufstehen, Männer! Es ist soweit! Die Sonne ist aufgegangen!» Er hatte recht. Durch die Ritzen in den Fensterläden drang bereits das erste Tageslicht.

Widerwillig rappelten wir uns auf, streckten die Arme, bis die Knochen knackten, und rieben uns den Schlaf aus den noch halb geschlossenen Augen. Es wurde kräftig geflucht, während wir im Halbdunkel nach unseren Stiefeln, Hemden und Livreen suchten und unsere Glieder hineinzwängten, die sich anfühlten, als wären sie aus Blei. Wie jeden Morgen gab es Streit darüber, wem welches Kleidungsstück gehörte, und so mancher schrie empört, ihm sei sein Eigentum gestohlen worden, doch am Ende klärte sich alles auf, und wir waren bereit, dem neuen Tag ins Auge zu sehen. Als wir dann vor den Abtritten des Schlosses Schlange standen und anschließend in einen der Innenhöfe hinunterstiegen, um unsere Köpfe unter die Wasserpumpen zu halten und uns, so gut es eben ging, die Bartstoppeln vom Kinn zu kratzen, erinnerte ich mich an einen Traum, der mich kurz vorm Wachwerden heimgesucht hatte und mir mit der Hartnäkkigkeit klebriger Spinnweben anzuhaften schien.

Im Traum hatte ich auf der Lichtung nördlich von Chilworth Manor gestanden und noch einmal die gleiche, alles durchdringende böse Vorahnung verspürt, als plötzlich Timothy Plummer zwischen den Bäumen auf mich zugekommen war.

«Heißt das Wort ‹Dämon› oder ‹Domäne›?» hatte er wütend gefragt. «Es ist für den Herzog äußerst wichtig, daß ich es rechtzeitig erfahre.»

«Keines von beiden», hatte ich zuversichtlich geantwortet. «Es heißt...» Doch an der Stelle war der Traum abrupt zu Ende gegangen.

Vergeblich zermarterte ich mir das Gehirn nach dem fehlenden Wort. Tief innerlich muß ich gewußt haben, was ich gehört hatte, doch hatte es sich mir im Schlaf ebenso entzogen, wie es mir jetzt auch im Wachsein entglitt, ganz gleich, wie sehr ich mich auch quälte, es mir ins Bewußtsein zu rufen.

Die große Halle von Baynard's Castle war durchflutet von Licht, jede Fackel und jede Stocklaterne brannte, und der große Kandelaber aus Zinn, der vom Balken in der Mitte hing, erstrahlte im Glanz zahlloser Kerzen aus duftendem Wachs. Im Laufe des langen Arbeitstages war der Steinplattenboden mehrmals gründlich geschrubbt und anschließend mit frischen Binsen und ganzen Körben voller frischer Blumen bestreut worden. In der Küche hatte es vom frühen Morgen an gesummt wie in einem Bienenstock kurz vorm Schwärmen, und der Duft festlicher Braten, die sich an riesigen Spießen drehten, hatte uns allen die Münder wäßrig gemacht. Aus dem gesamten Schloß waren Teppiche herbeigetragen worden, um die Wände zu schmücken, und ihre kräftigen Farben verliehen den sonst so kahlen Wänden eine seltene Wohnlichkeit. Die mit frischen Leinendecken geschmückten Tische ächzten unter dem Gewicht des wertvollen Gold- und Silbergeschirrs.

Der Herzog, in purpurrotem, goldgesäumtem Samt prunkvoll gekleidet, und seine nicht minder prächtige Mutter in einem Gewand aus schwarzem Seidendamast standen mit den ranghöchsten Mitgliedern ihrer jeweiligen Haushalte an der Treppe zum Innenhof, um ihre Gäste willkommen zu heißen und an den Haushofmeister weiterzureichen, der sie an ihre Plätze in der großen Halle führte. Gemeinsam mit Stephen Hudelin hatte ich hinter einem der mit den verschiedensten Weinen und kalten Beilagen überladenen Seitentischen Stellung bezogen. Von diesem Platz aus konnte ich die Gästeschar gut überblicken und insgeheim über das Gerangel lächeln, das nun bald um die vermeintlich besten Plätze entbrannte. Der Haushofmeister hatte so manchen Streit zu schlichten, denn alle anwesenden Männer waren darauf erpicht, ihre eigene Wichtigkeit herauszustreichen, und wurden dabei von ihren Frauen kräftig angespornt.

Die meisten der Frühankömmlinge waren für mich nichts weiter als namenlose Gesichter. Eine Gestalt mit auffallend dunkler Haut, gebogener Nase, glänzenden braunen Augen und lockigem schwarzem Bart machte mich jedoch so neugierig, daß ich Stephen Hudelin nach dem Namen des Mannes fragte. Auf diese Weise hörte ich zum ersten Mal von Eduard Brampton. Als Duarte Brandao geboren, war der portugiesische Jude nach England gekommen, um hier ein Vermögen zu machen. Er war zum Christentum übergetreten, hatte eine Weile im Haus der Konvertiten an der Strand residiert und zu Ehren des Königs, der bei seiner Taufe Pate gestanden hatte, den Taufnamen Eduard angenommen. Als ich ihn zum ersten Mal sah, hieß er noch schlicht Master Brampton. Erst viele Jahre danach sollte ihn Richard von Gloucester, inzwischen selbst König geworden, in den Ritterstand erheben. Auch wenn ich damals noch nichts davon ahnte, sollten sich unsere Wege später noch mehrfach kreuzen; durch unsere tiefe Hingabe an das Haus York und die unerschütterliche Liebe zu dem gleichen Mann waren wir eng miteinander verbunden.

Dieser Mann, in schimmerndes Gold und Purpurrot gekleidet, geleitete jetzt zum hellen Schall der Trompeten seine wichtigsten Gäste in den Saal. Herzogin Cicely trat als erste herein, neben ihr ihre Tochter Elizabeth und deren Ehemann, der mißmutige, grobschlächtige Herzog von Suffolk, erstaunlicherweise ein Urenkel des sanftmütigen und heiteren Dichters Geoffrey Chaucer. Als nächstes kamen die Woodvilles herein, angeführt von Anthony, dem ältesten der zwölf Geschwister der Königin. Man hatte mir Anthony Graf Rivers stets als sehr gebildeten Mann geschildert. Außerdem galt er als so tief religiös, daß man ihm nachsagte, er trüge stets ein Büßergewand unter den prächtigen Kleidern. Meine Beobachtungen bestätigten den Eindruck, daß er weder so habgierig noch so machthungrig war wie seine zahlreichen Geschwister. Ja, in seinen Gesichtszügen, vor allem aber in seinen Augen lag eine Güte, die man bei dem Rest der Familie vergeblich suchte. Seine ganze Haltung strahlte Milde und Demut aus, was mich vermuten ließ, daß er ohne Murren hinnehmen würde, was das Leben ihm bescherte, sei es nun gut oder schlecht. Nein, er entsprach nicht meinem Bild von einem Mann, der versuchte, sich in das Werk der launischen Maid namens Schicksal einzumischen oder sich gar selbst auf ihren Thron zu erheben. Vielleicht zog ich zu rasche Schlußfolgerungen, doch kann ich zu meiner Rechtfertigung anführen, daß nichts, was ich in späteren Jahren je über Anthony Woodville gehört oder erfahren habe, mein erstes Urteil in Zweifel zog. Und so gelangte ich schon nach wenigen Augenblicken zu der Überzeugung, daß dem Herzog aus dieser Richtung keine Gefahren drohten. Was Anthonys Brüder und Schwestern betraf, war ich mir allerdings nicht so sicher.

Anführer der prächtig gekleideten Gruppe, die jetzt unmittelbar vor König Eduard und seiner Gemahlin die Halle betrat, war zweifellos Georg von Clarence. Er war allein und hatte die kränkliche Herzogin Isabel zu Hause in Somerset zurückgelassen. Ich hatte den Herzog noch nie zuvor gesehen und betrachtete aufmerksam das große, markante Gesicht. Tiefe Furchen zeugten von Unmut und Unzufriedenheit, und die trotzig vorgeschobenen Lippen vermittelten ein Gefühl von Bitterkeit und Enttäuschung. Die einst jugendliche Glätte seiner Wangen war durch ein feines Netz roter Äderchen getrübt, und sein Lachen klang künstlich und übertrieben. Alles in allem wirkte er wie ein Mann, der das Gefühl hatte, vom Leben ungerecht behandelt worden zu sein. Seine Abneigung gegen die Woodvilles konnte er nur schwer verbergen, und je länger der Abend dauerte, desto unverhohlener trat sie zutage; offenkundig beruhte diese Abneigung auf Gegenseitigkeit.

Die Trompeten setzten zu einer besonders lauten und eindringlichen Fanfare an. König Eduard und Königin Elizabeth kamen herein und wurden mit feierlichem Pomp zu den von goldenen Baldachinen beschirmten Thronen in der Mitte des Podestes geführt. Die Ähnlichkeit des Königs mit seinem Bruder Georg war erstaunlich. Beide waren über einen Meter achtzig groß und von stattlicher Statur, beide besaßen die typischen rotgoldenen Haare und tiefblauen Augen der Plantagenets. Einmal als bestaussehender Mann Europas bekannt, hatte Eduard jedoch mittlerweile begonnen, ein wenig Fett anzusetzen. Als durch und durch genußsüchtiger Mensch hatte er sich seit Jahren keinen Luxus versagt und sich – ermutigt von seiner Frau und deren Verwandten – einen Hof geschaffen, der für seine Ausschweifungen berühmt war. Sein Bauch war fülliger, seine Gesichtszüge wirkten verschwommener und seine einst so ungestüme Manneskraft – Eduard war nie ein besonders treuer Ehemann gewesen – war träger geworden. Und doch war er noch immer ein Mann von ansprechendem Äußeren – eine Tatsache, die sich auch an den glänzenden Augen vieler anwesender Damen ablesen ließ.

Neben dem König nahm dessen von Gold und Edelsteinen nur so funkelnde Gemahlin Platz. Ihr berühmtes silbriges Haar war über der hohen weißen Stirn weit zurückrasiert und fast völlig von einer bestickten Haube bedeckt, über der ihr kunstvoll drapierter, zweispitziger Kopfschmuck aufragte. Der Mund mit der ausgeprägten Unterlippe war tiefrot geschminkt und die Haut mit einer feinen, mit Rosenwasser angerührten Paste weiß gebleicht. Ihr Kinn war so weich und rund wie das eines Kindes, doch die blauen Augen, die mit blindem Hochmut über die Menschen in der Halle hinwegsahen, sagten mir, daß es sich bei der Königin um eine stolze, unbarmherzige Frau handelte. Geschichten über ihre Habgier und ihre Rachlust gab es im Überfluß. Besonders häufig erzählte man sich in jener Zeit, welch grausame Vergeltung sie Thomas Fitzgerald, dem Grafen von Desmond und zeitweiligem Kommandeur von Irland, widerfahren ließ. Zehn Jahre zuvor, ungefähr zur Zeit der Krönung der Königin, hatte der Graf England besucht und war vom König gefragt worden, was er von seiner Brautwahl halte.

«Sire», soll Desmond erwidert haben, «Schönheit und Tugend der Dame sind allgemein bekannt und werden zu Recht überall gepriesen. Doch denke ich, Eure Hoheit hätte vielleicht besser daran getan, eine Prinzessin zu ehelichen, die Euch die Vorteile eines Bündnisses mit dem Ausland eingebracht hätte.»

Diese verheerende Offenheit gereichte dem Grafen beim König selbst nicht zum Nachteil. Im Gegenteil, Eduard schickte ihn mit Geschenken beladen nach Irland zurück. Doch als John Tiptoft, Graf von Worcester, mit Spitznamen «Schlächter von England» genannt, zwei Jahre später Kommandeur von Irland wurde, ließ er Desmond aufgrund irgendeines durchsichtigen Vorwands verhaften, verurteilen und köpfen, ehe seine englischen Freunde, darunter vor allem auch der Herzog von Gloucester, überhaupt Zeit hatten, sich für ihn zu verwenden. Das alles war schon schlimm genug, doch viel, viel schlimmer war der Mord an den beiden kleinen Kindern Desmonds – ein Verbrechen, mit dem ihn der Londoner Mob verhöhnte, als Tiptoft selbst an der Reihe war, das Schafott zu besteigen. Im Volk hielt sich das hartnäckige Gerücht, der König habe von Desmonds Tod und dem Mord an seinen Kindern erst erfahren, als es schon zu spät gewesen sei; die Königin habe das Siegel ihres Mannes gestohlen und die Todesurteile selbst unterschrieben.

Ob dieses Gerücht der Wahrheit entspricht, vermochte ich damals nicht zu sagen und weiß es bis heute nicht, doch wurde es zu der Zeit in allen Gasthöfen und Wirtshäusern unweigerlich aufgetischt, sobald der Name der Königin fiel. (Gleichzeitig hieß es, daß der Herzog von Gloucester vor Kummer außer sich gewesen sei und geschworen habe, eines Tages, und wäre dieser Tag auch noch so fern, den Tod seines Freundes und der Kinder zu rächen.) Wie dem auch sei, als ich Elizabeth Woodville an jenem Abend zum ersten Mal mit eigenen Augen erblickte, den verächtlich verzogenen, rotgeschminkten Mund betrachtete, ihre hochmütige Haltung gegenüber Dienern und Höflingen bemerkte und die Herablassung sah, mit der sie ihre Schwiegermutter behandelte, die ihr doch eigentlich in jeder Hinsicht weit überlegen war, hielt ich sie jeder Gemeinheit für fähig – ja, ich traute ihr sogar zu, die Ermordung ihres Schwagers zu planen, wenn dies den Interessen ihrer Familie in irgendeiner Weise förderlich gewesen wäre.

Während mir noch diese und ähnliche Gedanken durch den Kopf gingen, sah ich, wie sie sich halb umwandte und jemandem zuwinkte, der in der Nähe ihres Throns gewartet hatte. Erst jetzt bemerkte ich, daß Stephen Hudelin seinen Posten neben mir verlassen hatte. Er war es, der jetzt rasch nach vorne glitt und vor der Königin in die Knie ging, bereit, ihr jederzeit seine Dienste anzutragen. Was sie von ihm wollte, konnte ich mir nicht erklären, denn seine Hände waren leer. Ich trat ein paar Schritte vor, konnte im Dunst des Fackel- und Kerzenrauchs jedoch nur ausmachen, wie sie die Lippen bewegte. Die Unterhaltung war kurz und, soweit ich das sagen konnte, von allen anderen außer mir unbeobachtet geblieben, denn es dauerte nur wenige Augenblicke, bis Hudelin wieder aufgestanden war und sich in den Schatten zurückgezogen hatte. Doch die kurze Beobachtung reichte mir aus, um mich vollends davon zu überzeugen, daß Stephen Hudelin tatsächlich im Dienst der Familie Woodville stand und daß von ihm folglich auch jene Bedrohung ausgehen könnte, die Timothy Plummer von einem Mitglied der Bruderschaft zugetragen worden war.

Die Gesellschaft war noch dabei, sich zu sammeln. Während sie auf die feierliche Eröffnung des Banketts warteten, erhoben die Gäste ihre Kelche aus kostbarem venezianischem Glas und riefen sich wohlwollende, freundschaftliche Trinksprüche zu. Die Gedanken an den bevorstehenden Kampf in Frankreich sorgten für eine etwas ernstere Stimmung, als sie wohl sonst vorgeherrscht hätte, doch wirkten alle entschlossen, sich an diesem Abend zu vergnügen, und es gab laute Hurrarufe, als die Musikanten auf der Galerie das Lied von Agincourt anstimmten:

> «Our king went forth to Normandy,
> With grace and might of chivalry!»

«Bald werden wir zu ähnlichen Liedern Grund haben, werter Vetter!» rief ein junger Mann – der Herzog von Buckingham, wie ich später erfuhr –, während er mit dem besten Malvasierwein auf die Gesundheit des Königs anstieß.

Alle Männer im Saal standen auf und stimmten lautstark ein, so daß die Musik kaum noch zu hören war. Um König Eduards Mundwinkel spielte ein leichtes, rätselhaftes Lächeln. Er wartete, bis der Aufruhr sich gelegt hatte, ehe er seinerseits zum Weinkelch griff.

«Meine Lords, ich danke Euch», sagte er schlicht, machte jedoch keinerlei Anstalten, aufzustehen und eine Rede zu halten.

Seine augenscheinliche Teilnahmslosigkeit schien viele seiner treuen Untertanen sowohl zu verwirren als auch zu enttäuschen. Nach einer kurzen, verlegenen Stille sanken sie auf ihre Sitze zurück und sahen sich fragend an. Auch Herzog Richard bedachte seinen Bruder mit einem fragenden Blick, doch dieser war offenbar nicht gewillt, darauf einzugehen, und schaute rasch zur Seite.

«Laßt das Festmahl beginnen!» befahl er. Sofort erschollen, auf ein Zeichen von Herzogin Cicely, ein weiteres Mal die Trompeten, und der erste Gang wurde aufgetragen.

...

Dreizehntes Kapitel

Schließlich war das Bankett vorüber. Die verschiedensten Gerichte – Suppe, Aal und Langusten, Ente, Zicklein, Spanferkel, ein ganzer Keilerkopf, Hühnchen, Reiher, Reh mit Weizenbrei, Feldsalat und Dickmilch, Pfannkuchen und Plinsen, Nüsse und Käse, Datteln und Rosinen sowie ein prachtvoller Schwan, gerupft und gebraten, anschließend wieder mit seinem Gefieder und einem Halsband aus Diamanten geschmückt – waren nacheinander aufgetragen, verzehrt und mit einer Riesenmenge Wein hinuntergespült worden. (Nach der langen Zeit kann ich mich höchstens an ein Zehntel all dessen erinnern, was an diesem Abend aufgetischt wurde, doch eines weiß ich gewiß: Es hätte gereicht, um einhundert einfache Menschen wie mich mindestens ein Jahr lang satt zu machen.)

Mit roten, im Licht der Fackeln glänzenden Gesichtern lehnten sich die Gäste zufrieden auf ihren Stühlen zurück und falteten die Hände über den aufgeblähten Bäuchen. Gelegentlich erhob sich ein mit kostbaren Ringen geschmückter Finger, um einem der schwitzenden Servierjungen anzuzeigen, daß der Becher leer war und nachgefüllt werden sollte. Das anfangs so laute Stimmengewirr war jetzt gedämpft. Mit der Sättigung waren alle träge geworden. Hier und da übergab sich jemand auf die Binsen oder gar quer über den Tisch, doch schien dies niemanden zu stören. Die meisten waren ohnehin zu betrunken, um es noch wahrzunehmen.

Die einzigen nüchternen und noch im Vollbesitz ihrer geistigen Kräfte befindlichen Männer waren der König und der Herzog von Gloucester – ersterer, weil er, wie ich annahm, viel vertrug und große Mengen vertilgen konnte, ohne sich etwas anmerken zu lassen, und letzterer, weil er von Natur aus enthaltsam war und ohnehin nur wenig aß und trank. Trotz seiner Schwäche für Prunk und Prachtentfaltung hatte Herzog Richard einen asketischen Zug, der bei seinen trinkfesteren Zeitgenossen nicht gerade zu seiner Beliebtheit beitrug.

Plötzlich klopften sowohl der herzogliche Haushofmeister als auch der königliche Hofmarschall mit ihren Amtsstäben gebieterisch auf den Boden. König Eduard hatte sich erhoben, um zu der Gesellschaft zu sprechen. Als der Lärm bis auf einen gelegentlichen Hustenanfall oder Schluckauf schließlich verstummt war, breitete er in einer allumfassenden Geste die Arme aus.

«Meine Freunde! Meine treuen Freunde und Untertanen!» Jemand setzte zu einem fröhlichen Hurra an, wurde jedoch rasch zur Ruhe ermahnt. «In weniger als vier Tagen werden wir über den Kanal zu unserer Festung in Calais aufbrechen, von wo aus wir die größte Invasion Frankreichs beginnen werden, die Europa je gesehen hat!» Ein zweiter Hurraruf ertönte, diesmal ungehindert. Der König fuhr fort: «Wir haben mehr Soldaten, mehr Kanonen, mehr Belagerungsgerät und mehr Pferde, als je zuvor dem Befehl eines englischen Herrschers unterstanden haben.» Einige Gäste begannen, begeistert mit den Fäusten auf den Tisch zu schlagen. König Eduard lächelte nachsichtig, und seine tiefe, angenehme Stimme setzte zu einem Crescendo an. «Ich verspreche euch, wir werden so große Taten vollbringen, daß wir selbst Monmouth Harry und seine heldenhaften Truppen in den Schatten stellen werden!»

Die trunkene Trägheit war jetzt wie weggeblasen. Frauen und Männer standen auf, schrien und jubelten, tanzten und umarmten einander voller Stolz auf ihr Vaterland. Als der König wieder Platz genommen hatte, drängte sich der Herzog von Clarence an der Königin vorbei, so daß sie gegen die Polster ihres Throns gedrückt wurde, und griff nach der Hand seines älteren Bruders.

«Wir werden es ihnen zeigen!» rief er mit weinseliger Stimme. «Wir werden es den verdammten Franzosen zeigen, nicht wahr, Dickon? Wir drei! Ganz wie in den alten Zeiten!»

Von meinem Platz konnte ich deutlich König Eduards Gesicht erkennen, und obgleich er lächelte und nickte, hatte ich den Eindruck, daß sein Blick angespannt war und er die Umarmung seines Bruders eher halbherzig erwiderte. Außerdem wechselte er einen kurzen, kaum wahrnehmbaren Blick mit einem Mann, der an der Tafel unterhalb des Podestes saß: John Morton, König Eduards Oberarchivar, wie ich später erfuhr. Und nun bot auch Herzog Richard – mit einer Beherrschung, die letztlich viel klarer als Herzog Georgs wilde Begeisterung seine Bereitschaft zum Kampf unterstrich – seine herzlichen Glückwünsche dar.

«Wenn uns die größte Invasionstruppe zur Verfügung steht, die je in Europa zusammengestellt wurde, liegt dies einzig und allein in deinem unaufhörlichen Bemühen, sowohl die nötigen Männer als auch das nötige Geld zusammenzubringen.»

«Unsinn, Richard!» Während die Königin den Herzog von Clarence wegen seines ungehörigen Benehmens weiter mit wütenden Blicken durchbohrte, lehnte der König sich gelassen auf seinem Thron zurück. «Du hast ebenso hart dafür gearbeitet wie ich. Deine Männer aus Yorkshire bilden ja fast schon eine eigene Armee. Aber genug davon!» Er wandte sich freundlich lächelnd an Herzogin Cicely. «Werte Mutter! War nicht auch ein wenig Unterhaltung für uns vorgesehen?»

«Natürlich!» Und ihrem Zeremonienmeister rief die Herzogin zu: «Das Maskenspiel möge beginnen.»

Die Stimmung entspannte sich. Kammerdiener, Knappen, Servierjungen, Pagen und Mundschenke lehnten sich dankbar an die Wände, wischten sich den Schweiß von der Stirn und fächelten sich Luft zu, während sich die Mitte der Halle mit einer bunten, umeinander wirbelnden Menge maskierter Spielleute füllte. Ich war zu müde, um der Geschichte zu folgen, die sie zur Darbietung brachten, bemerkte aber immerhin noch, daß sie im Tierreich spielte, denn die Spieler trugen Tierköpfe auf ihren Schultern – Fuchs, Schaf, Ziege, Hahn und so weiter. Ein Stück über einen Bauernhof, dachte ich schläfrig und schloß die Augen, in dem Reineke Fuchs den anderen Tieren die üblichen Streiche spielte. Vielleicht führte die Truppe zu Ehren des griesgrämigen Urenkels eine Geschichte von Geoffrey Chaucer auf.

Meine Augenlider wurden immer schwerer, und es bedurfte einer enormen Willensanstrengung, sie weiter offenzuhalten. Die Hitze im Saal, die kurze Nachtruhe und der Mangel an Frischluft forderten ihren Tribut. Zweimal stieß mich Stephen Hudelin, der seinen Platz neben mir wieder eingenommen hatte, mahnend in die Rippen, doch beide Male nickte ich wieder ein, bis mich plötzlich lautes Gelächter erschrocken zusammenfahren ließ. Verdutzt sah ich mich um und war mir einen Moment lang nicht ganz sicher, wo ich war und was um mich herum vor sich ging. Stephen Hudelin war verschwunden, und als ich mich in dem rötlichen Dunst der rauchenden Fackeln und Kerzen umschaute, konnte ich auf den ersten Blick niemanden aus Herzog Richards Haushalt entdecken.

Wo war Stephen? Wo war Humphrey Nanfan? Jocelin

d'Hiver? Ralph Boyse? Geoffrey Whitelock? Ich verspürte den alles beherrschenden Drang, sie unbedingt ausfindig machen zu müssen. Dann sah ich Geoffrey groß, blond und blauäugig unmittelbar hinter dem König stehen, fast an seinen Stuhl gelehnt. Er warf den Kopf zurück und lachte lauthals über die Späße der Mimen. Der König rief ihm etwas zu und lachte ebenfalls, und in dem Moment war die Ähnlichkeit zwischen den beiden so verblüffend, daß es mir wie Schuppen von den Augen fiel: Geoffrey Whitelock war der Sohn des Königs, war eines seiner vielen unehelichen Kinder, über die er nicht nur in ihrer Kindheit, sondern auch später seine schützenden Hände hielt. Ohne Zweifel hatte Lady Whitelock, die Frau eines Edelmannes aus Kent, wie so viele ihresgleichen dem König – sehr wahrscheinlich mit dem Segen ihres Ehemannes – ihre Gunst gewährt, und Geoffrey war das Ergebnis dieser Liaison gewesen. Der Junge schien die Wahrheit über seine Herkunft zu kennen, denn sonst hätte er es sicher nicht gewagt, vertraulich eine Hand auf die Schulter des Königs zu legen. Die auffällige Körpergröße und die hübschen, hellen Gesichtszüge waren unter den zahlreichen Gefolgsleuten des Königs vermutlich häufiger zu finden.

Für Geoffrey hatte der König einen Platz im Haushalt des Herzogs von Gloucester gefunden, und ich ging davon aus, daß Timothy Plummer mit seiner Vermutung richtig lag. Geoffrey war ein Spion seines königlichen Vaters, der Herzog Richard zwar vertraute, aber dennoch gern von allem Kenntnis hatte, was im Haushalt seines Bruders vor sich ging. Daß der König Geoffrey zum Mord an seinem eigenen Onkel anstiften würde, hielt ich dagegen für äußerst unwahrscheinlich. Ich hatte von Anfang an daran gezweifelt, daß König Eduard hinter den Mordplänen steckte; jetzt, wo ich seine wahre Beziehung zu Geoffrey Whitelock erkannt hatte, war ich mir völlig sicher, daß Timothy den jungen Mann von seiner Liste mordverdächtiger Männer im Haushalt des Herzogs streichen konnte.

Und diese Schlußfolgerung sollte schon kurze Zeit später auf höchst dramatische Weise bestätigt werden.

Einer der vielen Kavaliere, die sich im Laufe des Abends den Weg zum Thron der Königin gebahnt hatten, um ihr den Hof zu machen, erhob sich von den Knien, um inbrünstig die Lippen auf den weißen, ihm in anmutiger Haltung entgegengestreckten Handrücken zu drücken. Die Gespräche der Königin, die ich hatte mithören können, während ich in ihrer Nähe meine Pflichten versah, waren mit französischen Worten und Redewendungen gespickt – eine Angewohnheit, mit der sie, wie mir Timothy später erklärte, die Verbindung ihrer Familie zum Königshaus von Luxemburg unterstreichen wollte. Ihrem scheidenden Verehrer ein kokettes Lächeln schenkend, murmelte sie: *«À demain! À demain!»*

Demain! Die Erkenntnis schlug bei mir ein wie ein Blitz. Nicht «Dämon», nicht «Domäne», sondern *«demain»* war das Wort, das mir von dem Geflüster in der leeren Kammer am vorigen Nachmittag ins Bewußtsein gedrungen war und an das ich mich vergeblich zu erinnern versucht hatte. Die beiden hatten französisch miteinander gesprochen, deshalb hatte ihr Gespräch in meinen Ohren auch so wenig Sinn gemacht. Nur diese beiden Silben, eindringlich mehrmals wiederholt, hatten sich mir eingeprägt. *Demain!* Morgen...

Aber morgen war inzwischen heute! Was auch immer das Thema des geflüsterten Gesprächs gewesen war, es hatte sich auf etwas bezogen, das heute stattfinden sollte. Vielleicht war es bereits geschehen – irgendein unschuldiger Vorgang, der ohne großes Aufhebens eingetreten und inzwischen längst Vergangenheit war. Aber irgendwie wollte ich das nicht glauben. Im Innersten meines Wesens spürte ich, daß die beiden Flüsterer einen bösen Plan ausgeheckt hatten und Gefahr im Verzug war. Diesem Gefühl lag keine Logik zugrunde, und Gott weiß, daß ich mit meinen Instinkten nicht immer richtig liege, aber mit Seiner Führung gelingt es mir in den meisten Fällen, trotz meiner eigenen Dummheit doch noch zur Wahrheit vorzudringen.

Meine Blicke wurden magisch von den Mimen angezogen, die unter ihren schweren Masken schwitzten, während die Komödie ihrem Höhepunkt entgegenging. Die Schalmeien der Musikanten auf der Galerie schraubten sich zu immer höheren und eindringlicheren Tönen empor, die übrigen Tiere scharten sich in immer engeren Kreisen um den Fuchs und schwangen das Seil, mit dem sie ihn hängen wollten. Aller Augen waren auf den in die Enge getriebenen Reineke gerichtet. Manche Zuschauer riefen ihrem Liebling zu, er möge schnellstens fliehen, andere stießen ein blutrünstiges Jagdgeheul aus, als wären sie wirklich Zeugen der Verfolgung eines Übeltäters, anstatt nur einem Maskenspiel zuzuschauen. Der König und die Königin waren ebenso aufgeregt wie alle anderen; der König befahl Reineke, sich davonzumachen, die Königin schlug mit der flachen Hand auf den Tisch und verlangte sein Blut. Hinter ihnen klatschte Geoffrey Whitelock vergnügt in die Hände, und selbst Herzog Richards dunkle Augen glühten vor Spannung.

Plötzlich sah ich, wie der Spieler in der Maske des Hahns sich aus dem Gedränge um den Fuchs löste und sich ganz allmählich auf das Podest zubewegte, auf dem der König mit seinen beiden Brüdern saß. Falls auch andere Zuschauer ihn bemerkten, hielten sie dies zweifellos für einen Teil der Geschichte, und einen Moment lang saß ich dem gleichen Irrtum auf. Doch etwas an der Art, wie der Hahn nach dem Dolch an seinem Gürtel tastete, erregte mein Mißtrauen, und als er ihn schließlich zu ziehen begann, blitzten im Kerzenlicht am Griff des Dolches Edelsteine auf...

Das war keine Spielwaffe aus bemaltem Holz! Das war ein echter Dolch, der Dolch eines Gentleman! Die Klinge blitzte unheimlich, während sie langsam aus ihrer Scheide glitt. *Demain!* Morgen war heute! Nun hatte ich keinen Zweifel mehr: Ich hatte mitgehört, wie der Mörder die Anweisung bekommen hatte, heute abend während der Maskerade zuzuschlagen!

Doch es gab keine Zeit mehr, Fragen zu stellen oder über Antworten nachzusinnen. Dem Herzog einen lauten Warnschrei zurufend, sprang ich auf den Tisch und trat dabei auf Teller und umstürzende Kelche aus feinstem venezianischem Glas, ohne mich im geringsten um den entstehenden Schaden zu scheren. Nur vage nahm ich den empörten Aufschrei wahr, mit dem das Publikum meinen Auftritt quittierte, als ich auf der anderen Seite des Tisches wieder auf den Boden sprang. Und doch war ich nicht schnell genug. Ehe ich ihn erreichen konnte, hatte der Hahn begriffen, daß seine Absicht entdeckt worden war. Er steckte den Dolch in die Scheide zurück, drehte sich um und floh, die allgemeine Verwirrung nutzend, durch die Tür in der Wand, welche die Halle vom Küchenbereich trennte.

Ich wollte ihm nachsetzen, wurde jedoch von der Menschenmenge aufgehalten, die vorwärtsdrängte, um herauszufinden, was geschehen war.

«Laßt mich durch!» schrie ich. «Laßt mich durch!»

Plötzlich war Timothy Plummer an meiner Seite und erteilte mit aller Macht, die ihm zu Gebote stand, Befehle. «Tretet zurück! Macht Platz! Im Namen des Herzogs, macht Platz!»

Er folgte mir in den Anrichteraum, wo der Fluchtweg des Attentäters anhand der umgestürzten Tische und zerbrochenen Fleischplatten leicht zu verfolgen war. Suppen- und Saucenreste sickerten in die auf den Boden gestreuten Binsen. Mehrere Servierjungen waren zu Boden gestoßen worden und rieben benommen ihre schmerzenden Glieder.

«Wo ist er hin?» rief ich, erkannte aber gleich darauf selbst, daß es nur einen möglichen Fluchtweg gab: durch den Torbogen in der südlichen Wand.

Timothy Plummer war offenbar vor mir zu diesem Schluß gelangt und hatte bereits die ersten Stufen der dahinterliegenden Wendeltreppe erklommen. Als ich den Fuß der Treppe erreichte, hörte ich ihn stolpern und wortreich fluchen.

«Was ist?» wollte ich wissen und sprang die Stufen hinauf, doch anstatt zu antworten, hielt er mir einen unförmigen Gegenstand entgegen, in dem ich die Maske des Hahns erkannte.

Ich klemmte sie unter den Arm, half Timothy auf und lief weiter treppauf. Doch wir hatten wertvolle Zeit verloren, und als wir die Treppe erklommen hatten und in einem sich in beide Richtungen erstreckenden Korridor standen, war nirgends mehr ein Zeichen von dem flüchtigen Attentäter zu sehen. Hinter uns kamen Dutzende von Menschen die Treppe herauf, drängelten und schubsten und überhäuften uns mit Fragen.

«Du gehst nach rechts, ich gehe nach links», zischte mir Timothy ins Ohr und fügte, indem er einige der wichtigsten und mächtigsten Leute im Lande verächtlich abtat, hinzu: «Kümmere dich nicht um diesen Pöbel!»

Ich mußte unwillkürlich grinsen, doch dann wandte ich mich rasch nach rechts und überließ es Timothy, die linke Seite des Flurs zu erforschen. Daß wir uns aufteilten, verblüffte unsere Verfolger, und bis ihre Anführer entschieden hatten, wem sie folgen sollten, hatte ich mich in den ersten zwei Zimmern auf meiner Seite bereits umgeschaut. In beiden gab es jedoch weder Möbel noch Vorhänge, und sie boten kein Versteck.

Am Ende des Korridors führte eine kleine Treppe zu einem Absatz mit einem geschlossenen Vorhang, hinter dem offenbar eine Nische lag. Ich riß den Vorhang so grob zurück, daß die Metallringe über die Holzstange klapperten. Auf dem Boden und auf der Fensterlaibung waren Kleider verstreut. Der Sommerabend war noch so hell, daß ich das Hahnenkostüm erkennen konnte. Und dann sah ich die Leiche eines jungen Mannes, der nur noch seine Unterkleider trug. Er lag mit dem Gesicht nach unten, und aus seinem Rücken ragte der schwarze Griff eines Küchenmessers. Die Klinge hatte sein Herz durchbohrt.

«Um Gottes willen!» keuchte eine entsetzte Stimme hinter mir. Ein Dutzend Hälse reckten sich, um über meine Schultern zu spähen. Dann flüsterte jemand: «Wer ist denn das?»

Ich antwortete nicht, denn ich konnte es noch nicht mit Gewißheit sagen. Aber ich hatte eine starke Vermutung. Ich nahm an, es war die Leiche des Schauspielers, der die Rolle des Hahns hätte spielen sollen. Der Attentäter hatte sein Kostüm gebraucht und ihn deshalb töten müssen. Er konnte nicht riskieren, daß nach vollbrachter Tat jemand den Verdacht auf ihn lenkte. Der Anschlag auf das Leben des Herzogs war ihm mißlungen. Und doch hatte er es geschafft, dachte ich verbittert, das Geheimnis seiner Person durch das Opfer eines unschuldigen Menschenlebens zu wahren.

Der Herzog von Gloucester empfing uns mit der Gereiztheit eines Mannes, der weiß, daß sein Zorn nicht gerechtfertigt ist.

Die Gäste und die Vertreter des Gesetzes waren längst gegangen, und die Schauspieltruppe hatte die Leiche ihres Freundes mitgenommen, um ihn zu betrauern und zu begraben. Sein Mörder war nirgends gefunden worden, obwohl die Männer des Sheriffs unzählige Gefolgsleute des Herzogs und der Herzogin vernommen hatten. Doch am Ende, als der Mond schon fast verblaßt war und die Nacht sich ihrem Ende entgegenneigte, hatten sie die Aufgabe für unlösbar erklärt und sich geschlagen gegeben. Es waren am fraglichen Abend im Schloß zu viele Menschen hin und her gelaufen, um zu verläßlichen Erkenntnissen zu kommen.

Abgesehen von den Gästen konnten einige Personen aus dem Kreis der Verdächtigen ausgeschlossen werden. Ich selbst konnte beschwören, daß Geoffrey Whitelock die ganze

Zeit über hinter König Eduards Stuhl gestanden hatte und sich daher nicht als Hahn hatte verkleiden können. Andere waren ebenfalls gesehen worden, doch der Aufenthaltsort der großen Mehrheit ließ sich nur durch ihre eigene Aussage bezeugen. Außerdem hatten die Männer des Sheriffs das Gefühl, der Tod eines fahrenden Mimen dürfe eine so große Staatsangelegenheit wie die bevorstehende Invasion Frankreichs keinesfalls aufhalten, so daß eine langandauernde Untersuchung nicht zu rechtfertigen sei.

Noch ehe die Männer im Schloß angekommen waren, hatte John Kendall, der Sekretär des Herzogs, uns heimlich die strikte Anweisung übermittelt, nichts von einer möglichen Verschwörung gegen den Herzog verlauten zu lassen. Meine Handlungsweise solle ich allein damit erklären, daß ich einen Mann sah, der seinen Dolch aus der Scheide zog, und da so viele hohe und mächtige Leute unter einem Dach versammelt gewesen seien, hätte ich um ihre Sicherheit gebangt und versucht, den Mann zu überwältigen.

Wir hatten beide strikt darauf geachtet, diese Befehle zu befolgen, doch das hatte den Herzog nicht daran gehindert, seinen Zorn über unseren Häuptern auszuschütten. Ich hatte ihn bis dahin noch nie wütend gesehen, und sein Groll schüchterte mich zunächst ein. Doch nach einer Weile erhob sich mein eigener Zorn gegen die Unmäßigkeit seiner Rügen.

«Euer Gnaden», sagte ich, als er endlich innehielt, um Luft zu schöpfen, «Eure Vorwürfe sind ungerecht!» Ich hörte, wie Timothy erschrocken nach Luft schnappte, scherte mich aber nicht darum. Ich hob den Kopf und sah dem Herzog fest in die Augen. «Ihr werft mir vor, wie ein wildgewordener Stier vorgeprescht zu sein und die Aufmerksamkeit aller Gäste auf mich gezogen zu haben. Was hätte ich denn nach Meinung Euer Gnaden statt dessen tun sollen? Hätte ich auch nur eine Sekunde gezögert, wärt Ihr tot gewesen, ehe ich Euch erreicht hätte.»

«Und der Mörder wäre gefangen gewesen! Unter den Umständen hätte er niemals auf eine Flucht hoffen können.»

Ich stieß einen verzweifelten Seufzer aus, der Timothy wieder erschrocken zusammenfahren ließ, aber auch diesmal beachtete ich ihn nicht. «Das können wir nur vermuten, Euer Gnaden. Er ist das Wagnis eingegangen, also hat er aller Wahrscheinlichkeit nach darauf gehofft, in der allgemeinen Verwirrung entkommen zu können. Doch entkommen oder nicht – in jedem Fall hätte er sein Ziel erreicht, und seine Auftraggeber, wer auch immer sie sein mögen, ebenfalls.» Ich war bereits so kühn gewesen, daß ich das Gefühl hatte, nichts mehr verlieren zu können, daher fügte ich hinzu: «Seid Ihr Eures Lebens so überdrüssig, Euer Gnaden, daß Ihr es opfern wollt, um einen Mörder zu fangen? Ich hoffe es nicht!»

Daraufhin trat Schweigen ein. Timothy und ich waren heimlich in das Gemach des Herzogs gerufen worden, und draußen vor dem schmalen Fenster vergoldete bereits der erste Hauch eines weiteren sonnigen Julitages die schwindende Dunkelheit. War ich zu weit gegangen? Würde er befehlen, mich auspeitschen zu lassen? Mich aus dem Schloß zu jagen? Mit Erstaunen stellte ich fest, daß ich nicht mehr den Wunsch hatte, so rasch wie möglich von meiner Aufgabe befreit zu werden. Ich wollte das Rätsel lösen und die Schuldigen überführen. Zwei Menschen waren bisher gestorben, beide von einem Messer durchbohrt, und einer von ihnen war an allem völlig unschuldig und unbeteiligt gewesen.

Ein trauriges, liebenswürdiges Lächeln stahl sich auf das Gesicht des Herzogs, und er ließ sich auf die Polster seines Stuhles fallen. «Danke, Chapman. Du tust recht daran, mir ins Gewissen zu reden. Ich bin im Unrecht und gebe es offen zu. Ohne dein schnelles Handeln wäre ich jetzt tot.» Er machte eine entschuldigende Handbewegung, und das Kerzenlicht spiegelte sich in den vielen Ringen an seinen Fingern. «Ich bin müde und verzagt, wie jeder Mann, der es mit dem Unbekannten aufnehmen muß. Ein Krieg hat immer etwas Unbekanntes. Und er bringt es mit sich, daß ein Mann seine Frau, seine Kinder und alles, was ihm auf der Welt am liebsten ist, verlassen muß.» Er rang um Selbstbeherrschung und straffte seine Schultern. «Aber das Volk hat Vertrauen in uns gesetzt. Es hat sich von mehr Gold und mehr jungen Männern getrennt als je zuvor. Jetzt liegt es an uns, den Prinzen dieses Reiches, sie nicht im Stich zu lassen und ihnen die glänzenden Siege zu schenken, nach denen sie verlangen, ganz gleich, was es uns selbst auch kosten mag.» Er seufzte, dann fuhr er fort: «Timothy, laß es mich sofort wissen, wenn deine Erkundigungen irgendwelche Früchte tragen. Aber denkt daran: Gegenüber den Männern des Sheriffs, die hier zweifellos herumschnüffeln werden, bis wir am Dienstag in See stechen, wird striktes Stillschweigen bewahrt.» Zum Zeichen, daß wir damit entlassen waren, nickte er uns zu.

Ich blieb unschlüssig stehen. «Euer Gnaden, seid Ihr Euch absolut sicher, daß Euch kein Grund bekannt ist, weshalb Euch einer Eurer Feinde nach dem Leben trachten könnte?»

Der Herzog zuckte mit den Schultern. Die Haut unter seinen Augen war durch Sorge und Schlafmangel dunkel und schwer. «Jeder Mann von Rang hat zwangsläufig Feinde», antwortete er ruhig und fügte spöttisch hinzu: «Deshalb setzen wir ja auch unsere Spione aufeinander an. Jeder von uns muß wissen, was der andere tut oder denkt. Ich könnte ein Dutzend Personen aufzählen, die nicht gut auf mich zu sprechen sind. Dennoch muß ich deine Frage verneinen. Ich kann mir nicht vorstellen, warum es gerade jetzt jemand so eifrig darauf anlegen sollte, meinen Tod herbeizuführen. Und nun ...» Er stand mühsam auf, und die Erschöpfung ließ ihn blaß und angespannt aussehen, «... sollten wir dringend dafür sorgen, daß wir noch ein paar Stunden Schlaf bekommen, ehe ein neuer Tag mit seinen vielfältigen Pflichten beginnt.»

...

Vierzehntes Kapitel

Nach den dramatischen Ereignissen des Vorabends lag äußerlich Ruhe über Baynard's Castle. Die Mitglieder beider herzoglicher Haushalte waren ohne Ausnahme angewiesen worden, am Morgen die Messe zu besuchen, um für die Seele des jungen Mimen zu beten. Doch unter der Oberfläche waren alle mit fieberhaften Spekulationen beschäftigt, und das Gerücht von einem Mordkomplott gegen Herzog Richard verbreitete sich wie ein Lauffeuer durchs Schloß. An jeder Ecke standen tuschelnde Grüppchen, die auseinanderstoben, sobald sich ihnen ein Aufseher näherte, und rasch wieder zusammenfanden, sobald er gegangen war.

Es hatte mich nicht überrascht, zu einem Treffen mit Timothy Plummer und Lionel Arrowsmith in das Turmzimmer gerufen zu werden, in dem wir bereits am Dienstagabend unsere erste Unterredung geführt hatten. Lionel, noch immer mit Schlinge und Krücke geschlagen, war vor Erschöpfung aschfahl. Timothy dagegen wirkte fast beschwingt; er sagte, er sei erleichtert, daß die Sache nun endlich ans Tageslicht gekommen sei.

«Ich habe es immer für besser befunden, offen über die Verschwörung zu reden», erklärte er. «Zumindest wird es jetzt außer uns noch andere geben, die ständig ein Auge auf den Herzog halten.»

«Falls er das zuläßt», grunzte Lionel. «Er läßt schon jetzt überall verbreiten, der Mann mit dem Dolch sei nur ein Verrückter gewesen, der irgendwie an den Schloßwachen vorbeigekommen sei. Er will, daß das Gerede von einem Mordkomplott im Keim erstickt wird. Ich habe entsprechende Befehle, und ihr ebenso. Er baut darauf, daß unsere Abreise nach Dover morgen bei Tagesanbruch die Leute auf andere Gedanken bringen wird.»

«Morgen bei Tagesanbruch?» wiederholte ich mit tonloser Stimme.

Timothy nickte. «Aber das haben wir dir doch schon gesagt! Der König und seine Brüder stechen bei der ersten günstigen Flut in See, um in Calais zu den restlichen Truppen zu stoßen.»

«Ja, natürlich. Wahrscheinlich wollte ich bloß nicht wahrhaben, daß es so bald geschieht. Und es ist absolut sicher, daß wir den Herzog begleiten?»

«Du und ich werde ganz bestimmt dabei sein, Roger. Lionel wird hierbleiben, bis seine Knochen geheilt sind. Im Augenblick wäre er sowieso niemandem nütze. So!» Timothys Ton wurde forscher. «Und nun laßt uns darüber reden, welche Schlußfolgerungen wir aus den gestrigen Ereignissen ziehen können.»

Mit einiger Mühe zwang ich mich, die Gedanken an unsere bevorstehende Abreise nach Frankreich beiseite zu schieben, und versuchte statt dessen, Timothys Frage zu beantworten. «Auf jeden Fall heißt der Attentäter nicht Geoffrey Whitelock. Ich habe ihn während der gesamten Darbietung hinter dem König stehen sehen, aber für die anderen vier kann ich mich nicht verbürgen. Hat einer von euch sie während der Maskerade gesehen?»

Timothy schüttelte den Kopf. «Nein. Das Gedränge in der Halle war zu groß, und zu der Zeit hatte der Rauch der Fakkeln schon alles so vernebelt, daß ich ohnehin nicht viel erkennen konnte. Und was ist mit dir, Lionel?»

«Kann sein, daß ich Humphrey Nanfan mit jemandem reden sah, aber ich bin mir nicht sicher.» Lionel zuckte mit den Schultern. «Aber zumindest wissen wir jetzt, daß Geoffrey unschuldig ist. Allerdings kommen noch immer vier andere in Betracht, die anstelle des rechtmäßigen Besitzers in die Maske des Hahns geschlüpft sein können. Der Attentäter muß die Halle vor dem Auftritt der Mimen verlassen und einem von ihnen in der Nische aufgelauert haben. Hat denn keiner von der Schauspieltruppe gesehen, wie sich ihr Freund abgesondert hat?»

«Offenbar nicht.» Timothy stand auf und begann, rastlos im Zimmer auf und ab zu gehen. «Man hatte ihnen oben auf dem Korridor eines der leeren Zimmer zum Umziehen zugewiesen, und als man sie zum Auftritt rief, waren sie schon maskiert. Einer von ihnen erinnerte sich, daß der Bursche, der den Hahn spielte, sich etwas verspätet hatte und zurückgeblieben war. Und offenbar hatte er sich auch erst kurz vor ihrem Einzug in die große Halle zu ihnen gesellt. Als sie ihn fragten, wo er gewesen sei, habe er behauptet, sich im Labyrinth der vielen Gänge im Schloß verirrt zu haben. Und da sie durch die Maske ohnehin gedämpft war, hat niemand bemerkt, daß seine Stimme anders klang.»

«Der Attentäter hat den Mimen also hinter dem Vorhang der Nische aufgelauert», sagte ich. «Er hat sich den Spätankömmling geschnappt, als er gerade seinen Freunden nacheilen wollte, hat ihn kaltblütig mit einem Messerstich ins Herz ermordet und ihm sein Kostüm ausgezogen. Dann ist er dem Rest der Truppe nach unten gefolgt.»

Timothy grunzte zustimmend und fuhr sich mit der Hand durchs schüttere Haar, ehe er sich wieder auf seinem Platz in der Fensterlaibung niederließ. «Wer auch immer er sein mag, dieser Mann ist gnadenlos. In dem Versuch, seinen Auftrag zu Ende zu bringen, hat er bereits zwei Menschen umgebracht. Der Mime, der sein Leben lassen mußte, war klein und schlank, aber mit der Maske und dem Kostüm hätte sich leicht auch eine Person mit ganz anderer Statur verkleiden können. Alles in allem haben wir also nur äußerst wenig Anhaltspunkte.» Er seufzte. «Wenigstens wissen wir, daß Geoffrey Whitelock unschuldig ist, aber das ist auch schon alles.»

«Nicht ganz», warf ich ein, und die beiden sahen mich erwartungsvoll an. «Es gibt keinen Grund zu allzu großen Hoffnungen», warnte ich sie. «Was ich euch zu berichten habe, hat möglicherweise keinen Bestand. Hört zu und bildet euch eure eigene Meinung.»

Ich erzählte ihnen von den flüsternden Gestalten in der leeren Kammer, von meinen Anstrengungen, mich an irgendeinen Gesprächsfetzen zu erinnern, und von meiner plötzlichen Erkenntnis, daß eines der Worte, die sie geflüstert hatten, «*demain*» gelautet hatte.

«Ich schließe daraus, daß die Verschwörer französisch gesprochen haben und mir deshalb das meiste unverständlich war.»

Doch weder Timothy noch Lionel teilten meine Vermutung, daß das belauschte Gespräch mit dem Mordversuch zusammenhing.

«Mir scheint, Ihr meßt dem Ganzen zuviel Bedeutung bei, Chapman», sagte Lionel, und Timothy nickte zustimmend.

«Immerhin», beharrte ich, «kam es tatsächlich am nächsten Tag zu einem Anschlag auf das Leben Seiner Gnaden.» Ich dachte einen Moment lang nach, dann fragte ich: «Wo war eigentlich Ralph Boyse an dem Abend, als Thaddeus Morgan ermordet wurde?»

Lionel errötete. «Er war bei Berys.»

Ich erinnerte mich an den Wortwechsel, den er und Matthew Wardroper bei unserer letzten Unterredung in diesem Raum geführt hatten, und fragte: «Seid Ihr Euch da ganz sicher?»

Lionel zuckte mit den Schultern. «Berys hat es mir auf den Kopf zugesagt, als ich sie danach befragte. Und warum», fügte er bitter hinzu, «hätte sie das auch nicht tun sollen? Sie hat schließlich nichts Unrechtes getan. Sie ist mit Ralph verlobt.»

«Aber könnt Ihr Euch auf ihr Wort verlassen?» fragte ich. «Würde sie zur Not auch lügen, um ihn zu entlasten?»

«Vielleicht. Aber in diesem Fall war das nicht notwendig. In der Zeit, als wir alle im Three Tuns waren, haben mehrere Leute Berys und Ralph zusammen gesehen.»

Timothy lehnte sich vor, stützte die Ellenbogen auf die

Knie und rieb sich mit einer Hand nachdenklich am Kinn. «Diesen Umstand hätten wir vorher bedenken müssen. Es bedeutet, daß Ralph nicht Thaddeus Morgans Mörder sein kann. Deshalb kommt er auch nicht als Attentäter von gestern in Frage. Und wenn ich es mir recht überlege, kann Ralph auch nichts von Thaddeus' Besuch in Northampton mitbekommen haben. Der Herzog hatte ihn gerade einen Tag zuvor beurlaubt, damit er einen kranken Onkel in Devon besuchen kann. Er hat sich uns erst einen Monat später wieder angeschlossen und wartete hier in London auf uns, als wir aus Canterbury kamen.» Timothy trommelte mit den Fingern gegen seine Wange und schwieg einen Augenblick, ehe er sich wieder aufrecht setzte. «Ich glaube, wir können nicht umhin, Ralph Boyse ebenso wie Geoffrey Whitelock von dem Vorwurf freizusprechen, irgendwie in diese teuflische Verschwörung verwickelt zu sein.»

«Da hast du recht!» pflichtete Lionel ihm mit einer Begeisterung bei, die darauf hinzudeuten schien, daß ihn Timothys Schlußfolgerung erleichterte. Ich betrachtete ihn aufmerksam und erinnerte mich an andere undurchsichtige Gesichtsausdrücke, die ich bei ihm beobachtet hatte, wenn Ralphs Name fiel.

«Ich habe ohnehin nie geglaubt, daß die Franzosen sich den Tod von Herzog Richard wünschen, und es bei der Familie des Königs erst recht für unwahrscheinlich gehalten», griff Timothy zufrieden seinen Faden wieder auf. «Wir können unsere Liste der Verdächtigen also auf drei Männer zusammenstreichen: Humphrey Nanfan, Stephen Hudelin und Jocelin d'Hiver. Und von diesen dreien spricht nur Jocelin Französisch.»

«Aber das macht keinen Sinn», warf Lionel ein. «Die Burgunder sind unsere Verbündeten. Warum sollten sie Seine Gnaden ermorden wollen? Es ist viel wahrscheinlicher, daß sein Bruder Clarence oder die Woodvilles dahinterstecken.»

«Oder keiner von ihnen», warf ich mit ruhiger Stimme ein. «Wir dürfen nicht vergessen, daß möglicherweise keiner unserer fünf Verdächtigen der Attentäter ist.»

Timothy schüttelte den Kopf. «Roger, auch wir sind nur Menschen und können uns nur an das Nächstliegende halten. Unseren Kräften sind natürlich Grenzen gesetzt. Wir müssen uns darauf beschränken, die Schuld oder Unschuld der Männer nachzuweisen, von denen wir wissen, daß sie Spione sind. Wir waren uns ja bereits einig, daß zwei der fünf unschuldig sind. Laßt uns nun die anderen drei aufs Korn nehmen und sehen, was wir über sie herausfinden können.»

«Und wenn sich herausstellt, daß keiner von ihnen als Attentäter in Frage kommt?»

Timothy verzog das Gesicht. «Dann müssen wir von vorn beginnen. Aber bis dahin ist der Festtag von St. Hyazinth vielleicht schon längst verstrichen. Und ich bin sehr viel zuversichtlicher als vorher, daß es uns gelingen wird, Seine Gnaden bis dahin vor Schaden zu bewahren. Alle Mitglieder des Haushalts sind jetzt doppelt wachsam, auch wenn er noch so sehr versuchen mag, ihnen Sand in die Augen zu streuen.»

Lionel und ich stimmten ihm zu, und wir wollten unsere Versammlung gerade auflösen, als die Tür aufging und Matthew Wardroper atemlos und empört auf der Schwelle stand.

«Hatte ich mir doch gedacht, daß ich euch hier finden würde», sagte er vorwurfsvoll, «als mir Mistress Hogan sagte, Lionel sei zu einem Treffen mit Roger Chapman und Timothy Plummer gegangen.» Er wandte sich an seinen Verwandten. «Ich finde, ihr hättet mich ebenfalls rufen müssen, denn es ist genausogut mein Abenteuer wie eures. Es sieht ganz so aus, als würdet ihr mir nicht vertrauen.» Das junge Gesicht rötete sich vor Zorn.

Ungeduldig alle hilfreich ausgestreckten Hände abwehrend, stand Lionel mühsam auf und klopfte Matthew mit der freien Hand auf die Schulter. «Sachte, Junge, sachte! Ich habe dir schon gesagt, du bist viel zu jung, um dich Hals über Kopf in unnötige Gefahren zu stürzen. Was sollte ich meiner Tante und meinem Onkel sagen, wenn du irgendeinen Schaden nimmst?»

Matthew zog einen Schmollmund und schlug gekränkt die dunklen, von langen Wimpern gesäumten Augen nieder. «Ich bin kein Kind mehr», wandte er mißmutig ein, obgleich sein Betragen in mancher Hinsicht genau das Gegenteil bewies. Dann fügte er trotzig hinzu: «Als ihr mich brauchtet, wart ihr nur allzu bereit, mich in alles einzuweihen.»

«Das stimmt.» Lionel wandte sich an Timothy. «Es wäre nur gerecht, dem Jungen zu erzählen, zu welchen Schlußfolgerungen wir gekommen sind.»

«Also gut», erwiderte Timothy seufzend. «Aber beeil dich. Es wird allmählich Zeit, daß wir zu unseren Pflichten zurückkehren und Augen und Ohren offenhalten.»

Matthew hörte aufmerksam zu, während sein Verwandter ihn mit unseren Überlegungen bekannt machte, und bot sich eilfertig an, seinen Mitknappen Jocelin d'Hiver zu beobachten.

Nach kurzem Nachdenken gab Timothy auch hierzu seine Zustimmung. «Auf diese Weise hat Roger mehr Zeit, sich um Stephen Hudelin und Humphrey Nanfan zu kümmern. – Lionel, falls wir uns vor der Abreise morgen nicht mehr sehen, werde möglichst bald gesund, damit du uns nach Frankreich folgen kannst. In der Zwischenzeit werden Roger und ich ein Auge auf deinen jungen Verwandten halten. – Master Wardroper, in Eurem Umgang mit Jocelin d'Hiver solltet Ihr sehr vorsichtig sein. Bis das Gegenteil bewiesen ist, solltet Ihr davon ausgehen, daß er überaus gefährlich ist.»

Ich bezweifle, daß Timothy Plummer meine erste Handlung nach Verlassen des Turmzimmers gebilligt hätte: Ich ging in den Nähsaal, um Amice Gentle aufzusuchen.

Sie und ihre Gefährtinnen waren an diesem Tag nicht mit Nadel und Faden beschäftigt, sondern hatten die Anweisung bekommen, ihre Arbeiten sorgsam zusammenzupacken, um sich für die Abreise nach Berkhamsted zu rüsten. Das erzählte mir Amice im ersten Ansturm der Wiedersehensfreude, der sie um so freier Ausdruck gab, als Mistress Vernon, die Aufseherin, nicht im Nähsaal war.

«Ich bin gekommen, um Euch Lebewohl zu sagen», sagte ich und hielt ihre zierliche Hand. «Morgen in aller Frühe werden wir aufbrechen.»

«Ich weiß.» Sie nickte ernst und zog mich neben sich auf eine Bank, während ihre Gefährtinnen kicherten und tuschelten. «Gebt gut auf Euch acht», fügte sie hinzu und drückte scheu meine Hand. «Ich ... das heißt, wir ... waren alle sehr stolz auf Euch, weil Ihr dem Herzog gestern abend das Leben gerettet habt.» Während ich verlegene Ausflüchte murmelte, schlug sie fragend die großen haselnußbraunen Augen auf. «Gibt es wirklich eine Verschwörung gegen Seine Gnaden, wie manche Leute sagen, oder war es nur ein Verrückter, der sich irgendwie ins Schloß geschlichen hat?»

«Ich weiß es nicht», log ich und bat dafür in einem kurzen Stoßgebet den Himmel um Verzeihung. «Doch sind wir alle aufgerufen, in der nächsten Zeit ganz besonders gut auf Herzog Richard zu achten.» Ich atmete tief durch. «Wenn ich aus Frankreich zurückkehre... Dürfte ich Euch dann einmal in Berkhamsted besuchen?»

Der Glanz in ihren Augen erlosch, und wieder spürte ich jene Zurückweisung, die mich schon vor zwei Tagen so tief getroffen hatte. Nach einer Weile sagte sie in bedauerndem Tonfall: «Nein. Es hätte keinen Zweck. Ich bin verlobt.»

Mir schnürte sich der Magen zu, und einen Augenblick lang hatte ich das Gefühl, ich könnte gar nicht mehr sprechen. Schließlich stammelte ich: «Verstehe... Es... Es tut mir leid. Ich... Ich wußte es nicht. Eure Mutter hat mir, als ich in Southampton mit ihr sprach, nichts davon gesagt.»

«Sie weiß auch noch nichts davon. Mit Zustimmung Ihrer Gnaden wurde alles an dem Tag geregelt, ehe wir nach London kamen. Ich hatte seitdem noch keine Gelegenheit, meinen Eltern eine Nachricht zu schicken.»

«Und Ihr... liebt ihn, diesen Mann, dem Ihr versprochen seid?»

«Ich mag ihn», erwiderte sie ruhig. «Robert ist ein guter Mann. Ein Stallbursche von Herzogin Cicely. Er wird gut zu mir sein, und Ihre Gnaden wird mir eine größere Mitgift geben, als mein Vater sie sich je leisten könnte.» Amice zog ihre Hand zurück, lächelte zaghaft und hob das Kinn. «Ich werde zufrieden sein, und mehr können die meisten von uns wohl kaum erwarten.»

«Vielleicht... Dann ist dies also tatsächlich ein Lebewohl.» Ich beugte mich vor und küßte sanft ihre Lippen.

Tränen stiegen in die haselnußbraunen Augen und liefen ungehindert über ihr Gesicht.

«Ja.» Mit kühlen Fingern streichelte sie meine Wange. «Wir kennen uns kaum. Warum kommt es mir dann so vor, als müßte ich von einem alten Freund Abschied nehmen?»

Ich antwortete nicht, sondern küßte ihre Hand und spürte, wie sich die eisigen kleinen Finger an mich klammerten. Am Ende mußte ich mich mit Gewalt fortreißen. Als ich wieder draußen vor dem Nähsaal stand, lehnte ich mich mit dem Rücken an die Mauer und atmete schwer, bis ich meine Gefühle wieder unter Kontrolle hatte. Amice hatte recht: Wir kannten uns kaum. Es war töricht, sich so elend zu fühlen. Und doch mußte ich mir eingestehen, daß ich in den letzten Tagen immer wieder an sie gedacht und ihr Gesicht mir ständig vor Augen gestanden hatte. Genug! Es sollte nicht sein. Ich würde sie bald vergessen, redete ich mir ein. Schließlich gab es noch andere hübsche Mädchen auf der Welt, und ich hatte mich in der Vergangenheit schon häufiger liebeskrank gefühlt und doch immer rasch wieder erholt. Warum sollte es diesmal anders sein?

Ich straffte die Schultern und lief hinunter in den geschäftigen Innenhof. Es warteten zu viele andere Dinge auf mich, als daß ich meine Gedanken auf Amice Gentle hätte verschwenden können.

Am nächsten Morgen in aller Frühe brachen wir auf. Über der Stadt lag dichter Nebel, Vorbote eines heißen Sommertags. Während die schier endlose Prozession über die London Bridge und durch die immer weiter wachsende Vorstadt Southwark hinaus auf die Straße nach Dover zog, kitzelte der feuchte, durchdringende Geruch der noch taunassen Erde unsere Nasen. Die vom Getrappel der vielen Pferde noch früher als sonst geweckten Vögel begannen mit ihrem Gezwitscher, und allmählich tauchten aus dem sich langsam auflösenden, milchigen Dunst die ersten Bäume auf. Tautropfen glitzerten an ihren Blättern wie große Diamanten.

In jedem Dörfchen und jedem Weiler, den wir passierten, ließen die Leute ihre Arbeit liegen und kamen herbeigelaufen, um die prächtige Kavalkade zu sehen und den drei königlichen Brüdern zuzujubeln, die in vollem kriegerischem Prunk, mit schallenden Trompetenklängen und flatternden Wimpeln an der Spitze des Zuges ritten. Hinter den Prinzen kamen die ranghöchsten Gefolgsleute, während weiter hinten ganze Horden von einfachen Dienern und zahllose holpernde Gepäckwagen folgten.

Da ich nie Soldat gewesen war und auch nicht viel über das Kriegshandwerk wußte, war ich erstaunt, wie viele Bedienstete nötig waren, um in Kriegszeiten für die Bequemlichkeit eines hohen Lords zu sorgen.

«Die werden nicht für den Kampf gebraucht», erklärte mir Humphrey Nanfan voller Stolz auf sein überlegenes Wissen. «Der König und seine Brüder müssen den Herzog und die Herzogin von Burgund in Calais standesgemäß bewirten, daher wird es bestimmt jede Menge Festgelage und Turniere geben.»

«Eine merkwürdige Art, Krieg zu führen», murmelte ich.

Wir saßen auf der Ladeklappe eines Pferdekarrens, der bis obenhin mit feinem Tischleinen beladen war, genossen den warmen Sonnenschein und ruhten unsere müden Beine aus. Die Spitze des Zuges war uns inzwischen meilenweit voraus und würde rechtzeitig zur Nachtruhe Rochester erreichen, während wir gewöhnlichen Sterblichen noch über die offene Landstraße holperten und uns für die Nacht ein geschütztes Plätzchen im Freien suchen mußten. Ich konnte nur darauf vertrauen, daß Timothy Plummer alle Vorkehrungen getroffen hatte, um für die Sicherheit Seiner Gnaden zu sorgen. Jetzt, wo Lionel Arrowsmith in Baynard's Castle zurückgeblieben und ich damit beschäftigt war, Humphrey Nanfan und Stephen Hudelin zu überwachen, ruhte eine noch größere Verantwortung auf seinen Schultern. Zumindest würde Matthew Wardroper ein Auge auf Jocelin d'Hiver halten.

Müßig auf dem Karren zurückgelehnt, sah ich einem Mann zu, der beim Heumachen innehielt, um seine Sense zu schärfen und einen Schluck aus seiner Lederflasche zu nehmen. Hinter ihm gingen Frauen in gebeugter Haltung über die große Wiese und breiteten die abgemähten Grashalme zum Trocknen aus. Andere sorgten mit Rechen dafür, daß auch kein Hälmchen verloren ging. Es war ein friedliches, einträchtiges Bild, wie man es um diese Zeit Jahr für Jahr in ganz England sehen kann, und ich stellte mir vor, was diese Männer und Frauen wohl denken würden, wenn plötzlich eine fremde Armee in ihre Welt eindränge und ihre gesamte Erde zertrampelte. Und nicht zum ersten Mal fragte ich mich, was König Eduard eigentlich dazu bewogen hatte, ausgerechnet in dieser Zeit gegen Frankreich in den Krieg zu ziehen.

Die praktisch Denkenden unter seinen Ratgebern hatten ihn sicherlich aus dem gleichen Grund dazu ermutigt, der auch schon frühere englische Könige geleitet hatte: Glorreiche Siege im Ausland nahmen inneren Zwistigkeiten den

Wind aus den Segeln, und das konnte sich für einen Herrscher nur zum Vorteil auswirken. Die eher schwärmerisch Veranlagten hatten dagegen wohl eher Englands zweihundert Jahre alten Anspruch auf den französischen Thron durch Isabella Capet, Gemahlin König Eduards II., geltend gemacht. Nach dem kurzen Eindruck, den ich von König Eduard IV. gewonnen hatte, vermutete ich jedoch, daß keiner dieser Gründe für ihn große Bedeutung hatte. In dem noch immer hübschen Gesicht kam immer wieder etwas Schamlos-Spöttisches zum Vorschein, das seine scheinbar grundlose Entscheidung auf mich um so rätselhafter wirken ließ.

Ich machte eine entsprechende Andeutung gegenüber Humphrey Nanfan, der mir bereitwillig seinen Standpunkt erläuterte. «Der Krieg ist doch nur dazu da, Bruder Georg davon abzuhalten, dem König noch mehr Schwierigkeiten zu bereiten. Zwischen ihm und der Familie der Königin hat es in den letzten Jahren eine Menge Ärger gegeben. Angefangen hat das schon damals bei der Hochzeit.» Humphrey senkte die Stimme und rückte auf der Ladeklappe ein Stück näher an mich heran. «Vor Jahren, als Jacques von Luxemburg, der Onkel der Königin, zur Krönung nach England kam, war es Herzog Georg gewesen, der ihm den Spitznamen ‹Billiger Jakob› gab. Immer wenn er durch die Straßen von London ritt, lief ihm die Menge nach und rief: ‹Da kommt der Abtrittverwalter!› und zeigte in Richtung der öffentlichen Latrinen in der Paternoster Row. Das arme Schwein verstand kein Wort, lächelte und nickte und dankte der Menge, und die ganze Zeit über hielt sich mein Herr den Bauch vor Lachen. Aber die Woodvilles fanden es gar nicht lustig, zumal sich Herzog Georg von Anfang an gegen die Verbindung mit der Familie Woodville gewandt hatte, die er für eine Mesalliance seines Bruders hielt.»

«Du hast den Herzog von Clarence gerade als deinen Herrn bezeichnet», hielt ich ihm vor.

Einen kurzen Augenblick sah Humphrey betreten drein,

dann zog er eine lächelnde Unschuldsmiene. «Mein *früherer* Herr, hätte ich wohl sagen sollen, denn damals war ich Page im Haushalt von Herzog Georg. Ich habe dir ja schon gesagt», rechtfertigte er sich, «daß ich mich dort mit einem anderen Diener überworfen habe und auf der Suche nach einer neuen Stellung war. Seine Gnaden hat daraufhin seinen Bruder von meiner Nützlichkeit überzeugen und ihn überreden können, mich bei sich aufzunehmen.»

«Ja, daran erinnere ich mich. Trotzdem hast du eben von Herzog Georg so gesprochen, als würdest du immer noch in seinen Diensten stehen.»

«Unsinn!» versetzte Humphrey und versuchte, das Thema zu wechseln. «Allmächtiger Gott, ist das heute heiß! Ich könnte jetzt einen Becher Ale vertragen.»

«Wo warst du eigentlich vorgestern abend während des Maskenspiels», fragte ich, «als es zum Anschlag auf Herzog Richards Leben kam?»

Er warf den Kopf herum und musterte mich mit ungewohnter Neugier. Ich sah, wie sein Mißtrauen sich vertiefte, während es hinter seiner Stirn fieberhaft arbeitete und er bestimmte Ereignisse der letzten sechs Tage, seitdem ich in den Dienst von Herzog Richard getreten war, in einem neuen Licht betrachtete.

«Wieso willst du das wissen?» fragte er brüsk. «Du wirst doch wohl nicht einen seiner eigenen Leute verdächtigen? Euer Gnaden hat selbst erklärt, was geschehen ist: Ein Verrückter ist von außen in das Schloß eingedrungen.»

Ich zuckte mit den Schultern und versuchte, möglichst unbekümmert zu erscheinen. «Ich frage ohne besonderen Grund. Es interessiert mich einfach, das ist alles.» Ich zwang mich zu einem Lächeln. «Du nimmst meine Frage viel zu ernst, Humphrey.»

Einen Moment lang sah er mich noch eindringlich an, dann lächelte auch er, offenbar von der Unschuld meiner Absicht überzeugt. «Warum sollte ich es dir nicht erzählen?

Schließlich ist es kein Geheimnis. Ich habe mich mit Stephen Hudelin unterhalten. Du kannst ihn fragen, wenn du willst. Da drüben ist er, neben dem Karren mit dem Tafelsilber Seiner Gnaden. – Stephen!» rief er laut. «Komm her! Du wirst gebraucht.» Und als Stephen zu uns herübergelaufen kam, fuhr Humphrey, ohne mit den Augen zu zwinkern, mit dem Kopf zu nicken oder sich durch irgendein anderes sichtbares Zeichen mit dem anderen zu verständigen, fort: «Als der Verrückte auf Herzog Richard losgehen wollte, wo war ich da? Unser Freund Roger Chapman will das gerne wissen.»

Stephen sah mich so verdrießlich an wie immer. «Er hat sich mit mir unterhalten», grummelte er. «Aber was geht dich das an?»

...

Fünfzehntes Kapitel

Wir hatten wieder festen Boden unter den Füßen und waren in Calais.

Die großen Festungen von Guisnes und Hammes blickten bei unserer Landung düster auf uns herunter, doch die Stadt selbst war festlich geschmückt, um König Eduard und seine Brüder willkommen zu heißen. Die Sommersonne hatte während unserer Überquerung des Ärmelkanals auf uns heruntergelacht und ließ nun auch die prächtigen Häuser der Wollkaufleute zu beiden Seiten der Straße funkeln und strahlen, während die gesamte königliche Prozession zu der St. Nikolaus geweihten Kirche zog, um für die sichere Ankunft zu danken.

Ein Teil der vielen tausend Soldaten, die schon vorher nach Calais übergesetzt waren und das Hafenbecken gesäumt hatten, um ihren obersten Kriegsherrn gebührend zu empfangen, kampierte bereits auf dem marschigen Gelände jenseits der Stadtbefestigungen, und ich rechnete fest damit, gemeinsam mit Stephen Hudelin und Humphrey Nanfan ebenfalls dort untergebracht zu werden. Ein Meer aus Zelten und Gepäckwagen erstreckte sich, so weit das Auge blicken konnte, von den Doppelmauern der Stadt Calais in Richtung der Ländereien des uns freundlich gesonnenen Herzogs von Burgund. Doch kaum hatte sich mein Magen nach den schaukelnden Bewegungen des Schiffes wieder beruhigt, wurde ich auch schon in ein Haus direkt am Marktplatz gerufen. Ein zuvorkommender Kaufmann, den die Aussicht auf zukünftige Patronage die vorübergehenden Unannehmlichkeiten gern auf sich nehmen ließ, hatte es Herzog Richard zur Verfügung gestellt. Dort traf ich auf Timothy Plummer, der wie ein eingesperrtes Tier im besten Zimmer des Hauses hin und her lief.

«War es klug, so offen nach mir zu schicken?» fragte ich und schloß auf seinen Wink hin sorgfältig die Tür hinter mir.

Es war ein freundliches Zimmer mit einem feinen Eichentisch in der Mitte, einem großen, mit Schnitzereien geschmückten Lehnsessel und mehreren Stühlen. Das Familiengeschirr, eine eindrucksvolle Sammlung von Silber- und Zinngefäßen, war in einem Eckschrank ausgestellt, farbenfrohe Behänge schmückten die Wände, und eine reichverzierte Treppe führte ins obere Stockwerk hinauf. Unser abwesender Gastgeber war ganz offenkundig ein reicher Mann, aber das war auch nicht weiter erstaunlich. Da sie einen großen Teil des Wollhandels zwischen England und allen anderen europäischen Ländern kontrollierten, waren die Einwohner von Calais im allgemeinen ausgesprochen wohlhabend.

Timothy wirbelte zu mir herum und versetzte bissig: «Ich habe genug davon, immer nur vorsichtig zu sein. Bis St. Hyazinth sind es jetzt nur noch sechs Wochen, und die Zeit drängt. Ich kann nicht überall gleichzeitig sein, und da Lionel nicht mitkommen konnte, seid du und der junge Matthew Wardroper jetzt die einzigen beiden Menschen, denen ich wirklich vertrauen kann. Hast du mir irgend etwas zu berichten?»

Ich ließ mich breitbeinig auf einem der Stühle nieder und verschränkte die Arme vor der Brust. «Nur daß Stephen Hudelin und Humphrey Nanfan behaupten, am Samstagabend zur Zeit des Anschlags miteinander ins Gespräch vertieft gewesen zu sein. Die beiden haben es unabhängig voneinander bestätigt, und ich glaube nicht, daß sie sich vorher abgesprochen hatten. Und es gibt auch keinen vernünftigen Grund, warum einer von ihnen die Geschichte des anderen decken sollte, falls sie nicht der Wahrheit entspricht.»

Timothy schwieg und starrte grimmig vor sich hin. Als er endlich wieder das Wort ergriff, hakte er mit einer Hand an den Fingern der anderen eine Liste von Namen ab. «Du hast Geoffrey Whitelock an dem Abend ständig im Blickfeld gehabt, und da wir sicher wissen, daß Ralph Boyse zur Zeit des Mordes an Thaddeus Morgan bei Berys Hogan war, wissen wir, daß er nicht der Täter sein kann. Jetzt scheinen auch Stephen Hudelin und Humphrey Nanfan unschuldig zu sein, es sei denn, sie hätten sich miteinander verschworen. Bliebe also nur noch Jocelin d'Hiver oder ...»

Er hielt inne, und ich führte den Satz für ihn zu Ende. «Oder ein anderer außer den fünf Verdächtigen, wie ich es immer befürchtet habe.» Timothy nickte und verfiel wieder in Schweigen.

«Also, was tun wir?» fragte ich schließlich.

Er sah mich nachdenklich an. «Von nun an müssen wir all unsere Anstrengungen darauf richten, das Leben Seiner Gnaden zu schützen. Ich werde deshalb heute abend noch mit dem Herzog sprechen und ihn bitten, dich und den jungen Matthew Wardroper von allen anderen Pflichten im Haushalt zu entbinden. Ich werde ihm erklären, daß ich auf eure Dienste nicht verzichten kann.»

Ich verzog das Gesicht. «Meinst du, Seine Gnaden wird deiner Bitte folgen?»

Timothy nickte traurig. «Er muß mich anhören. Schließlich ist es nur zu seinem Besten, wenn alles getan wird und nichts unversucht bleibt.»

Grinsend erhob ich mich von meinem Stuhl. «Ich bin froh, daß *du* es ihm beibringen mußt, mein Freund. Und wie willst du den anderen Kammerdienern meinen plötzlichen Aufstieg erklären?»

Timothy zuckte mit den Schultern. «Gar nicht. Ich bin es leid, mich um irgend etwas anderes zu scheren als die Sicherheit Seiner Gnaden.»

«Und doch», wandte ich ein, «ist noch nicht völlig ausgeschlossen, daß Jocelin d'Hiver der Attentäter ist oder Stephen und Humphrey sich gegenseitig decken. Laß mich unter den Bediensteten, die Seine Gnaden nach Calais begleitet haben, doch noch einige Erkundigungen einziehen. Jetzt, wo wir ohnehin jede Vorsicht in den Wind schlagen, kann ich die Leute offener befragen. Es könnte doch sein, daß jemand ihre Geschichte bezeugen oder widerlegen kann.»

«Also gut. Aber ich möchte, daß du heute abend wieder hierher zurückkehrst. Bei deiner Statur bist du eine hervorragende Ergänzung für die Männer, die den Schlaf Seiner Gnaden bewachen. Das kannst du meinetwegen auch als Ausrede benutzen, falls jemand wissen will, warum du plötzlich eine so bevorzugte Stellung genießt.» Und mit matter Stimme fügte er hinzu: «Was ich vorhin gesagt habe, solltest du nicht allzu ernst nehmen. Wir müssen trotzdem vorsichtig sein.»

Eine halbe Stunde später kam ich außerhalb der Stadtmauern in dem Teil des Lagers an, in dem die weniger wichtigen Bediensteten des Herzogs untergebracht waren. Zumindest hatten sie Zelte, während die Fußsoldaten und Marketender dazu verdammt waren, auf dem rauhen, nackten Boden im Freien zu schlafen. Geschickt sowohl Stephen Hudelin als auch Humphrey Nanfan aus dem Weg gehend, verbrachte ich den restlichen Tag damit, die anderen Kammerdiener, Servierjungen und Pagen – kurz: alle, die am Samstagabend ebenfalls in der großen Halle von Baynard's Castle gewesen und nun mitgekommen waren, um Seiner Gnaden in Frankreich zu Diensten zu sein – zu fragen, ob sie Humphrey und Stephen um die Zeit, als der Attentäter in der Maske des Hahns zu seinem ruchlosen Anschlag ansetzte, miteinander gesehen hatten.

Natürlich kam ich nur äußerst langsam voran, denn ich mußte meine Fragen so stellen, daß sie möglichst wenig Mißtrauen erregten. Am Ende hatte ich jedoch kaum etwas in Erfahrung gebracht, denn niemand war sich ganz sicher, die beiden gesehen zu haben. Ich war enttäuscht, fand mich aber damit ab, denn es war nur allzu verständlich, daß aller Augen auf das packende Schauspiel und anschließend auf das echte Drama gerichtet gewesen waren und niemand auf die beiden Kammerdiener geachtet hatte. Ein Diener meinte, er habe Stephen und Humphrey miteinander sprechen sehen, könne aber nicht beschwören, zu welchem Zeitpunkt dies gewesen sei. Diese Aussage war für meine Zwecke nicht eindeutig genug, so daß ich, als ich am späten Nachmittag in das Haus am Marktplatz zurückkehrte, Timothy Plummer eingestehen mußte, daß meine Mission gescheitert war.

«Macht nichts», seufzte er. «Wie ich schon sagte, müssen wir unsere ganzen Anstrengungen darauf richten, das Leben Seiner Gnaden zu schützen. Hast du den anderen gesagt, daß du in Zukunft in der Nähe des Herzogs bleiben wirst?»

Ich lächelte. «Ja, und ich kann nicht behaupten, mit dieser Nachricht andere Gefühle erregt zu haben als blanken Neid. Ich bin jedoch nicht so zuversichtlich wie du, daß darin die beste oder gar einzige Antwort auf unser Dilemma liegt. Schließlich werden wir nicht ewig in Calais bleiben. Was sollen wir machen, wenn der Feldzug gegen die Franzosen tatsächlich beginnt? Es wird dann sehr viel schwieriger, Seine Gnaden zu schützen.»

Die Sorgenfalten auf Timothys Stirn vertieften sich, und fast hätte ich schwören können, daß sein Haar mit jeder Minute grauer wurde. Doch er sagte nur: «Uns bleibt nichts anderes übrig, als von Tag zu Tag zu entscheiden und darauf zu hoffen, daß Gott ein Wunder geschehen läßt.»

Ich schreckte aus einem traumlosen Schlaf und hörte die Glocken von St. Nikolaus zum Matutin schlagen. Es war jetzt schon vier Jahre her, daß ich das Kloster verlassen hatte, doch es fiel mir noch immer schwer, die Stunde des Nachtgebets einfach zu verschlafen.

Einen Moment lang wußte ich nicht, wo ich war, dann fiel mir wieder ein, daß ich mich vollständig bekleidet auf einer Pritsche im schmalen Flur außerhalb des Schlafgemachs Seiner Gnaden niedergelegt hatte. Bis Mitternacht hatte ich vor seiner Tür gewacht und war dann von einem der Leibknappen abgelöst worden, der auch jetzt noch auf seinem Posten stand, die rechte Hand auf den Griff seines Schwertes gelegt, bereit, es beim ersten Anzeichen einer Gefahr sofort zu ziehen. Eine Kerze, die auf einem Bord über unseren Köpfen abgestellt war, verbreitete ein schwaches, schummriges Licht.

«Du hast einen leichten Schlaf», flüsterte der Knappe, als ich mich gähnend aufsetzte und mir die Augen rieb.

«Die Glocken haben mich geweckt.» Ich schüttelte mich. «Und meine volle Blase.»

«Der Abtritt ist unten im Innenhof.» Als ich aufstand, musterte mich der Leibknappe anerkennend. «Du bist ein kräftiger Bursche, soviel steht fest. Wir könnten mehr von deiner Sorte gebrauchen.»

Ich antwortete nicht, sondern schlich auf Zehenspitzen zur Treppe. Über dem Treppenabsatz befand sich ein schmales Fenster, dessen Läden weit aufstanden, um die kühle Nachtluft hereinzulassen und zu verhindern, daß die Wachen in der Sommerhitze allzu schläfrig wurden. Als ich vorüberging, sah ich auf die geisterhaften Schatten der anderen Häuser rund um den Marktplatz hinaus – und erstarrte zu plötzlicher Reglosigkeit. Die Tür des Hauses unmittelbar gegenüber hatte sich geöffnet, und wenige Sekunden später kamen drei Männer in Umhängen und Kapuzen heraus. Die Art, wie sie sich vorsichtig nach allen Seiten umschauten und anschließend davonschlichen, hatte etwas höchst Verdächtiges. Sie gingen hintereinander, schmiegten sich eng an die Wände der Häuser und blieben immer in deren Schatten. Nur der fast volle Mond, der zwischen den Dachvorsprüngen hindurch die Pflastersteine beleuchtete, vereitelte ihr Ansinnen. Doch noch ehe ich den Knappen herbeirufen konnte, waren sie in einer dunklen Gasse zwischen den Häusern verschwunden, so daß ich beschloß, fürs erste den Mund zu halten.

Ich ging durchs schlafende Haus hinunter zur Hoftür, wo zwei der getreuen Soldaten des Herzogs aus Yorkshire Wache standen. «Ich muß zum Abtritt», erklärte ich ihnen.

«Was denn, noch einer?» grunzte der Größere von den beiden. «In den letzten paar Minuten bist du jetzt schon der zweite. Ihr habt wohl vorm Schlafengehen zuviel getrunken.» Er öffnete die Tür. «Klopf dreimal, wenn du wieder hereinkommen willst. Und sag dem anderen Burschen, er soll sich beeilen.»

Ich schlüpfte hinaus, atmete erleichtert die kühle, salzige Meerluft ein und sah mich dann nach dem Abtritt um. In dem Moment sah ich eine schattenhafte Gestalt quer über den Hof vom äußeren Tor aus auf mich zukommen.

«Ich habe nur noch einmal nachgeschaut, ob auch alles richtig verschlossen und verriegelt ist», sagte eine vertraute Stimme. Zu meinem Erstaunen erkannte ich Ralph Boyse. Was machte er hier im Haus? Meiner Erinnerung nach war er in sicherer Entfernung im Heerlager außerhalb der Stadt untergebracht worden. «Gute Nacht», raunte er mir zu, klopfte leise dreimal an die Tür und wurde von den Wachen eingelassen.

Ich sah ihm gedankenverloren nach und ging dann zum

Tor, um die beiden vier Zoll dicken, eisenbeschlagenen Eichenflügel zu prüfen, die in die hohe Mauer eingelassen waren. Hatte Ralph den Hof verlassen? Ich bezweifelte es, denn erstens ließ sich der obere Riegel ohne Leiter oder Steigklotz gar nicht erreichen. (Zwar sah ich in einer Ecke des Hofes einen Klotz, der geeignet gewesen wäre, doch war er viel zu schwer, um von einem Menschen allein fortbewegt zu werden.) Zweitens machte ein so großer Riegel, wenn man ihn zurückschob, viel Lärm, und ich hatte nichts gehört. Und drittens konnte es sich Ralph nicht leisten, länger fortzubleiben, als man brauchte, um den Abtritt zu benutzen, ohne das Mißtrauen der Wachen zu erregen.

Er mußte neben dem Tor gestanden haben, als er hörte, wie die Tür zum Hof aufging und ich ins Freie trat. War er wirklich nur hergekommen, um die Schlösser und Riegel zu prüfen? Während ich noch über diese Frage nachgrübelte, drang plötzlich eine in aufgeregtem Französisch flüsternde Stimme dicht an mein Ohr.

«Wer ist da?» zischte ich und drehte mich erschrocken um, denn ich konnte unmöglich sagen, woher die Stimme gekommen war.

Erst in dem Moment sah ich die etwa ein Zoll breite und zwei bis drei Zoll hohe Ritze an einer Stelle zwischen Torpfosten und Mauer, wo der Mörtel herausgebröckelt war. Wer auch immer dort gerade geflüstert hatte, stand auf der anderen Seite der Mauer, und ich hörte ein kurzes, erschrokkenes Keuchen, gefolgt vom schnellen Getrappel davoneilender Füße. Ich verfluchte mich für meine ungeschickte Reaktion, doch gab es nichts, was ich hätte tun können, um sie rückgängig zu machen. Ich benutzte den Abtritt und kehrte ins Haus zurück. Der Wunsch nach Schlaf war mir jedoch vergangen. Mein Instinkt riet mir, sofort Timothy Plummer aufzusuchen, doch ich wußte nicht, in welchem Zimmer er untergebracht war, und wollte nicht alle anderen – oder gar den Herzog – in ihrem Nachtschlaf stören. Und so lag ich schlaflos auf meiner Pritsche, bis es an der Zeit war, die Wache vor der Tür seiner Gnaden abzulösen.

War die geflüsterte Botschaft für Ralph Boyse bestimmt gewesen? Diese Möglichkeit erschien mir am wahrscheinlichsten. Doch wer wußte, daß er hier im Haus und nicht im Heerlager war? Wann war die Verabredung getroffen worden? Und hatte dies alles mit dem Mordkomplott gegen Herzog Richard zu tun?

Als ich Timothy am Morgen in einer ruhigen Ecke des Kontors wachrüttelte und ihm die gleiche Frage stellte, wollte er meiner Geschichte zunächst nicht viel Bedeutung beimessen. Ralph Boyse sei unschuldig, beharrte er. Er habe Thaddeus Morgan nicht ermorden können und auch nichts von Thaddeus' Besuch in Northampton gewußt, weil er die ganze Zeit über in Devon gewesen sei, um seinen kranken Onkel zu besuchen.

«Und warum schläft er dann unter diesem Dach?» fragte ich. «Warum ist er nicht im Lager bei den anderen?»

«Der Herzog braucht ein paar seiner Knappen in seiner Nähe», erklärte mir Timothy. «Und Ralph singt sehr gut, wie du wohl weißt. Seine Gnaden schläft schlecht und findet es manchmal beruhigend, Musik zu hören, ehe er sich zur Nachtruhe begibt.»

«Seine Gnaden hat nach Ralph geschickt?»

Timothy zögerte einen Augenblick, ehe er einräumte: «N-nein. Ralph ist gestern abend vor dem Abendläuten in die Stadt gekommen und hat selbst seine Dienste angeboten. Ich war zugegen, als die Nachricht überbracht wurde. Bis dahin hatte der junge Matthew dem Herzog vorgesungen, aber leider kann sich seine Darbietung nicht mit Ralphs Gesang messen.»

«Und wenn er dem Herzog vor der Nachtruhe vorsang», fügte ich nachdenklich hinzu, «mußte Ralph natürlich auch über Nacht im Haus bleiben. Wußte er denn, wo Seine Gnaden untergebracht war?»

«Jeder weiß das. Er brauchte bloß in der Stadt danach zu fragen. Aber über das Haus und seine Besonderheiten wußte er sicherlich nicht Bescheid. Bist du dir sicher, daß diese Stimme nicht bloß ein Gespinst deiner Phantasie war? Daß du nicht noch halb geträumt hast?»

«Ich habe dir noch nicht alles erzählt», erwiderte ich. «Weißt du, wer in dem Haus direkt gegenüber auf der anderen Seite des Marktplatzes wohnt? Es hat einen hohen, spitzen Giebel.»

Timothy sah mich überrascht an. «Normalerweise wohnt dort der Bürgermeister von Calais, aber er hat es vorübergehend Seiner Majestät zur Verfügung gestellt.»

Ich runzelte die Stirn. «Der König schläft dort?»

«Ja. Warum fragst du?» Doch als ich meine Geschichte beendet hatte, war es an Timothy, die Stirn zu runzeln. «Könntest du dich nicht in dem Haus geirrt haben? Der Herzog von Clarence ist gleich nebenan untergebracht, und ihm würde ich alles zutrauen, auch ein mitternächtliches Attentat.»

«Ich habe mich nicht geirrt. Ich bin mir ganz sicher.»

Einen Moment lang dachte Timothy nach, dann zuckte er die Schultern. «Vielleicht hielt König Eduard es für notwendig, sich mit seinen ranghöchsten Militärs abzusprechen. Möglicherweise über einen geheimen Angriffsplan oder so etwas.»

«Um zwei Uhr morgens?» fragte ich zweifelnd. «Und warum sollte der König militärische Besprechungen ohne seine beiden Brüder abhalten? Sie sind seine beiden höchsten Befehlshaber.»

«Woher soll ich das wissen?» gab Timothy gereizt zurück. «Jedenfalls kannst du sicher sein, daß der Vorfall nichts mit uns zu tun hat. Also, was hat dir diese Stimme von der anderen Seite der Mauer gesagt?»

«Ich erklärte dir doch schon, es war auf französisch, und ich kenne diese Sprache nicht gut genug. Es war sehr schnell und leise, kaum mehr als ein Flüstern. Vielleicht werde ich mich später, so wie beim letzten Mal, an das eine oder andere Wort erinnern, vielleicht aber auch nicht. Jedenfalls kann es nach meiner Meinung kein Zufall sein, daß ich nun schon zum zweitenmal geheimnisvolle Absprachen auf französisch mitgehört habe. Wir müssen uns daran erinnern, daß es Ralph Boyses Muttersprache ist.»

«Und die von Jocelin d'Hiver.»

«Aber der war nicht im Hof.»

«In Calais sprechen viele Leute Französisch», warf Timothy nach kurzem Nachdenken ein. «Schließlich müssen sie sich mit ihren Nachbarn im Umland verständigen. Und viele der Edelleute benutzen eine alte, abgewandelte Form der normannischen Sprache.»

«Aber wer schleicht mitten in der Nacht durch die Stadt und flüstert durch Mauerritzen? Und das ausgerechnet hier, wo allgemein bekannt ist, daß der Herzog von Gloucester in diesem Haus Quartier bezogen hat?»

Meine Beharrlichkeit schien Timothy allmählich davon zu überzeugen, daß er sich doch etwas ernsthafter mit meiner Geschichte befassen mußte. Dennoch zögerte er, Ralph Boyse zu verdächtigen, nachdem er ihn einmal zum Unschuldigen erklärt hatte. Außerdem blieb das größte Hindernis bestehen: Solange wir das Motiv für ein Komplott gegen Herzog Richard nicht kannten, war es auch nahezu unmöglich, den Verdacht auf eine bestimmte Person zu lenken. Wir trennten uns in dem traurigen Wissen, daß wir in über einer Woche kaum Fortschritte erzielt hatten und unsere bisherigen Schlußfolgerungen wahrscheinlich auf tönernen Füßen standen.

Später begleitete ich den Herzog ins Heerlager, wo er einen Appell seiner Offiziere angeordnet hatte. Flankiert von zwei seiner Leibknappen und von einem dritten Knappen am Eingang seines Zeltes bewacht, führte er seine Besprechung durch, während ich mich auf die Suche nach Ralph Boyse machte. Doch im Heerlager wimmelte es nur so von Männern in der azurblau-rotbraunen Livree des Herzogs von Gloucester, so daß ich lange brauchte, bis ich ihn endlich fand. Er war gerade dabei, einen der vielen Gepäckwagen zu durchsuchen. Offenbar wurde eine kleine, tragbare Orgel vermißt.

«Sie gehört zu den Lieblingsinstrumenten des Herzogs», erklärte Ralph dem Gepäckmeister grimmig, als ich nähertrat. «Und er hat ausdrücklich verlangt, daß ich heute abend zu ihrer Begleitung für ihn singe.»

«Daraus schließe ich, daß Ihr uns heute nacht wieder mit Eurer Anwesenheit beehrt, Master Boyse», sagte ich, nachdem ich leise hinter ihn getreten war.

Er wandte erschrocken den Kopf, und im allerersten Moment sah ich in seinen Augen unverhohlene Feindschaft aufblitzen, die er jedoch rasch zu überspielen verstand.

«So ist es, Roger Chapman. Und mir scheint, daß auch Ihr die Gunst des Herzogs gewonnen habt. Seitdem wir in Frankreich gelandet sind, habe ich Euch häufig in seiner Gesellschaft gesehen.»

Ich lachte. «Das liegt nur daran, daß der Anschlag auf sein Leben Seine Gnaden beunruhigt hat, auch wenn er das niemals zugeben wird, und ich bin nun mal größer und stärker als die meisten anderen Männer.»

«Das ist wohl wahr.» Ralph wandte sich wieder dem Gepäckwagen zu, denn mit einem Freudenschrei hatte der Gepäckmeister zu erkennen gegeben, daß er die Orgel entdeckt hatte. Er hielt sie hoch in die Luft, so daß die Pfeifen in der Sonne glänzten, und übergab sie Ralph, der sie mit beiden Armen fest an die Brust drückte. «Geht Ihr wieder in die Stadt zurück? Wir könnten vielleicht gemeinsam gehen.»

«Nein, ich habe den Herzog herbegleitet und muß warten, bis er fertig ist. Er berät sich mit seinen Offizieren.»

Ralph verstärkte den Griff um das Instrument. «Schade», bemerkte er. «Ihr wärt mir beim Tragen dieses unhandlichen Geräts sicher behilflich gewesen. Wir hätten uns abwechseln können. Aber ich werde es auch alleine schaffen. Bis zum Zelt des Herzogs kann ich Euch noch begleiten, wenn Ihr erlaubt.»

Diese plötzliche Vertraulichkeit zeigte mir deutlicher, als jeder andere Hinweis dies vermocht hätte, daß Ralph, was den wahren Grund meines Aufenthalts im Haushalt des Herzogs betraf, keinerlei Zweifel mehr hegte. Für ihn lag auf der Hand, daß ich kein gewöhnlicher Kammerdiener war, sondern die besondere Gunst des Herzogs genoß und er sich vor mir in acht nehmen mußte. Gelegentlich warf er mir daher aus den Augenwinkeln auch wachsame Blicke zu, doch sein Benehmen blieb stets höflich, auch wenn man es wohl kaum als freundlich hätte beschreiben können.

«Es wäre mir ein Vergnügen», antwortete ich.

Und so bahnten wir uns einen Weg durch die geschäftige Menge, kamen an Waffenschmieden, Bogenschützen, Köchen, Botenjungen, Fußsoldaten, Reitknechten, Wagnern und Kerzenmachern vorbei, die emsig wie die Ameisen hin und her liefen. Gelegentlich mußte ich Ralph über einige Unebenheiten im Boden hinweghelfen, weil er mit dem sperrigen Instrument auf dem Arm weniger wendig war als sonst, und mehr als einmal war ich gezwungen, einen halsstarrigen Burschen buchstäblich zur Seite zu hieven, weil er nicht gewillt war, uns Durchgang zu gewähren. Wie gewöhnlich erstickte meine Körpergröße jedoch jeden Streit im Keim.

«In Eurer Gesellschaft kann man sich wirklich sicher fühlen», sagte Ralph. «Wie kam es, daß Ihr Hausierer geworden seid?»

«Meine Mutter wollte aus mir einen Mann Gottes machen», erwiderte ich lachend, «doch mit dem Segen meines

Abtes kam ich zu dem Schluß, daß ich nicht für das Klosterleben geschaffen bin, und wurde aus dem Noviziat entlassen. Ich zog es vor, mein eigener Herr zu sein und die Freiheit der Landstraße zu genießen.»

«Und woher stammt Ihr? Aus Devon?»

«Nein. Meine Wiege stand in Wells, auch wenn mein mutterloses Kind heute bei seiner Großmutter in Bristol lebt.» Ich hob die Stimme ein wenig, damit er mich bei dem ohrenbetäubenden Lärm auch verstehen konnte. «Aber ich bin häufig in Devon gewesen und kenne es sehr gut – ebenso wie Ihr, wie ich annehme. Wie ich hörte, habt Ihr einen Onkel in Devon. Wo wohnt er genau?»

Mein Gefährte antwortete nicht gleich, weil er einem tiefen Schlagloch ausweichen mußte. «Ganz in der Nähe von Exeter», sagte er, als er das Hindernis sicher umschifft hatte.

«Dort läßt es sich leben», gab ich fröhlich zurück und zögerte eine Weile, ehe ich fortfuhr: «Die Erde hat dort eine ungewöhnliche Farbe, so weiß und kalkig.»

Ralph grunzte zustimmend, und ich sah, daß er zu schwitzen begann. Ohne Zweifel hatte er schwer an seiner Last zu tragen.

Kurz vor dem Zelt des Herzogs trennten wir uns – ich, um zu warten, bis Seine Gnaden nach Calais zurückkehren wollte, und Ralph, um sich schon jetzt mit seinem Instrument auf den Weg in die Stadt zu machen. Vielleicht hatte er Glück und fand einen Karren, der ihn ein Stück mitnahm. Nachdenklich sah ich ihm nach, während er stehenblieb, um einen Waffenschmied zu begrüßen, der gerade einen Beinharnisch zurechtgeschlagen hatte. Die mühevolle Suche nach Ralph Boyse hatte sich gelohnt – wenn auch nur, um zu erfahren, daß er nicht das geringste über Devon wußte und auch nie dort gewesen war. Er hatte keinen Onkel in der Nähe von Exeter, denn die Erde dort hatte ein so tiefes, sattes Rot, wie man es in unmittelbarer Nachbarschaft von Granitgestein häufig findet.

Wo war er also statt dessen gewesen? Und warum hatte er sich im Mai beurlauben lassen, während Herzog Richard und sein Gefolge bei Northampton ihr Lager aufgeschlagen hatten?

...

Sechzehntes Kapitel

Wir kehrten erst kurz vor Mittag nach Calais zurück, so daß mir schon vor Hunger der Magen knurrte.

Wir hatten uns verspätet, weil Herzog Richard darauf bestanden hatte, durchs Heerlager zu gehen und persönlich seine Truppen aufzusuchen. Er zeigte ein so großes Interesse am Wohlbefinden seiner Männer, wie dies nur bei wenigen Kriegsherrn der Fall ist, stellte ihnen gezielte Fragen und ging sachkundig auf ihre Antworten ein – eine Tatsache, die mich eigentlich nicht hätte überraschen dürfen, schließlich hatte man diesen jungen Mann schon mit elf Jahren zum Admiral von England, Irland und Aquitanien ernannt.

Endlich war der Herzog bereit, in die Stadt zurückzukehren. Ich war zutiefst erleichtert über diese Entscheidung, und das nicht nur, weil ich völlig ausgehungert war. Die ungezwungene Art, mit der er sich unter seinen Soldaten bewegte, und seine Angewohnheit, auch noch die rauhbeinigsten und grobschlächtigsten Gestalten in freundliche Gespräche zu verwickeln, erfüllte mich mit den schlimmsten Befürchtungen. Mehr als einmal drängte ich seine Leibknappen, näher an ihn heranzutreten, oder erdreistete mich sogar, ihm selbst mit meinem Körper Deckung zu geben. Wie einfach es für einen Mörder wäre, dachte ich voller Schrecken, in dem Gedränge ein Messer aus dem Wams zu ziehen und seinem Opfer zwischen die Rippen zu stoßen.

Herzog Richard ließ nicht erkennen, ob er diese Maßnahmen bemerkte. Erst als er sich zum Gehen wandte und den Platz am Rand des Heerlagers ansteuerte, wo die Pferde festgebunden waren, strich er dicht an mir vorbei und murmelte so leise, daß nur ich es hören konnte: «Es wird Zeit, dich von deinen Qualen zu erlösen, Roger Chapman.»

Er und seine Knappen ritten gemächlich über den gepflasterten Weg zum landeinwärts gewandten Stadttor von Calais. Wir anderen folgten zu Fuß, doch so kräftig wir auch ausschritten, es gelang uns nicht, mit den Reitern mitzuhalten. Daher war ich sehr erleichtert, als ich eine von Timothy Plummer angeführte Gruppe von Gefolgsleuten des Herzogs sah, die uns über die herabgesenkte Zugbrücke entgegengeritten kam. Ich freute mich auch, Matthew Wardroper in der Gruppe zu erkennen. Seine schlanke, auf einem kastanienbraunen Wallach thronende Gestalt hatte etwas Beruhigendes für mich. Es war gut zu wissen, daß sich unter den Knappen zumindest ein Mann befand, der von jedem Makel des Verdachts freigesprochen werden konnte.

Weniger erfreut war ich, als ich kurz darauf auch Ralph Boyse entdeckte. Noch immer die tragbare Orgel auf dem Arm, stand er in der Menge, die an den Rand des Weges getreten war, um den Herzog und sein Gefolge passieren zu lassen. Warum war er nicht schon längst in Calais angekommen? Es war über eine Stunde her, daß wir uns getrennt hatten – reichlich Zeit, um selbst mit einer noch so schweren Last zu Fuß in die Stadt zu gelangen. Ich versuchte, ihn im Blick zu behalten, während ich weiter auf das Stadttor zuschritt, doch das Gedränge war zu groß, und schon bald verlor ich ihn aus den Augen.

Die beiden Gruppen berittener Männer trafen sich vor der Zugbrücke. Timothy Plummer und seine Eskorte umringten den Herzog, der, wie ich sogar aus einiger Entfernung erkennen konnte, nicht allzu erfreut war, sie hier zu sehen. Die öffentliche Zurschaustellung ihrer Besorgnis verärgerte ihn.

Plötzlich übertönte ein kurzer, aber durchdringender Pfiff das Stimmengewirr. Herzog Richards Pferd scheute und stürzte in wildem Galopp auf den tiefen Graben zu, der die doppelte Stadtmauer von Calais umgab. Einen Moment lang war die Menge wie erstarrt, unfähig zu begreifen, was geschehen war. Dann hofften wir alle, der Herzog, der zu Recht als hervorragender Reiter galt, werde das wildgewordene Tier wieder unter Kontrolle bringen.

«Großer Gott!» rief ein Mann neben mir. «Sein Sattel rutscht. Der Gurt ist gerissen.»

«Oder zerschnitten worden», murmelte ich grimmig in mich hinein.

Wir alle rannten los, auch wenn wir wußten, daß es völlig sinnlos war. Wir hätten ihn niemals einholen können. Es bedurfte eines anderen Reiters, und eines sehr geschickten dazu, um den wildgewordenen Vollblüter einzuholen und zu beruhigen. Das berittene Gefolge des Herzogs hatte bereits die Verfolgung aufgenommen, doch war ich wenig zuversichtlich, daß einer von ihnen die bevorstehende Tragödie noch abwenden konnte. Wenn kein Wunder geschah, mußte sich der Herzog das Genick brechen oder sich bei einem Sturz zumindest ernsthaft verletzen.

Der große, reichverzierte Sattel rutschte erst zur einen, dann zur anderen Seite, und zweimal konnte Herzog Richard es aufgrund seines ungewöhnlichen Geschicks nur um Haaresbreite vermeiden, abgeworfen zu werden. Doch der Graben kam mit jeder Sekunde näher. War das Tier erst einmal dort hineingestolpert, konnte nichts auf der Welt Roß und Reiter vor einem gefährlichen Sturz retten.

Plötzlich tauchte scheinbar aus dem Nichts der junge Matthew Wardroper neben seinem Herren auf, galoppierte in halsbrecherischer Geschwindigkeit heran, beugte sich zur Seite, um nach dem Zaumzeug des Ausreißers zu greifen, und schlang einen stützenden Arm um die Schulter des Prinzen. Einen verwirrenden Augenblick lang sah es so aus, als würden beide Männer mit ihren Rössern den steilen Abhang zum Grund des Grabens hinunterstürzen, doch im allerletzten Moment, als schon alles verloren schien, gelang es Herzog Richard, den Kopf seines Pferdes nach links zu reißen und damit sowohl sich als auch Matthew Wardroper vor dem Abgrund zu retten. Kurz darauf kamen die schnaubenden Tiere zum Stehen, und die beiden Männer sprangen zu Boden.

Inzwischen war ich nah genug herangekommen, um zu sehen, daß der junge Matthew wesentlich mitgenommener aussah als der Herzog, der mit erhobenen Händen seine ängstlichen Gefolgsleute abzuwehren versuchte.

«Mir ist nichts passiert. Es gibt keinen Grund zur Besorgnis», hörte ich ihn sagen.

Und er war auch der einzige von uns, der völlig ruhig und gelassen wirkte, als er zwanzig Minuten später an der Spitze seines Gefolges in einem geborgten Sattel über die Zugbrücke ritt.

Als die drei Prinzen am folgenden Tag auf dem Marktplatz von Calais die Ankunft von Herzogin Margaret von Burgund erwarteten, fand ich mich, mehr durch Zufall als durch Absicht, in der Menge neben Timothy Plummer wieder. Nach der Begrüßungszeremonie und dem üblichen Austausch von Geschenken wollten sich König Eduard, Herzog Georg und Herzog Richard mit ihrer Schwester ins Hôtel de Ville zurückziehen, um in aller Ruhe über Familienangelegenheiten zu sprechen.

Timothy drängte sich ein wenig näher an mich heran und flüsterte mir ins Ohr: «Hast du schon gehört, daß Seine Gnaden und der Herzog von Clarence die Herzogin morgen nach St. Omer zurückbegleiten werden?» Ich schüttelte den Kopf, während er den Mund zu einem gequälten Lächeln verzog. «Er war nicht davon abzubringen. Aber ich habe ihm wenigstens abgerungen, daß du mitreiten wirst. Ich hoffe, du weißt mit einem Pferd umzugehen?»

«Es ist lange her, daß ich das letzte Mal im Sattel gesessen habe. Kommt Ralph Boyse auch mit?»

«Nein. Und auch Stephen Hudelin, Jocelin d'Hiver und Humphrey Nanfan werden hierbleiben, und der junge Wardroper wird ein Auge auf sie halten. Trotzdem müssen wir beide den Herzog begleiten, für den Fall, daß die Gefahr aus einer anderen Richtung droht.»

Ich trat ein Stück zur Seite, um Herzog Richard besser sehen zu können, der neben seinen Brüdern in der Mitte des Marktplatzes auf seinem Pferd saß. Mir fiel auf, daß er einen anderen Sattel benutzte. Ohne den Kopf zu wenden, sagte ich zu Timothy: «Ich habe dich gar nicht gefragt, ob der Gurt gestern absichtlich durchgeschnitten wurde. Ich habe es einfach vorausgesetzt.»

«Und du hattest recht damit», erwiderte Timothy bedrückt. «Die Lage ist leider eindeutig. Das Leder war fast neu. Jemand muß es mit einem Messer oder einem anderen scharfen Werkzeug durchgeschnitten haben.»

«Was haben die Reitknechte gesagt?»

«Geschworen, sie hätten das gesamte Zaumzeug so sorgfältig geprüft wie immer, ehe sie dem Herzog sein Pferd brachten. Es sind gute, verläßliche Männer aus Yorkshire, die jahrelang im Dienst des Herzogs gestanden haben, sowohl in Middleham als auch in Sheriff Hutton. Es gibt keinen Grund, ihre Aussage in Zweifel zu ziehen. Wie alle seine Gefolgsleute aus dem Norden sind sie beide eifrig darum bemüht, den Herzog vor Schaden zu bewahren.»

Ich zuckte mit den Schultern. «Das bezweifle ich keinen Augenblick. Aber die Pferde haben über zwei Stunden am Rand des Heerlagers gestanden, während der Herzog sich mit seinen Offizieren beriet und seine Soldaten besuchte. In der Zeit hätte sich jeder den Tieren nähern können. Wie ich dir bereits erzählt habe, war Ralph Boyse in der Zeit im Lager. Hast du herausgefunden, wo Humphrey und die anderen gestern vormittag waren?»

«In ihren Unterkünften waren sie jedenfalls nicht. Das ist aber auch schon alles, was bezeugt ist. Wir wissen nicht, ob sie sich innerhalb oder außerhalb der Stadtmauern aufgehalten haben.»

«Und was sagen sie selbst?»

Timothy seufzte. «Seine Gnaden hat jede allgemeine Befragung strikt untersagt. Er meinte, das würde nur unnötig Aufmerksamkeit erregen.» Timothy straffte den Rücken, als von der dem Binnenland zugewandten Seite der Stadt Trompetenklänge erschollen. «Was unsere besonderen Freunde angeht, habe es ich jedoch gewagt, seinen Befehl zu mißachten.»

«Und mit welchem Ergebnis?» fragte ich, während die auf dem Platz versammelten Soldaten strammstanden. Die Spitzen ihrer Lanzen und Hellebarden funkelten im Sonnenlicht.

«Angesichts der besonderen Umstände – die Gerüchte über die wahre Ursache des Zwischenfalls verbreiten sich nämlich trotz aller Beschwichtigungsversuche des Herzogs wie ein Lauffeuer – behaupten sie natürlich alle, den ganzen Vormittag über in der Stadt gewesen zu sein.»

«Auch das würde sie allerdings nicht entlasten. Sie können sich schon am Sattelgurt zu schaffen gemacht haben, ehe Herzog Richard zum Heerlager losgeritten ist. Vielleicht hat jemand das Leder nicht ganz durchgeschnitten, so daß erst die Bewegung des Sattels auf dem Rückweg sein Werk vervollständigt hat.»

Timothy schüttelte den Kopf. «Es war ein völlig sauberer Schnitt, das Leder war nirgends ausgefranst.» Er grinste selbstzufrieden. «Du bist nicht der einzige, der aus dem, was er sieht, die richtigen Schlußfolgerungen ziehen kann.»

Eine Weile konnten wir nicht weitersprechen. An der Spitze eines prächtigen Zuges ritt die Herzogin von Burgund auf den Marktplatz von Calais. In der glühenden Mittagshitze hingen die Fahnen und Wimpel von Burgund schlaff an ihren Stangen, und das grelle Sonnenlicht spiegelte sich in dem allgegenwärtigen Zeichen des Ordens vom Goldenen Vlies.

Auf den ersten Blick sah die Herzogin ihren beiden älteren Brüdern sehr ähnlich. Auch sie war großgewachsen und grobknochig und hatte die kräftige Gesichtsfarbe der Plantagenets. Als sie vom Pferd gestiegen war, brachte sie zuerst König Eduard ihre Ehrerbietung dar, um sich schließlich von ihrem tiefen Hofknicks zu erheben und ihre drei Brüder etwas zwangloser zu umarmen. Zwischen mir und den Hauptdarstellern dieser kleinen Szene stand nur eine Reihe Hellebardiere, so daß ich ungehindert zuschauen konnte. Mir fiel auf, daß die Herzogin ihren ältesten und ihren jüngsten Bruder zwar sehr herzlich begrüßte, sich jedoch am meisten über das Wiedersehen mit Georg von Clarence zu freuen schien. Sie hielt ihn länger im Arm, küßte ihn ungestümer und griff schließlich nach seiner Hand, als sich die königlichen Geschwister gemeinsam ins Hôtel de Ville begaben.

Ein Seufzer der Erleichterung ging durch die Reihen, als sie endlich im Haus verschwunden waren. Die Soldaten ließen ihre Schultern sinken, lösten den Griff um ihre Lanzen und Hellebarden und versuchten, sich etwas Luft zuzufächeln. Wer nicht unbedingt auf dem Marktplatz bleiben mußte, suchte den Schatten auf oder besann sich auf seine alltäglichen Pflichten. Timothy rieb sich den Nacken. Da er so klein war, hatte er den Hals recken müssen, um über die Schultern der Ehrengarde hinweg das Geschehen mitzuverfolgen.

«Wo ist der Herzog von Burgund?» fragte ich. «Warum ist er nicht mitgekommen?»

Timothy schnaubte verächtlich. «Eine gute Frage. Er wird nicht umsonst Karl der Kühne genannt. Offenbar ist er Hals über Kopf aufgebrochen, um irgendeine mickrige Stadt namens Neuss zu belagern, bloß weil der Bürgermeister ihn verärgert hat. Wie ich höre, ist unser Herr darüber sehr aufgebracht, und selbst Herzog Georg ist alles andere als erfreut.»

«Und König Eduard?» fragte ich. «Was sagt er dazu?»

«Ihm scheint es seltsamerweise am allerwenigsten auszumachen. Aber das ist vielleicht auch nicht weiter verwunderlich.» Timothy setzte das überlegene Lächeln eines Menschen auf, der mit den Höchsten und Mächtigsten Umgang hat. «Ich weiß nicht, ob es mir recht wäre, wenn Herzog Karl ständig um mich herumtänzeln würde. Ich glaube, Seine Königliche Hoheit hat lieber seine Ruhe und kann auf die Gesellschaft seines Schwagers gut verzichten.»

Ich rieb mir nachdenklich das Kinn, machte aber keine weitere Bemerkung zu diesem Thema, sondern fragte statt dessen: «Was meinst du, warum das Pferd des Herzogs gestern durchgegangen ist?»

Timothy zuckte mit den Schultern. «Jemand in der Menge hat gepfiffen. Hast du es nicht gehört?»

«Aber die anderen Pferde haben sich von dem Pfiff nicht beeindrucken lassen.»

«Vielleicht sind sie auch nicht so reizbar wie der Braune des Herzogs. Das Tier ist schon immer temperamentvoll gewesen. Deshalb hat der Herzog von Clarence es auch seinem Bruder verkauft. An seinem Hof gab es niemanden, der das Pferd bändigen konnte.» Timothy sah mich scharf an. «Du glaubst doch nicht etwa...?» begann er, dann schüttelte er den Kopf. «Nein, nein, das kann nicht sein. Das Ganze ist schon über zwölf Monate her.»

Wir hatten inzwischen das Haus erreicht, in dem der Herzog logierte, traten dankbar in den Schutz der kühlen Mauern und überließen den in der Mittagshitze glühenden Marktplatz den schmachtenden Lanzenträgern und Hellebardieren. Die armen Teufel mußten warten, bis sich die Herzogin bequemte, das Hôtel de Ville zu verlassen, denn sie hatten den Befehl, sie anschließend zu ihrem Quartier zu begleiten. Ich stimmte Timothy zu: Die Tatsache, daß der Herzog von Clarence der frühere Besitzer des Tieres gewesen war, spielte wahrscheinlich keine Rolle. Nachdem er mich noch einmal daran erinnert hatte, daß ich am nächsten Morgen mit dem Herzog nach St. Omer reiten sollte, trennten wir uns. Ich sah ihm nach, wie er geschäftig die Treppe des Hauses hinaufeilte, und dachte, daß Timothy Plummer seine Fähigkeit zum logischen Denken im Dienste der Sicherheit von Herzog Richard gelegentlich allzu selbstgefällig betrachtete.

Gedankenverloren blieb ich noch eine Weile stehen, um mir die Szene auf dem Marktplatz ins Gedächtnis zu rufen. Hatte der Herzog das gleiche Pferd wie am Vortag geritten? Wenn ich mich recht erinnerte, hatte er seine Schwester auf einer kastanienbraunen Stute empfangen. Ich hielt einen vorbeieilenden Pagen an und fragte ihn, ob er wisse, wo der Herzog seine Pferde untergestellt habe.

«In der Pissoirgasse», lautete die Antwort.

Ich fand das Gäßchen ohne Schwierigkeiten, denn jeder im Ort wußte, wo sich die öffentlichen Latrinen befanden. Die Ställe waren am anderen Ende, gleich neben der Schmiede, und meine braune Livree verschaffte mir ungehinderten Einlaß. Ohne Umschweife wurde ich zu dem halben Dutzend Ställen geführt, die man für die Pferde des Herzogs von Gloucester bereitgestellt hatte, und die beiden Reitknechte empfingen mich offen und freundlich. Wie Timothy mir bereits erzählt hatte, handelte es sich um zwei einfache, treuherzige Burschen aus Yorkshire, die einander mit Wat und Alfred anredeten. Ich wußte, bei ihnen brauchte ich nicht lange um den heißen Brei herumzureden, und kam direkt zur Sache.

«Was glaubt ihr, weshalb das Pferd Seiner Gnaden gestern gescheut hat?» fragte ich sie. «Master Plummer meint, ein greller Pfiff aus der Menschenmenge habe das ohnehin sehr reizbare Tier verschreckt.»

Der Reitknecht namens Alfred schnaubte verächtlich. «So ein Blödsinn», sagte er mit einer eigentümlichen Aussprache, die seine Herkunft aus Yorkshire verriet. «Great Hal ist nicht halb so reizbar wie dieser Master Plummer, der hier plötzlich reinschwirrt, rumhüpft wie ein Floh in der heißen Pfanne, uns hundert Fragen auf einmal stellt und sich keine Antwort in Ruhe anhört. Hier!» Er führte mich zu einem der Ställe, öffnete die Tür und zeigte durch eine Kopfbewegung an, daß ich ihm folgen sollte. Great Hal stand in seiner Box und stöberte mit der großen Nase friedlich in seiner Krippe. Trotzdem näherte ich mich dem Hinterteil des Tieres nur mit größter Vorsicht.

Hinter mir trat Wat herein, schob seinen jüngeren Gefährten zur Seite und ließ eine erfahrene Hand über die linke Hinterbacke des Tieres gleiten.

«Hier», sagte er und zeigte auf eine Stelle nahe beim Schweif. «Wenn du genau hinsiehst, kannst du noch ein bißchen getrocknetes Blut erkennen.» Tatsächlich, zwischen den kurzen, steifen Haaren des glänzenden Fells war ein winziger Schorf zu erkennen. «Deshalb ist er durchgegangen, nicht wahr, mein Guter?» Wat strich liebevoll über den Nakken des Pferdes. Great Hal hielt im Kauen inne und begrüßte ihn mit einem sanften Wiehern.

Nach kurzem Schweigen sagte ich: «Du willst mir sagen, daß jemand Great Hal absichtlich zum Scheuen gebracht hat? Tja, ich muß sagen, etwas anderes hatte ich auch kaum erwartet. Der Pfiff allein kann es unmöglich gewesen sein, aber ein kräftiger Stich ins Hinterteil hätte ein so temperamentvolles Tier auf jeden Fall zur Raserei gebracht. Habt ihr Master Plummer von eurer Entdeckung erzählt?»

«Das hätten wir ganz bestimmt, wenn er nur lang genug hiergeblieben wäre. Aber als wir Great Hal untersucht hatten, hatte er sich schon aus dem Staub gemacht wie ein von der Meute gehetzter Hase. Daß der Gurt durchgeschnitten worden war, war offenbar alles, was ihn interessierte. Und seitdem ist er auch nicht mehr bei uns aufgetaucht.»

Ich dankte ihm und verließ nachdenklich den herzoglichen Stall. Auch wenn ich es nicht beweisen konnte, war ich doch davon überzeugt, daß der Pfiff ein Signal gewesen war. Von Ralph Boyse vielleicht? Immerhin hatte er am Straßenrand gestanden, und ich wurde zunehmend mißtrauischer gegen diesen Sohn einer französischen Mutter, der während Herzog Richards Rast bei Northampton ganz gewiß woanders gewesen war, als er behauptet hatte.

Meine Gedanken wanderten zurück zu Berys Hogan und Lionel Arrowsmith. Ich dachte daran, daß jedermann Lionel vor Ralphs Eifersucht gewarnt hatte. Und doch hatten sich all diese Warnungen als unbegründet erwiesen – ja, Berys selbst, die ihren Verlobten besser kennen mußte als jeder andere Mensch, schien davon völlig unbeeindruckt gewesen zu sein. Irgend etwas an ihrem Benehmen beunruhigte mich, doch so sehr ich auch versuchte, es zu ergründen – es war, als würde ich versuchen, durch trübes Wasser auf den Grund eines Teiches zu sehen.

Wieder dachte ich an die Ereignisse vom Vortag und verband sie mit dem, was ich gerade gehört hatte. Falls der Pfiff tatsächlich ein Signal war, für wen war er dann bestimmt gewesen? Nur jemand in der unmittelbaren Nähe des Herzogs konnte dem Pferd in die Hinterbacke gestochen und es damit zum Scheuen gebracht haben. Mit einem mulmigen Gefühl in der Magengrube machte ich mir klar, daß Timothy Plummer und ich vor einem völlig unerwarteten Problem standen, denn weder Jocelin d'Hiver, Humphrey Nanfan noch Stephen Hudelin hatten sich unter denen befunden, die hinter Herzog Richard hergeritten waren.

Als ich zurück zum Marktplatz kam, warteten die schwitzenden Soldaten noch immer darauf, daß Herzogin Margaret das Hôtel de Ville verließ. Rotgesichtige Offiziere, ebenso müde wie ihre Männer, brüllten widersprüchliche Befehle, und die Pferde wieherten und stampften ungeduldig mit den Hufen, während die Einwohner der Stadt versuchten, ihrem gewohnten Tagewerk nachzugehen. Die Sonne brannte nach wie vor erbarmungslos vom Himmel an diesem ersten wirklich heißen Tag, den wir seit unserer Ankunft in Calais erlebt hatten. Zu meiner Rechten lag ein mit Steinplatten gepflasterter, verlockend schattiger Innenhof. An einer Seite der Mauer, die diesen Hort des Friedens und der Stille begrenzte, erstreckte sich eine Holzbank. Erst jetzt wurde mir klar, daß es sich um ein Wirtshaus handelte. Ich spürte plötzlich einen überwältigenden Durst, und schon wenige Minuten später saß ich auf der schattigen Bank und genoß den Inhalt eines großen Humpens.

Als ich ihn bis zum letzten Tropfen ausgetrunken hatte, wischte ich mir mit dem Handrücken über den Mund, lehnte den Kopf an die Mauer und gab mich der Verzweiflung hin. Seitdem mich Timothy Plummer vor mehr als zwei Wochen nach Baynard's Castle geholt hatte, war ich der Erklärung der rätselhaften Ereignisse kein Stückchen nähergekommen. Inzwischen war der sechste Juli, und bis St. Hyazinth waren es noch mehr als fünf Wochen – Zeit genug für den gewissenlosen Mörder, einen weiteren und diesmal vielleicht erfolgreichen Anschlag auf das Leben Herzog Richards zu planen. Zwei Anschläge hatte es schon gegeben, und ich stand so ratlos wie eh und je vor der wichtigsten Frage: Warum? Ich streckte die Beine aus, und nachdem ich mich vergewissert hatte, daß niemand mir zuschaute, murmelte ich leise vor mich hin, während ich an meinen Fingern alle Hinweise aufzählte, die ich bisher gesammelt hatte.

Von den fünf Männern, die Timothy Plummer und Lionel Arrowsmith als Spione verdächtigten, war der eine durch meine eigene Beobachtung entlastet, während von den vier anderen mir Ralph Boyse am zwielichtigsten erschien. Über seinen Aufenthaltsort während des ersten Anschlags gab es keine wirklich verläßlichen Angaben, und obgleich sich dies auch von den übrigen drei sagen ließ, hatte ich bisher nur Ralph einer dreisten Lüge überführt. Warum hatte er sich vom Herzog beurlauben lassen, um einen kranken Onkel in Devon zu besuchen, obwohl er offenkundig nie in diesem schönen Teil unseres Landes gewesen war? Niemand, der je diese satte rote Erde gesehen hatte, würde der Aussage zustimmen, daß sie weiß und kalkig sei. Doch wenn Ralph tatsächlich im Dienste Frankreichs stand, wie Timothy, Lionel und inzwischen auch ich vermuteten, erklärte das immer noch nicht, welches Interesse die Franzosen daran haben sollten, daß Richard von Gloucester sein Leben ließ. Timothy selbst hatte von Anfang an darauf hingewiesen, daß dies eher unwahrscheinlich war. Schließlich stand König Eduard als treibende Kraft hinter der geplanten Invasion, Herzog Richards Tod hätte den Franzosen ebenso wie der seines Bruders Georg herzlich wenig genützt.

Ich rückte mich noch etwas bequemer auf der Bank zurecht, ließ die Hände in den Schoß fallen und schloß die Augen. Ein Hurra-Ruf vom Marktplatz, gefolgt von laut gebrüllten Befehlen, sagte mir, daß Herzogin Margaret mit ihren Brüdern endlich aus dem Hôtel de Ville gekommen war und nun zu ihrem Quartier gebracht werden wollte. Dennoch blieb ich, wo ich war. Schließlich sollte ich einer von denen sein, die sie am nächsten Tag nach St. Omer zurückbegleiteten, hatte also noch ausreichend Gelegenheit, die Dame ganz in Ruhe zu beobachten. Bis dahin gab es für mich andere Dinge zu bedenken.

...

Siebzehntes Kapitel

Es ging um kleine Dinge, die ich Timothy gar nicht erst erzählt hatte, weil sie auf den ersten Blick nichts mit der Drohung gegen Herzog Richard zu tun hatten. Dennoch wollten sie mich nicht loslassen. Der Mangel an echter Begeisterung für den bevorstehenden Krieg, den König Eduard beim Bankett am letzten Samstag in Baynard's Castle an den Tag gelegt hatte; der flüchtige, doch bedeutungsvolle Blick zu John Morton, seinem Oberarchivar; seine Gleichgültigkeit gegenüber der Tatsache, daß sein Schwager und wichtigster Verbündeter, der Herzog von Burgund, anstatt ihn zu begrüßen und mit ihm Kriegsrat zu halten, davongeeilt war, um die kleine Stadt Neuss zu belagern – all dies verursachte mir aus einem unbestimmten Grund großes Unbehagen.

Dazu kam die Erinnerung an die mit Umhängen und Kapuzen vermummten Männer, die vorgestern nacht König Eduards Quartier auf der anderen Seite des Marktplatzes verlassen hatten. Wer waren sie? In welcher Mission waren sie unterwegs gewesen? Und vor allem: Gab es eine Verbindung zwischen ihnen und dem Franzosen, den ich durch die Ritze in der Hofmauer eine mit großer Wahrscheinlichkeit für Ralph Boyse bestimmte Botschaft hatte flüstern hören?

«Da versteckt Ihr Euch also!» rief eine Stimme. Ich riß erschrocken die Augen auf und sah Matthew Wardroper vor mir stehen. «Master Plummer hat mich geschickt, um Euch zu suchen. Er will mit Euch über die Anordnung des morgigen Zuges sprechen. Es ist ihm wichtig, daß Ihr möglichst in der Nähe des Herzogs reitet.» Die braunen Augen zwinkerten fröhlich, und er setzte sich neben mich auf die Bank. «Aber ich glaube, die Angelegenheit kann auch noch ein Weilchen warten. Darf ich Euch zu einem zweiten Becher Ale einladen?»

«Gerne. Aber es gibt etwas, worüber ich vorher mit Euch sprechen möchte.» Ich erzählte ihm von meinem Besuch im Stall und der Entdeckung der Reitknechte. «Das bedeutet», schloß ich, «daß jemand aus dem Gefolge des Herzogs Great Hal ins Hinterteil gestochen hat. Ihr wart ganz in der Nähe, Matthew, und deshalb wäre ich Euch sehr dankbar, wenn Ihr Euer Gedächtnis anstrengen könntet. Denkt scharf nach! Könnt Ihr Euch nicht an irgend etwas Verdächtiges erinnern?»

Während ich sprach, hatten sich seine Augen ängstlich geweitet. «Und ich dachte, der Pfiff hätte Great Hal erschreckt. Das wirft natürlich ein völlig anderes Licht auf die Sache. Ihr habt recht. Nur jemand, der ganz in der Nähe Seiner Gnaden geritten ist, hätte das Tier berühren können.» Er hob eine Hand und schob sich ein paar dunkle Haarsträhnen aus der Stirn. «Jeder von uns kann es getan haben. Wir waren alle dicht hinter ihm, und wir haben alle geradeaus geschaut, anstatt uns gegenseitig zu beobachten.» Plötzlich dämmerte ihm der unweigerlich daraus folgende Schluß: «Soll das heißen, daß Stephen, Jocelin und Humphrey unschuldig sind? Daß wir nach jemandem suchen, an den wir bisher noch gar nicht gedacht haben?»

Ich seufzte. «Ich wünschte, ich könnte Euch darauf eine Antwort geben. Aber ich bin davon überzeugt, daß Ralph Boyse irgendwie in die Sache verwickelt ist, auch wenn ich es nicht beweisen kann. Und ich bin mir sicher, daß er nicht alleine ist. Er hat einen Komplizen. Vielleicht sogar mehrere.»

«Ich hole unser Ale, dann können wir weiterreden», sagte Matthew und stand auf, um in den Schankraum zu gehen.

Er hatte die Schwelle des Wirtshauses noch nicht überschritten, als Jocelin d'Hiver in Gesellschaft eines burgundischen Dieners von Herzogin Margaret heraustrat. Als er Matthew sah, zögerte Jocelin einen Augenblick, dann verzog er den Mund zu einem gezwungenen Lächeln und besann sich auf seine höfliche Pflicht, die Männer miteinander bekannt zu machen. Der Burgunder verneigte sich artig und sagte etwas auf französisch. Matthew antwortete darauf ebenso liebenswürdig und ging dann weiter ins Wirtshaus.

«Guten Tag, Monsieur d'Hiver!» rief ich, als er an mir vorbeikam.

Jocelin schrak beim Klang meiner Stimme sichtlich zusammen und drehte sich zu mir um.

«Ah! Roger Chapman! Auch Euch einen... äh... guten Tag.»

Aber er blieb nicht stehen und machte mich auch nicht mit seinem Gefährten bekannt, sondern hakte sich bei dem Burgunder unter und verließ mit ihm eiligst den Innenhof.

Wenig später kam Matthew mit dem Ale zurück und reichte mir einen vollen Becher. Ein paar Tropfen, die auf die Steinfliesen fielen, wurden von der Hitze sofort getrocknet. Der Schatten in unserer Ecke des Hofes wich langsam zurück, während die Schatten auf der anderen Seite allmählich länger wurden.

«Habt Ihr das gesehen?» fragte Matthew aufgeregt, als er sich wieder hingesetzt hatte. «Jocelin hat sich mit einem von Herzogin Margarets Männern getroffen.»

«Ja», erwiderte ich, schlürfte mein Ale und verfiel in nachdenkliches Schweigen.

«Ihr seid so still», warf mir Matthew vor, nachdem er eine Weile wie ein ungeduldiges Kind auf der Bank hin und her gerutscht war. «Worüber denkt Ihr nach? Über d'Hiver?» Und als ich nickte, fuhr er eifrig fort: «Vielleicht hat ja er und nicht Ralph gestern gepfiffen? Jocelin beteuert zwar, gestern den ganzen Vormittag über in der Stadt gewesen zu sein, aber Master Plummer sagt, dafür stehe nichts weiter als seine eigene Aussage. Er könnte genausogut im Heerlager gewesen sein.»

«Stimmt.» Ich nickte, trank meinen Becher aus und erhob mich von der Bank.

Matthew zog einen Schmollmund, als er sah, daß er nicht mehr aus mir herausbekommen würde. «Wenn es darauf ankommt, könnt Ihr ein Geheimnis wirklich für Euch behalten, Master Chapman.»

«Vielleicht. Wenn es denn ein Geheimnis gibt. Im Augenblick tappe ich noch im dunkeln. Zwar gibt es hier und da ein paar winzige Lichtblicke, doch reichen sie noch nicht annähernd aus, um das gesamte Bild zu enthüllen.»

Bis dahin hatte er den Blick starr auf seine spitzen Stiefel aus feinem italienischem Leder gerichtet, doch jetzt schaute er auf, und in seinen dunkelbraunen Augen blitzte plötzliche Schläue auf. «Irgend etwas geht in Eurem Kopf vor, Roger Chapman.» Er sprang auf. «Und ich würde liebend gerne wissen, was es ist.»

«Ihr müßtet schon sehr tief graben, um darin irgendeinen Sinn zu entdecken», erwiderte ich. «Bis dahin übt Euch in Geduld und haltet ein wachsames Auge auf Jocelin und die anderen, während Master Plummer und ich in St. Omer sind. Vor allem achtet darauf, daß Ralph Boyse nicht aus Calais entwischen und uns folgen kann.»

«In der Hinsicht könnt Ihr mir voll und ganz vertrauen!» Matthew grinste und schlug mir freundschaftlich auf den Arm. «Ihr werdet nicht länger als eine Nacht oder höchstens zwei Nächte fort sein, hat Timothy gesagt. Ihr könnt ganz beruhigt sein und Euch darauf verlassen, daß hier alles in guten Händen ist.»

Ein paar Takte einer der anzüglichen Balladen summend, die damals bei jungen Männern so beliebt waren, verließ er den Hof. Ich folgte ihm und machte mich auf die Suche nach Timothy Plummer. Mir schwirrte der Schädel. Es gab immer mehr Dinge, die ich nicht verstand.

Letztendlich blieben wir drei volle Tage und vier Nächte in St. Omer, ehe wir am Dienstag nach Calais zurückkehrten. Herzogin Margaret bewirtete ihre beiden jüngeren Brüder mit jener Gastfreundschaft, für die der Hof von Burgund zu Recht so berühmt war. Turniere, Festgelage und Landpartien lösten einander ab. Wohl in dem Bemühen, sie für die unhöfliche Abwesenheit ihres Mannes zu entschädigen, überschüttete die Herzogin ihre Brüder mit kostbaren Geschenken. All diese Festlichkeiten bedeuteten jedoch, daß Herzog Richard ständig von Fremden umgeben war – ein Umstand, der seine Leibknappen, Timothy Plummer und mich fortwährend in Atem hielt. Sie bedeuteten auch, daß Herzog Richard zunehmend besorgter wurde, weil die Verzögerung des Kriegsbeginns kein Ende zu nehmen schien.

«Wir sind hergekommen, um zu kämpfen!» hörte ich ihn zu seinem Bruder sagen. «Statt dessen verschwenden wir unsere Zeit mit leichtfertigen Vergnügungen.»

«Wir werden noch reichlich Zeit zum Kämpfen haben», gab Herzog Georg trotzig zurück. «In der Zwischenzeit solltest du dich ein wenig amüsieren. Das heißt ... falls du überhaupt weißt, wie das geht», fügte er lachend hinzu.

«Wir haben unserem Volk zu Hause hohe Steuern zugemutet, um diese Invasion bezahlen zu können», erboste sich Herzog Richard, «und dafür haben wir ihnen strahlende Siege versprochen. Diese Siege werden wir wohl kaum erringen, indem wir hier auf unseren fetten Ärschen sitzen!»

Diese derbe Ausdrucksweise war für ihn so ungewöhnlich, daß sie als Gradmesser für seine Verärgerung dienen konnte. Auch wenn ich den weiteren Verlauf des Gesprächs nicht mehr mithörte, nahm ich an, daß er die treibende Kraft hinter unserem baldigen Aufbruch war. Wäre es nach dem Herzog von Clarence gegangen, wären wir gut und gern noch eine Woche in St. Omer geblieben, doch was mich am meisten überraschte, war die Tatsache, daß König Eduard uns in dieser Hinsicht völlig freie Hand gelassen hatte. Er kam zwar auf den Marktplatz, um seine Brüder zu begrüßen, zeigte jedoch nicht die geringste Verärgerung über den langen Besuch bei ihrer Schwester. Und noch merkwürdiger erschien mir, daß es bisher offenbar keine Vorbereitungen für einen Einmarsch in Frankreich gegeben hatte.

Timothy und ich suchten als erstes Matthew Wardroper auf.

«Nun, wie war es während unserer Abwesenheit?» fragte Timothy.

Matthew zog ein verdrossenes Gesicht. «So ruhig und still wie im Grab. Weder Ralph noch Jocelin, Humphrey oder

Stephen haben die geringsten Anstalten gemacht, Euch zu folgen oder gar die Stadt zu verlassen. Ja, sie haben noch nicht einmal ihre Freunde im Heerlager besucht, und wenn sie nicht gerade Dienst hatten, haben sie in den Wirtshäusern getrunken, gewürfelt und gehurt. Es war höchst enttäuschend», fügte er offenherzig hinzu. «Alle meine Pläne, Herzog Richard durch meinen überlegenen Grips im Alleingang zu retten, haben sich zerschlagen.»

«Überlegener Grips – pah!» schnaubte Timothy mißgelaunt und eilte weiter, um dafür zu sorgen, daß seine Vorkehrungen für die Sicherheit des Herzogs auch richtig ausgeführt wurden.

Ich grinste Matthew an. «Macht Euch nichts draus», riet ich ihm. «Er ist müde und abgespannt – zermürbt von der ständigen Ungewißheit, was als nächstes geschehen wird.»

Matthew nickte ernst. «Wenn wir nur den Grund für den teuflischen Mordplan kennen würden.» Er seufzte. Als ich ihm nicht zustimmte, sah er mich aufmerksam an. «Wißt Ihr und Master Plummer etwas, das Ihr mir nicht erzählt habt?»

«Ich glaube, Master Plummer tappt noch immer völlig im Ungewissen», antwortete ich langsam. «Und was mich selbst betrifft... Nun... Wie ich Euch bereits erzählt habe, beginnt ein Lichtschimmer durch das Dunkel zu dringen.»

«Und Ihr wollt mir noch immer nicht erzählen, was für ein Schimmer das ist?»

Ich schüttelte den Kopf. «Noch nicht. Bis meine Idee nicht mehr Gestalt angenommen hat, werde ich niemandem etwas sagen. Schließlich habe ich keine Lust, mich der Lächerlichkeit preiszugeben.»

Einen Moment lang sah mich Matthew düster an, dann verzog sich sein Gesicht zu einem gutmütigen Grinsen. «Sehr klug», stimmte er zu. «Ich glaube, ich würde es selbst genauso machen.»

Schon mehrfach hatte ich bei ihm die bemerkenswerte Fähigkeit beobachtet, in Sekundenschnelle seine schlechte

Laune abzuschütteln – wie eine Schlange, die ihre alte Haut abstreift. Eben noch ein Mann, dem Zorn und Verärgerung ins Gesicht geschrieben standen, wurde er im nächsten Augenblick zum unbekümmerten Schuljungen, der sich um nichts in der Welt Sorgen zu machen schien. Es war ein liebenswerter Zug, der zu seiner Beliebtheit bei seinen Kameraden wesentlich beitrug.

Die nächsten beiden Tage verliefen ruhig. Die Hitze hielt an, doch zog ein dünner grauer Wolkenschleier vom Meer heran und verdeckte die Sonne. Eine brütende Stille lag über der Stadt, eine seltsame Trägheit ergriff die Menschen, und alle waren lustlos und gereizt. Hier und da brach sich die Spannung in kleineren Handgreiflichkeiten Bahn, die jedoch nur kurz andauerten und in der Regel glimpflich ausgingen, weil den Beteiligten das Ergebnis im Grunde gleichgültig war. Nach all den Monaten der fieberhaften Vorbereitung, nach der Erhebung und Ausrüstung der größten Invasionstruppe, die jemals Englands Küsten verlassen hatte, schien die Begeisterung für den Krieg mit der Kanalüberquerung auf einmal dahingeschwunden zu sein. Doch ich war davon überzeugt, daß die Quelle für das allgemeine Unbehagen an alleroberster Stelle, nämlich beim König selbst zu suchen war. Seine kaum verhüllte Trägheit steckte jeden an.

Die plötzliche Teilnahmslosigkeit Seiner Majestät war um so merkwürdiger, als ständig überall betont wurde, daß es König Eduard gewesen sei, der mit aller Macht darauf gedrängt habe, gegen den alten Feind auf der anderen Seite des Kanals in den Krieg zu ziehen; der das Parlament persönlich davon überzeugt habe, ihm zu diesem Zweck große Geldsummen zur Verfügung zu stellen; der unermüdlich durchs Land gereist sei, um seine wohlhabenderen Untertanen zu beschwatzen, mehr als ein Scherflein zu den Kriegskosten beizutragen. Fast im Alleingang hatte er das Agincourt-Fieber, das als Funke noch im Herzen eines jeden Engländers schlummerte, so beharrlich entfacht, bis daraus wieder eine stete Flamme geworden war. Warum vertrödelte er dann jetzt wertvolle Zeit in seiner Festung Calais und wartete mit erstaunlicher Geduld auf die Ankunft seines hoffnungslos verspäteten Schwagers, ehe er zum Schlag gegen Frankreich ausholte?

Doch ich war nicht der einzige, dem die Beweggründe des Königs rätselhaft blieben. Der Herzog von Gloucester wurde von Tag zu Tag ungeduldiger und verärgerter über seinen ältesten Bruder.

«Ich muß mit Seiner Gnaden sprechen», sagte ich zu John Kendall, König Richards Sekretär.

Er sah mich strafend an. «Chapman, Ihr nehmt Euch zuviel heraus. Zwar wissen wir inzwischen wohl alle, daß Ihr von Seiner Gnaden nicht bloß als Kammerdiener eingestellt worden seid, doch hat mir der Herzog mit keinem Wort zu verstehen gegeben, daß Ihr besondere Vergünstigungen genießen sollt. Ich werde ihm mitteilen, daß Ihr *um die Gnade einer Audienz ersucht*, aber Ihr werdet warten müssen, bis ich Euch eine entsprechende Nachricht zukommen lasse.»

«Es ist aber dringend», entgegnete ich aufgebracht.

John Kendall schüttelte nur den Kopf. «Ich habe Euch gesagt, ich werde nach Euch rufen lassen. Aber ich sage Euch gleich: Selbst wenn er zustimmt, Euch zu empfangen, wird es nicht heute geschehen und aller Wahrscheinlichkeit nach auch nicht morgen. Der Herzog von Burgund wird heute vormittag in Calais erwartet.»

Mir blieb nichts anderes übrig, als mich damit zufriedenzugeben. Mir war klar, daß John Kendall sich nicht umstimmen lassen würde. Also suchte ich Timothy auf, nur um mir die unwirsche Frage anzuhören, warum ich nicht auf meinem Posten bei den Wachen Seiner Gnaden sei.

«Die Vorhut der Burgunder ist vor weniger als einer halben Stunde eingetroffen, um zu verkünden, daß der Herzog gegen Mittag hier sein wird.»

Ich hatte Timothy im Kontor im Erdgeschoß gefunden, einem recht großen Raum, den man vorübergehend in einen Schlafsaal für einige Dutzend Bedienstete des Herzogs, darunter auch Timothy und mich, umgewandelt hatte. Normalerweise herrschte dort ein reges Kommen und Gehen, doch ich hatte Glück und traf Timothy alleine an. Ich nutzte die Gelegenheit und schloß rasch die Tür.

«Was machst du da?» fragte Timothy vorwurfsvoll. Er war gerade dabei, sich sein bestes blau-braunes Wams anzuziehen und sein zweitbestes unter seiner Pritsche zu verstauen. «Wir müssen uns bereithalten, den Herzog zu begleiten, sobald er das Haus verläßt.»

«Hör zu», sagte ich mit eindringlicher Stimme. «Ich habe eine Idee, welches Motiv hinter dem Mordkomplott gegen Herzog Richard stecken könnte.» Damit hatte ich seine Aufmerksamkeit gewonnen und fuhr rasch fort: «Natürlich kann ich auch falsch liegen. Bisher habe ich noch keinen Beweis, obwohl es, falls ich recht habe, nicht mehr lange dauern kann, bis meine Vermutung durch die Ereignisse bestätigt wird.»

«Um Gottes willen, Chapman, komm endlich zur Sache!» Timothy platzte fast vor Ungeduld. «Was willst du herausgefunden haben?»

In dem Moment flog hinter mir die Tür auf, und wir fuhren beide erschrocken zusammen. Zu unserer Erleichterung war es bloß Matthew Wardroper. Er sagte, der Herzog sei jetzt bereit, sich zu seinen Brüdern auf dem Marktplatz zu gesellen.

Timothy fluchte. «Wir dürfen nicht zu spät kommen, Chapman. Kennst du das Wirtshaus, das gleich um die Ecke in einem kleinen Innenhof versteckt liegt?» Ich nickte. «Dann treffen wir uns dort heute nach dem Abendessen.»

«Was ist denn los?» wollte Matthew sofort wissen. «Ist etwas passiert?»

Timothy strich sein Wams glatt. «Roger meint, er wisse, was hinter dem Komplott gegen Seine Gnaden steckt.»

Mit einem Ausruf des Erstaunens kam Matthew aufgeregt zu mir und umklammerte meinen Arm. Ich beeilte mich, ihm zu versichern, daß ich bisher für meinen Verdacht noch keine Beweise hätte und nur die Zeit zeigen könne, ob ich damit im Recht sei.

«In dem Fall ist es am besten, wenn der junge Matt ebenfalls zum Wirtshaus kommt», sagte Timothy und eilte an mir vorbei zur Tür. «Dann können wir auch gleich seine Meinung hören. Jetzt laßt uns aber in Gottes Namen aufbrechen. Und bleibt auf dem Marktplatz so nahe beim Herzog, wie ihr nur könnt.»

Herzog Karl von Burgund, bei seinen Freunden als «der Kühne» und bei allen anderen als «der Tollkühne» bekannt, war ein hochmütig dreinblickender Mann mit langem, schmalem Gesicht. Er war ganz in Schwarz gekleidet, und an seinem Hals schimmerte das Zeichen des Ordens vom Goldenen Vlies. Das Zaumzeug seines Rosses war mit Dutzenden von Silberglocken behangen, die laut klimperten, sobald das unglückliche Tier wagte, auch nur die geringste Bewegung zu machen. Von seiner ersten Frau hatte er eine Tochter namens Maria, doch die mittlerweile siebenjährige Ehe mit unserer Prinzessin von Plantagenet hatte ihm keine weiteren Nachkommen gebracht – eine ständige Quelle derber Scherze unter den burgundischen Soldaten, wie Matthew von Jocelin d'Hiver erfahren hatte.

Als Herzog Karl feierlich auf den Marktplatz von Calais ritt, stand ich nur ein paar Schritte hinter Herzog Richard. Ich ließ die Blicke aufmerksam von einer Person zur anderen wandern, ständig auf der Hut vor einer verdächtigen Bewegung, die einen erneuten Anschlag auf das Leben des Herzogs ankündigen könnte. Deshalb dauerte es auch eine Weile, bis ich das bestürzte Gemurmel wahrnahm, das sich unter den Zuschauern erhoben hatte, und die Anzeichen eines hitzigen Streits zwischen dem Herzog und seinen

Schwagern bemerkte. Als mir endlich klar wurde, daß etwas nicht stimmte, zischte ich einem Mann zu, der neben mir stand: «Was geht hier vor?»

An seiner Livree erkannte ich, daß er unter Louis de Bretaylle diente, einem der angesehensten und vertrauenswürdigsten Leutnants des Königs.

«Großer Gott!» rief er lachend. «Wo habt Ihr Eure Augen? Burgund hat keine Truppen mitgebracht. Seht doch nur, wie wenig Männer hinter ihm reiten. Unsere hohen Lords sind rasend vor Wut, und das mit gutem Grund.»

Doch als ich die königlichen Brüder näher betrachtete, kam es mir so vor, als zürnten nur die Herzoge von Gloucester und Clarence über das Pflichtversäumnis ihres Schwagers, während König Eduard mit Gleichmut hinzunehmen schien, daß Karl von Burgund zwar, wie sich später herausstellte, die Belagerung von Neuss aufgegeben hatte, statt dessen aber über das Herzogtum Lothringen hergefallen war. Mit harter, schriller Stimme redete er auf König Eduard und seine Brüder ein, doch da er französisch sprach, konnte ich ihn nicht verstehen. Später, als die in ihrem Überschwang stark gedämpften Begrüßungszeremonien vorüber waren und sich die hohen Herren in König Eduards Quartier zum Kriegsrat zurückgezogen hatten, bat ich Matthew Wardroper um eine Übersetzung.

Er zuckte mit den Schultern. «Er hat gesagt, daß die englische Armee groß genug sei, um auch ohne seine Hilfe über ganz Europa bis zu den Toren Roms hinwegzufegen. Und daß er sich später, sobald er mit Lothringen fertig sei, mit unseren Truppen vereinigen wolle. Natürlich hat er das alles nicht so offen ausgedrückt, aber das war ungefähr, was er gemeint hat.» Matthew grinste, wurde jedoch rasch wieder ernst. «Sagt mir, wann Ihr bereit seid, Master Plummer zu treffen, ja? Ich sterbe fast vor Neugier und muß unbedingt erfahren, was Ihr herausgefunden habt.»

«Ich habe nichts herausgefunden», entgegnete ich. «Matthew, ich weiß, daß das sehr schwer für Euch ist, aber ich möchte Euch bitten, heute abend bei Herzog Richard zu bleiben.» Er zog ein enttäuschtes, trotziges Gesicht. «Es tut mir leid», sagte ich. «Ich weiß, es ist viel verlangt, und ich verspreche Euch, Ihr sollt so bald wie möglich alles erfahren. Aber heute abend brauche ich unbedingt jemanden, der Ralph Boyse im Auge behält. Er singt nachher für den Herzog. Ich habe es von einem der Pagen gehört.»

Er zögerte eine Sekunde, dann gewann sein sonniges Gemüt wieder die Oberhand. «Und Ihr schwört hoch und heilig, es mir später zu sagen? Also gut.» Er lächelte mich gutmütig an, und plötzlich stand mir eine sehr lebhafte Erinnerung an Lady Wardroper vor Augen, wie ich sie vor fünf Wochen auf Chilworth Manor gesehen hatte. «Aber was ist mit den anderen? Es wird nicht leicht sein, auf sie alle gleichzeitig aufzupassen.»

«Über die anderen brauchst du dir keine Sorgen zu machen», antwortete ich knapp und ließ ihn ratlos zurück.

Der Rest des Tages war rasch verstrichen. Der Kriegsrat ging zu Ende, und die hohen Herren kehrten in ihre jeweiligen Quartiere zurück. Karl von Burgund sollte die Nacht beim König verbringen.

Als ich zum Wirtshaus kam, saß Timothy bereits wartend im Innenhof. Zwei randvolle Becher mit Ale standen neben ihm auf der Bank, und einen weiteren hatte er in der Hand. «Wo ist Matt?» fragte er.

«Ich habe ihn überredet, beim Herzog zu bleiben und ein Auge auf Ralph zu halten, der heute abend für Seine Gnaden singt.» Ich setzte mich und trank etwas von dem Ale.

«Warum ausgerechnet Ralph?» fragte Timothy. «Was ist mit den anderen?»

«Weil ich nicht mehr daran glaube, daß sie für den Herzog eine Bedrohung darstellen», antwortete ich. Timothy hob fragend die Augenbrauen.

«Warum nicht? Und aufgrund welcher Beweislage?»

«Ich weiß nicht, ob man bisher wirklich von einer Beweislage sprechen kann.» Ich nippte an meinem Ale. «Aber lassen wir das für den Augenblick.»

«Wenn du etwas weißt...», begann Timothy drohend, dann blickte er mir ins Gesicht und zuckte mit den Schultern. «Also gut. Aber du hast behauptet, den Grund für das Komplott gegen Herzog Richard zu kennen.»

Wieder nahm ich einen Schluck Ale, ehe ich antwortete. «Ich sagte: Ich *glaube* den Grund zu kennen. Wie ernst ist es König Eduard deiner Meinung nach mit diesem Krieg?»

Timothy hustete. Offenbar hatte er sich an seinem Getränk verschluckt. Als er wieder Luft bekam, fragte er ungläubig: «Wie kommst du dazu, eine solche Frage zu stellen? Wie ernst es dem König ist! Es ist ihm todernst, das ist doch selbst dem Dümmsten klar. Die armen Franzosen haben nicht viel zu diesem Kriegsausbruch beigetragen. Es ist die uralte Geschichte: Wer König von England ist, der soll auch König von Frankreich sein. Dieser Anspruch hat in den letzten zweihundert Jahren schon genug Kriege entfacht. Er geht auf Isabella Capet zurück, die Mutter von Eduard III.»

Ich rieb mir nachdenklich das Kinn. Am anderen Ende der Bank sah sich ein junges Paar verliebt in die Augen. Die Augen des jungen Mannes standen leicht vor und glänzten wie dunkle, reife Pflaumen. In ihrer Farbe erinnerten sie mich an Matthew Wardroper.

«Ich glaube, der König betreibt ein viel raffinierteres Spiel», sagte ich langsam. «Ich glaube, er steht in Kontakt mit König Ludwig von Frankreich, und das nicht erst seit einigen Tagen. König Eduard braucht mehr Geld, als ihm das Parlament zu geben bereit ist, um sich die Verschwendungssucht der Königin und ihrer Familie, seine Mätressen und seine aufwendige Hofhaltung leisten zu können. König Ludwig will von England in Ruhe gelassen werden. Was wäre also für beide Männer und ihre jeweiligen Ziele besser, als zu einer Übereinkunft zu kommen: König Ludwig zahlt jährlich eine großzügig bemessene Summe an König Eduard, und dieser verspricht im Gegenzug, Frankreich für alle Zeiten in Frieden zu lassen?»

...

Achtzehntes Kapitel

«An deiner Stelle würde ich etwas leiser sprechen», warnte mich Timothy. «Was du da redest, ist nicht nur blanker Unsinn, sondern auch Majestätsbeleidigung. Und selbst wenn du recht hättest... Meinst du, der König könnte seine Lords und Heerführer zur Zustimmung zwingen? Du weißt sehr gut, daß Herzog Richard sich auf einen solchen Verrat am Volk niemals einlassen würde.»

«Genau darum geht es mir ja!» warf ich ein und mäßigte meine Stimme, wie Timothy es mir geraten hatte. «Doch als erstes solltest du über all die anderen nachdenken, mit denen sich Seine Hoheit umgibt: den treulosen und für seine Verschwendungssucht bekannten Georg von Clarence; Earl Rivers, den Bruder der Königin, und ihren Sohn, den Marquis von Dorset, die beide auf großem Fuße leben und ständig in Geldnöten sind; Lord Hastings, einen der Busenfreunde des Königs, der nach allem, was ich beobachtet habe, ebenfalls mit Geld um sich zu werfen versteht; John Morton, der es darauf anlegt, überall Unfrieden zu stiften; von den restlichen Mitgliedern des Hofes gar nicht erst zu sprechen... Traust du einem von denen so viel Ehre und Anstand zu, daß er einem ansehnlichen Bestechungsgeld widerstehen könnte? Und glaubst du allen Ernstes, daß einer von ihnen einen so großen Einfluß auf den König hat, daß er ihn dazu bringen könnte, seine Meinung zu ändern?» Timothy schüttelte langsam den Kopf. «Nein, das traust du keinem von ihnen zu. Außer...»

«Außer Herzog Richard», ergänzte Timothy mit heiserer Stimme.

«Herzog Richard», wiederholte ich. «Er war dem König sein ganzes Leben lang treu ergeben, der König legt großen Wert auf seine Meinung, und seine Achtung ist ihm vermutlich ebenso wichtig wie die Luft zum Atmen. Herzog Richard würde sich diesem Plan mit Sicherheit in den Weg stellen. Mit allen Mitteln, die ihm zu Gebote stehen, würde er versuchen, Seine Majestät davon abzubringen. König Ludwig weiß das. Wieviel einfacher wäre es daher für ihn, das Hindernis aus dem Weg zu räumen, anstatt ein unabschätzbares Wagnis einzugehen und darauf zu hoffen, daß König Eduard nicht auf seinen Bruder hören wird?»

Timothy kaute nachdenklich auf seiner Unterlippe. «Aber was hat das alles mit St. Hyazinth zu tun?»

Ich zuckte mit den Schultern. «Woher soll ich das wissen? Vielleicht sind die beiden Könige übereingekommen, ihre wahren Absichten am Festtag von St. Hyazinth zu offenbaren.»

«Du meinst, bis dahin würden beide nur so tun, als wollten sie tatsächlich in den Krieg ziehen...?» Er hielt entsetzt inne. «W-was rede ich da? Das sind doch alles völlig überdrehte Hirngespinste! Warum höre ich dir überhaupt zu?»

«Weil ich dir die bisher einzige einleuchtende Erklärung für das Komplott gegen Herzog Richard gegeben habe.»

«Pschah!» Timothy machte ein Geräusch wie eine niesende Katze und wedelte aufgeregt mit den Händen. «Welche Beweise hast du für deine Anschuldigungen?» Als ich ihm von meinen Beobachtungen berichtete, war er noch abwehrender als zuvor. «Das soll alles sein? Du hältst nichts in Händen, Roger, und das weißt du sehr gut. Das Benehmen Seiner Majestät kann ein gutes Dutzend Gründe haben.»

«Nenne mir einen einzigen.»

«Möglicherweise ist seine Gesundheit nicht so gut wie sonst. Die ständige Belastung durch die Geldeintreiberei kann selbst einen kräftigen Burschen wie ihn angegriffen haben. Oder es könnte eine Frau dahinterstecken. Es ist kein Geheimnis, daß er Elizabeth Lucys, seiner jetzigen Mätresse, überdrüssig ist und sich nach einer neuen umschaut. Vielleicht ist die Dame nicht so leicht abzuschütteln, wie er dachte. Und dann die ständigen Zwistigkeiten zwischen Clarence und der Familie der Königin. Dauernd besänftigen zu müssen kann für jemanden, der häuslichen Frieden schätzt, ziemlich anstrengend sein. Außerdem hat es in letzter Zeit zwei Anschläge auf das Leben seines Lieblingsbruders gegeben, und ich bin mir nicht sicher, ob die Erklärung, es habe sich dabei um die Tat eines Verrückten und einen unglückseligen Unfall gehandelt, seine Ängste wirklich beschwichtigt hat.» Timothy überlegte, ob ihm noch etwas einfiel, dann breitete er die Arme aus und hob die Schultern. «Da hast du immerhin vier mögliche Gründe für die Mißstimmung des Königs – wenn es sie denn tatsächlich geben sollte, außer in deiner Phantasie.»

Ich trank mein Ale aus. «Du hast mich angeheuert», erinnerte ich ihn gekränkt, «damit ich versuche, das Rätsel zu lösen, und jetzt tust du die einzige vernünftige Lösung, auf die ich gekommen bin, als Unsinn ab.»

«Na ja...», begann Timothy, doch ich unterbrach ihn.

«Hör zu, ich habe dir noch mehr zu sagen. Kommen wir auf den Mord an Thaddeus Morgan zurück. Jemand wußte, daß er sich in der Nacht vor seinem Tod mit Lionel am Kloster treffen wollte, und folgte ihm. Auf diese Weise erfuhr er von der Verabredung am folgenden Abend im verlassenen Lagerhaus, bei dem Thaddeus den Namen des Attentäters übermitteln wollte. Denk doch einmal nach! Wer von deinen fünf Verdächtigen hatte den leichtesten Zugang zu eurem Geheimnis, daß du von der Bruderschaft vor einem Mordkomplott gegen Seine Gnaden gewarnt worden bist?»

«Sag schon! Wer?» brummte er verdrießlich.

«Ralph Boyse natürlich. Der Mann, den du schon immer für einen Spion der Franzosen gehalten hast. Er hatte eine direkte Verbindung zu Lionel Arrowsmith: Berys Hogan!»

Wieder verschluckte sich Timothy an seinem Ale. «Lionel wäre doch nie so töricht gewesen, mit Berys Hogan über diese Dinge zu sprechen. Du beleidigst ihn. Ein Segen, daß Matthew nicht hier ist, um sich eine solche Verleumdung seines Verwandten anhören zu müssen!»

Ich seufzte. «Eine kluge Frau kann aus einem Mann, der in sie vernarrt ist, alles herausbekommen. Denk doch nach! Alle haben Master Arrowsmith davor gewarnt, mit Berys anzubändeln. Du selbst hast gesagt, es sei ein Spiel mit dem Feuer. Jeder weiß, daß sie mit Ralph Boyse verlobt ist, einem Mann, der als unberechenbar und jähzornig gilt. Und doch hat Ralph nie die geringsten Anzeichen von Eifersucht an den Tag gelegt – nicht einmal als er Berys und Lionel in einem Innenhof von Baynard's Castle zusammen beobachtet hat.» Ich erzählte Timothy, was ich gesehen hatte. «Deshalb glaube ich, daß Berys nur auf den ausdrücklichen Wunsch ihres Verlobten hin auf Lionels Annäherungsversuche eingegangen ist und alle Auskünfte, die sie ihm abschmeicheln konnte, an den Mann weitergab, den sie wirklich liebte. Ob sie wußte, warum sie Lionel aushorchen sollte, vermag ich nicht zu entscheiden, und die Frage soll uns auch nicht weiter beschäftigen. Jedenfalls ist Berys das entscheidende Bindeglied zwischen den Franzosen, dem Mord an Thaddeus Morgan und dem Mordkomplott gegen den Herzog von Gloucester.»

Ich konnte sehen, daß meine Ausführungen Timothy allmählich zu überzeugen begannen, obwohl er sich natürlich dagegen sträubte, Lionel als verliebten, Geheimnisse ausplaudernden Narren anzusehen oder König Eduard einer höchst zweifelhaften Übereinkunft mit dem König von Frankreich für fähig zu halten. Doch auch er konnte nicht leugnen, daß meine Erklärungen logisch und schlüssig klangen und den geheimnisvollen, bisher unerklärlichen Geschehnissen Sinn verliehen. Trotzdem weigerte er sich, mir ohne jede Gegenwehr zu glauben, und suchte verzweifelt nach Einwänden. Nach kurzem Schweigen schien ihm denn auch tatsächlich etwas eingefallen zu sein.

«Ich habe dir doch schon früher gesagt», sagte er mit einem erleichterten Lächeln, «daß Ralph unmöglich Thaddeus Morgan ermordet haben kann. Jeder weiß, daß er zu der Zeit in Baynard's Castle war. Es gibt Zeugen, die ihn mit Berys Hogan gesehen haben. Und er war auch nicht in Northampton, als Thaddeus mich dort aufsuchte, um mir von den Mordgerüchten zu erzählen. Er kann davon nichts gewußt haben.»

Ich setzte gleich bei seinem ersten Einwand an. «Ralph brauchte nicht erst durch euch von dem Komplott zu erfahren, er war bereits ein Teil davon. Doch als er in Canterbury wieder auf den Troß des Herzogs stieß, fand er mit Berys' Hilfe heraus, daß auch du inzwischen von der Bedrohung wußtest. Ohne Zweifel war das ein Schlag für ihn, doch solange du keine Vorstellung hattest, aus welcher Richtung dem Herzog Gefahr drohte, hatte er nichts zu befürchten. Die verschärften Sicherheitsvorkehrungen machten die Sache für ihn allerdings schwieriger.» Ich hielt kurz inne und fügte dann hinzu: «Warum hat er Herzog Richard belogen und gesagt, er wolle in Devon einen kranken Onkel besuchen? Er ist nie im Leben dort gewesen. Folglich müssen wir uns fragen, wo er war und was er während seiner Abwesenheit getrieben hat.»

Timothy rutschte unbehaglich auf der Bank hin und her und verschränkte die Arme vor der Brust. «Du hast Ralphs Anwesenheit im Schloß während des Mordes an Thaddeus Morgan noch nicht erklärt.»

«Er hat einen Komplizen», erwiderte ich langsam. «Ralph ist kein Attentäter, er ist Spion, und als solchen wollen ihn die Franzosen, die noch nicht wissen, daß du ihn entlarvt hast, auf jeden Fall auch behalten. In der abgelegenen Kammer des Schlosses habe ich damals zwei Männer miteinander flüstern hören. Und der zweite Mann hat Thaddeus Morgan getötet.»

Timothy fluchte leise, löste die verschränkten Arme und hob den Kopf, um mich anzuschauen. «Hm. Das ist gut möglich», räumte er widerwillig ein.

«Es ist mehr als möglich. Ich halte es für höchstwahrscheinlich.»

«Aber wer in Gottes Namen soll dieser Komplize sein? Jocelin d'Hiver? Ich habe den Burgundern und Flamen noch nie so recht über den Weg getraut. Sie sind rechtmäßige Lehnsmänner von König Ludwig. Hätten die Franzosen vor mehr als fünfzig Jahren nicht Herzog Karls Großvater ermorden lassen, wäre wohl nie diese Kluft zwischen ihnen entstanden. Ja, man sagt, die Engländer seien durch das Loch im Schädel von Johann ohne Furcht nach Frankreich gekrochen.»

«Vielleicht», erwiderte ich. «Aber ich glaube nicht, daß Jocelin der Mörder ist.»

«Wer dann?» fragte Timothy mit gepreßter Stimme.

Ich zögerte noch einen Augenblick, dann sagte ich mit größerer Gewißheit, als ich sie selbst verspürte: «Matthew Wardroper.»

Timothy schauderte und rang nach Luft. «Jetzt bin ich mir endgültig sicher, daß du dem Wahnsinn verfallen bist», sagte er mitfühlend, und sein Tonfall wurde vor Erleichterung fast fröhlich. «Als der junge Wardroper zu uns kam, war er von allem, was bis dahin geschehen war, so unbeleckt wie ein unschuldiger Säugling. Ich lege meine Hand dafür ins Feuer, daß er ebensowenig ein französischer Spion ist wie du oder ich. Um Gottes willen, Roger, er ist mit Lionel Arrowsmith verwandt!»

«Verwandtschaftsbande sind für einen Mann, der zum Verrat entschlossen ist, kein Hindernis, wie du nur allzu gut weißt. Und Geld stellt in diesem Spiel einen gewaltigen Anreiz dar. Die Gier nach Gold hat in der Vergangenheit schon so manchen ehrenwerten Mann vom Pfad der Tugend abgebracht. Warum sollten ihre Verlockungen heute weniger mächtig sein?»

Timothy starrte so verzweifelt in seinen Becher, als bedürfte er dringend einer Stärkung, doch der Becher war leer, und so lehnte er sich an die Mauer und verschränkte die Hände hinter dem Kopf. «Sprich weiter», sagte er nicht ohne Spott. «Ich bin ganz Ohr. Erklär mir, warum du ausgerechnet den jungen Matthew Wardroper verdächtigst. Ich nehme an, genau aus diesem Grund hast du ihn heute abend wohl auch ausgeladen.»

«Ich bin weder leichtfertig noch überhastet zu meinen Schlußfolgerungen gelangt», sagte ich, fast von Gewissensbissen geplagt. Ich dachte an Matthews Eltern, den allseits geachteten Sir Cedric und seine schöne Frau, dann schob ich den Gedanken entschlossen beiseite und fuhr fort: «In der gleichen Woche, in der Matthew in den Haushalt des Herzogs eintrat, wurden meine Schritte, wie du bereits weißt, durch Gottes Gnade nach Chilworth Manor gelenkt. Sir Cedric selbst habe ich nicht kennengelernt, doch hatte ich das Glück, Lady Wardroper ein Paar recht wertvolle Handschuhe verkaufen zu können. Während wir noch miteinander sprachen, stimmte sie ein Liedchen an, summte eine Weile und sang dann den Refrain: ‹Das ist das Ende. Doch ganz gleich, was geredet wird, ich muß dich lieben.› Du hast es oft genug gehört.»

«Und wenn schon!» seufzte Timothy. «Ich habe kein Ohr für Musik.»

«Da geht es mir nicht besser, aber die Worte haben sich mir eingeprägt. Lady Wardroper hat mir erklärt, es sei ein französisches Lied, das Lied eines Trouvère mit dem Titel *C'est la fin*, und besonders ergreifend klinge es, wenn es von einem bretonischen Bombard begleitet werde.» Ich sah Timothy erwartungsvoll an, doch er schien nicht zu ahnen, worauf ich hinauswollte. «Ralph Boyse singt häufig das gleiche Lied. Es ist eines seiner Lieblingslieder, und das Instrument, das er dazu spielt, ist ein bretonisches Bombard.»

«Und?» fragte Timothy ungeduldig, als ich zögernd innehielt.

«Die Frau von Sir Cedrics Schäfer hat mir erzählt, einen Monat vor meinem Besuch auf Chilworth Manor sei ein fahrender Sänger dort gewesen, habe für die Herrschaften gesungen und gespielt und anschließend die Nacht im Herrenhaus verbracht. Und sie hat auch ausdrücklich erwähnt, daß Matthew zu der Zeit noch zu Hause war. ‹Er saß herum, drehte Däumchen und wartete darauf, seine neue Stellung antreten zu können›, lauteten ihre Worte.»

Timothy runzelte die Stirn. «Willst du damit sagen... daß dieser fahrende Sänger... in Wirklichkeit Ralph Boyse gewesen ist?»

«Der Sänger ist zur gleichen Zeit in Chilworth Manor aufgetaucht, in der Ralph angeblich in Devon war, und da er nichts von der roten Erde rund um Exeter wußte, bin ich davon überzeugt, daß er in Wirklichkeit woanders war. Ich glaube, er war in der Nähe von Southampton und hat den Wardropers einen Besuch abgestattet.»

«Aber zu welchem Zweck?»

«Um mit Matthew zu sprechen und ihm seine Anweisungen zu geben.»

Timothy rümpfte die Nase wie ein Hund, dem man einen schlechten Knochen hingeworfen hat. «Da mußt du dir aber noch etwas Schlüssigeres einfallen lassen», wandte er ein.

Eine Gruppe betrunkener Soldaten kam aus dem Wirtshaus und schwankte, zotige Lieder grölend, über den Innenhof. Mit düsterer Miene sah ihnen Timothy nach.

«Sobald sie den Fuß auf französischen Boden setzen, wird es noch schlimmer werden», prophezeite er. «Irgendwie scheinen fremde Länder in Engländern die schlechteste Seite zum Vorschein zu bringen, mögen sie zu Hause auch noch so artig und wohlerzogen sein. In jeder Stadt und in jeder noch so kleinen Ansiedlung, die sie durchqueren, werden sie vergewaltigen, plündern und brandschatzen. Einige wird man hängen, andere auspeitschen, alle anderen wird das jedoch nicht abschrecken können. Aber Gott sei Dank ist das nicht meine Sache. Fahre fort, Roger. Und nenne mir einen anderen Grund dafür, warum du dich erkühnst, Matthew Wardroper des Mordes zu verdächtigen.»

«Beide Versuche, Lionel Arrowsmith außer Gefecht zu setzen, wurden unternommen, nachdem Matthew in London angekommen war und Ralph von Berys erfahren hatte, daß du in das Geheimnis eingeweiht bist. Der erste Versuch schlug fehl, Lionel brach sich beim Sturz nur den Arm und war in der Lage, zum Treffen mit Thaddeus am Kloster zu gehen. Jemand ist ihm in jener Nacht gefolgt, und ich lege meine Hand dafür ins Feuer, daß es Ralph oder Matthew war. Ich für meinen Teil glaube, es war Ralph. Er hat sicherlich Freunde unter den Torwächtern des Schlosses, die ihn jederzeit hinein- und hinauslassen, ohne allzu viele Fragen zu stellen. Wäre Thaddeus in der Lage gewesen, an Ort und Stelle einen Namen zu nennen, glaube ich nicht, daß er und Lionel die Nacht überlebt hätten. Nun ging es jedoch darum, dafür zu sorgen, daß sie sich am folgenden Abend nicht erneut treffen konnten. Der zweite Versuch, Lionel zu verletzen, war erfolgreicher. Diesmal brach er sich den Knöchel, und statt dessen wurde Matthew zum Treffen mit Thaddeus geschickt. Wessen Vorschlag war das? Kannst du dich noch daran erinnern?»

«Lionels Vorschlag», lautete die prompte Antwort. «In der Hinsicht, mein guter Freund, mußt du dich geschlagen geben. Matthew wußte nichts von der ganzen Sache, bis wir ihn selbst ins Vertrauen gezogen haben.»

«Und damit durch Zufall den Verschwörern direkt in die Hände gespielt habt! Aber ich bin sicher, wenn du dich entschlossen hättest, selbst zum Lagerhaus zu gehen, hätte Matthew deinen Gewährsmann vorher getötet. Ihr habt es ihm nur besonders leicht gemacht.»

Timothy dachte nach, dann fragte er: «Hast du noch andere Anhaltspunkte für deinen Verdacht gegen den jungen Matthew? So ganz hast du mich noch nicht überzeugt.»

Ich seufzte. Natürlich war mir ebenso klar wie ihm, daß mein Verdacht sich eher auf Vermutungen und Eingebungen stützte als auf stichhaltige Beweise.

«Zwei Anhaltspunkte. Erstens war Thaddeus nicht sofort tot, sondern hatte seinem Mörder offenbar noch Widerstand leisten können. Am Unterkiefer, wo ihn jemand geschlagen hatte, war ein blauer Fleck. Als wir später zu viert im Turmzimmer waren – du, ich, Master Arrowsmith und der junge Wardroper –, bemerkte ich, wie Matthew den Knöchel seiner rechten Hand rieb und dabei schmerzlich das Gesicht verzog, habe mir jedoch zu der Zeit noch nichts dabei gedacht. Zweitens hat mich damals, als ich Thaddeus' Leiche fand, von Anfang an irgend etwas gestört, ohne daß ich hätte sagen können, was es war.

Erst jetzt ist es mir klargeworden: Der Mörder muß gewußt haben, daß sein Opfer noch nicht ganz tot war, als er es im Lagerhaus zurückließ. Thaddeus lag offenkundig im Sterben, aber er hatte sein Leben noch nicht ausgehaucht. Warum hat den Mörder das nicht beunruhigt? Warum sorgte er nicht dafür, daß Thaddeus tot war, ehe dein Abgesandter zum Treffen kam? Er konnte ja nicht wissen, wer dieser Abgesandte war, und Thaddeus hätte noch in der Lage sein können, einen Namen zu flüstern: den Namen seines Mörders, der es auch darauf abgesehen hatte, Herzog Richard zu ermorden. Dieses Wagnis wäre der Mörder niemals eingegangen, wenn er sich nicht völlig sicher gewesen wäre, daß außer ihm niemand ins Lagerhaus kommen würde. Daraus kann es nur eine logische Schlußfolgerung geben: Matthew Wardroper muß der Mörder gewesen sein.

Natürlich hatte er nicht voraussehen können, daß Philip

Lamprey und ich auf der Bildfläche erscheinen würden, doch selbst unter diesen Umständen blieb ihm das Glück noch treu. Thaddeus starb in meinen Armen, ohne ein Wort hervorgebracht zu haben. Und was die beiden bisherigen Anschläge auf Herzog Richard angeht», kam ich zum Schluß, «hat selbstverständlich niemand daran gedacht, einmal nachzufragen, wo Matthew sich zur Tatzeit aufgehalten hat. Über seinen Verbleib während des Maskenspiels können wir daher auch keine Aussage treffen. Aber wir wissen, wo er war, als Herzog Richards Pferd durchging: Er ritt direkt hinter Seiner Gnaden.»

Es folgte ein langes Schweigen. Auch im Hof war es jetzt vollkommen still. Nur gelegentlich drang aus dem Wirtshaus gedämpftes Lachen an unsere Ohren. Die Schatten wurden immer länger, während die Sonne hinter den Dächern von Calais versank und an den Fenstern die ersten Kerzen zu leuchten begannen. Im Westen war der allmählich dunkler werdende Himmel von Seen und Flüssen aus schimmerndem Perlmutt durchzogen. Jenseits der Mauern rauschte leise das Meer.

Endlich rührte sich Timothy, wenn auch sichtlich widerwillig, so als müsse er nach tiefem, traumlosem Schlaf in eine schmerzvolle Wirklichkeit zurückkehren. «Du hast keinerlei Beweise, auf die du deine Behauptungen stützen kannst», sagte er. «All das existiert einzig und allein in deinem Kopf.»

«Ich weiß», räumte ich ein. «Aber glaubst *du* mir? Falls ja, könnten wir gemeinsam einen Plan entwickeln.»

Er stand auf und reichte mir eine Hand, um mir ebenfalls aufzuhelfen. «Ja. Und wenn es gegen alle Vernunft ist, ich glaube dir. Und jetzt müssen wir versuchen, an eindeutige Beweise zu kommen.» Doch ihm schien plötzlich etwas einzufallen und seinen neugefundenen Glauben zu untergraben. «Aber es war der junge Wardroper, der den Herzog gerettet hat, als sein Pferd mit ihm durchgegangen ist! Warum hätte er ihn retten sollen, wenn er der Attentäter ist?»

«Ich glaube, der Herzog hat sich selbst gerettet», antwortete ich. «Durch seine eigene Reitkunst und seine rasche Auffassungsgabe. Natürlich leugne ich nicht, daß es so aussah, als wäre Matthew der Retter gewesen, und vielleicht hat der Herzog selbst es auch so wahrgenommen. Aber in den Sekunden, als sie sich dem Rand des Grabens näherten, war die Lage äußerst verwirrend, und es wurde kräftig geschoben, gezogen und gezerrt. Von meinem Blickwinkel aus hätte man das alles auch so deuten können, daß Matthew versuchte, Seine Gnaden über den Rand zu stoßen. Ich hatte vor, den Herzog dazu zu befragen, doch wegen der Ankunft des Herzogs von Burgund hat mir John Kendall heute vormittag eine Audienz verweigert.»

«Ja, und außerdem», warf Timothy spöttisch ein, «weil er der Meinung ist, daß du dir zuviel herausnimmst und deine wahre Stellung vergißt.»

«Mag sein», sagte ich und grinste. Dann streckte ich die Arme über den Kopf. «Bei allen Heiligen, ich kann dir gar nicht sagen, wie froh ich sein werde, wenn das alles vorüber ist und ich endlich wieder auf der offenen Landstraße bin.»

Wir gingen zurück zum Marktplatz und lenkten unsere Schritte zum Quartier des Herzogs.

«Du gibst ein festes Dach über dem Kopf, regelmäßige Mahlzeiten und eine anständige Bezahlung für die unsichere Existenz eines Hausierers auf?» fragte Timothy ungläubig.

«Jederzeit!» entgegnete ich aus vollem Herzen. «Dir mag sie ja gefallen, diese Welt der Gerüchte und Ränkespiele, in der jeder jeden ausspioniert und keiner dem anderen traut, in der ein freundliches Lächeln sich jederzeit in eine häßliche Fratze verwandeln kann und Versprechungen nur dazu da sind, bei nächstbester Gelegenheit gebrochen zu werden, aber für mich ist das nichts.»

Timothy zuckte mit den Schultern. «Jedem nach seinem Geschmack.» Als wir uns der Haustür des Kaufmannshauses näherten, griff er nach meinem Arm. «Über deine Zweifel und Vermutungen, die du mir heute abend anvertraut hast, sollten wir lieber Stillschweigen bewahren. Ich denke dabei vor allem an deine Befürchtungen über die Absichten des Königs. Falls du recht hast, sollten wir Seiner Majestät Gelegenheit geben, sich selbst zu offenbaren, wenn die Zeit dazu gekommen ist. Falls du unrecht hast, könntest du wegen Majestätsbeleidigung festgenommen werden.»

«Ich werde schweigen», versprach ich ihm. «Mir ist mein Leben ebenso lieb wie dir deins.»

«Und wo ist der junge Wardroper heute abend?» fragte mich Timothy, als wir das Losungswort genannt hatten und ins Haus eingelassen worden waren.

«Ich habe ihn gebeten, ein Auge auf Ralph Boyse zu halten.»

«Wie bitte?» zischte Timothy entsetzt. «Nach allem, was du über die beiden zu wissen glaubst?»

«Seine Gnaden ist von seinen Freunden und dreien seiner Leibknappen umgeben», beruhigte ich ihn. «Bis zur Schlafenszeit ist er in Sicherheit. Ich kann mir nicht vorstellen, daß Ralph oder Matthew den Herzog ganz offen angreifen, es sei denn, sie werden dazu gezwungen. Jeder Mörder versucht, seine Täterschaft zu vertuschen. Nichts ist ihm so lieb wie das eigene Leben.»

Von einem der oberen Zimmer drang Musik zu uns herunter. Ralphs Stimme hatte sich zu einer sanften, angenehmen Melodie aufgeschwungen.

«Zumindest hat er eine französische Mutter», knurrte Timothy. «Ich frage mich, was Matthew für eine Ausrede hat.»

Zufrieden stellte ich fest, daß meine Worte bei ihm nicht auf taube Ohren gestoßen waren. Im Gegenteil, sie waren auf fruchtbaren Boden gefallen und hatten dort bereits Wurzeln geschlagen. Ich betete zu Gott, daß ich mit meiner Vermutung richtig lag und mich nicht der grundlosen Verleumdung untadeliger Männer, darunter Seine Majestät, schuldig gemacht hatte.

«Was machen wir jetzt?» fragte ich Timothy. «Ohne stichhaltige Beweise kann es keine Festnahmen geben. Es stünde mein Wort gegen ihres.»

Er nickte. «Wir heften uns an Seine Gnaden wie zwei Kletten und halten Ralph und Matthew von ihm so fern wie wir können, ohne allzuviel Mißtrauen zu erregen. Und in der Zwischenzeit versuchen wir, scharf nachzudenken und eine Lösung für das Problem zu finden. Es muß irgendeine Möglichkeit geben, der ganzen Welt zu beweisen, daß sie Schurken sind.»

Auf einmal durchzuckte mich wieder ein quälender Zweifel. «Und wenn sich herausstellt, daß ich mich geirrt habe?» fragte ich Timothy.

«Dann ist daraus kein anderer Schaden entstanden, als daß wir Zeit verloren haben. Du hast doch niemandem außer mir davon erzählt? Sehr gut. Dann besteht auch kein Grund zur Sorge. Du bist ein guter Mann, Roger, und ich bin stolz darauf, dich meinen Freund zu nennen. Ich werde dich nicht verraten.»

...

Neunzehntes Kapitel

Am nächsten Morgen verließ Herzog Karl der Kühne Calais. Das Ergebnis seines Kriegsrats mit König Eduard machte unter den Soldaten schnell die Runde. Herzog Richard sollte seinen Schwager mit einem Teil seiner Männer nach St. Omer begleiten und dann nach Süden ziehen, um sich wieder mit seinen Brüdern zu vereinen, die in der Zwischenzeit mit ihren Truppen auf St. Quentin zurücken sollten. St. Quentins Verteidiger, der Graf von St. Pol, hatte angeboten, die Stadt kampflos zu übergeben.

Timothy hatte dafür gesorgt, daß wir Herzog Richard nicht aus den Augen lassen mußten.

«Ich hatte heute morgen eine Privataudienz bei Seiner Gnaden», erklärte er mir, «und er hat meinen Vorschlägen in jeder Hinsicht zugestimmt. Ich habe ihn auch darum gebeten, Ralph Boyse und den jungen Wardroper zurückzulassen, ohne allerdings dafür einen Grund anzugeben. Auf diese Weise haben wir ein paar Tage Zeit, über alles nachzudenken. Übrigens, John Kendall hat mir gesagt, daß Herzog Richard jetzt bereit ist, dich zu empfangen, falls du ihn noch sprechen willst.»

In den Privaträumen des Herzogs wimmelte es von Bediensteten, die eisenbeschlagene Truhen mit Kleidern, Büchern und Musikinstrumenten vollpackten und nach unten zu den Gepäckwagen trugen. Wenige Tage später würden auch die zurückgebliebenen Männer gemeinsam mit König Eduard aufbrechen, und das Haus würde verlassen und still auf die Rückkehr seines rechtmäßigen Besitzers warten.

Herzog Richard trug an diesem Tag Brustharnisch und Halsberge sowie Harnische an Oberarmen und Schenkeln, was seiner in bernsteinfarbenen Samt gekleideten Gestalt ein kriegerisches Aussehen verlieh. Zum ersten Mal seit unserer Ankunft in Calais vor zehn Tagen hatte es den Anschein, als würden wir tatsächlich in den Krieg ziehen und uns nicht auf einem endlosen Picknick tummeln. Wieder beschlichen mich Bedenken. Ein ungutes Gefühl meldete sich in meiner Magengrube, als mir plötzlich klar wurde, daß ich mit meinen Vermutungen auch genausogut fehlgegangen sein konnte.

«Nun, Roger?» Der Herzog sah mich an und hob die Augenbrauen. «Du wolltest mich sehen?»

«Um Euch eine Frage zu stellen, Euer Gnaden.»

«Ich höre.»

Beim Anblick seines fragenden Gesichtsausdrucks zauderte ich, doch dann nahm ich meinen ganzen Mut zusammen. «Euer Gnaden, als der junge Matthew Wardroper...»

«Schon wieder dieser Wardroper», murmelte er. «Das ist heute schon das zweite Mal, daß sein Name fällt.»

Ich überging die Unterbrechung. «Als der junge Wardroper Euch nachgeritten ist, an dem Tag, als Great Hal plötzlich gescheut hat, habt ihr ... habt Ihr da das Gefühl gehabt... daß er Euch retten oder... eher in den Graben stoßen wollte?»

«Aus der Richtung weht also der Wind?» erwiderte der Herzog leise. «Du mußt zugeben, das ist eine recht seltsame Frage, aber ich werde versuchen, dir eine ehrliche Antwort zu geben. Was du daraus machst, ist ganz und gar deine Sache, hast du das verstanden? Ich wünsche, daß diese Angelegenheit möglichst bald zum Abschluß kommt. Eines muß außerdem klar sein: Ich möchte nicht, daß irgend jemand beschuldigt wird, ohne daß es eindeutige Beweise gibt.» Er schwieg und strich mit einer Hand nachdenklich über sein Kinn. «Bis zu diesem Augenblick habe ich Matthew für meinen Retter gehalten, aber ich gebe zu, daß deine Frage in mir gewisse Zweifel weckt. Ich war natürlich voll und ganz damit beschäftigt, mein Pferd wieder unter Kontrolle zu bringen, und ich kann mich nicht mehr an alle Einzelheiten erinnern, aber...»

«Aber?» fiel ich eifrig ein, als er zögerte.

«Aber die Wahrheit ist», schloß er, «daß ich mir in dieser Hinsicht nicht mehr ganz sicher bin. Das ist alles, was ich dir sagen kann.»

Gern wäre ich noch weiter in ihn gedrungen, doch sein Blick ließ keine weiteren Fragen zu. Ich hoffte, er würde mich nach den Gründen für meine Vermutung aushorchen, doch er sah die Audienz offenbar als beendet an und wandte sich John Kendall zu, der mit einem Bündel Papiere hereinkam, die der Herzog lesen und unterschreiben sollte, und ich hatte keine andere Wahl, als mich zu verbeugen und den Raum zu verlassen. Und dennoch, durch das Gespräch mit dem Herzog hatte ich etwas erreicht. Seine Gnaden, weit davon entfernt, meine Mutmaßung als blanken Unsinn abzutun, hatte so gut wie zugestimmt, daß sie Beachtung verdiente, und ich konnte nicht umhin, dies als Bestätigung aufzufassen.

Zwei Stunden später ritten Timothy und ich im Troß des Herzogs durch das Stadttor von Calais und ließen Ralph Boyse und Matthew Wardroper in der Stadt zurück. Wir wußten, daß wir dadurch nur eine kurze Ruhepause gewonnen hatten, denn bald sollten wir sie und den Rest des Gefolges auf dem Marsch nach St. Quentin wiedersehen.

«Spätestens dann müssen sie einen weiteren Versuch unternehmen», murmelte Timothy. «Denn wenn du mit deinen Vermutungen über St. Hyazinth recht hast, haben sie nicht mehr viel Zeit. Wir müssen uns auf das Schlimmste gefaßt machen.» Sorgenfalten erschienen auf seiner Stirn. «Von dem jungen Wardroper hätte ich wirklich Besseres erwartet. Lionel wird entsetzt sein, wenn die Wahrheit ans Tageslicht kommt. Schließlich war er es, der dem Herzog seinen jungen Verwandten empfohlen hat, und er wird sich für Matthews Verrat verantwortlich fühlen.»

Ich antwortete nicht. Über unseren Köpfen flatterten die Fahnen von England und Burgund im Sommerwind, und hinter uns erstreckte sich die Streitmacht zweier stolzer, für den Krieg gerüsteter Länder. Dennoch gingen zu beiden Seiten unseres Weges Menschen ihren Geschäften nach, als wenn es uns gar nicht gäbe, schärften ihre Sensen, brachten Heu ein und versorgten ihre Bienen. Nur mit Mühe konnte ich mich davor zurückhalten, von meinem Pferd zu springen und mich zu ihnen zu gesellen. Herzog Richard war nicht der einzige, der sehnlich darauf wartete, daß die Angelegenheit zum Abschluß kam.

Regen floß in Strömen auf die Schlachtfelder von Agincourt und verwandelte den Boden in ein Meer aus Schlamm. Von den Bäumen tröpfelte es traurig auf die Zelte der englischen

Armee. Fast sechzig Jahre war es her, daß Heinrich von Monmouth seine dezimierten Truppen auf diese Felder geführt hatte, um Frankreichs mächtiges Ritterheer zu schlagen und für sein Land einen der gewaltigsten Siege seiner Geschichte zu erringen. Doch den jetzigen englischen Kriegsherrn erwartete kein solcher Ruhm, als seine Armee auf den berühmten Feldern ihr Lager aufschlug.

In St. Omer hatten wir Herzogin Margarets Gastfreundschaft zwei Wochen lang in Anspruch nehmen müssen und täglich auf einen Boten aus Calais gewartet, der uns mitteilen würde, daß der König endlich nach St. Quentin aufgebrochen war. Unter den Männern waren die verschiedensten Gerüchte über die befremdliche Verzögerung im Umlauf. Mich indes bestärkte sie nur in meiner Überzeugung, daß ich die richtigen Schlußfolgerungen gezogen hatte: König Eduard trieb ein doppelbödiges Spiel. Endlich kam jedoch die Kunde, daß sich die englische Armee in Bewegung gesetzt hatte und Herzog Richard seine Brüder in Agincourt treffen sollte.

Warum König Eduard ausgerechnet auf diesen Treffpunkt gekommen war, konnte ich bloß ahnen. Wahrscheinlich hoffte er, daß es seinem Feldzug Farbe verlieh und mögliche Befürchtungen, seine Kriegsbegeisterung könnte bloß halbherzig sein, beschwichtigen half.

Sobald das Lager eingerichtet und das Zelt des Herzogs neben dem seiner Brüder aufgeschlagen war, machten Timothy und ich uns auf die Suche nach Matthew und Ralph – allerdings nicht, ohne die Leibknappen strengstens anzuweisen, keinen der beiden mit Seiner Gnaden allein zu lassen, falls sie vor uns auftauchen und Zugang zum Zelt des Herzogs verlangen sollten.

Wenig später lief uns Matthew auch schon über den Weg. Zusammen mit Jocelin d'Hiver und einem anderen Knappen war er zum Zelt des Herzogs unterwegs, um ihm seine Aufwartung zu machen und seine normalen Pflichten wiederaufzunehmen.

«Wo ist Ralph Boyse?» fragte ihn Timothy und fügte rasch hinzu: «Herzog Richard hat nach ihm verlangt.»

«Ralph weilt nicht mehr unter uns», antwortete Jocelin, ehe Matthew noch das Wort ergreifen konnte. «Der Glückliche!» fügte er voller Neid hinzu und deutete mit einer vielsagenden Kopfbewegung auf die schlammige Ebene, die von Regen triefenden Wälder von Tramecourt und die Männer, die an den rauchigen Feuern hockten, um ihre zitternden Glieder zu wärmen.

«Was soll das heißen?» hakte Timothy mit scharfer Stimme nach. «Wo ist er hin?»

«Man hat ihn zusammen mit einem Dutzend anderer Männer, die an der Ruhr erkrankt sind, zurück nach England geschickt», erklärte Matthew.

Ich zwang mich, nicht in Timothys Richtung zu schauen. «Als ich Ralph das letzte Mal sah, war er aber noch wohlauf.»

«Das ist zwei Wochen her», wandte Matthew ein. «Kurz nachdem Ihr abgeritten seid, ist in Calais die Ruhr ausgebrochen.»

Der dritte Knappe nickte. «Viele Männer hat es übel erwischt, und manche sind sogar daran gestorben. Ralph ist es allerdings nicht ganz so schlecht ergangen. Bis zum Abend vor der Abfahrt des Schiffes ist mir gar nicht aufgefallen, daß er überhaupt krank war.»

«Manche Menschen leiden eben im stillen», entgegnete Matthew. «Jedenfalls war er krank genug, um nach Hause geschickt zu werden. Ich werde Seine Gnaden sofort aufsuchen und ihm erklären, was geschehen ist.»

«Laßt nur, das mache ich schon», sagte Timothy und wandte sich rasch zum Gehen. Wenn Herzog Richard abstritt, nach Ralph verlangt zu haben, hätte Matthew Verdacht schöpfen können. Später, als der Herzog beim Abendessen war, kam Timothy zu mir, um sich mit mir zu besprechen. «Was hältst du von Ralphs plötzlicher Erkrankung?» wollte er wissen.

Es hatte endlich aufgehört zu regnen, doch der Augustabend war noch immer trübe und grau, und eine niedrige, undurchdringliche Wolkendecke hing über uns. Der nasse Boden schmatzte und gurgelte unter unseren Füßen, und die kühle Luft hatte meinen Freund dazu getrieben, sich einen Umhang umzulegen. Ich war abgehärteter als er, denn ich war es gewohnt, bei jedem Wetter draußen zu sein, doch selbst ich ertappte mich gelegentlich bei einem Zittern.

«Ralph ist nie unser Mörder gewesen», antwortete ich langsam. «Er hat Matthew bis Calais begleitet und sich dann von ihm getrennt. Er ist nicht mehr wichtig für ihren Plan. Ich bin sicher, einer seiner französischen Auftraggeber hat neulich nachts in Calais versucht, mit ihm Kontakt aufzunehmen. Wahrscheinlich ist ihm dies inzwischen gelungen, und er hat ihn angewiesen, nach England zurückzukehren, wo er ihnen nützlicher sein kann. Ich nehme an, sie wollten seine Stellung im Haushalt des Herzogs nicht gefährden. Matthew ist jetzt auf sich allein gestellt. Sollte er gefaßt werden, hat Ralph keine Verbindung zu ihm.»

«Aber wir wissen es besser.»

«Und hätten Schwierigkeiten, es zu beweisen – jedenfalls solange sich Matthew und auch Berys Hogan in Schweigen hüllen. Doch bisher weiß außer dem Herzog niemand von unserem Verdacht. Sie glauben noch immer, wir würden im dunkeln tappen.»

Timothy stocherte mit der Spitze seines Stiefels im Schlamm. «Was meinst du, wird der junge Wardroper einen weiteren Versuch unternehmen?»

«Das halte ich für sehr wahrscheinlich. Unsinnigerweise.» Ich sah seinen fragenden Blick und erklärte: «Ich glaube nicht, daß Herzog Richard in der Lage sein wird, den König zu einer Meinungsänderung zu bewegen. Allerdings können sich die Franzosen in dieser Hinsicht erst sicher sein, wenn König Eduard seine Absichten offenbart und jeglichen Widerstand erfolgreich unterdrückt hat.»

Timothy seufzte. «Wir wollen hoffen, daß du recht behältst. Die Vorstellung, wir müßten vielleicht nach einer ganz anderen Person suchen, macht mir große Sorgen.»

«Vertrau mir», sagte ich mit einer Zuversicht, die mich selbst – vor allem in schlaflosen nächtlichen Stunden – häufig verließ.

In der folgenden Nacht schlief ich allerdings so fest und tief wie schon seit langem nicht mehr.

Bis zum Matutin hatte ich draußen vor dem Zelt des Herzogs bei den Wachen gestanden, bis Timothy und zwei Knappen uns abgelöst hatten. Ich wickelte mich fest in meinen Umhang ein und fand in Gesellschaft eines halben Dutzends braver Yorkshire-Männer ein Plätzchen am Lagerfeuer. Einige von ihnen schnarchten schon, doch die meisten kauerten rund um die Flammen und plauderten leise. Obgleich es schon zwei Uhr morgens war, konnten sie nicht schlafen.

Ich selbst rechnete auch nicht damit, Schlaf zu finden, muß jedoch innerhalb kürzester Zeit eingenickt sein, denn als nächstes fand ich mich vor der leeren Nische in der verlassenen Kapelle im Wald bei Chilworth Manor wieder, wo der Gesang der Vögel und Insekten erstarb und die Bäume dräuend in den Himmel ragten. In dieser Totenstille kam lächelnd und nickend die Frau des Schäfers auf mich zu.

«Das Ebenbild seiner Mutter», sagte sie, als sie an mir vorüberging. Ich drehte mich zu ihr um, doch sie war verschwunden, und an ihrer Stelle stand Amice Gentle.

«Um Euer Wams ändern zu können, muß ich Eure Maße nehmen», murmelte sie lächelnd, doch ihre Gesichtszüge verblaßten, bis plötzlich Lady Wardroper vor mir stand, ein bretonisches Bombard in der Hand. Sie spielte ein paar Takte des Liedes *C'est la fin* und verschwand dann ebenso wie Millisent Shepherd. Ich spürte, wie mir am ganzen Körper schrecklich heiß wurde, bis jemand meinen Arm schüttelte und etwas schrie.

«Wach auf, Roger! Wach auf! Du liegst zu nah am Feuer. Deine Hose ist angebrannt.»

Ich schlug die Augen auf und hatte gerade noch Zeit, mich zur Seite zu rollen, ehe mein Bein ernsthafte Verbrennungen erlitt. Als ich die Hose herunterzog und das Bein untersuchte, war ein tiefroter Fleck zu sehen.

«Du hast wohl einen Alptraum gehabt», sagte einer der Yorkshire-Männer. «Hast im Schlaf gemurmelt wie jemand, den etwas fest im Griff hat und nicht mehr losläßt.»

«Genauso war es auch», erwiderte ich knapp und zog meine versengte Hose wieder an. Die verbrannte Stelle schmerzte so, daß ich stöhnte und das Gesicht verzog.

«Da müßte ein Umschlag aus Salat und Hauslauch drauf», riet mir ein anderer aus der Runde.

Doch ich hörte ihn kaum, hüllte mich wieder in meinen Umhang und streckte mich auf dem Boden aus, um in Ruhe nachzudenken. Mein Traum ging mir so lange im Kopf herum, bis ich dem Wirrwarr endlich eine gewisse Ordnung abgerungen hatte. Ereignisse, die mir seit Wochen nur Rätsel aufgegeben hatten, ergaben plötzlich Sinn, und ich sah den Pfad, der vor mir lag, immer klarer. Schließlich fiel ich in einen tiefen, traumlosen Schlummer und erwachte erfrischt und ausgeruht unter einem hellen Himmel, an dem hin und wieder sogar die Sonne durchbrach. Auch der Nebel hatte sich gelichtet, und ich konnte in der Ferne die Wälder von Agincourt und Tramecourt sehen. Um mich herum waren die Männer schon damit beschäftigt, den Feuern der letzten Nacht neues Leben einzuhauchen und Wasser heiß zu machen. Aus den Leinenbeuteln, die an ihren Gürteln hingen, kramte jeder von ihnen eine Handvoll feuchten Hafer hervor, um daraus eine dünne Haferschleimsuppe zu kochen. Ich lehnte das großzügige Angebot meiner Gefährten ab, die Suppe mit ihnen zu teilen, und machte mich auf den Weg zum Zelt des Herzogs, um nach Timothy Plummer zu suchen.

«Wo ist Wardroper?» fragte ich, sobald ich ihn gefunden hatte.

«Ich habe ihn mit ein paar anderen weggeschickt, um Milch und Eier für das Frühstück Seiner Gnaden aufzutreiben.» Timothy senkte die Stimme und drückte meinen Arm. «Es heißt, wir müßten noch eine zweite Nacht in Agincourt verbringen, obwohl ein Bote heute morgen um fünf die Kunde brachte, daß König Ludwig die Oriflamme erhoben und eine Armee bei Beauvais versammelt hat. Die französischen Ritter scharen sich um seine Standarte. Herzog Richard und einige andere fiebern vor Ungeduld und können die Zögerlichkeit des Königs nicht verstehen. Aber es bestätigt mir, daß du mit deiner Vermutung richtig lagst, Roger Chapman.»

Der Tag verstrich ohne besondere Vorkommnisse. Matthew und die anderen kehrten zurück, und von nun an ließen ihn Timothy und ich kaum noch aus den Augen. Wir waren beide froh, einen Vorwand zu haben, um Herzog Richards Gesellschaft meiden zu können. Je mehr Stunden vergingen, ohne daß er von seinem ältesten Bruder zum Kriegsrat gerufen wurde, desto unruhiger wurde er. Der König indessen hatte sich in sein Zelt zurückgezogen und strikte Anweisung gegeben, ihn nicht zu stören; kurze Zeit später sah man, wie eine der hübschesten Marketenderinnen in sein Zelt geführt wurde. Als Herzog Richard davon erfuhr, preßte er die dünnen Lippen so fest zusammen, daß sie kaum noch zu sehen waren, und war noch gereizter als vorher.

Auch ich bekam die schlechte Laune des Herzogs zu spüren, als er mich anraunzte, ich solle mir gefälligst ein neues Paar Hosen besorgen und ihm in diesem Zustand nicht mehr unter die Augen treten. Ich hatte das große Loch vergessen, das das Feuer in mein Hosenbein gefressen hatte, und machte mich bußfertig sofort auf den Weg zu dem für die Livreen zuständigen Sergeanten.

Als er am späten Abend immer noch nichts von seinem Bruder gehört hatte, riß dem Herzog der Geduldsfaden. Zwei verstörte Leibknappen auf den Fersen, stürmte er plötzlich aus seinem Quartier und eilte mit weitausholenden Schritten auf das Zelt des Königs zu. Ich warf dem Soldaten, mit dem ich Wache gehalten hatte, einen fragenden Blick zu, doch er zuckte nur mit den Schultern und murmelte, er habe keine Lust, den Zorn des Herzogs heraufzubeschwören, indem er sich ungebeten an seine Fersen heftete.

«Dann gehe ich eben alleine», sagte ich und erreichte den Herzog und seine Leibknappen gerade noch rechtzeitig, um unbemerkt hinter ihnen ins Zelt des Königs zu schlüpfen.

Im rauchgeschwängerten Licht mehrerer Fackeln konnte ich König Eduard in Gesellschaft seiner engsten Ratgeber erkennen. Mit ihm am Tisch saßen Louis de Bretaylle, der Herzog von Norfolk, der Graf von Northumberland und Lord Hastings. Georg von Clarence kniete auf dem Boden und vergnügte sich gemeinsam mit Earl Rivers und dem Marquis von Dorset beim Würfelspiel, während der Herzog von Suffolk ein wenig abseits stand und Wein aus einer Lederflasche trank. Am Eingang des Zelts waren Lord Stanley und John Morton überrascht zur Seite getreten, um Herzog Richard vorbeizulassen; die Art und Weise, wie er an ihnen vorbeistürmte, mag den hohen Herren allerdings nicht sonderlich geschmeichelt haben.

Sie hatten sich offenbar gerade einem stets sehr ergiebigen Gesprächsthema zugewandt: dem Herzog von Burgund.

«Ob ich wohl je vergessen werde», wandte sich der König lachend an Lord Hastings, «mit welcher Unverfrorenheit er in Calais mit ein paar mickrigen Leibknappen auf den Marktplatz ritt und dabei so tat, als habe er all die Truppen mitgebracht, die er mir versprochen hatte...» Der Anblick seines aufgebrachten jüngsten Bruders ließ ihn innehalten. Er hob eine Hand. «Schon gut! Schon gut, Dickon!

Ich weiß, du bist gekommen, um mir Vorhaltungen zu machen! Aber wir werden morgen losmarschieren. Darauf hast du meinen heiligen Eid.»

Das Gesicht des Herzogs entspannte sich ein wenig. «Das wurde aber auch Zeit», murmelte er barsch. Doch König Eduard gelang es, ihn durch weitere Beteuerungen zu beschwichtigen, und schon wenig später stellte sich sein erfrischender Sinn für Humor wieder ein. Als sich Louis de Bretaylle darüber beschwerte, daß Herzog Karl anstelle der riesigen Armee, die er als Burgunds Beitrag zum Krieg gegen Frankreich versprochen hatte, nur eine Handvoll Männer mitgebracht habe, sagte Herzog Richard lächelnd: «Aber mein lieber Louis, mein Schwager hat selbst zugegeben, daß wir ihn nicht brauchen. Und was ihm an Truppen mangelte, hat er durch Ermutigungen wettgemacht.»

Die anderen hohen Lords lachten.

«Karl ist so sehr von sich eingenommen», sagte der König, «daß seine Unverfrorenheit fast schon etwas Entwaffnendes hat. Er hat mir doch allen Ernstes versprochen, mir nach meinem strahlenden Sieg über die Franzosen mit wertvollen Ratschlägen für einen Krieg gegen Italien zur Seite zu stehen.»

Doch von nun an hörte ich nicht mehr, was der König sagte. Voller Unbehagen bemerkte ich, daß Herzog Richard zur Seite getreten war und mit dem Rücken fast die Wand des Zeltes berührte. Er stand im vollen Schein der Kerzen, die auf einem Tischchen vor ihm brannten, so daß jeder, der mit seinen Eigenheiten vertraut war, ihn von außen sofort hätte erkennen können. Herzog Richard war nämlich nicht nur von auffallend kleinem Wuchs, sondern sein langes, dichtes Haar fiel auch auf zwei ungleich hohe Schultern. (Als er ein noch im Wachstum begriffener Knabe von elf Jahren gewesen war, hatten sich bei ihm, so erzählte man, im Kampf für seinen ältesten Bruder seine rechte Brust und der obere Schwertarm schneller entwickelt als die linke Seite, so daß er leicht schief aussah.) Diese drei Merkmale – Körpergröße, Haar und Schultern – machten es leicht, ihn zu erkennen.

Mit Schrecken sah ich die mögliche Gefahr, und schon im nächsten Moment geschah das, was anfangs offenbar unbewußt meine Aufmerksamkeit auf sich gezogen hatte, noch einmal: ein kaum wahrnehmbares Zittern der Seitenwand, so als würde sich jemand von außen möglichst nah an ihn heranschleichen. Mit einem Satz sprang ich durch die Zeltöffnung in die Dunkelheit, und noch ehe die verdutzten Wachen vor dem Zelt des Königs Zeit hatten, mich aufzuhalten, war ich schon um das Zelt herumgelaufen und kam gerade noch rechtzeitig, um die schattenhaften Gestalt zu sehen, die einen Arm hoch über den Kopf gehoben hatte. Ich sah Metall aufblitzen und wußte sofort, daß sich in der herabstoßenden Hand ein Messer befand.

Ich war zu weit entfernt, um den Mörder zu fassen, und so hatte ich keine andere Möglichkeit, als einen lauten Warnschrei auszustoßen. Nach all den Jahren weiß ich immer noch nicht, was ich gerufen habe, und so richtig war mir das wohl auch damals nicht bewußt. Doch was auch immer ich in meiner Angst hervorbrachte, es war laut und durchdringend genug, um das Opfer gerade noch rechtzeitig, ehe die blitzende Klinge durch die Zeltwand stieß, zu warnen und den Täter augenblicklich in die Flucht zu schlagen. Nur vage hörte ich Herzog Richards Schmerzensschrei und den Aufruhr im Zelt des Königs, denn ich hatte bereits die Verfolgung des Täters aufgenommen und stolperte ihm über dem glitschignassen Boden nach.

«Er wird mir entkommen», dachte ich verzweifelt, als ich auf einem Stück Schlamm ausrutschte und fast zu Boden fiel. Doch ich hatte nicht damit gerechnet, daß der Lärm das gesamte Lager aufwecken würde. Während sich überall um mich herum Männer von ihren Nachtlagern erhoben und verdutzt in die Dunkelheit starrten, rief ich: «Verrat! Haltet den Mann!»

Inzwischen hatten sich die Wachen und die meisten Männer aus dem Zelt der Verfolgungsjagd angeschlossen, rutschten über den nassen Boden, stolperten fluchend über schlafende Männer und riefen lautstark nach Fackeln. Plötzlich tauchte auch Timothy Plummer an meiner Seite auf.

«Herzog Richard», keuchte ich. «Geht es ihm gut?»

«Eine Wunde am linken Oberarm, aber nichts Bedeutendes. Ein sauberer Schnitt, der rasch heilen wird.» Er rang nach Luft. «War es Matthew Wardroper?»

«Bis wir ihn nicht gefangen haben, kann ich es nicht mit Gewißheit sagen, obwohl ich selbst mir so gut wie sicher bin... Da läuft er!» rief ich aus voller Kehle. «Er läuft auf die Wälder von Tramecourt zu!»

Aber inzwischen hatten auch schon andere die fliehende Gestalt entdeckt, und kurz darauf ertönte eine lautes Triumphgeheul, als sie den Schurken zu Fall gebracht hatten. Atemlos scharten wir uns um ihn. Fackeln wurden angehoben, um den zappelnden und sich heftig wehrenden Verräter besser beleuchten zu können. Dann bückte sich jemand, faßte ihn am Kinn und zog die verzerrte Grimasse ins Licht.

Timothy atmete erleichtert auf. «Matthew Wardroper», sagte er zufrieden.

Ich schüttelte den Kopf. «Nein. Matthew Wardroper ist schon seit Wochen tot und begraben.»

...

Zwanzigstes Kapitel

Alle sahen mich entgeistert an. Endlich stellte Timothy die alle bewegende Frage: «Was in Gottes Namen meinst du damit?»

«Genau das, was ich sagte. Dieser Mann ist nicht Matthew

Wardroper. Wenn ich mit meinen Vermutungen recht habe, liegt Matthews Grab auf einer kleinen Waldlichtung ganz in der Nähe seines Vaterhauses.» Ich stieß die Gestalt auf dem Boden mit der Spitze meines Stiefels an. «Habe ich recht? Ich weiß zwar nicht, wie du ihn getötet hast. Mit einem Messer, nehme ich an, denn das scheint deine Lieblingswaffe zu sein. Aber du hast ihn in der Nähe der verlassenen Kapelle begraben.»

Die braunen Augen blickten voll verschlagener Bosheit zu mir auf, aber der Bursche gab keine Antwort.

Lord Hastings, der uns gemeinsam mit dem König und einigen anderen hohen Herren gefolgt war, sagte barsch: «Wenn das nicht der Mann ist, für den ihr ihn alle gehalten habt... Wer ist er dann?» Er sah auf den Gefangenen hinunter. «Sprich! Wer bist du? Ich gebe dir den guten Rat, es uns gleich zu sagen, denn auf die eine oder andere Weise werden wir es ohnehin aus dir herausbekommen. Sprich, du erbärmlicher Verräter!»

«Ich bin kein Verräter!» rief der Gefangene empört. «Ich bin Julien d'Amboise. Meine Mutter war Engländerin, aber mein Vater ist der Comte d'Amboise, und ich bin ein treuer Gefolgsmann König Ludwigs!»

«Wahrlich, eine glaubhafte Geschichte!» schnaubte der Herzog von Suffolk. «Und wieso versuchst du dann, meinen Schwager, den Herzog von Gloucester, zu töten?»

Ich hatte den König genau beobachtet, seitdem der junge Mann seine wahre Herkunft enthüllt hatte, und sah jetzt, wie er den Kopf halb zu dem direkt neben ihm stehenden Oberarchivar umwandte. Sogleich trat John Morton vor und sagte beschwichtigend: «Die Befragung sollte doch wohl besser an einem anderen Ort fortgeführt werden. Seine Majestät wünscht – ebenso wie wir alle –, unverzüglich in Erfahrung zu bringen, wie es seinem Bruder, dem Herzog von Gloucester, geht. Lassen wir daher Monsieur d'Amboise, wenn dies denn tatsächlich sein Name ist, unter strengster

Bewachung an einen sicheren Platz bringen, wo er später immer noch befragt werden kann.»

Der König nickte zustimmend. «Legt Monsieur d'Amboise in Ketten. Morgen früh werde ich meine Männer schikken, die ihn ausführlich befragen werden. Und nun laßt uns gehen!» Er schwang einen Arm um Lord Hastings Schultern. «Wir wollen sehen, wie es dem guten alten Dickon geht.»

Gemeinsam mit Timothy Plummer saß ich im Zelt des Herzogs von Gloucester. Als der Aufruhr sich endlich gelegt hatte und das Lager wieder ruhiger geworden war, hatte Seine Gnaden uns beide zu sich gerufen. Auf dem Weg zu seinem Zelt hatte Timothy mir flüsternd eingeschärft: «Welche Antworten du Herzog Richard auch immer geben wirst, du kannst dir nicht erklären, warum die Franzosen ihn töten wollen – es sei denn, du hast Lust, dich mit Seiner Majestät höchstpersönlich anzulegen.»

Ich verstand seine Warnung. Wenn das Benehmen des Königs zwischen ihm und seinem jüngsten Bruder zum Streit führte, war das eine Sache. Wenn jedoch ein Untergebener aufgrund bloßer Vermutungen einen Keil zwischen die beiden trieb, war das etwas völlig anderes.

«Du kannst dich auf mich verlassen», versicherte ich ihm.

Den linken Oberarm in Leinen gewickelt und das Handgelenk durch eine Schlinge gestützt, saß Herzog Richard auf der Kante seines Feldbetts. Außer einem schläfrigen Pagen war niemand bei ihm. Als wir hereinkamen, deutete er auf zwei Stühle und bat uns, Platz zu nehmen. Dann rüttelte er den Pagen wach, ließ ihn Wein holen und schickte ihn in seine Ecke zurück, wo er friedlich weiterdöste.

«Wie du siehst, Chapman», sagte der Herzog lächelnd, «gehe ich davon aus, daß die Gefahr vorüber ist, nachdem du den Attentäter gefangen hast. Wieder einmal stehe ich tief in deiner Schuld.»

«Es ist mir immer eine große Freude, Euch zu Diensten zu sein, Euer Gnaden.»

«Dann tu mir doch auch noch den Gefallen, meine Neugier zu befriedigen, und erzähle mir, woher du wußtest, daß Matthew Wardroper tot ist und ein anderer seine Stelle eingenommen hat.»

Ich nippte an meinem Wein und betrachtete ehrfürchtig das feine venezianische Glas, das mir der Page gereicht hatte. Ich hatte Angst, ich könnte diesen wunderschönen Gegenstand durch meine Ungeschicklichkeit zerstören, und Mitleid mit den Packern und Trägern, deren Aufgabe darin bestand, diese kostbaren Schätze von einem Ort zum anderen zu transportieren.

«Um Eure Frage vollständig beantworten zu können, Euer Gnaden», begann ich, «muß ich als erstes beschreiben, wie Gott meine Schritte nach Southampton und anschließend nach London führte.» So gut ich konnte, erklärte ich ihm den Hintergrund meiner Geschichte. Als ich fertig war, nickte der Herzog, und Timothy rutschte ungeduldig auf seinem Stuhl hin und her.

Ich fuhr fort: «Einige Dinge hätten mich von Anfang auf die Wahrheit bringen müssen, wenn ich meinen Verstand bloß richtig eingesetzt hätte. So hatte mir die Frau des Schäfers zum Beispiel erzählt, wie ähnlich Matthew seiner Mutter sehe. ‹Die gleichen Augen, die gleichen Haare, die gleichen Gesichtszüge›, hatte sie gesagt. Doch während Lady Wardroper blaue Augen hat, sind die von Julien d'Amboise braun. Und obgleich ich Sir Cedric Wardroper nie gesehen habe, nehme ich an, daß er ebenfalls braune Augen hat, denn Amice Gentle bemerkte, Matthew – oder besser: der junge Mann, den auch sie für Matthew hielt – habe die feinen Gesichtszüge und dunklen Haare seiner Mutter, aber die Augen seines Vaters geerbt.»

«Sprich weiter», drängte der Herzog, als ich innehielt, um einen Schluck Wein zu nehmen.

«Als ich bei Lady Wardroper war, hat sie den Refrain des Liedes *C'est la fin* gesungen. Sie fragte mich, ob ich Musik möge, und fügte hinzu, sie kenne keinen Mann, der Sinn dafür habe. Hätte sie so etwas gesagt, wenn ihr eigener Sohn sowohl ein Instrument gespielt als auch recht passabel gesungen hätte, wie es unser falscher Matthew tat?»

«Das ist sehr unwahrscheinlich», stimmte Herzog Richard zu. «Weiter!»

«Was mich die ganze Zeit über verwirrt hat, war die Art und Weise, wie Wardroper – oder d'Amboise, wie wir ihn wohl von nun an nennen müssen – manchmal den Eindruck erweckte, zwei verschiedene Seelen zu besitzen. Meist wirkte er so, wie es von ihm erwartet wurde, nämlich wie ein ziemlich unbekümmerter, unerfahrener junger Mann. Doch es gab Augenblicke, in denen er plötzlich ganz anders, viel scharfsinniger und irgendwie weltklüger auftrat. Ich hätte mehr darüber nachdenken und den Ursachen auf den Grund gehen müssen.»

«Es ist anzunehmen, daß d'Amboise bei aller Verstellungskunst nicht verhindern konnte, daß sein eigenes Wesen hin und wieder durchschien», sagte der Herzog. «Aber du gehst zu hart mit dir ins Gericht, Roger. Niemand konnte von dir erwarten, daß du die Ursache für sein Benehmen errätst.»

Ich schüttelte den Kopf und stellte das wertvolle, inzwischen leere Glas vorsichtig auf den Boden. «So leicht kann ich selbst es mir leider nicht verzeihen. Hätte ich rascher die richtigen Schlüsse gezogen und ihn früher des Mordes an Thaddeus Morgan verdächtigt, hätte es Euch viele Unannehmlichkeiten erspart.»

«Wann hast du begonnen, die Wahrheit zu ahnen?» fragte Timothy.

Ich rieb mir das Kinn. «Ich glaube, das war, als ich eines Abends in Calais mit dem Mann, den ich für Matthew Wardroper hielt, im Innenhof eines Wirtshauses saß. Jocelin d'Hiver und einer seiner burgundischen Freunde kamen dazu und sprachen ihn auf französisch an. Er verstand offenbar alles, was sie sagten, und antwortete ihnen ohne Schwierigkeiten. Dabei hatte Master Gentle, der Fleischermeister aus Southampton, mir erzählt, daß Matthew Wardroper überhaupt kein Französisch verstand.»

Der Herzog runzelte die Stirn, trank seinen Wein aus und drehte das leere Glas zwischen den langen, dünnen Fingern. Das Licht der Kerze ließ es in unzähligen Regenbogenfarben erstrahlen. «Aber woher wußten König Ludwigs Leute, wie Matthew Wardroper aussah?»

«Ralph Boyse hat es ihnen gesagt», erwiderte ich, ohne zu zögern. «Es war seine Aufgabe, es herauszufinden, deshalb ließ er sich beurlauben, um angeblich einen kranken Onkel in Devon zu besuchen. In Wirklichkeit ging er jedoch nach Chilworth Manor und gab sich als fahrender Sänger aus. Dies alles mußte geschehen, ehe Matthew seine Stellung im Haushalt Eurer Gnaden einnahm, doch Ralph war durch Master Arrowsmith und dessen Liaison mit Berys Hogan in alle Pläne eingeweiht. Einen Tag nach seinem Besuch auf Chilworth Manor, wo er Lady Wardroper unter anderem *C'est la fin* vorgesungen hatte, wurde er in Southampton gesehen. Sowohl Master Gentle als auch seine Frau haben ihn erwähnt. Mistress Gentle sagte, der Sänger habe mit einem starken Yorkshire-Akzent gesprochen – ein weiterer Hinweis darauf, daß es sich um Ralph Boyse handelte. Ich nehme an, daß er sich in Southampton mit einem von König Ludwigs Spionen traf, ihm eine genaue Beschreibung des jungen Matthew gab und ihm außerdem berichtete, an welchem Tag Matthew nach London aufbrechen werde. Der Spion überquerte anschließend den Kanal und erstattete seinen Hintermännern Bericht, die sich umgehend nach einem jungen Mann umschauten, der Matthew so ähnlich wie möglich sah und außerdem bereit war, eine so gefährliche Aufgabe zu übernehmen. Daß ein paar Kleinigkeiten wie die Augenfarbe nicht stimmten, war dabei nicht ganz so wichtig. Ralph wußte, daß Lionel seinen jungen Verwandten seit vielen Jahren nicht gesehen hatte, und daß seine Eltern ihn in der kurzen Zeit zwischen der Ankunft in London und der Abreise nach Frankreich in London besuchen würden, war eher unwahrscheinlich.»

Der Herzog nickte. «König Ludwigs Leute fanden also einen jungen Mann, der ein Schiff nach England bestieg. Und was geschah dann?»

«Er landete in Southampton und machte sich am frühen Morgen des Tages, an dem Matthew nach London aufbrechen sollte, auf den Weg nach Chilworth Manor, hielt sich in der Nähe des Herrenhauses versteckt und ritt Matthew nach in den Wald. Dort holte er ihn wahrscheinlich ein, knüpfte mit ihm ein Gespräch an, gewann sein Vertrauen und nutzte den richtigen Augenblick, um ihn zu töten. Anschließend zog er die Leiche durchs Unterholz auf die kleine Lichtung, wo er ihn in der Nähe der Kapelle begrub. Ich nehme an, daß er auch den Sattel und das Zaumzeug des Pferdes vergrub, ehe er das Tier laufen ließ. Ein dankbarer Waldbewohner hat es wahrscheinlich eingefangen.»

Im Zelt des Herzogs herrschte tiefes Schweigen. Draußen riefen sich die Wachen gedämpfte Befehle zu, ein Pferd wieherte, und von den Lagerfeuern war das leise Stimmengemurmel der schlaflosen Männer zu hören.

Schließlich stellte der Herzog die Frage, vor der ich mich die ganze Zeit gefürchtet hatte: «Roger, bisher hast du mir noch nicht gesagt, warum die Franzosen es auf mein Leben abgesehen haben.»

Ich hörte, wie Timothy unwillkürlich nach Luft schnappte, und konnte mich gerade noch beherrschen, ihn nicht ratsuchend anzuschauen.

«Euer... Euer Gnaden», stotterte ich hilflos. «Ich... äh... Ich...»

Herzog Richard sah mich eindringlich an, doch dann hatte

er Mitleid mit mir und lächelte freundlich. «Frieden, Frieden. Ich werde nicht weiter in dich dringen. Nicht weil ich etwa Zweifel daran hegte, daß du es weißt, aber inzwischen habe ich meine eigenen Vermutungen. Falls ich damit richtig liege – und ich bete zu Gott, daß dies nicht der Fall ist –, sollten wir das Ganze lieber nicht vertiefen. Was daraus wird, ist in dem Fall eine Sache zwischen dem König und mir.» Er starrte grimmig vor sich auf den Boden, seine Gesichtszüge verspannten sich, und sein Blick wurde hart wie Stahl. Dann hob er den Kopf wieder und zwang sich zu einem Lächeln. «Aber jetzt habe ich euch beide schon viel zu lange von eurem verdienten Nachtschlaf abgehalten. Morgen ziehen wir nach St. Quentin. Es wird ein anstrengender Marsch werden.» Er stand auf und streckte uns beiden die Hand zum Kuß entgegen.

Als wir draußen waren, atmete Timothy erleichtert auf. «Gott sei Dank, das wäre geschafft. Auf Seine Gnaden ist zum Glück Verlaß. Es lag ihm nichts daran, uns in eine unangenehme Lage zu bringen. Und was hast du jetzt vor, Roger Chapman? Du hast deine Aufgabe erfüllt und kannst jederzeit gehen. Natürlich hätte dich auch bisher niemand gegen deinen Willen festgehalten, aber das weißt du ja. Wirst du schon morgen früh nach England aufbrechen?»

Ich schüttelte den Kopf. «Ich werde mit euch nach St. Quentin marschieren und sehen, wie es mit diesem Krieg weitergeht. Ich kann nicht nach Hause zurückkehren, ohne zu erfahren, ob ich mit meiner Vermutung recht hatte.»

«Und der des Herzogs», grinste Timothy und klopfte mir auf die Schultern. «Dann sollten wir wohl jetzt versuchen, noch ein wenig Schlaf zu bekommen. Komm, wir suchen uns ein gutes, wärmendes Lagerfeuer.»

Als die englische Armee einige Tage später auf die Mauern von St. Quentin vorrückte, wurden von den Türmen der Stadt Kanonen gezündet, so daß mehrere unserer Männer und unserer Pferde ihr Leben lassen mußten. Der Graf von St. Pol hatte sich offenbar auf seine ursprüngliche Bündnistreue besonnen. Eine Stunde später kamen Boten mit der Kunde, König Ludwig und seine Armee seien bis nach Compiègne vorgerückt.

Das war am elften August. Wenige Tage darauf trafen sich englische und französische Gesandte in Amiens, um über einen Frieden zu verhandeln, und am folgenden Tag, dem Vortag von St. Hyazinth, kehrten sie mit König Ludwigs Vorschlägen nach St. Quentin zurück. Als Gegenleistung für den sofortigen Rückzug der Engländer aus Frankreich und eine siebenjährige Waffenruhe bot er König Eduard eine sofortige Zahlung von 75000 Kronen sowie eine jährliche Leibrente von 50000 Kronen an; der französische Kronprinz und die englische Prinzessin Elizabeth sollten miteinander verlobt werden; und schließlich sollten beide Könige sich verpflichten, einander zu Hilfe zu eilen, wenn einer von ihnen durch aufständische Untertanen in Bedrohung geriet.

König Eduard nahm das Angebot an, und in seiner engsten Umgebung erhoben nur zwei Männer Widerspruch – der Herzog von Gloucester und Louis de Bretaylle.

«Du hast recht behalten, Roger Chapman», sagte Timothy, als wir gemeinsam um die Mauern von St. Quentin spazierten, wo jetzt die Waffen schwiegen. «Im Zelt Seiner Majestät ist die Hölle los. Herzog Richard und Louis de Bretaylle werfen dem König vor, sein Wort gebrochen zu haben. Als ich vorhin am königlichen Zelt vorbeikam, hörte ich einen der beiden schreien, diese Schmach werde alle Siege des Königs überschatten.»

«Was ist mit den anderen Ratgebern?» fragte ich. «Macht keiner von ihnen dem König Vorhaltungen?»

«König Ludwig hat unter ihnen so freigebig Leibrenten und teure Geschenke verteilt, daß von ihrer Seite kein Widerspruch zu erwarten ist. Aber es wird ihm nicht gelingen, Herzog Richard zu bestechen, deshalb sind die anderen alle schrecklich wütend auf unseren Herrn. John Morton hat den Herzog schon immer gehaßt und wird ihn jetzt um so weniger mögen. Jedenfalls werden wir uns wohl auf einen neuen Marsch gefaßt machen müssen. Es sieht ganz so aus, als wären wir bald auf dem Weg nach Amiens, wo uns die Franzosen königlich bewirten werden, während die Advokaten die letzten Einzelheiten des Vertrags aushandeln.»

«Und Julien d'Amboise? Was wird aus ihm?»

Timothy kräuselte die Lippen. «Man wird ihn als Kriegsgefangenen behandeln und zu seiner Familie zurückschikken. Unter den jetzigen Umständen wäre es gar nicht klug, den Sohn des Comte d'Amboise an den Galgen zu bringen. Aber nach London sind bereits Gesandte mit dem Befehl unterwegs, Ralph Boyse festnehmen zu lassen. Der arme Teufel wird der Schlinge des Henkers nicht entkommen. So läuft das nun mal auf dieser Welt, Roger, wie du selbst ja sehr wohl weißt.»

Ich nickte. «Und wie ich vorausgesagt habe, war das Ganze im Grunde überflüssig. König Eduard wird sich in dieser Sache nicht von seinem Bruder beeinflussen lassen.»

Auch der vor Wut rasende Herzog von Burgund vermochte ihn nicht umzustimmen. Karl der Kühne kam am folgenden Tag ins Lager gestürmt, beschuldigte Seine Majestät so laut, daß jeder es hören konnte, der Treulosigkeit und verhöhnte ihn, indem er all die ruhmreichen Siege aufführte, die frühere englische Könige über die Franzosen errungen hatten. «Crécy! Poitiers! Agincourt!...», schrie er in den hellen Sommermorgen und reiste auf der Stelle wieder ab, weil er in keiner Weise mit diesem schmählichen Frieden in Verbindung gebracht werden wollte.

Wir marschierten nach Amiens, wo die Bewohner auf Befehl ihres Herrschers außerhalb der Stadt unzählige mit Speisen und Getränken beladene Tische aufgebaut hatten. Wir stürzten uns auf das Essen wie ausgehungerte Wölfe und lagen den Rest des Tages mit aufgeblähten Bäuchen und trunkenen Köpfen auf den Wiesen vor der Stadt. Auch die Hurenhäuser waren für die Truppen geöffnet worden, und bald bildeten sich vor ihren Toren lange Schlangen liebeshungriger Engländer. Ich beeile mich hinzuzufügen, daß ich nicht darunter war. Bordelle und ihre Bewohnerinnen haben mich nie locken können. Man kann sich dort zu viele unangenehme Krankheiten holen, und ich bin auf meine Gesundheit angewiesen.

In dieser Zeit erwartete niemand von mir, daß ich irgendwelche Pflichten versah. Es hatte sich inzwischen herumgesprochen, daß ich nicht wirklich zum Haushalt des Herzogs gehörte und bald abreisen würde. Der Herzog, dessen Gesicht von der Enttäuschung und der Wut über seinen ältesten Bruder schwer gezeichnet war, ließ mich in sein Zelt rufen und fragte mich, was er für mich tun könne, auch wenn er darauf selbst bereits die Antwort kannte.

«Nichts, Euer Gnaden. Ich bin mit meinem Leben vollauf zufrieden.»

«Wenn du schon nicht in meinen Dienst treten und mir auch nicht erlauben willst, dir auf sonstige Weise zu helfen, laß mich dir zumindest ein Pferd schenken. Damit könntest du schneller vorankommen und mehr verkaufen.»

Einen Moment lang erwog ich sein Angebot, dann lehnte ich dankend ab. «Euer Gnaden seid sehr großzügig, aber meine eigenen Beine sind mir lieber. Und verläßlicher.»

Er lachte, aber es kam nicht von Herzen und klang ganz so, als seien er und der Frohsinn Fremde geworden. «Kurz, du weigerst dich, mir verpflichtet zu sein.»

Ich sah ihm fest in die Augen. «Ich bin am liebsten mein eigener Herr.»

Er seufzte. «Deshalb habe ich auch solche Hochachtung vor dir. Wenn doch bloß», fügte er bitter hinzu, «mehr Menschen so dächten wie du! Wirst du noch lang genug unter uns weilen, um morgen zur Brücke bei Picquigny zu gehen?»

«Picquigny?»

«Das ist ein kleines Dörfchen ganz hier in der Nähe, am Ufer der Somme, wo König Ludwig und mein Bruder sich treffen werden, um diesen Ver... Vertrag zu unterschreiben?»

«Werdet Ihr denn dort sein, Euer Gnaden?»

«Nein, doch meine Männer können selbst entscheiden, ob sie hingehen möchten. Es könnte ein sehenswertes Schauspiel werden, und ich will niemanden davon abhalten.»

«Dann werde ich es mir vielleicht auch ansehen. Gott sei mit Euch, Euer Gnaden, jetzt und immerdar!» Ich kniete nieder und küßte seine Hand. Die Finger waren eisig kalt.

«Und mit Euch, Roger Chapman, mein Freund! Ich bin zuversichtlich, daß sich unsere Wege auch in Zukunft wieder kreuzen werden.»

Auf König Ludwigs Befehl war bei dem Dörfchen Picquigny eine Brücke über die Somme gebaut worden. In der Mitte war sie durch ein Holzgitter getrennt, durch das er und König Eduard miteinander sprechen konnten. Durch diese Maßnahme wollte er der Gefahr eines Attentats seitens der wenig vertrauenswürdigen Engländer entgegentreten. (Schließlich wußte jeder Franzose von Rang, daß wir unter unseren Kleidern Teufelsschwänze verbargen.) Außerdem hatte König Ludwig dafür gesorgt, daß er sich der Brücke durch offenes Gelände näherte, während unser König gezwungen war, über einen schmalen Damm durch eine marschige Ebene zu reiten. Zusätzlich waren vier Engländer auf der französischen und die gleiche Anzahl Franzosen auf der englischen Seite stationiert, damit die Gegenseite ein Unterpfand hatte, falls es zu einem Mißgeschick kam. Schließlich war ausgemacht worden, daß keiner der beiden Herrscher von mehr als einem Dutzend Männern begleitet wurde.

Unter den Gefolgsleuten Seiner Majestät befanden sich der Herzog von Clarence, der Graf von Northumberland, Lord Hastings und John Morton. In König Ludwigs

Gefolge waren, um bei möglichen Attentätern Verwirrung zu stiften, mehrere Männer genauso gekleidet wie er, so daß die französische Gruppe auf der Brücke insgesamt sehr viel schäbiger wirkte als die Engländer. Das lag daran, daß König Ludwig sich aus den äußeren Anzeichen der Königswürde nicht viel zu machen schien; jedenfalls trug er eine kunterbunte Mischung aus alten, verblichenen Kleidungsstücken, die eher zu einem Marktschreier gepaßt hätten. König Eduard dagegen trug golddurchwirkte Kleider aus rotem Satin und eine schwarze Samtmütze, an der – als Tribut an seinen Gastgeber – eine diamantenbesetzte bourbonische Lilie glitzerte. Man hätte sich keinen größeren Gegensatz zwischen den beiden Männern vorstellen können: Der eine war hochgewachsen und noch immer gutaussehend, auch wenn er in letzter Zeit ein wenig Fett angesetzt hatte, der andere war gebeugt und häßlich mit glänzenden, vorstehenden Augen und einer gewaltigen Knollennase.

Timothy Plummer, der mit mir nach Picquigny gekommen war, flüsterte mir zu: «Herzog Richard hat Wort gehalten. Er ist nirgends zu sehen.»

Ich schüttelte den Kopf. «Das wundert mich nicht. Mit etwas, das nach Verrat riecht, will er nicht in Verbindung gebracht werden.»

Es war ein strahlender Sommermorgen, und durch die reglose, klare Luft waren die Stimmen der Männer auf der Brücke auch noch am Ufer zu hören. So konnten wir die französisch vorgetragenen Reden beider Könige mitanhören. Dann sprach jemand von unserer Seite auf englisch und sagte, es gebe eine uralte Prophezeiung, daß eines Tages in Picquigny zwischen beiden Ländern ein ehrbarer Frieden geschlossen würde.

Timothy murmelte: «Irgendeine verdammte Prophezeiung kramen sie immer hervor, ganz egal, um was es gerade geht. Darauf kannst du wetten.»

Nun umarmten die beiden Monarchen einander durch das

Holzgitter und sprachen wieder französisch. Schließlich wurden ein Meßbuch und ein Teil des Heiligen Kreuzes gebracht. Auf beides schworen die Könige, treu zu den ausgehandelten Vereinbarungen zu stehen, und als beide dann noch ein Pergament mit dem genauen Wortlaut des Vertrages unterzeichnet hatten, war der Friede von Picquigny geschlossen. Die beiden Könige zogen sich nach Amiens zurück, um sich im geheimen miteinander zu besprechen. Vorher machte König Ludwig jedoch noch einen Scherz, der die ganze Gesellschaft zum Lachen brachte und den ich mir später von Jocelin d'Hiver übersetzen ließ. Offenbar hatte der französische Monarch König Eduard nach Paris eingeladen, um sich dort mit den Damen zu vergnügen, und ihm auch gleich Kardinal de Bourbon als Beichtvater versprochen, einen Kirchenmann, der ihm für jede beliebige Anzahl begangener Sünden jederzeit die Absolution erteilen würde. König Eduard hatte geantwortet, er habe schon immer gehört, daß Seine Eminenz das Herz auf dem rechten Fleck habe.

Und mit diesen derben Späßen fand die größte Invasion Frankreichs, die je von einer englischen Armee begonnen wurde, ihr unrühmliches Ende.

Nachdem ich auf diese Weise Zeuge des Friedensschlusses von Picquigny geworden war, reiste ich nach Calais, ging dort an Bord eines Schiffes und kehrte nach London zurück, um in Baynard's Castle die Livree des Herzogs abzulegen, wieder meine eigenen Kleider anzuziehen und mein Bündel und meinen Knüppel in Besitz zu nehmen. Ich blieb lange genug, um König Eduards Rückkehr mitzuerleben, als er Anfang September mit seinen Brüdern durch die Straßen von London ritt. Obgleich das Volk ihnen zujubelte, waren die Hurra-Rufe eher gedämpft und in erster Linie auf Herzog Richard gemünzt. Ich hatte mich genug umgehört, um mich davon zu überzeugen, daß sich das Volk durch die Geschehnisse in Frankreich von seinem König schmählich im Stich gelassen fühlte.

Am Tag darauf machte ich mich auf den Weg nach Bristol. Mein schlechtes Gewissen sagte mir, daß ich schon viel zu lange von meiner kleinen Tochter getrennt gewesen war und sie aufwachsen würde, ohne ihren Vater zu kennen, wenn ich nicht wenigstens den Winter mit ihr verbrachte. Der Gedanke an ein warmes Winterquartier, in dem mich Margaret Walker, meine Schwiegermutter, verwöhnte und bekochte, war mir außerdem alles andere als unangenehm. Die Abende wurden spürbar kürzer, und in der dunklen Abendluft lag schon ein kühler Hauch. Es würde guttun, an einem Feuer zu sitzen und mein Kind auf dem Schoß zu halten, während draußen Sturm und Kälte wüteten.

Aber nicht allzulange Zeit. Sobald sich in der Erde neues Leben zu regen begann, sobald die Blumen Blüten trieben und sich an den Bäumen die ersten grünen Knospen spitzten, würde ich mich wieder auf die Reise machen. In vier Wänden eingesperrt zu leben, konnte ich nicht unbegrenzt ertragen. Ich würde mich immer wieder auf den Weg machen, die Freiheit des Lebens auf den Landstraßen genießen und meine kleine Elizabeth bei ihrer liebenden Großmutter zurücklassen. Ich war nicht stolz auf diese Tatsache, aber ich kannte mich selbst viel zu gut, um für meine Fehler blind zu sein. Ich war, wie Gott mich geschaffen hatte: ein rastloser Wandersmann. Zumindest galt das für meine jungen Jahre. Heute ist das eine andere Geschichte.

Glossar

Agincourt – Dorf in Frankreich nordwestlich von Arras, wo König Heinrich V. von England im Hundertjährigen Krieg ein zahlenmäßig überlegenes französisches Ritterheer schlug. Der Sieg demonstrierte die Überlegenheit der mit Langbogen bewaffneten Truppen über die schwergerüsteten feudalen Ritter. Die Kriegstechniken der Ritterzeit waren damit überholt, und England konnte weite Teile Frankreichs erobern.

Aquitanien – Königreich, später Herzogtum in Südwestfrankreich zwischen Pyrenäen und Garonne mit der Hauptstadt Bordeaux, das 1152 an die Grafen von Anjou und damit 1154 an England fiel. Im Zuge des Hundertjährigen Krieges gelang es den Franzosen 1453, Aquitanien zurückzuerobern.

Bombard (auch *Bomhart*) – Baß-Saxhorn. Aus der Schalmei entwikkeltes Holzblasinstrument mit doppeltem Rohrblatt, das ab dem 16. Jahrhundert zunehmend durch Fagott und Oboe ersetzt wurde.

Burgund – Königreich, später sehr mächtiges Herzogtum in Nordwestfrankreich mit der Hauptstadt Dijon, dessen Herrschaftsgebiet sich zeitweise bis nach Flandern, Luxemburg und die Niederlande erstreckte. Herzog Karl der Kühne (1432–1477) belagerte 1474/75 vergeblich die linksrheinische, unter der Herrschaft des Erzbischofs von Köln stehende Stadt Neuss. Durch die Ehe seiner Tochter Maria mit Maximilian I. fielen die burgundischen Besitzungen ebenso wie die Führung des Ordens vom Goldenen Vlies an das Haus Habsburg.

Isabella Capet (1292–1358) – französische Prinzessin aus der Dynastie der Kapetinger, Tochter Philipps des Schönen und Gemahlin des englischen Königs Eduard II., den sie gemeinsam mit ihrem Geliebten, Roger de Mortimer, durch eine von Frankreich aus organisierte Invasion stürzte und zugunsten ihres minderjährigen Sohnes, des späteren Eduard III., zum Rücktritt zwang. Als die Kapetinger in direkter Linie ausstarben, erhob Eduard III. als Erbe seiner Mutter Anspruch auf den französischen Thron. Der Hundertjährige Krieg zwischen England und Frankreich begann.

Geoffrey Chaucer (ca. 1343–1400) – bedeutendster englischer Dichter des Mittelalters. Sein bekanntestes Werk, die «Canterbury Tales», verbindet durch eine Rahmenhandlung die Erzählungen von Pilgern auf dem Weg zum Schrein des Thomas Becket in Canterbury.

Chère Reine Cross – heute Charing Cross. Im Jahre 1291 ließ Eduard I. hier das letzte von dreizehn Kreuzen aufstellen, welche die Stationen des Trauerzugs der Königin Eleanor von Harby/Nottinghamshire zur Westminsterabtei kennzeichneten.

Dido und Aeneas – Hauptgestalten der «Aeneis», des großen Epos des römischen Dichters Vergil (70–19 v. Chr.). Nach dem Fall Trojas flüchtet Aeneas nach Kathargo, dessen Gründerin und Königin Dido sich heftig in ihn verliebt. Als er sie verläßt, um weiter nach Italien zu ziehen, geht sie aus Verzweiflung in den Tod.

Goldenes Vlies – nach der griechischen Mythologie das Fell des goldenen Widders, der Phrixos nach Kolchis trug. Später Name eines von Herzog Philipp dem Guten 1430 gestifteten burgundischen Ritterordens. Das letzte Ordenskapitel fand 1559 in Gent statt. Archiv und Schatz des Ordens befinden sich seit 1797 in Wien.

Johann ohne Furcht («Jean sans Peur») (1371–1419) – Herzog von Burgund (1404–1419). Durch ein Attentat an Herzog Ludwig von Orléans gewann er Kontrolle über den Hof des geisteskranken französischen Königs Karl VI. und wurde schließlich von Anhängern des Thronfolgers und späteren Königs Karl VII. ermordet. Sein Nachfolger war Philipp der Gute, der Vater Karls des Kühnen.

Leadenhall – Seit dem 14. Jahrhundert an der gleichen Stelle nachgewiesene Markthalle in London. Der Name geht auf das ungewöhnliche Bleidach der ersten Halle zurück (die anderen Markthallen waren mit Schindeln gedeckt). Das heutige imposante Gebäude aus Eisen und Glas stammt aus viktorianischer Zeit.

Monmouth Harry – Spitzname des in Monmouth geborenen Prinzen von Wales und späteren Königs Heinrich V. (1387–1422). Seine neunjährige Regierungszeit (1413–1422) war durch beträchtliche Landgewinne in Frankreich geprägt. 1514 besiegte er die französische Armee bei Agincourt, besetzte Nordfrankreich und zog in Paris ein. Im Frieden von Troyes wurde 1420 sein Anspruch auf die französische Krone anerkannt und durch die Heirat mit Prinzessin Katharina, der Tochter Karls VI. von Frankreich, gefestigt.

John Morton (ca. 1420–1500) – wurde als Anhänger des Hauses Lancaster 1461 aus England verbannt, söhnte sich mit Eduard IV. aus und war an dessen Hof als «Master of the Rolls» in diplomatischen Diensten tätig. Während der Regierungszeit Richards III. mußte er erneut ins Exil, wurde nach dem Sieg Heinrichs VII. jedoch Erzbischof von Canterbury (in dieser Eigenschaft auch Lehrer von Thomas Morus) und engster Berater des Königs; 1495 wurde er schließlich Kanzler der Universität Oxford.

Oriflamme – von lat. *aurea flamma* («Goldflamme», «Goldwimpel»); orangerote Kriegsfahne der französischen Könige.

St. Columban (auch *Columba* oder *Columcille*) *der Ältere* – irischer Missionar (521–597), «Taube der Kirche» genannt. Er gründete auf der Hebriden-Insel Hy (heute Iona = hebräisch «Taube») ein Kloster, von dem aus er 34 Jahre lang Schottland missionierte. Sein Festtag ist der 9. Juni.

St. Hyazinth – Heiliger polnischer Herkunft, vor 1200 bei Oppeln geboren, am 15. 8. 1257 gestorben und in Krakau begraben. Anläßlich einer Pilgerfahrt nach Rom trat er dem jungen Dominikanerorden bei. Dessen Begründer Dominikus unterwies ihn selbst und entsandte ihn als Missionar. Hyazinth gründete Klöster in Riga, Lemberg, Kiew, Danzig und Sandomir, seine ausgedehnten Missionsreisen führten ihn nach Pommern, Preußen, Skandinavien und Rußland, ja, angeblich sogar bis nach Tibet und an die Grenzen Chinas. Er wird als Wundertäter verehrt, von dem zahlreiche Krankenheilungen, Totenerweckungen und Weissagungen überliefert sind. 1594 wurde er heiliggesprochen. Sein Festtag ist der 17. August.

Stalhof – Handelszentrum der Hansekaufleute in der Londoner Cannon Street. Es wurde abgerissen, um dem heutigen Bahnhof Platz zu machen.

Trouvères – im 12. bis 14. Jahrhundert Dichter an den Adelshöfen Nordfrankreichs, die sich als Gegenparts zu den *Troubadours* im Süden verstanden und ihre Liebesgedichte, Romanzen und heroischen *chansons de geste* im nordfranzösischen Dialekt *langue d'oïl* verfaßten.

Dietrich Schwanitz:

Die Rosenkriege

«Rosenkriege» nennt man jene Folge von Auseinandersetzungen, die im Zuge eines dreißigjährigen Adelsbürgerkriegs (1455 bis 1485) die Landschaften Englands verwüstete. In diesem Krieg kämpfte das Haus York mit seinem Anhang gegen das Haus Lancaster um die englische Krone: das Feldzeichen der Yorks war eine weiße und das der Lancasters eine rote Rose. Doch beide Rosen waren dem gleichen Stamm entsprossen.

Die Ausgangslage

1429 hatte das Auftreten der Jungfrau von Orléans die Wende im Hundertjährigen Krieg zwischen England und Frankreich gebracht; von da an ging es für die Engländer stetig abwärts. Auf dem englischen Thron saß Heinrich VI., ein unglücklicher und nervöser Mann, der die Bücher mehr liebte als den Krieg und eher einem Mönch als einem König glich. Während einer Waffenpause wurde er mit Margaret von Anjou verheiratet, deren Willensstärke den völligen Mangel an Tatkraft bei ihrem Mann um so deutlicher ins Auge fallen ließ. 1452 verlor Heinrich den letzten Rest Frankreichs, den Hundertjährigen Krieg und schließlich den Verstand.

Insgesamt konnte die Lage kaum düsterer sein: Handel und Gewerbe lagen darnieder; aus Frankreich strömten die brutalisierten Söldnerheere zurück, die nach neuen Betätigungen suchten; ein Söldnerführer namens Jack Cade nutzte die soziale Not dazu aus, einen wüsten Volksaufstand anzuzetteln; vor allem aber hatte die Schwäche des Monarchen dazu geführt, daß die großen Adligen des Reichs eine eigene Machtpolitik betrieben und ganze Netzwerke von Anhängern, Abhängigen und Parteigängern aufbauten. Sie hielten sich eigene Armeen, führten Privatkriege, versorgten ihre Anhänger mit wichtigen Ämtern, schüchterten die Gerichte ein und setzten ihre Kandidaten bei den Wahlen durch.

Der Streit zwischen Lancaster und York

Dynastische Kriege sind nur verständlich für den, der sich in den Verzweigungen von Familien-Stammbäumen auskennt. Der gemeinsame Wurzelstock der weißen und roten Rose war der alte König Eduard III. (1327–1377). Neben anderen Kindern hatte er drei

Söhne, auf die es hier ankommt: Eduard, der Schwarze Prinz, war der Vater König Richards II. John of Gaunt war der Stammvater des Hauses Lancaster: sein Sohn Heinrich IV. setzte seinen Vetter Richard II. ab und begründete die Linie der Heinrichs aus dem Hause Lancaster: auch der arme König Heinrich VI. war also ein Lancaster. Aber sein Recht auf die Krone schien unsicher, weil sein Großvater als Usurpator hingestellt werden konnte. Das war der Haken, an dem die Nachfahren des dritten Sohnes, Edmund von Langley, ihre Ansprüche aufhängten, und aus diesen Nachfahren bestand das Haus York. An seiner Spitze stand der mächtige Ritter, Herzog von York.

Nun war König Heinrich VI. bis 1453 kinderlos. Schließlich gebar ihm seine Königin Margaret unter Aufbietung aller Willenskraft einen Thronerben. Als der König in Umnachtung fiel, wurde sie als Vormund ihres Sohnes Chefin des Hauses Lancaster. Das frustrierte den mächtigen Herzog von York, der sich selbst Hoffnungen auf die Thronfolge gemacht hatte. Statt dessen mußte er sich mit der Rolle des Reichsprotektors zufriedengeben. Als dann gar der König aus seiner Umnachtung wieder erwachte und seinen Rivalen Somerset zum ersten Mann des Königreichs machte, griff der Herzog von York zu den Waffen und warf sich selbst zum Kronprätendenten auf. Das war der Beginn des Bürgerkriegs. In der Schlacht von St. Albans (1455) wurde König Heinrich gefangengenommen und sein Günstling Somerset getötet. Zwar setzte der Herzog Richard den König selbst wieder ein, aber Königin Margaret wollte auch ihrem Sohn den Thron retten. Nach einer neuerlichen Niederlage der Lancaster-Partei entschied das Parlament, daß Heinrich zwar König bleiben, aber Richard von York sein Nachfolger werden sollte. Nun schlug die Stunde von Margaret: sie setzte den Kampf mit noch größerer Härte fort, besiegte das Heer Richards, nahm ihn gefangen und brachte ihn um (1460). Den Kopf seines Sohnes Rutland aber ließ sie an das Stadttor von York nageln. Mit dem Tod des Herzogs beginnt die nächste Phase der Rosenkriege.

Eduard IV. und der Königsmacher Warwick
Richard von York hatte einen Sohn, Eduard, der seine Ansprüche erbte und in diesem Bild der Düsternis einen gewissen Lichtblick darstellte: Er galt als der bestaussehende Mann Englands und erwies sich als glänzender Soldat; er konnte großherzig sein, liebte den Luxus, hatte Geschmack und wurde nur beim Anblick schöner Frauen schwach. Sein mächtigster Partner und Anhänger aber war Richard Neville, Earl of Warwick, genannt «Der Köngsmacher». Er war ein gewiefter Stratege, ein unermüdlicher Planer, ein geschickter Diplomat und ein liebenswürdiger Heuchler.

Nach seines Vaters Tod stellte Eduard die Truppen des Königs in der Schlacht von Towton Moor in Yorkshire (1461): den ganzen Palmsonntag über fochten die Heere, bis sich der weiße Schnee vom Blut der Gefallenen und Verwundeten rot färbte. Am Abend hatte die weiße über die rote Rose und York über Lancaster gesiegt. Margaret floh nach Frankreich, König Heinrich wurde später gefangen und im Tower eingesperrt, wo er in wahnhaftem Stumpfsinn vor sich hindämmerte. Der Sieger aber bestieg als Eduard IV. den Thron und begründete die Dynastie der Yorks.

Zum eigentlichen Herrscher wurde jedoch der Earl of Warwick. Während der neue König sich in der anregenden Gesellschaft der Damen von den Strapazen des Kriegs erholte, regierte Warwick England und dirigierte die auswärtige Politik. Dabei fädelte er eine Allianz mit Frankreich ein, die er durch eine dynastische Heirat mit einer französischen Prinzessin zu besiegeln gedachte. Da aber machte ihm das Temperament des Königs einen Strich durch die Rechnung: Eduard verliebte sich in die hübsche Elizabeth Woodville, heiratete sie und beförderte ihre neureichen Verwandten zu Günstlingen. Das wiederum empörte den heimlichen Regenten Warwick so sehr, daß er nach vielen Winkelzügen zur Partei der Lancaster überlief, sich mit seiner alten Feindin, Königin Margaret, verbündete, König Heinrich befreite, ihn wieder auf den Thron setzte und Edward zur Flucht nach Holland zwang. Doch dann zeigte sich wieder das soldatische Genie des Königs: mit Hilfe Burgunds und der Hanse kehrte Eduard an der Spitze eines Heeres nach England zurück und schlug Warwick bei Barnet Field und Margaret bei Tewkesbury (1471). Das Ergebnis war ein furchtbares Gemetzel. Warwick fiel in der Schlacht, Margarets Sohn wurde erschlagen, König Heinrich wieder gefangen und dem Gerücht nach von Eduards Bruder, dem Herzog von Gloucester, im Tower ermordet. Das Ganze wurde durch ein Blutbad unter den Anhängern der roten Rose abgerundet. Schließlich zog Eduard im Triumph in London ein, wobei er Margaret als Gefangene mit sich führte. Danach konfiszierte er die Güter seiner Feinde, erpreßte seine Freunde, machte sich auf diese Weise finanziell vom Parlament unabhängig und warf sich dem Wohlleben in die Arme. Im Vollbesitz einer beachtlichen Körperfülle starb Eduard in seinem Bett. Er hinterließ zwei minderjährige Prinzen: den zwölfjährigen Thronerben Eduard V. und den neunjährigen Herzog Richard von York. Und er hinterließ einen Bruder, den finsteren Richard von Gloucester. Damit beginnt das Finale jenes dreißigjährigen Kampfes.

Finale

Richard Gloucester hatte sich als fähiger Berater des Königs erwiesen. Zugleich beeindruckte er die Zeitgenossen durch sein Aussehen: er war mißgestaltet, hatte einen Buckel, einen Klumpfuß und scharfe Gesichtszüge. Nach dem Tod des Königs bemächtigte er sich des Kronprinzen, ließ ihn als Eduard V. zum König erklären und sich selbst zum Vormund und Reichsprotektor ernennen. Unter dem Vorwand angeblicher Verschwörungen brachte er auch den jüngeren Prinzen in seine Gewalt und sperrte beide Kinder in den Tower. Dann ging er gegen die Familie ihrer Mutter Elizabeth vor, ließ etliche ihrer Mitglieder hinrichten, bezweifelte die Legitimität ihrer Ehe mit Eduard und ließ sich selbst als Richard III. zum König ausrufen. Wenige Tage später wurden beide jungen Prinzen im Tower ermordet. Bis heute ist nicht geklärt, ob das auf Veranlassung Richards geschah. Aber die Zeitgenossen glaubten es. Und dieser Doppelmord wurde zur Motivquelle für einen erneuten Aufstand unter den Adligen Englands. Ihr Anführer war Heinrich Tudor, Graf von Richmond. Er vereinigte die dynastischen Ansprüche der weißen und der roten Rose: seine Mutter war eine Lancaster und seine Frau eine York. 1585 trafen bei Bosworth Heinrichs Truppen auf ein weit überlegenes Heer König Richards. Doch obgleich Richard ein Königreich für ein Pferd bot, weigerten sich die königlichen Söldner zu kämpfen. Mit der Krone auf dem Haupt unternahm Richard einen Verzweiflungsangriff und wurde dabei getötet. Seine Krone wurde in einem Dornbusch gefunden. Noch auf dem Schlachtfeld wurde sie dem Sieger aufs Haupt gesetzt. Damit bestieg Heinrich Tudor als Heinrich VII. den Thron und beendete den Krieg der Rosen.

Ergebnisse und Nachruhm

Mit Heinrich VII. beginnt die große Zeit des Hauses Tudor, das so erfolgreiche Herrscher wie Heinrich VIII. und Elizabeth I. hervorbrachte. Unter ihrem starken Regiment sollte England einer glanzvollen kulturellen Blüte entgegengehen. So schaurig es klingen mag: Voraussetzung für diese unvorhergesehene Blüte war der Aderlaß der Rosenkriege. Saßen im letzten Parlament vor dem Bürgerkrieg über fünfzig Magnaten, waren es nachher weniger als zwanzig. Einige waren ins Exil gegangen, in zahlreichen Familien lebten nur noch die jüngeren Söhne, und ganze Sippen waren im Mannesstamm ausgerottet. Erst diese Schwächung des normannischen Adels machte den Weg frei für eine starke Monarchie, die allein den inneren Frieden garantieren und jene kulturellen Energien freisetzen konnte, denen die Welt das Wunder des Zeitalters, William Shakespeare, verdankt.

Als Shakespeare nach 1590 zuerst ins Rampenlicht der Weltgeschichte tritt, sehen wir ihn mit der Dramatisierung der Rosenkriege beschäftigt. In den letzten beiden Stücken der sogenannten York-Tetralogie – Heinrich VI., dritter Teil, und Richard III. – beschwört er die Geister all jener Figuren, die sich während der Rosenkriege gegenseitig umgebracht haben. Seitdem sind sie nicht mehr zur Ruhe gekommen und leben fort in jenem Gedächtnis der Menschheit, der Literatur.

Dichtung und Wahrheit

Die markantesten Züge trägt dabei der verschlagene Richard III. Mit seinem Buckel und seinem Klumpfuß präsentiert ihn Shakespeare als Urbild des Teufels: ein Meister der Verstellung und der Intrige. Dabei hat er ihn – mit Hilfe einer Biographie von Thomas Morus – wohl stärker angeschwärzt, als es der historischen Wahrheit entspricht. Der arme König Heinrich dagegen war anscheinend wirklich das, als was auch Shakespeare ihn darstellt: fast ein Heiliger, aber völlig unfähig zu regieren. Das erhöhte den Kontrast zu seiner Frau Margaret von Anjou: sie war eine eiserne Lady, hart, entschlossen, machtbewußt und grausam; sie war es, die den Krieg gegen die York-Partei führte und sich niemals geschlagen gab. Nach Heinrichs Tod kaufte ihr Vater sie aus der Gefangenschaft los, und sie verbrachte den Rest ihres Lebens in Anjou. Entscheidende Verantwortung für die Verlängerung des Krieges trägt wohl die Figur, die vielleicht Shakespeares Richard III. am ähnlichsten ist: Richard Neville, der Earl of Warwick. Sein Verhalten beleuchtet die eigentlichen Gründe für das Gemetzel: immer stützen sich die Könige auf mächtige Magnaten, die im Falle der Minderjährigkeit sogar die Rolle des Regenten spielen. Erlangen sie zuviel Macht, werden sie abgesetzt, laufen zur Gegenpartei über und greifen zu den Waffen. In diesem Getümmel hat sich nur der glanzvolle Eduard IV. behauptet. Er allein starb in seinem Bett; allerdings erst 41 Jahre alt, aber schon das war eine ungewöhnliche Leistung.

Dietrich Schwanitz ist Professor am Seminar für Englische Sprache, Literatur und Kultur der Universität Hamburg. Sein satirischer Roman «Campus» (1995) wurde auf Anhieb zum Bestseller.

Stammtafel der Häuser York und Lancaster

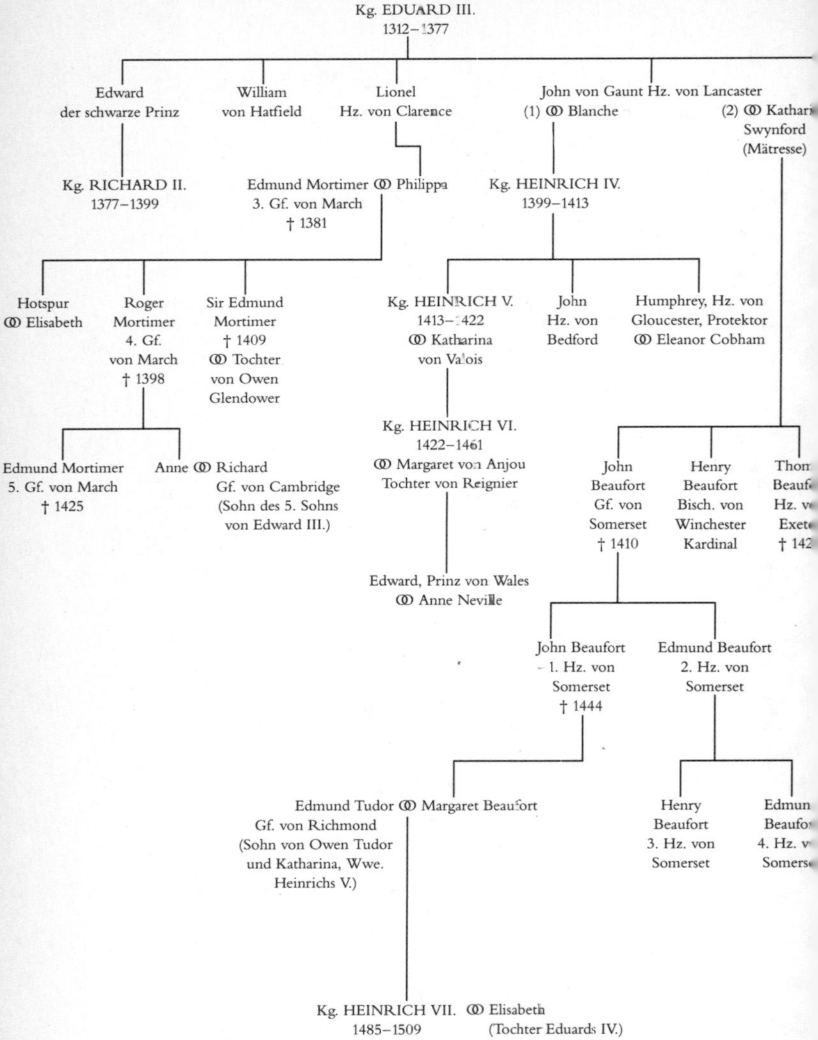

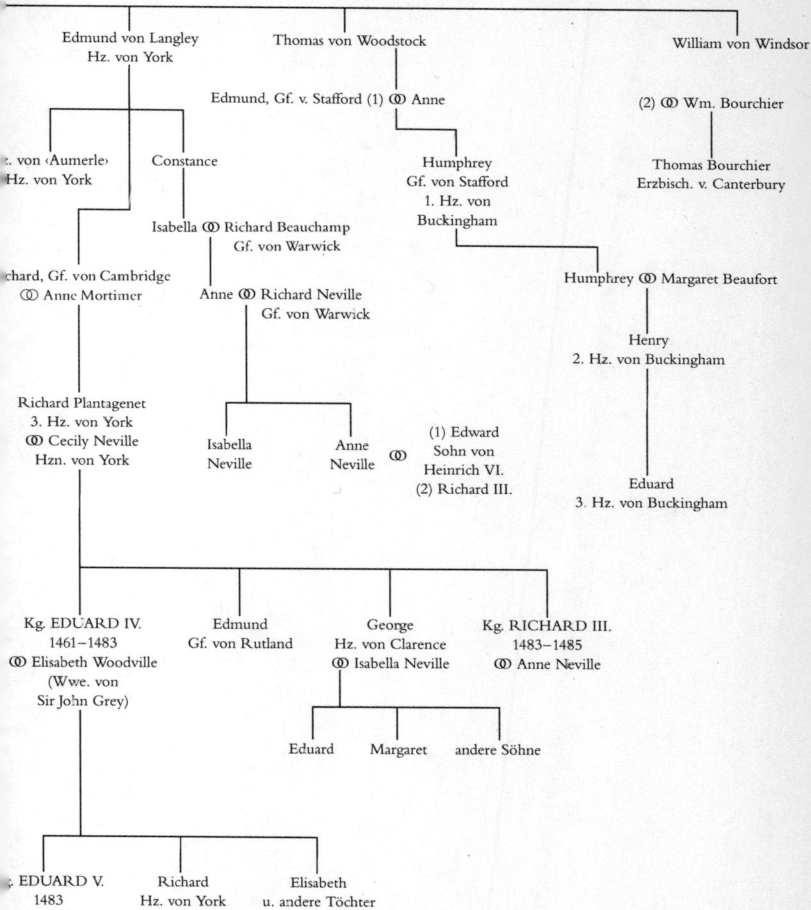
Edmund von Langley
Hz. von York
Thomas von Woodstock
William von Windsor
Edmund, Gf. v. Stafford (1) ⚭ Anne
(2) ⚭ Wm. Bourchier
:. von ‹Aumerle›
Hz. von York
Constance
Humphrey
Gf. von Stafford
1. Hz. von
Buckingham
Thomas Bourchier
Erzbisch. v. Canterbury
Isabella ⚭ Richard Beauchamp
Gf. von Warwick
:hard, Gf. von Cambridge
⚭ Anne Mortimer
Anne ⚭ Richard Neville
Gf. von Warwick
Humphrey ⚭ Margaret Beaufort
Henry
2. Hz. von Buckingham
Richard Plantagenet
3. Hz. von York
⚭ Cecily Neville
Hzn. von York
Isabella
Neville
Anne
Neville
⚭
(1) Edward
Sohn von
Heinrich VI.
(2) Richard III.
Eduard
3. Hz. von Buckingham
Kg. EDUARD IV.
1461–1483
⚭ Elisabeth Woodville
(Wwe. von
Sir John Grey)
Edmund
Gf. von Rutland
George
Hz. von Clarence
⚭ Isabella Neville
Kg. RICHARD III.
1483–1485
⚭ Anne Neville
Eduard
Margaret
andere Söhne
:. EDUARD V.
1483
Richard
Hz. von York
Elisabeth
u. andere Töchter

ENGLAND ENDE 15. JAHRHUNDERT

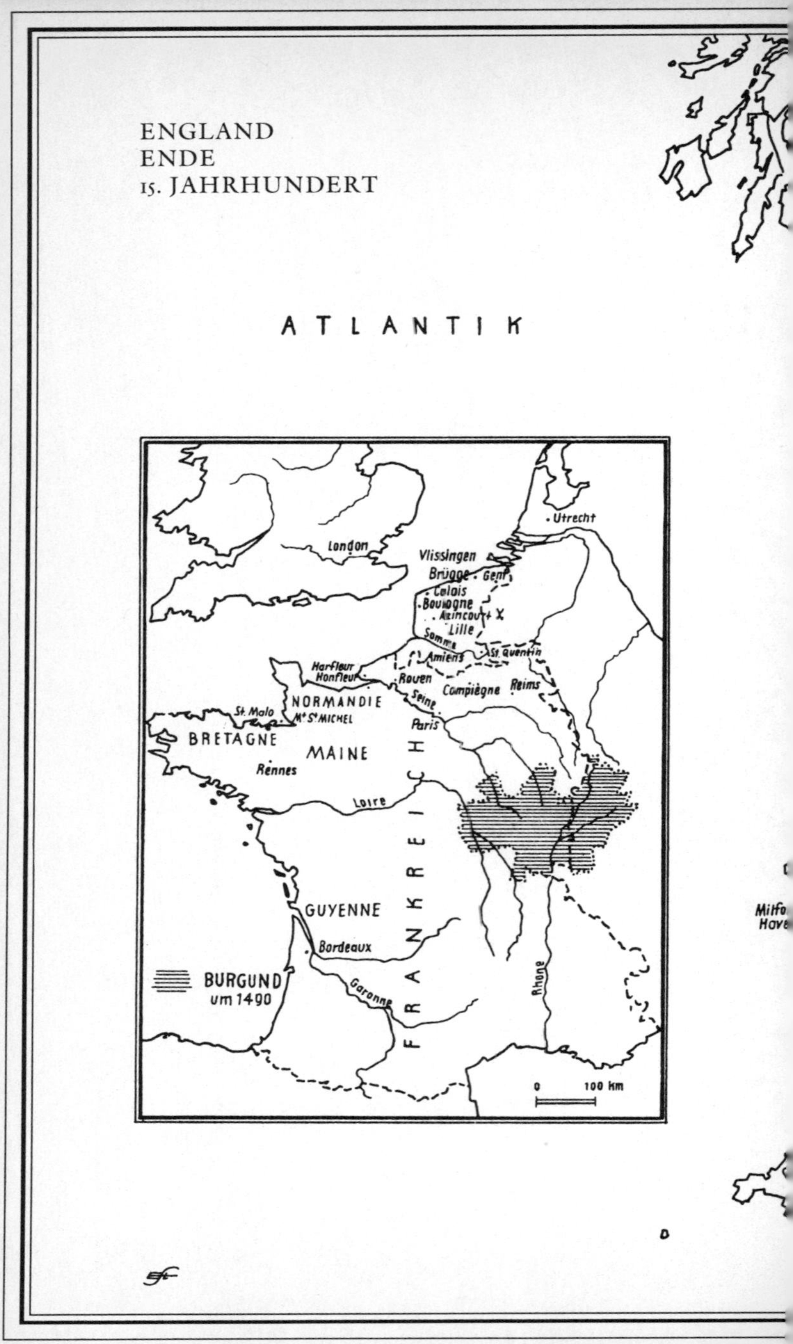

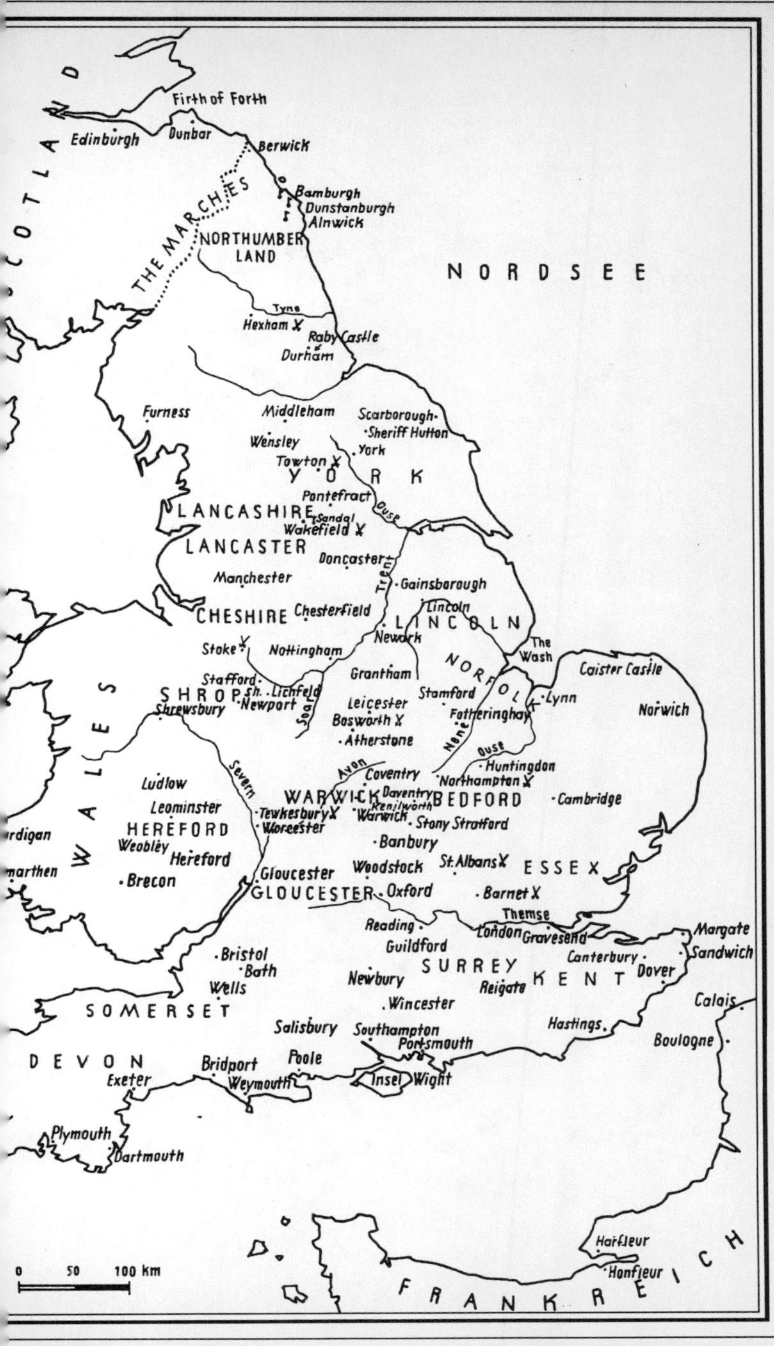

SCOTLAND
Firth of Forth
Edinburgh
Dunbar
Berwick
THE MARCHES
Bamburgh
Dunstanburgh
Alnwick
NORTHUMBER LAND
NORDSEE
Tyne
Hexham
Raby Castle
Durham
Furness
Middleham
Scarborough
Sheriff Hutton
Wensley
York
Towton
YORK
Pontefract
Ouse
LANCASHIRE
Sandal
Wakefield
LANCASTER
Doncaster
Trent
Manchester
Gainsborough
Lincoln
CHESHIRE
Chesterfield
LINCOLN
Newark
The Wash
Stoke
Nottingham
NORFOLK
Caister Castle
Grantham
Stafford
Lichfeld
Stamford
Lynn
SHROPSH.
Newport
Norwich
Shrewsbury
Leicester
Fotheringhay
Soar
Bosworth
Atherstone
Nene
WALES
Ouse
Huntingdon
Severn
Avon
Coventry
Ludlow
Northampton
Daventry
WARWICK
BEDFORD
Cambridge
Kenilworth
Leominster
Tewkesbury
Warwick
Stony Stratford
HEREFORD
Worcester
rdigan
Banbury
Weobley
Hereford
St. Albans
ESSEX
marthen
Woodstock
Gloucester
Brecon
GLOUCESTER
Oxford
Barnet
Themse
Reading
London
Gravesend
Margate
Guildford
Sandwich
Canterbury
Bristol
SURREY
Dover
Bath
Newbury
KENT
Wells
Reigate
Calais
SOMERSET
Wincester
Hastings
Salisbury
Southampton
Boulogne
Portsmouth
DEVON
Bridport
Poole
Exeter
Weymouth
Insel Wight
Plymouth
Dartmouth
Harfleur
0 50 100 km
Honfleur
FRANKREICH

Dorothy Dunnett

Dorothy Dunnett, geboren 1923 in Dunfermline / Schottland, war ursprünglich Malerin, bis sie mit ihren historischen Romanen internationalen Ruhm erlangte. Sie ist verheiratet, hat zwei Söhne und lebt heute in Edinburgh.

Die Farben des Reichtums
Der Aufstieg des Hauses Niccolò
rororo 12855
«Ein rasanter Roman über den Aufstieg eines Färberlehrlings zum international anerkannten Handelsherrn... Spionagethriller, Liebesgeschichte, spannendes Lehrbuch – einer der schönsten historischen Romane seit langem.» *Brigitte*

Das Königsspiel *Roman*
(rororo 13019)
Ein historischer Roman über die tollkühnen Abenteuer des Junkers und Frauenlieblings Francis Crawford von Lymond. «Ich bezweifle, daß es in der ganzen Romanliteratur einen besseren Helden gibt. Rhett Butler aus "Vom Winde verweht" kann ihm das Wasser nicht reichen», schrieb der Rezensent der *Sunday Times*

Das Gold von Timbuktu
Niccolò greift nach Afrika Roman
Deutsch von Hermann Stiehl
720 Seiten. Gebunden im Wunderlich Verlag und als rororo 13702
Ein weiteres farbenprächtiges Epos über die Renaissance.

rororo Unterhaltung

Der Frühling des Widders
Die Machtentfaltung des Hauses Niccolò. Roman
Deutsch von Hermann Stiehl
640 Seiten. Gebunden im Wunderlich Verlag und als rororo 13254

Ein Gesamtverzeichnis aller lieferbaren Titel der *Rowohlt Verlage* finden Sie in der *Rowohlt Revue*. Vierteljährlich neu. Kostenlos in Ihrer Buchhandlung.

3607/2